安徽师范大学文学院学术文库 （第四辑）

中国文论的思想世界

ZHONGGUO WENLUN DE SIXIANG SHIJIE

项念东 著

安徽师范大学出版社

·芜湖·

图书在版编目(CIP)数据

中国文论的思想世界 / 项念东著.—芜湖：安徽师范大学出版社,2022.12（2023.4重印）
（安徽师范大学文学院学术文库.第四辑）
ISBN 978-7-5676-5841-7

Ⅰ.①中… Ⅱ.①项… Ⅲ.①中国文学－文学理论－文集②古典诗歌－诗歌研究－
中国－文集③学术思想－思想史－中国－现代－文集 Ⅳ.①I206-53②I207.22-53③
B26-53

中国版本图书馆CIP数据核字(2022)第235136号

安徽省高峰学科安徽师范大学中国语言文学（诗学）建设项目

安徽师范大学中国诗学研究中心项目

中国文论的思想世界   项念东◎著

责任编辑：李克非   责任校对：胡志恒　平韵冉
装帧设计：张德宝　汤彬彬   责任印制：桑国磊
出版发行：安徽师范大学出版社
　　　　　芜湖市北京东路1号安徽师范大学赭山校区
网　　　址：http://www.ahnupress.com/
发 行 部：0553-3883578　5910327　5910310(传真)
印　　刷：苏州市古得堡数码印刷有限公司
版　　次：2022年12月第1版
印　　次：2023年4月第2次印刷
规　　格：700 mm×1000 mm　1/16
印　　张：21.75
字　　数：360千字
书　　号：ISBN 978-7-5676-5841-7
定　　价：63.00元

凡发现图书有质量问题,请与我社联系(联系电话:0553-5910315)

总　序

　　安徽师范大学文学院的前身是1928年建立的省立安徽大学中国文学系，是安徽省高校办学历史最悠久的四个院系之一。1945年9月更名为国立安徽大学中文系，1949年12月更名为安徽大学中文系，1954年2月更名为安徽师范学院中文系，1958年更名为合肥师范学院中文系，1972年12月更名为安徽师范大学中文系，1994年10月更名为安徽师范大学文学院。这里人才荟萃，刘文典、陈望道、郁达夫、朱湘、苏雪林、周予同、潘重规、宗志黄、张煦侯、卫仲璠、宛敏灏、张涤华、祖保泉、余恕诚等著名学者都曾在此工作过，他们高尚的师德、杰出的学术成就凝成了我院的优良传统，培养出了一大批出类拔萃的各类人才。

　　文学院现设有汉语言文学、秘书学、汉语国际教育、戏剧影视文学等4个本科专业，语言研究所、古籍整理研究所等5个研究所（中心）。拥有中国语言文学博士后科研流动站，中国语言文学一级学科硕士点、博士学位点；设有中国古代文学等10个硕士学位二级学科授权点和学科教学（语文）、汉语国际教育两个专业学位点；有1个安徽省一流学科（中国语言文学，2017），安徽省A类重点学科（中国语言文学，2008），3个安徽省B类重点学科（中国古代文学、汉语言文字学、中国现当代文学）；有1个国家级特色专业建设点（汉语言文学专业），1个国家级教学团队（中国古代文学），两门国家级精品课程（文学理论、大学语文）；主办1种省级刊物（《学语文》）。

文学院师资科研力量雄厚，现有在岗专任教师95人，其中教授26人，副教授32人，博士52人。2010年以来，本学科共主持省部级以上科研项目131项，其中国家社科基金项目41项（含重大招标项目2项和重点项目3项），获得省部级以上奖励24项。教师中，有国家首届教学名师1人，享受国务院特殊津贴12人，皖江学者3人，二级教授8人，5人入选省级学术和技术带头人，6人入选省级学术和技术带头人后备人选。

走过九十年的风雨征程，目前中文学科方向齐全，拥有很多相对稳定、特色鲜明的研究领域。唐诗研究、古代文论研究、儿童语言习得研究、古典文献研究、宋辽金文学研究、词学研究、当代文学现象研究、古典诗歌接受史研究、梵汉对音研究、句法语义接口研究等，在全国居于领先地位或在学术界有较大影响。特别是李商隐研究的系列成果已成为传世经典，国务院学位委员会委员、北京大学教授袁行霈先生说，本学科的李商隐研究，直接推动了《中国文学史》的改写。

经过几代人的薪火相传，中文学科养成了严谨扎实的学术传统，培育了开拓创新的学术精神，打造了精诚合作的学术团队，形成了理论研究与服务社会相结合、扎根传统与关注当下相结合、立足本位与学科交融相结合、历代书面文献与当代口传文献并重的学科特色。

21世纪以来，随着老一辈学者相继退休，中文学科逐渐进入了新老交替的时期，如何继承、弘扬老一辈学者的学术传统，如何开启中文学科的新篇章，成了摆在我们面前的迫切任务。基于这一初衷，我们特编选了这套丛书，名之为"安徽师范大学文学院学术文库"，计划做成开放式丛书，一直出版下去。我们认为，对过去的学术成果进行阶段性归纳汇集，很有必要，也很有意义，可以向学界整体推介我院的学术研究，展现学术影响力。

现在奉献的是第四辑，文集作者既有资深的老教师，也有年富力强的年轻学者，学科领域涵盖文学、语言学等领域，大致可以反映文学院学术研究风貌的历史传承与时代新变。

我们坚信，承载着九十年的历史积淀，文学院必将向学界奉献更多的学术精品，文学院的各项事业必将走向更悠远的辉煌！

储泰松

二〇一八年十月

目　录

"诗史"说再思 ………………………………………………………… 1

梁启超的"诗史观"
　　——《饮冰室诗话》的若干诗学思想分析 …………………… 19

"诗学考据学"：一个值得关注的诗学问题 ……………………… 28

典中有典
　　——陈寅恪挽曾昭燏诗隐含的思想追问 …………………… 52

诗史释证与审美想象的历史还原
　　——戴鸿森《宋诗选注》补订读后 ………………………… 73

文献工夫与思想工夫并进
　　——邓小军诗学考据学述略 ………………………………… 91

释颜延之《五君咏·嵇中散》"寻山洽隐沦" …………………… 111

黄宗羲诗学思想的哲学色彩 ……………………………………… 120

上下千古，自治性情
　　——黄宗羲诗学思想片论 …………………………………… 136

黄宗羲诗学情感论的三重价值向度 ……………………………… 143

从"秋兴"情结看中国文学的自省精神
　　——读钱穆《晚学盲言》札记之一 ………………………… 155

由"诗艺"向"诗义"的透视

　　——钱锺书的解诗方法 ··162

《典论·论文》"齐气"研究略评 ···································171

《文章精义》作者考质疑 ··184

现代学术视野中的"考据之学"

　　——从梁启超晚年的治学转向与学术关怀说起 ·········205

钱穆与陈寅恪

　　——以相互间的学术评价为中心 ·····························226

岑仲勉对陈寅恪之学术批评及其内在问题 ···············249

中国古代思想世界的内在架构及其现代启示

　　——本杰明·史华慈的一个学术思考 ·····················298

回归经学视野审视诗学

　　——刘运好教授《魏晋经学与诗学》读后 ···············326

细节处发现历史,笔墨中决出性情

　　——读桑农《花开花落——历史边缘的知识女性》 ·········331

重现一代士人生活的美学情韵

　　——读李修建《风尚——魏晋名士的生活美学》 ·········333

后　记 ···338

"诗史"说再思

　　"诗史"说贯穿中国诗学史千余年，自古及今讨论者多矣。[①]然而面对此一丰厚的学术阐释史，笔者常不免有所疑问："诗史"说核心的精神是否即在强调用诗记录、描写客观现实生活？[②]明人唐元竑即指出，"史自有史笔，所谓简而且详，疏而不漏。若纤悉具书，如市廛账簿，且不得言史，无论诗矣"[③]。那么古人何以要强调"诗中有史"？居今而言，当我们反复置辩于诗与史的界画，注目写实与虚构、表现与再现、抒情与叙事的纠缠时，"诗者，艺也"[④]的观念固然愈发明确，然而是否有所忽略"夫诗

---

　　① 近年较突出的一项成果即已故青年学人张晖所著《中国"诗史"传统》（生活·读书·新知三联书店2012年版），此书系张晖先生博士学位论文，曾以《诗史》为名，由学生书局出版于2007年。是书不仅详细考察中国诗学史上唐以后"诗史"说的来龙去脉及其理论内涵，且细致梳理现代以来诸般研究成果，史料丰富，论析严明，堪称近年"诗史"概念史研究的代表作品。其书附录二《"诗史"问题研究知见书目》，搜辑1928至2010年间相关论著200种（篇），可见现代以来研究大略。

　　② 张晖在其书的结论中即提道："综观历代的'诗史'说，其间贯彻着一个最为基本的核心精神，那就是强调诗歌对现实生活的记录和描写"，甚至认为这种重视"诗歌忠实记录外在世界的观念"有可能形成一套类似西方诗学中的摹仿理论。见《中国"诗史"传统》，生活·读书·新知三联书店2012年版，第264、270页。

　　③ 唐元竑：《杜诗攟》卷二，转引自张晖《中国"诗史"传统》，生活·读书·新知三联书店2012年版，第37页。本文转引自张晖先生书中材料，出处一注张书，不敢掠美。

　　④ 钱锺书：《谈艺录·五》（修订本），中华书局1984年版，第40页。

者，人之志兴存焉"①之类古老命题的某些应有之义？在"诗史"说发育的思想脉络中，"诗"到底指谓什么？

凡此种种，兹就所疑略作申说，以就教方家。

一、孟棨的思想立场

作为一个文论概念的"诗史"，来自孟棨《本事诗》。因为有关孟棨生平的史料较少，故素来论及"诗史"说者，多引及《本事诗·序目》中的"触事兴咏"说以及《高逸》篇末论及杜诗的两句话，而似乎很少有学者特为注意孟棨的思想立场。

2006年，陈尚君先生据洛阳市郊白马寺镇帽郭村新出土孟棨家族的四方墓志，特别是孟棨所撰其妻李琡墓志（871），结合各种史料，对其生平及家世多有考证。②据之可知如下数点：

第一，孟棨约生于唐宪宗元和（806—820）前期，虽"常以理乱兴亡为己任"（孟棨《唐孟氏冢妇陇西李夫人墓志铭并叙》），然自唐武宗会昌初应进士举，至唐僖宗乾符元年（874）登进士第，"出入场籍三十余年"（《唐摭言》），其怀才不遇、科场蹭蹬之愤懑时见于墓志文字中。

第二，其父孟琯，少以文才见赏于韩愈，元和五年（810）年二十余登进士第，然唐文宗大和九年（835）因甘露事变受牵连而贬硖州长史，再贬梧州司户参军。孟棨时年二十余，随父侍行至梧州。

第三，《本事诗》成书于唐僖宗光启二年（886），孟棨年七十余，已自司勋郎中任去职。然是时王仙芝、黄巢起兵，以及朱玫强拥立嗣襄王之变先后发生，唐王室已然处于风雨飘摇之中。

由此我们来看《本事诗》相关文字。为叙述方便，抄录其文如下：

---

① 李东阳：《王城山人诗集序》，《怀麓堂集》文卷二，转引自胡经之主编《中国古典文艺学丛编》（二），北京大学出版社2001年版，第50页。
② 陈尚君：《〈本事诗〉作者孟棨家世生平考》，《新国学》第六卷，巴蜀书社2006年版。

《本事诗·序目》：诗者，情动于中而形于言。故怨思悲愁，常多感慨。抒怀佳作，讽刺雅言，虽着于群书，盈厨溢阁，其间触事兴咏，尤所钟情，不有发挥，孰明厥义？因采为《本事诗》，凡七题，犹四始也。情感、事感、高逸、怨愤、征异、征咎、嘲戏，各以其类聚之。①

《本事诗·高逸》：白才逸气高，与陈拾遗齐名，先后合德。其论诗云："梁陈以来，艳薄斯极，沈休文又尚以声律，将复古道，非我而谁与！"故陈、李二集律诗殊少。尝言："兴寄深微，五言不如四言，七言又其靡也。况使束于声调俳优哉。"故戏杜曰："饭颗山头逢杜甫，头戴笠子日卓午。借问何来太瘦生，总为从前作诗苦。"盖讥其拘束也。玄宗闻之，召入翰林。以其才藻绝人，器识兼茂，欲以上位处之，故未命以官。尝因宫人行乐，谓高力士曰："对此良辰美景，岂可独以声伎为娱，倘时得逸才词人吟咏之，可以夸耀于后。"遂命召白。时宁王邀白饮酒，已醉。既至，拜舞颓然。上知其薄声律，谓非所长，命为宫中行乐五言律诗十首。白顿首曰："宁王赐臣酒，今已醉。倘陛下赐臣无畏，始可尽臣薄技。"上曰："可。"即遣二内臣掖扶之，命研墨濡笔以授之。又令二人张朱丝栏于其前。白取笔抒思，略不停缀，十篇立就，更无加点。笔迹遒利，凤跱龙拏。律度对属，无不精绝。其首篇曰："柳色黄金嫩，梨花白雪香。玉楼巢翡翠，金殿宿鸳鸯。选妓随雕辇，征歌出洞房。宫中谁第一？飞燕在昭阳。"文不尽录。常出入宫中，恩礼殊厚，竟以疏从乞归。上亦以非廊庙器，优诏罢遣之。后以不羁流落江外，又以永王招礼，累谪于夜郎。及放还，卒于宣城。杜所赠二十韵，备叙其事。读其文，尽得其故迹。杜逢禄山之难，流离陇蜀，毕陈于诗，推见至隐，殆无遗事，故当时号为"诗史"。②

---

①丁福保辑：《历代诗话续编》（上），中华书局1983年版，第2页。
②丁福保辑：《历代诗话续编》（上），中华书局1983年版，第14—15页。

《序目》说得很清楚，全书七题，"各以其类聚之"，亦即每一题下各则均有其"主题"所在。高逸，应即是篇首指称李白时提到的"才逸气高"——才情、行事作风均不同凡俗、迥异他人。此题下共收录三则文字，后两则文字所述杜牧所见之禅僧以及杜牧本人之所为，皆可称"高逸"。据此推知，此则述李白其人，着墨点亦应在于此。

实际来看，《高逸》述及李白的这则文字，大半落在李白个性与其律诗创作之关系上。清人赵翼尝言："青莲集中古诗多，律诗少。五律尚有七十余首，七律只有十首而已。"①古来类似意见不一而足。不论孟棨时代是否已有此论，但从其所述来看，正因为李白"才逸气高"，性不喜拘束，故不仅留下的律诗少，且对之多有批判。然而，孟棨同时又花费较多篇幅记述了李白应玄宗命而创作"宫中行乐五言律诗十首"的鲜活故事，"十篇立就，更无加点"，可见李白非同一般的律诗写作才情。按孟棨的叙述脉络，李白虽深具律诗写作之才却以个性故而力斥律诗，正可见其"高逸"所在。故紧接其后的几句文字，落墨于李白上疏乞归与因永王事累谪，用意也正在凸显其"不羁"的品性，且因为这份"不羁"，导致其晚年"流落江外""累谪于夜郎"。

可注意的是，既然《高逸》的着墨重点在李白的"才逸气高"上，那么叙及"尽得其故迹"尚不为离题，何以在这之后又出现结尾谈及杜诗与"诗史"的文字？这几句与"高逸"一题的主旨，显然有所不同，是无意牵及，还是有意宕开一笔？

按上引陈尚君教授所考孟棨生平，其一生有两点与李白很相类：其一，怀才不遇；其二，遭遇重大政治变故。尤其是后者。李白受永王璘案牵连，而孟棨之父孟琯亦曾遭遇甘露之变，两案皆可谓有唐一代重大政治变故。《本事诗》成于孟棨晚年，尽管其父孟琯因连坐而贬官时孟棨年仅二十余，但经历如此政治冤案的切身之痛应不易忘却。而杜甫《寄李十二

---

① 赵翼著，江守义、李成玉校注：《瓯北诗话校注》卷一，人民文学出版社2013年版，第8页。

白二十韵》虽叙及李白平生形迹，但重点却在为之所受莫白之冤辩护。①
因此，杜诗所言"才高心不展，道屈善无邻""几年遭鵩鸟，独泣向麒麟"
"已用当时法，谁将此义陈"数句，应与孟棨内心隐痛——怀才不遇之感
与政治变故之愤——极切近。就此而言，当其述及李白晚景时所说"杜所
赠二十韵，备叙其事。读其文，尽得其故迹"，其中"备叙其事"的
"事"、"尽得其故迹"的"故迹"应该皆是就杜诗实际的着眼点——才人
因不羁而含莫白之冤——来说的，而非泛泛而言杜甫此诗乃是对李白一生
行迹的记录。正因为诗中有隐含的鸣其"莫白之冤"之意，故紧跟其后，
孟棨才有意宕开一笔，提出杜甫晚年之诗多"推见至隐，殆无遗事"，堪
谓"诗史"。

　　"推见至隐"，语出《史记·司马相如传》"太史公曰"。②孟棨用其语，
此"隐"应有三义：第一，政治隐秘，或曰难以明言的重大政治变故。
"韦昭注"所引晋文召天子而经言"狩河阳"乃一典型，而李白与永王麟
案③、孟棨之父遭遇的甘露之变，以及杜甫所经历的玄肃政局之变，皆属
此类。第二，生命隐痛，凡有良知之人或良史之才，怀有怨苦而襟不得
言，自有其抑郁难解的一份心灵隐痛。第三，用诗语隐晦传达此一隐秘与
隐痛，亦即微言写作。《春秋公羊传》定公元年："定、哀多微辞。"《史
记·匈奴列传》"太史公曰"："孔子著《春秋》，隐桓之间则章，至定哀之
际则微，为其切当世之文而罔褒，忌讳之辞也。"④清人孔广森《春秋公羊
传通义》曰："微辞者，意有所托而辞不显，唯察其微者，乃能知之。"

　　就杜甫晚年而言，安史战乱，玄肃政坛的更迭，尤其是疏救房琯的濒

---

　　①仇兆鳌《杜诗详注》卷之八录王嗣奭诗评曰："白才高而狂，人或疑其乏保身之
哲，公故为之剖白。如'未负幽栖志，兼全宠辱身'及楚筵辞醴、梁狱上书数句，皆
刻意辩明，与赠王维诗'一病缘明主，三年独此心'相同，总不欲使才人含冤千载
耳。"见仇兆鳌注，《杜诗详注》，中华书局1979年版，第664页。

　　②"点校本二十四史修订本"《史记》（九），中华书局2014年版，第3722页。

　　③永王麟案乃一冤案，详见邓小军《永王璘案真相——并释李白〈永王东巡歌十
一首〉》，《文学遗产》2010年第5期。

　　④"点校本二十四史修订本"《史记》（九），中华书局2014年版，第3525—3526
页。

死经历，所带给他的不仅仅只是战乱频仍、世事变幻，更有对政治失道的愤慨，家国危亡的深忧，以及满目疮痍、生离死别的锥心惨痛。①故其晚岁为诗，何止"非但叙尘迹摭故实而已"（魏泰《临汉隐居诗话》），满溢纸面的更是一份切身之痛与悲悯之怀，故"其旨直而婉，其辞隐而见"（杨维桢《梧溪诗集序》）②。

孟棨生当杜甫百余年之后，虽未能亲接其謦欬，但中唐古文运动与新乐府运动所形成的充满现实批判色彩的思想传统，使其对老杜饱含家国之思与生命苦痛的"推见至隐"的写作传统自不陌生。③况且，孟棨平生"常以理乱兴亡为己任"（《唐孟氏家妇陇西李夫人墓志铭并叙》）。然而生当风雨飘摇之末世，其时文坛虽不乏"上剥远非，下补近失"（皮日休《皮子文薮·序》）之类论调，但在不少诗人的笔下更多出现的却是一种落寞、自适的衰世之音："静则守桑柘，乱则逃妻儿"（陆龟蒙《江湖散人歌》），"宁为宇宙闲吟客，怕作乾坤窃禄人"（杜荀鹤《自叙》），"千载是非难重问，一江风雨好闲吟"（罗隐《渚宫愁思》），满纸乱世的枯寂与逃避的心态。④因此，《本事诗》述及李白时宕开一笔而提出的"诗史"说，实乃有为而发，既有来自老杜所塑造的关注政治现实与苦难人生之人文传统的影响，也不免有面对当下文学风气的不满与希望，更有其"理乱兴亡"为职志的生命意识之鼓动。其目的，并不在泛泛强调诗对现实生活

①参见邓小军《杜甫诗史精神》（《安徽教育学院学报》1992年第3期）、《杜甫〈北征〉补笺》（《北京大学学报》2007年第3期），曹慕凡《杜诗游心录》（《杜诗杂说全编》，生活·读书·新知三联书店2009年版，第363—416页）。

②魏泰《临汉隐居诗话》、杨维桢《梧溪诗集序》，转引自张晖《中国"诗史"传统》，生活·读书·新知三联书店2012年版，第42、61页。

③韩经太先生曾详细考察孟棨所说"当时号为'诗史'"的"当时"之文学发展实况，认为中唐贞元、元和之际，元、白等人为代表的新乐府运动与其时的古文运动，共同造就了附着于"当代之事"而意在"褒贬""美刺"的主体志趣，而孟棨所说正依托于这个古老而又永远富于"当代"启示意义的人文传统之上。详见韩经太《传统"诗史"说的阐释意向》，《中国社会科学》1999年第3期。

④参见罗宗强：《隋唐五代文学思想史》第十一章，中华书局1999年版，第348—392页。

的忠实摹写，而更在凸显诗中应有"事"，且是关系现实政治生活的不寻常之事，其中饱含诗人直面现实危亡与时代之痛的人文关怀与批判精神，一如"杜所赠二十韵"。故《本事诗·序目》即提到，其"尤所钟情"的"抒怀佳作，讽刺雅言"正是那些"触事兴咏"之作。

马一浮尝言，中国诗的本质在于一个"感"字，然"言乎其感，有史有玄。得失之迹为史，感之所由兴也"，又说"史者，事之着""史以通讽喻"（《蠲戏斋诗自序》）。[①]可以想见，如果诗中之"事（史）"不过"邻猫生子"一般的客观生活事实，又如何谈得上"不有发挥，孰明厥义"？因此，"诗史"说自始就将关注点落在了不正常的政治生态下诗中应有"事"——亦即社会关怀或曰政治关怀——这样的思考路径上。且略作考察即可发现，此一思考路径其来有自。

二、元、白以及杨慎、王夫之

略如前述，孟棨所提"诗史"说重点在"触事兴咏"，亦即强调诗人直面时代之痛的家国情怀。此一思路来自元、白，甚至更为久远的儒家风教。后世论者虽然在诗如何表现"事"这一问题上有不断的讨论乃至争论，甚至出现如杨慎、王夫之之类激烈的"诗史"批判论者，但"诗史"说直面时政之弊的精神主调与思想传统始终未变。

先看元、白之论诗。

> 1.文章合为时而著，歌诗合为事而作……有可以救济人病，裨补时阙，而难于指言者，辄歌咏之。（白居易《与元九书》）
>
> 2.闻见之间，有足悲者，因直歌其事，命为《秦中吟》。（白居易《秦中吟序》）
>
> 3.但伤民病痛，不识时忌讳。遂作《秦中吟》，一吟悲一事。（白

---

①丁敬涵编：《马一浮集》第三册，浙江古籍出版社、浙江教育出版社1996年版，第180页。

居易《伤唐衢》)

4.由诗而下九名，皆属事而作……自风雅至于乐流，莫非讽兴当时之事，以贻后代之人……近代唯诗人杜甫悲陈陶、哀江头、兵车、丽人等，凡所歌行，率皆即事名篇，无复倚傍。（元稹《乐府古题序》）

5.凡九千二百五十二言，断为五十篇。篇无定句，句无定字，系于意，不系于文。首句标其目，卒章显其志，《诗》三百之义也。其辞质而径，欲见之者易谕也。其言直而切，欲闻之者深诫也。其事覈而实，使采之者传信也。其体顺而肆，可以播于乐章歌曲也。总而言之，为君、为臣、为民、为物、为事而作，不为文而作也。（白居易《新乐府序》）

笔者按："覈而实"之"覈"，一般多解作"真实"义。《说文》曰："覈，实也。考事，而笮邀遮其辞，得实曰覈。"段玉裁注："而者，反复之。笮者，迫之。徼者，巡也。遮者，遏也。言考事者定于一是，必使其上下四方之辞皆不得逞，而后得其实，是谓覈。此所谓咨于故实也，所谓实事求是也。"①故此，"覈"乃反复验证可得其真之义，"其事覈而实"乃指诗中所言之事可验证、有客观真实依据，但非强调如实"记录"。

上引元、白之言可谓最常见之史料，其中所提及的"事"，皆指向直接关系政治得失的当下事，而非纤悉不遗的客观现实。"事"字从"史"。《说文》曰：事，职也。从史，之省声。"段注："职，记微也。"②

又曰："微，隐行也。《春秋传》曰：'白公其徒微之。'"段注："《左传》哀十六年文。杜曰'微，匿也'与《释诂》'匿，微也'互训，皆言隐，不言行。"③

---

①许慎撰，段玉裁注：《说文解字注》，上海古籍出版社1981年版，第357页。
②许慎撰，段玉裁注：《说文解字注》，上海古籍出版社1981年版，第116—117页。
③许慎撰，段玉裁注：《说文解字注》，上海古籍出版社1981年版，第76页。

又曰:"史,记事者也。"段注:"《玉藻》:'动则左史书之,言则右史书之。'不云记言者,以记事包之也","君举必书,良史书法不隐"。①

因此,"事"固然可泛化理解为种种日常生活事实,但元、白的用意显然落在"良史书法不隐"所指向的政治事实上。当然,这不是说元、白抑或老杜诗中所写之"事"只是政治现实,而是说在元、白、老杜乃至儒家讲论"兴观群怨"的论诗传统中,出于家国之思而具有现实政治批判意味的"事"乃是其关注的重点所在。即如白居易《与元九书》所说,其所作既有"关于美刺兴比"的讽喻诗,也有"吟玩性情"的闲适诗、"随感遇而形于叹咏"的感伤诗,但"大丈夫所守者道,所待者时","奉而始终之则为道,言而发明之则为诗。谓之讽谕诗,兼济之志也;谓之闲适诗,独善之义也",至于"或诱于一时一物,发于一笑一吟,率然成章,非平生所尚者,但以亲朋合散之际,取其释恨佐欢"而已。

对于白居易的这番言说,今人或以其不过一不顾诗的审美属性的文学功用论的陈词,然而不可否认的是,这其中正有古代中国诗人乃至所有知识人生命意识的着眼点所在。

孟子讲,人之所以为人必有一人性的自觉②,亦即对自己生命的价值与意义有充分的自我觉知。这构成古代中国知识人生命意识的起点,顺此起点,进而超越自然生命的考虑,而专注于道德境界、政治关怀、社会责任等一系列人生课题的开发,从而铸就一"人能弘道,非道弘人"(《论语·卫灵公》)的精神传统。故黄宗羲说:"学莫先于立志。立志则为豪杰,不立志则为凡民。"(《孟子师说》卷七)③陶诗则曰:"先师有遗训,忧道不忧贫。瞻望邈难逮,转欲志长勤。"(《癸卯岁始春怀古田舍二首》)因此,在古代中国知识人的人生图景中,此一生命意识的自觉乃是人生一大事因缘。它所强调的就是人在一己成德的过程中,不断将针对自

①许慎撰,段玉裁注:《说文解字注》,上海古籍出版社1981年版,第116—117页。

②《孟子·离娄下》:"人之所以异于禽兽者几希,庶民去之,君子存之。"

③沈善洪主编:《黄宗羲全集》(增订版)第一册,浙江古籍出版社2005年版,第151页。

我的自觉性反思与对世道、人生的关怀紧密连接在一起，在自我与他人、一己与天下、当下与过往和将来的考虑中追问生命存在的价值与意义。故牟宗三先生讲："中国文化的核心是生命的学问。由真实生命之觉醒，向外开出建立事业与追求知识之理想，向内渗透此等理想之真实本源，以使理想真成其为理想，此是生命的学问之全体大用。"[1]此一"生命的学问"，正构成古代中国知识人生命意识的核心。

诗言性情，然"以心之安不安者定其出处，其得于性情者深矣"（黄宗羲《马雪航诗序》）。[2]因此，历代中国诗人在用文字娱情颐性、言述其一人之所感的背后，更有其作为知识人对家国政治、世相人心的贴心关怀、查察体认。诗，不仅是一种艺术，更成为一份关系群生的思想事业。故《毛诗序》以"以一国之事，系一人之本"概之，宋人黄彻则讲："夫诗之作，岂徒以青白相媲、骈俪相靡而已哉！要中存风雅，外严律度，有补于时，有辅于名教，然后为得。"[3]明人李东阳亦说："夫诗者，人之志兴存焉。故观俗之美者与人之贤者，必于诗。"[4]清人顾炎武更倡言作诗应"有益于天下，有益于将来"[5]，皆可谓此一生命意识的展现。正因为这是一种生命意识的流布，故与此生相终始。一如宋末郑思肖所言：

> 我之所谓诗，非空寄于言也，实终身不易之天也，岂徒诗而已矣！[6]

---

[1] 牟宗三：《生命的学问·自序》，广西师范大学出版社2005，第1页。

[2] 沈善洪主编：《黄宗羲全集》（增订版）第十册，浙江古籍出版社2005年版，第97页。

[3] 黄彻著，汤新祥校注：《巩溪诗话》"序"，人民文学出版社1986年版，第1页。

[4] 李东阳：《王城山人诗集序》，《怀麓堂集》文卷二，转引自胡经之主编《中国古典文艺学丛编》（二），北京大学出版社2001年版，第50页。

[5] 顾炎武著，黄汝成集释：《日知录集释》卷十九，上海古籍出版社2006年版，第1079页。

[6] 郑思肖：《中兴集·自序》，转引自陈福康《井中奇书考》，上海文艺出版社2001年版，第344页。

明此一点，再看古来批判"诗史说"最烈者杨慎、王夫之之所论。

二者皆立足"诗""史"之别，杨慎以诗贵"含蓄蕴藉"批判"诗史"可能导致"直陈时事，类于讪讦"（《升庵诗话·诗史》），而王夫之则力辨诗歌叙事与历史叙事的不同（《古诗评选》卷四《上山采蘼芜》评语）。对此，前贤言之甚明。[①]尽管从实际来看，杨慎批评"诗史"，虽提及诗、史各有体、不可相兼，但批评的重点还在"直陈时事，类于讦讪"而缺少诗应有的"含蓄蕴藉"之美，并非一概地批评"诗"写"时事"，甚至对"诗"写"时事"多有认同。[②]而王夫之的批评背后，张晖认为更有一个"用'影刺'来'谤史'"的设想。[③]然而可注意的是，今人则多以为杨、王对诗与史写作特点的辨析是一种创见，凸显了诗的美学品格，体现了一种文论思想的"进步"。置之20世纪以来文学的观念立场，自然可成立，但若较之古代中国诗人的立场，可能就是一种误解。我们可从明代许学夷对杨慎的批评中略见一斑：

> 　　用修之论虽善，而未尽当。夫诗与史，其体、其旨，固不待辨而明矣。即杜之《石壕吏》《新安吏》《新婚别》《垂老别》《无家别》《哀王孙》《哀江头》等，虽若有意纪时事，而抑扬讽刺，悉合诗体，安得以史目之？至于含蓄蕴藉虽子美所长，而感伤乱离、耳目所及，

---

①详见高小慧《杨慎的"诗史"论》（《北京大学学报》2004年第1期），邓新跃《杨慎对杜诗"诗史说"的批判及其批评史意义》（《杜甫研究学刊》2005年第1期），以及张晖《中国"诗史"传统》第三章第二节、第四章。

②王仲镛先生《升庵诗话笺证》卷四《诗史》条笺注中就提道："寻升庵之意，乃在针砭宋人学杜之偏，盖其诗旨，主于含蓄蕴藉。宋诗发露较多，往往情随言尽，而又标榜出于少陵，故不免为此过论……其实，升庵……每用'诗史'之名以评诗，如……至其《杜诗选》于老杜纪时事，感乱离之作，昔人所谓'杜陵诗史'者，尤三致意焉……"王仲镛：《升庵诗话笺证》，上海古籍出版社1987年版，第127页。另见张晖《中国"诗史"传统》第三章第二节。

③张晖：《中国"诗史"传统》，生活·读书·新知三联书店2012年版，第155页。

以述情切事为快，是亦变雅之类耳，不足为子美累也。①

从这番言论来看，许学夷或有为老杜辩护之嫌。但他显然认为，诗与史在文体写作方法上不同只是一个常识，不是讨论老杜与"诗史"所应关注的"真问题"。在他看来，老杜被称为"诗史"的这些作品虽意在写"事"，却并非一味"直陈"，合乎"抑扬讽刺"的诗体要求。亦即是说，"诗体"的要义在于"抑扬讽刺"。而且，即便这些作品存在"以述情切事为快"者，不够"含蓄蕴藉"，然出自"感伤乱离、耳目所及"，一如变风变雅，乃"王道衰，礼义废，政教失，国异政，家殊俗"（《毛诗序》）的产物，其直面世积乱离、讥刺时弊的精神仍是值得肯定的。

就古来"诗史"论者而言，尽管确实存在将诗中酒价、年月、地理乃至人事与史实生硬比附者，但只要不是笨伯痴汉，很少有人会将"诗家语"视同史书，认为诗人的"实录"等同于史学家的史料编纂。因此，虽然历代"诗史"论者不乏言及诗如何写"事"的讨论，但其着眼点却不在由此而凸显"诗"的艺术的面相，而更在强调"诗史"主文谲谏、直面时政之弊的思想传统。清人施闰章就指出：

> 古未有以诗为史者，有之自杜工部始。史重褒讥，其言直而核；诗兼比兴，其风婉以长。故诗人连类托物之篇，不及记事记言之备。……然作史之难也，以孔子事笔削，其于知我罪我，盖惴惴焉……诗人则不然，散为风谣，采之太师，田夫野妇，可称咏其王后。卿大夫微词设讽，或泣或歌，忧愤之言，寄之苌楚；故宫之感，见乎黍离……言者无罪，闻之者足以戒，其用有大于史者。风骚而降，流为淫丽，诗教浸衰。杜子美转徙乱离之间，凡天下人物事变，无一不见于诗，故宋人目以为诗

---

①许学夷：《诗源辨体》卷二十四，转引自张晖《中国"诗史"传统》，生活·读书·新知三联书店2012年版，第118页。

史,虽有讥其学究者,要未可概非也。①

　　或有学者认为这段话意在凸显诗、史之别。②但究其实,施润章乃借分别诗、史写作方法的不同,以凸显诗主文谲谏的艺术精神,故后文着力表彰《江雁草》"有史之遗意",得"风人之旨"。值得注意的是,施润章讲诗"其用有大于史者",不仅是从诗的艺术感染力来说的,更是从诗"兼"有"比兴"方法与"褒刺"目的这一视角出发的。而这一点,宋人已着其先鞭。

　　如前所述,孟棨提出"诗史"时已然注意到杜诗"推见至隐"的微言写作方法。至宋人明确将之与微婉显晦的《春秋》书法相联系,元明以后多见其例。③元人杨维桢就讲:"世称老杜为诗史,以其所著,备见时事。予谓老杜非直纪事史也,有《春秋》之法也。其旨直而婉,其辞隐而见……虽然,老杜岂有志于《春秋》者。《诗》亡然后《春秋》作,圣人值其时有不容已者,杜亦然。"④可见,"备见时事"不等于"直纪事史",古人原很清楚。且杨维桢认为,老杜之作也多有《春秋》微婉显晦的书法,"非直纪事史"。但这些均非问题关键,老杜"诗史"最可贵的还在于承续了《诗》与《春秋》著目微言、寓意褒贬的批评精神。⑤

　　由此可见,"诗史"说真正关注的乃是"诗中有事(史)",亦即借政

　　①施润章:《江雁草序》,转引自王镇远、邬国平编选《清代文论选》(上),人民文学出版社1999年版,第157页。

　　②张晖:《中国"诗史"传统》,生活·读书·新知三联书店2012年版,第177页。

　　③详见张高评:《春秋书法与左传史笔》第八章"杜甫诗史与《春秋》书法",里仁书局2011年版。

　　④杨维桢:《梧溪诗集序》,转引自张晖《中国"诗史"传统》,生活·读书·新知三联书店2012年版,第61页。

　　⑤"王者之迹熄而《诗》亡,《诗》亡然后《春秋》作"语出《孟子》。马银琴认为,这句话实质上陈述了这样一个历史事实:周室寖微,政由方伯,公卿列士献诗讽谏制度荡然不存,讽谏劝正之辞不再被陈于王廷并因此走向衰亡;讽谏之诗衰亡了,以微言立大旨、寓损贬之义于其中的《春秋》便随之产生了。详见马银琴《孟子"〈诗〉后然后〈春秋〉作"重诂》(《上海师范大学学报》2002年第3期)、《孟子诗学思想二题》(《文学遗产》2008年第4期)二文。

治事实之诗语书写以寓其现实批判的思想原则，至于写作方法固然重要，但非本旨所在。因此，在"诗史"说的思想脉络中，"诗中有事（史）"与诗如何"写事"，可谓致思路径有联系又有不同的两个问题，后者属于"诗之艺"，而前者更近于"诗之道"。

钱锺书先生说，《春秋》之"书法"，实即文章之修词。[1]这只指出了古人的一个用法，"诗史"与"春秋"书法真正的联系，还在于诗人对时事与政治生态的关怀，原不仅仅出于"诗艺"的考虑。其中重要的分别，或许在于古来《诗》作经读、还是《诗》作诗读的不同。《诗》作诗读固然满足了"陶冶性灵、益人风趣"（阮葵生《茶余客话》）的美学追求[2]，但《诗》作经读乃是儒家诗教赋予知识人的一份生命意识之所在，虽然迂腐，但目中有"人"、有天下家国。或亦因为此，余英时先生才讲"从纯粹文学观点论诗"与"'诗史'之所谓'诗'不同科"，必须分别以观。[3]

三、为"以诗补史之阙"说进一解

"以诗补史之阙"，语出黄宗羲《万履安先生诗序》，今人常见征引。一般认为，"诗"之所以能"补史之阙"，在于诗文乃至小说物语中"夹带"有某些为正史所"阙失"的历史信息，故可补其阙、正其讹、弥缝其罅隙、揭露其真相。"亡国大夫谁为传，只饶野史与人看。"（文天祥《己卯十月一日至燕，越五日罹狴犴，有感而赋》）可谓此种解释的一个脚注。然而，其义尚不止于此。

其一，借用徐贲提出的"见证文学"的概念，"以诗补史之阙"亦可谓一种"见证文学"，不仅可以见证现实的黑暗与痛苦，更体现了"受难

---

[1]钱锺书：《管锥编》（第三册），中华书局1986年版，第967页。

[2]关于"《诗》作诗读"，参见钱锺书《管锥编》（第一册），中华书局1986年版，第79—80页。

[3]余英时：《评关于钱谦益的"诗史"研究》，《余英时文集》第九卷《历史人物考辨》，广西师范大学出版社2006年版，第52页。

幸存者站出来，向世界'作见证'的道德勇气和社会行动"①。

明人邢昉诗云："虽然怵罗网，慎勿罢记载。"②面对黑白颠倒、是非混淆、举世噤声的时代，"以诗补史之阙"体现了真正以儒家风教精神为生命旨归的古代中国知识人的一种胆魄，其中凝聚着一份自觉的人生使命。文天祥、郑思肖皆是黄宗羲提到的"以诗补史之阙"的重要案例。文天祥在谈及其《集杜诗》时就提道："昔人评杜诗为诗史……虽谓之史可也。予所集杜诗，自予颠沛以来，世变人事，概见于此矣。是非有意于为诗者也，后之良史尚庶几有考焉。"③显然，文天祥所强调的，正是要用诗（集杜诗）来保存颠沛流离之中的"世变人事"，以备后世良史查察。而《心史》作者郑思肖，不仅明言"托诗为史笔传闻"（《哀刘将军》），且表示"非歌诗，无以雪其愤……泽畔孤吟，块然其形，心乎一脉之生，眇然千冰万雪之下，微微绵绵，不绝如缕，穷阴戮力杀之，终不可得而杀"（《中兴集·自序》）。④可见，存亡绝续之际，自觉地保存遗逸、见证历史、烛照现实，成为诗人生命意识的一份寓托，"其心意中有一共同观念，国可亡，而史不可灭"（陈寅恪《吾国学术之现状及清华之职责》）。⑤

其二，"以诗补史之阙"不仅意味着一种勇于见证现实苦难的思想自觉，更是直面当下生活实际的人文重建。

黄宗羲讲，易代之际，"血心流注，朝露同晞，史于是而亡矣"（《万履安先生诗序》）。此所谓"史之亡"，固然是指新朝为"胜国"修史必然

①徐贲：《为黑夜作见证：维赛尔和他的〈夜〉》，《人以什么理由来记忆》，吉林出版集团有限责任公司2008年版，第212页。"见证文学"的概念，更早似出于法国诗人、评论家克洛德·穆沙（Claude Mouchard）所著《谁，在我呼喊时——20世纪的见证文学》（李金佳译），华东师范大学出版社2015年版。

②邢昉：《读祖心再变纪，漫述五十韵》，转引自陈福康《井中奇书考》，上海文艺出版社2001年版，第203页。

③文天祥：《文信国集杜诗序》，转引自张晖《中国"诗史"传统》，生活·读书·新知三联书店2012年版，第69页。

④转引自陈福康《井中奇书考》，上海文艺出版社2001年版，第344—346页。

⑤陈寅恪：《陈寅恪集·金明馆丛稿二编》，生活·读书·新知三联书店2001年版，第362页。

的那些"脱漏、曲隐、篡改、瞒骗"①，但天纲解纽所带来的更可怕的，还在于弥漫于整个时代的士人精神的失落：

> 顾炎武《日知录》卷十九："末世人情弥巧。"②
>
> 尤侗《金孝章诗序》："鼎革之际，竞言高尚，久而饥寒驱迫，改柯易叶者比比。"③
>
> 黄宗羲《寿徐掖青六十序》："年运而往，突兀不平之气，已为饥火之所销铄。……落落寰宇，守其异日之面目者，复有几人？"④
>
> 黄宗羲《范熊岩先生文集序》："今之所谓名士者，平居酒食游戏相征逐，名谓交友。于其缓急生死，截然不置盼睐于其间。"⑤

相较暴政集权对正义的扼杀，士人自身的退缩、遗忘乃至背叛才是更具弥漫性的精神生活的灾难。就像陈寅恪所说的，"值此道德标准社会风习纷乱变易之时，此转移升降之士大夫阶级之人，有贤不肖拙巧之分别，而其贤者拙者，常感受苦痛，终于消灭而后已"⑥。从这个角度来看，黄宗羲之所说就有了更值得关注的内容：

> 嗟乎！顾安得事功节义之士，而与之一障江河之下乎？（《明名

---

①严迪昌先生即指出："易代之后，新朝为'胜国'修史，必有删芟，必有其自持自定的绳衡取舍标准，于是脱漏、曲隐、篡改、瞒骗，种种手段不一而足。亡国人氏'野制遥传，苦语难销'则正是足可补其缺漏，烛其曲隐，戳穿瞒骗，败露篡改。"严迪昌：《清诗史》上册，浙江古籍出版社2002年版，第217页。

②顾炎武著，黄汝成集释：《日知录集释》卷十九，上海古籍出版社2006年版，第1095页。

③尤侗：《西堂杂俎》三集卷四，康熙刻本。

④沈善洪主编：《黄宗羲全集》（增订版）第十一册，浙江古籍出版社2005年版，第63页。

⑤沈善洪主编：《黄宗羲全集》（增订版）第十一册，浙江古籍出版社2005年版，第60页。

⑥陈寅恪：《陈寅恪集·元白诗笺证稿》，生活·读书·新知三联书店2001年版，第85页。

臣言行录序》）①

是故景炎、祥兴，宋史且不为之立本纪，非指南、集杜，何由知
闽广之兴废；非水云之诗，何由知亡国之惨；非白石、晞发，何由知
竺国之双经，陈宜中之契阔；心史亮其苦心，黄东发之野死，宝幢志
其处所，可不谓之诗史乎？元之亡也，渡海乞援之事，见于九灵之
诗，而铁崖之乐府，鹤年、席帽之痛哭，犹然金版之出地也，皆非史
之所能尽矣。明室之亡，分国鲛人，纪年鬼窟，较之前代干戈，久无
条序，其从亡之士，章皇草泽之民，不无危苦之词。以余所见者，石
斋、次野、介子、霞舟、希声、苍水、密之十余家，无关受命之笔，
然故国之铿尔，不可不谓之史也。（《万履安先生诗序》）②

两相对照，文天祥、汪水云以下诸多诗人饱含"诗史"精神的写作，
就不仅可以见证黑暗，为现实思想界解毒、祛魅，更成为"一障江河之
下"最后的思想阵地。这些作品是诗，更是史——"史外传心之史"，是
"事功节义之士"最后的思想遗言。其中有历史真相，有对暴政横逆永恒
的抵抗，更有古代中国知识人世代相守、歌哭以随的一份精神关怀。《周
礼·春官·女巫》曰："凡邦之大灾，歌哭而请。"③清末谭嗣同《和仙槎
除夕感怀》诗曰："无端歌哭因长夜，婪尾阴阳剩此时。"④诗不苟作。越
是艰难时世，真正的诗人越会用其手中的笔去展现知识人应有的一份良知
与责任。

---

①沈善洪主编：《黄宗羲全集》（增订版）第十册，浙江古籍出版社2005年版，第
52页。
②沈善洪主编：《黄宗羲全集》（增订版）第十册，，浙江古籍出版社2005年版，第
49—50页。
③"十三经注疏"郑玄注、贾公彦疏，彭林整理：《周礼注疏》，上海古籍出版社
2010年版，第997页。
④谭嗣同著，生活·读书·新知三联书店编：《谭嗣同全集》，生活·读书·新知
三联书店1954年版，第482页。

四、写在篇末的话

清人浦起龙讲："史家只载得一时事迹，诗家直显出一时气运。诗之妙，正在史笔不到处。"[1]常见学者征引此语，以断定诗与史的不同。然而何谓"气运"？一时代的气数、命运。孟子曰"观水有术，必观其澜。日月有明，容光必照焉。"（《孟子·尽心章句上》）倘从写作方法而言，古来论诗者大多本身就是诗人，自然深知诗有诗的"小结裹"，不同于史。然而诗更有史不可及者，那就是可以运用巧妙的"诗家语"艺术呈现一时之气运，似虚而实，似幻而真。因为真正的诗人，是懂得"观水观澜"的道理的，这也是他们得以安身立命的关节之所在。

职是之故，本文以为，"诗史"既是一个文论命题，更是一个思想命题，是一支直透古代中国知识人生命意识的风向标，深蕴一种直面现实危亡与时代之痛的人文关怀与批判精神。这是诗人的使命，也是文学事业永不可磨灭的价值所在。

[原载《文章、文本与文心——古代文学理论研究》（第四十四辑），华东师范大学出版社2017年版，收入本书时有改动]

---

[1]浦起龙：《读杜心解》卷首《读杜提纲》，中华书局1961年版，第63页。

梁启超的"诗史观"

——《饮冰室诗话》的若干诗学思想分析

梁启超作为"诗界革命"的主要提倡者，在近代诗学史上占有重要地位。讨论梁启超的诗学思想，若局限于他的"熔铸新理想以入旧风格（《饮水室诗话·四》）"[①]或"三长兼备"说（即新理想、新语句、古风格三者皆备），则似有遗珠之憾。梁氏平生治学素重史学，他以其大量的史学研究，开启了近代新史学的探索之路。且一生著述，无论学术研究，还是文艺作品，"皆涵史性"（《饮冰室合集·序》）[②]。读解梁启超，我们可以发现在他的思想世界中始终茹含着一股深沉浓厚的历史意识。他一再提出，"中国古代，无学，举凡人类智识之记录，无不从纳于史"，就治学而言，"当思人类无论何种文明，皆须求根柢于历史"（《中国历史研究法》）。源此，他在讨论近代诗学的过程中，自然融入了传统诗学中的"诗史"精神，并赋以新的理解和思考。然学术界对梁启超诗学的"诗史"观探讨不多，本文以《饮冰室诗话》为例略作评析。

---

①周岚、常弘编：《饮冰室诗话》，时代文艺出版社1998年版。此编除原有各种版本174则外，补收《古代文学理论研究》丛刊第7辑（上海古籍出版社1982年版）刊布遗漏的30则，共204则。以下简称《诗话》。

②梁启超：《饮冰室合集》，中华书局1989年版。以下所引同书，仅注篇名。此外《东籍月旦》中也说："历史者，普通学中之最要者也。无论欲治何学，苟不通历史，则触处窒碍，怅怅然不解其云。"（《饮冰室合集·文集之四》）

一

梁启超对中国古典诗学是非常熟悉的，自幼便因"舟中吟诗"而获"神童"美名①。年纪稍长，尽管"日治帖括"，但依然"颇喜辞章，王父、父母时授以唐人诗，嗜之过于八股"（《三十自述》）。

良好的诗学根底，他对中国古典诗学的研探多有胜见创获。汪国垣纂《光宣诗坛点将录》即评其诗论"颇足易一时观听"。而发扬于杜诗的"诗史"传统就方法论而言，已然包含着中国古典诗学自身的一些不算成熟但也极为丰富的叙事学理论②；学理层面看，则浸涵着古典诗学渊源久远的思想传统。关于诗话体，也早已摆脱"资闲谈"的边缘面目，注重"话"与"论"的有机结合③，重视诗歌本事与诗学理论的互涵互摄、两相抉发。梁启超对此熟谙于心，一部《饮冰室诗话》便是一幅维新史实的精美速写，也是一部饱含时代理想的新诗学点将录。

梁启超的"诗史"观，有两重向度：其一，因诗以知史。《饮冰室诗话》相比近代其他乃至过往诗话著作而言，一个显著的特色就是以收录同时代诗人时代气息极强的诗作为主。梁启超就是借收录师友及时人此类诗作，以保存维新变革时代一段活的历史，以及新诗学发展道路上的一段史实，以诗存史，再现新诗学萌生期的时代氛围和思想背景。其二，因史以论诗。沿引知人论世的诗学批评传统，抉发新诗人的创作意图和思想内涵，强调"新理想"的树立对于建构新诗学、塑造"新民"的重要意义，从而将中国古典诗学"诗史"说的思想传统，接续到中国近代以"改造国民性"、重塑新精神为主旨的启蒙思潮。所以，如果说以倡导"三长兼备"，力促"诗界革命"为梁启超诗学理论宣言的话，那么深层的"诗史"

①梁启勋：《曼殊室戊辰笔记》，转引自王遽常《梁启超诗文选注·前言》，人民文学出版社1987年版。
②韩经太：《传统"诗史"说的阐释意向》，《中国社会科学》1999年第3期。
③蔡镇楚：《中国诗话史》，湖南文艺出版社2001年版，第7页。

观，便可视为其诗学的思想内核了。

二

《饮冰室诗话》作于梁启超戊戌国变后流亡日本时期。维新理想的破灭，在让他饱受"多少壮怀偿未了"（《纪事二十四首》）的心灵煎熬的同时，又勾逗起他对刚刚过去不久的这一段历史的反思。心灵的沉思帮助他重新整理前行的路向，他要为世人保存昔日师（诗）友的文字，更希望借此"以饷诗界革命军之青年"（《诗话·八》）。因此，梁启超多方搜集时贤（新诗派）诗作，且一心于歌诗中抽绎诗中"史性"，从而"保存了大量有关诗界革命的重要史料"①。从这当中也可寻得近代社会变革在文学领域或文化领域中的投影，以及与此相偕而行的近代启蒙思潮的活的史料。在《诗话》中，梁启超认为具有"诗史"品格而予以收录的作品大致有三类：

一是原本就可"以备作史"的作品。最明显的莫过于《诗话·一九四》李根源、杨发锐所辑关于腾越之诗歌，"或足供种俗之调查，或足补历史之残缺"。此类作品不多。收录更多的是被梁启超引为同道者的"革命"诗作。如《诗话·五十一》录黄公度《三哀诗》，纪吴季清死难事，以之为"戊戌北京、庚子汉口诸烈以外一大悲惨之纪念也"，"录之以备后之作史者参考焉"。《诗话·十四》录康有为《哀辞》，"此虽诗也，为翁公（按即翁同）之传，以为新旧政变之史，皆可也"。此外如康有为《戊戌国变纪事》四首，黄遵宪《今别离》及被梁氏视为与黄诗风格理想相近的楚北迷新子《新游仙》八首，蒋万里《新游仙》等，皆因诗中记述了戊戌变革时代的真实史事而被梁启超作为"诗史"收集存录。对于少瘦生《辽东感事》十二首，认为"长歌当哭，天下有心人胸中之公共块垒也"。同时"亟录"何高《西行杂诗》并详加笺注，"以饷关心边事者"。

---

① 蔡镇楚：《中国诗话史》，湖南文艺出版社2001年版，第342页。

二是记述黑暗时局，表现衰颓国运的作品。如谓丁叔雅《感事》"以二十八字写尽当今时局"；忏余生《纪古巴乱事有感》十律，"此真有心人之言，不能徒以诗目之，即以诗论，杜陵诗史，亦不是过矣"。梁启超特别还收录了表现"献媚蓄意杀学生"（《诗话·三四》）和领事馆随员为美警吏所殴（《诗话·七五》）之类沉痛现实的作品，充分表达了梁本人对"国权堕落嗟何事，方长也可哀"的现实的激愤和痛苦。尽管梁启超一再宣称诗是诗人真情感的表露，但其实际着眼点却在于这些浸透了诗人真情实感的诗作本身记录时变的社会功能，而这一点与源于《诗》和《春秋》即事命篇、长于美刺的"诗史"传统是一脉相连的。《诗话·五八》收录针砭"可惊可怛可哭可笑之事层见叠出"的"近日时局"的新乐府四章。关于新乐府，自唐代新乐府运动以来一个重要的观点就是继承古诗美刺比兴的传统，以诗讽喻现实。梁启超对新乐府重讽谕的创作原则是极为推重的。因此，他认为这些诗章"谑而不虐，婉而多讽"，"真一绝好诗史也"。在《游台湾书牍》第四信中说："吾旬日来刿心怵目，无泪可挥，拟仿白香山《秦中吟》为诗数十章记之。"①由此可见梁启超对"诗史"美刺传统的服膺。

三是符合其"放眼世界、博考他国、以求资鉴"理想的作品。流亡日本的生活让梁启超开始认识到"为二十世纪之大风潮之势力所簸荡、所冲激、所驱谴"，"乃今始学为国人，学为世界人"（《汗漫录》）。要打破昔日封闭之自我，就要放眼世界，"世纪开新幕，风潮集远洋"。要"读东史""说东故"，要从东邻邦国"新政耀大地""架欧凌美"（《去国行》）的兴盛之路中，找寻可以挽救已然倾颓之中华的良方。因此《诗话》收录了大量诸如狄平子分析日俄战事中日本败落原因的《感事》四绝及嘉应健生"述南洋历史现状及救治之法"等诗章。

对于"诗史"之称，梁启超拣择颇严，当时诗人中，最为其称许的首推黄公度（遵宪）。黄公度是"诗界革命"的重要人物，在近代文坛堪称

---

① 梁启勋：《曼殊室戊辰笔记》，转引自王遽常《梁启超诗文选注·前言》，人民文学出版社1987年版。

开一代风气之先，有的学者径以"诗界革命"开山祖师视之。梁启超对他推崇有加，尤着眼于其"诗史"精神。"公度之诗，诗史也。"对《流球歌》《越南篇》等，直称为"诗史"。《诗话》中，盛赞《锡兰岛卧佛》诗为"皇皇二千言，若在震旦，吾敢谓有诗以来所未有也"。之所以如此，便出于其"差可颉颃"西方史诗的特点，以有限的文字叙写深广的历史内涵，既具"诗情"，更兼"史性"，足堪"诗史"之称，"以文名名之，吾欲题为《印度近史》，吾欲题为《佛教小史》"（《诗话·八》）。对于《朝鲜叹》十解，指出这组诗的最大特点在于直接表述了当日朝鲜的政治时局和历史环境，"乃者俄、日战机，悬于眉睫，区区朝鲜，朝露之命，盖可知矣"，同时更指出这组诗隐含着当时的中华之国也正面临"而随朝鲜之覆辙者，复将有一巨灵在"的时代危机。在梁启超看来，"诗史"之说，不仅在于用诗记述一段史实，表现深广的社会内涵，更要以诗存史，借史自鉴，传达出激荡诗人本心的忧患之感，鉴戒之意。他始终认为，"历史的目的在将过去的真事实予以新意义或新价值，以供现代人活动之资鉴"（《中国历史研究法补编》）。由此，他在评说公度的《罢美国留学生感赋》时说，"是亦海外学界一段历史也。……诗之皆可以自鉴，岂直诗人之诗云尔哉"。这就是梁启超因诗以知史的目的所在。所以其"诗史"观之第一重向度便是强调诗歌对时事的再现，由对诗中史实的细心体味和深层读解来彰显"过渡时代""新诗学"发展的时代氛围和思想背景。

三

梁启超"诗史"观的第二重向度是因史以论诗。《诗话》中他一再提出新诗学的发展，要借鉴西方史诗的创作经验，要汲取传统"诗史"说的思想资源，就是希望能通过史实与诗作的双向观照，"发潜阐幽"，以诗明史，以史自鉴，探索新诗学赖以发展的精神源泉。"历史者，以过去之进化，导未来之进化者也。"（《新史学》）戊戌前后的切身经历和对西学的研探告诉梁启超，"今日之中国，过渡时代之中国也"。"过渡者，改进主义也。"(《过渡时代论》) 要扭转当日中国大厦将倾、民心离散的局面，要让中国立于世界，关键在于重塑民族新精神，在于培育"新民"、塑造"四万万人之民德、民智、民力"，"则苟有新民，何患无新制度，无新政府，无新国家"(《新民说》)。按照这样的思路，梁启超明确提出，"过渡时代，必有革命，然革命者，当革其精神，非革其形式"(《诗话·六三》)。如何"革其精神"，根本方法在于改造国民性，而"欲改造国民之品质，则诗歌音乐为精神教育之一要件"(《诗话·七七》)。由此，诗的社会功用被凸显出来。也许梁启超的这一思想不免受明末以来经世致用思潮的影响，但这更是他作为思想启蒙者把握时代脉搏、反思现实苦难、紧贴历史潮流的文化探索的结果。而这与古典诗学中强调诗歌言志载道的教化传统，其根本出发点是大相径庭、不可同日而语的。在梁启超看来，国民以诗来提升一己之文化修养、塑造新的时代精神是整个国民性进步的前提，是"新民"的核心，也是中华之国走出苦难历史的必由之路或思想准备。出于这样的意识，梁启超提出了一个重要的命题——"诗肖其人"。《诗话》屡屡可见"诗肖其人"，"穆然可见其为人"的评语。诗如何"肖其人"？梁启超认为：一，诗中传达了诗人因于时事之变直面新时代的真性情，真理想；二，诗作本身凝塑出诗人的人格形象，表现出类似于"先时之人物"的品格，堪称时代英雄。

先说其一。被梁启超评为"肖其人"的诗作大多为诗人"愤时势之不可为，感时事之不遇"(《诗话·三二》)的时代心理的凝结，这些诗作多表现诗人对动荡不安的国家命运的深切关怀以及郁结其心的忧患意识，同时也表达了立于时代风浪潮头的诗人意在天下的新理想。如评田均一《宝剑篇》，"盖戊戌之作，其时湘中顽绅，反对污蔑，均一愤之，作以见志"。评康有为《巡览全美还穿落机山顶放歌》，"读之可见先生近来志事之一斑也"；认为《睹荷兰京博物院制船模长歌》为"感念海权之消长，思所以唤起吾国民之海事思想者"；认为《太平洋东岸南北美洲皆吾神州旧地》"非徒为考古界之一新发明，所以诱导国民之自觉心者"。评陈千秋、曹泰、吴樵三人"即文学亦有开拓千古推倒一时之概"，"使今日诸君子者犹在，势力之影响于国民者，宁可思议"？《诗话》中还收录了自署震生的《甲辰二十八初度自述一百韵》这首诗。诗中细述"二十八年一弹指"的求学经历，诗人出于"口耳末学终何用，蘧然自失吾过矣"的心理，激发出对新学新知的向往与追求，正所谓"于时欧学正东渐，新书洋装夸瑰玮。闻所未闻见未见，旧学当之辄披靡"。新学新知的学习与接受又进而鼓动起诗人面对"神州陆沉""四面楚歌"的现实的心灵苦痛与思想觉醒，"拔弦痛饮更高歌，世变苍黄何穷口。来日苦少去日多，高天厚地安可待"。这首诗与其说是震生面对时变的心路历程，也是整个近代知识界思想经历的真实写照。所以梁启超评曰："工力甚伟。读之可觇其志也。"梁启超对类似于震生的这种"真性情"是深有同感的，也是极为赞赏的。

梁启超撰《诗话》搜集存录了大量维新志士具有新民理想的作品，以其作品中表现出的新思想来感召世人，激荡人心。在他的心目中，这些具有诗史品格的诗作既是"读之可觇其志"的诗，更是"国民之明镜，爱国心之源泉"（《新史学》）的历史，二者互相参照，两相抉发，这也正是新诗学发展的途径。如果说戊戌前梁启超与夏穗卿、谭嗣同等倡导"新学诗"尚注重"新语句"这一层面的话，新诗学发展的现实和对时代的新思索已让他认识到"此类之诗，当时沾沾自喜，然必非诗之佳者，无俟言矣"（《诗话·六二》）。戊戌政变血的史实将梁启超一直以来的变法维新思想最终凝铸到培育具有新理想的"新民"身上，同时这一新的历史发展的现实，让梁启超将"诗史"传统植入其诗学思想中，引导他将诗论的旨归定于"新理想"的探求与传达，以此新民，这也是近代启蒙思潮发展的必然归宿。

其二，"诗肖其人"还在于诗作中对诗人生平行迹的隐述、心志理想的传达，因而由读诗可发见诗人人格之所在。梁启超是很喜欢谈"人格"问题的，不仅在《诗话》中一再称道谭嗣同、舒润祥等维新烈士的"志节学行"和高尚的灵魂，在关于杜甫、屈原、陶渊明、王安石等人的论文中，也每每言及人格问题。这既是中国自古以来儒学传统浸润下的知识界

"求仁""修身"的首要价值取向，也是作为启蒙思想者的梁启超探索"新民"之道的重要路向。所谓"新民"，"非新者一人，而新之者又一人"（《新民说》），而是懂得"自新"之道的"先时之人物"。梁启超认为，"故今日中国所相需最殷者惟先时之人物而已"，"先时之人物者，实过渡人物也，其精神专注于前途"，"为社会原动力"（《康南海先生传》）。

黄公度作为梁氏"论诗"最倾倒的人物，就是这样的"先时之人物"。"此等人物，在中国腐败社会中，欲与彼鬼蜮竞争以行其志"，他的《四本四君咏》于二十年前歌颂日本维新主将，"其志可知矣"，堪称"入世无情皆巨敌"（《诗话·一五三》）的时代先驱。梁启超还称赞谭嗣同《感事》，"然遣情之中，字字皆学道有得语，亦浏阳之所以为浏阳，新学之所以为新学欤"。还有康有为等，都被梁氏认为是"先时之人物，其气魄因当尔尔"。梁启超认为，"先时之人物"的人格中最核心的要素为"理想、热诚、胆气"，这是敢于担当时代责任的"先觉者"的人格，也正是梁启超所希求的"新民"的人格。新民的成长在于诗歌的精神教育，由此，新诗要发展就必须符合历史发展的要求，就必须要求诗人树立新的"人格"，并以此来新四万万民族同胞的"人格"。由此，梁启超借《诗话》收录了黄遵宪（公度）、谭嗣同、康有为等符合这一"人格"标准的诗人的诗作，并以其诗中传达的人格力量作为对新民予以精神教育的"要件"，从而将中国近代以"改造国民性"、重塑新精神为主旨的启蒙精神贯注到传统"诗史"的内涵之中，成为新诗学发展的历史必然选择。

梁启超一再以人格问题相标榜，实与其作为启蒙者的"新民"理想紧密相联，这是梁启超对时代的思考，对作为时代发展重要一翼——人的精神领域内部动力问题的思考，所谓"内界不变，虽日烘动之、鞭策之于外，其进无由"（《新民说》），因而使得其"诗史"观的这一重向度格外引人注目。

回首1840—1919年这80年的历史，这是一段动荡的苦难的历史，也是近代极具启蒙精神的新学人在旧传统与洋学统二者间徘徊游疑、努力探索中国命运新走向的思想抗争史。近代诗学处于这样的思想背景中，重铸民族魂、重塑民族新精神的追求便成为它一项重要的任务。梁启超的"诗史"观与这一时代思想是合拍的,他就是要以诗存录这一段波诡云谲的历史,以资自鉴,返观自察,探索新诗学发展的路径。当然也许他的探索是初步的,他始终未能解决"旧风格"对"新理想"的困扰,这是时代对他的"馈赠"。但他主张"新变"的思路,他对"诗史"传统所作的新的理论探索却是值得人们久久思索的。

[原载《安徽师范大学学报》(人文社会科学版)2003年第4期,收入本书时有改动]

"诗学考据学"：一个值得关注的诗学问题

"诗学考据"并非一现成的学术专名。本文将"考据"与"诗学"缀合成词，主要用以指称素来援引考据方法以研治中国诗（特指中国古典诗歌）的学术类型；而文中将要讨论的"诗学考据学"，则特指有关这一学术类型对中国诗艺术奥秘之解读一问题的专门研究。"诗学考据"的存在并非什么新问题，但追问"诗学考据"在何种层面上有助于中国诗艺术之辨析与开显，或可称之为一值得关注的"新"问题。

一、问题缘起

这要从学界最近有关"文学与考据"的一项研究说起。2008年，海外"中国诗"研究名家宇文所安教授在一篇谈及《剑桥中国文学史》编写的文章中提出：

三四十年前，文学研究领域存在着两个对立的团体：一边是历史主义研究和考证；另一边则是文学理论领域的新发展。经过过去三十年的变化，这两个团体以一种新方式走到一起来了，而这种新方式对以往的理论家和以往的历史主义考证派来说，都是相当奇特和出其不意的。新的问题被提出来，这些都是明显的历史性问题，但是却很少有历史学家问到过。①

　　他所说的"新的问题"，即如果对原有一直被确信为可以构筑稳定的文学史叙事的文学文献作文本编辑抑或异文比勘之类问题的历史性考察，便可发现，那些所谓"可靠"的文本恰恰是具有"流动性"和"不确定性"的。文章举例谈到，今日常见《曹植集》世传版本中有一名篇《野田黄雀行》诗，最早见之于宋人郭茂倩《乐府诗集》，然与该书所收录曹植其他诗作不同，此诗在郭书之前几乎找不到存在的迹象；考察其流传，除明代偶有引用外，亦并未进入一般文学史视野，直到王夫之的特别提示，才逐渐引发此后清代诗评家的关注。就诗义理解而言，后人从"自悲友朋在难，无力援救"的视角来解读，以为该诗系曹植因好友丁仪被祸被杀而无法施以援手所作，也是十八世纪以后才出现的，且这一阐释"没有任何证据"。宇文所安就此指出，类似曹植此诗，现代学者既不能证明这首诗一定为曹植所作，也不能证明一定不是曹植所作；既不能证明通行的阐释是正确的，也不能证明此种通行的阐释一定是错误的。而且，文学史上此类例子其实很多②。因此，"我们必须学会接受不确定性"，"必须审视那些对我们熟悉的叙事构成挑战的证据，审视那些使我们熟悉的叙事变得复杂化的证据"。由此，宇文所安强调，对文学史特定现象的理解应按照"历史主义"的思路，"尽可能地确定所有现象和事件在一个大叙事中的发生时间与地点"。亦即是说，考察（实即考证、考据）并揭示文本"流动性"

---

　　①宇文所安：《史中有史——从编辑〈剑桥中国文学史〉谈起》（上），《读书》2008年第5期，第22页。该文下篇刊于《读书》2008年第6期，第96—102页。在最近的一次访谈中，他仍然强调"我觉得人们应该学会接受不确定性"，并认为文学史叙述中最大的问题可能是倒果为因，从结果追溯原因继而形成一种一脉相承的叙述脉络，从而忽略了其原本的复杂性和多元性。见盛韵：《宇文所安谈文学史的写法》，《东方早报》2009年3月8日。
　　②宇文教授文中举到的例子很多，另如盛唐诗人卢僎虽不常见于今日文学史，但在唐人芮挺章辑《国秀集》中却占据重要地位；晚唐顾陶所编《唐诗类选》所选入的二十七首杜诗，只有三首为后人所常见；宋人杨亿对李商隐集的"再造"之功也直接影响到后此文学史对义山诗的评述，等等之类。

背后被有意无意忽略、误读、修改、扭曲的部分，重新审视文学史整体的叙事结构将成为可能。①

作为一次集中性的尝试，其学术和人生伙伴田晓菲教授新近译介到国内的专著《尘几录——陶渊明与手抄本文化》（中华书局，2007）一书对此有集中论析。该书通过对宋人有关陶集手写本整理编订的学术史考察指出，今人眼中的陶渊明，其实准确说来是历代陶集编订者抑或陶集手抄本所"构筑和塑造"的陶渊明。正是这些手抄本文化世界中的"读者"（主要是陶集的编订整理者），对某种"稳定而单纯"的陶渊明形象的创造性"塑造"，构成了后此讨论陶渊明以及陶渊明时代的文学史叙事框架。从这个角度出发，《尘几录》强调，追寻陶渊明形象的"塑造史"，并不像文学接受研究所致力的那样，将不同时代的文学文本视为一种"稳定"的文本形式，以此来考察文学趣味、审美标准的演变；而是通过考证历来的"读者"对文本的参与性创造，以此观察手抄本文化世界"是如何变动不居"，以及如何构筑某种"稳定"的文学史叙事的——就像"宋人自己通过控制陶集文本异文而创造出来的"陶渊明诗文风格的"平淡"那样，从而对"异文选择"下的陶渊明形象有更为清晰、完整的认识。②

很显然，这种通过文学文献传抄衍变史的精细考证来透显一种文学史理论的做法，正是宇文所安所提出的，亦是《尘几录》已然予以实践的一种古典文学研究"新方式"。应该说，相对一直以来古典文学研究中的文献版本考察、异文汇校，抑或经由不断的考补订正来追寻某一典籍定本的努力，《尘几录》提出了一个素来学者可能不免有所忽略的"新"问题：既然文学文本具有很大的"流动性"抑或"不确定性"，而所谓"原本"（或"定本"）的追寻在很大程度上来说可能也只是一种"想象"，那么依据这些文本所形成的文学史叙事如何尽可能"客观""真实"？缘此，宇文

_____

①宇文所安：《史中之史》（上），《读书》2008年第5期，第27页；《史中之史》（下），《读书》2008年第6期，第97—98页。

②田晓菲：《尘几录——陶渊明与手抄本文化》"引言"，中华书局2007年版，第1—22页。

所安和《尘几录》所强调的，即充分利用文学文本版本流传演变中的异文考证，重建不同版本形态编纂、形成的特定"语境"，还原其在"创作—接受—批评"这一艺术生产历史流程中被附加、改造抑或遮蔽的诸种成分，揭示其某种"原初"面貌。在他们看来，这不仅有助于发掘固有文学史思考序列中各种不同的"沉积层"及其"断裂面"，亦可借此破除既有文学史叙事中的虚构成分。

从学术层面来看，《尘几录》通过考察四种早期陶渊明传记（《宋书》《晋书》《南史》中的陶传以及萧统《陶渊明集序》之相关文字）的"异文"、其与陶氏自传（《五柳先生传》）的关系，以及宋人对陶传、陶诗文本"异文"的选择，指出陶渊明以及陶渊明诗文之"平淡"与宋人陶集编订中的选择和"改造"有着莫大关联，并进而试图发掘被这种"异文"选择"所压抑和隐藏着的'另一个陶渊明'"①。这些工作对了解陶集以及文学史或文化史中"陶渊明"的真相，毋庸置疑的有莫大助益。而这种文学研究"新方式"，对于反思传统文学史研究视角、拓展当下学术格局也显然具有强大的革新意义。

而且，《尘几录》更明确提出：

> 考证是一个宽泛的词，它包括不止一种传统治学方法：版本学，校勘学，训诂学。在现代社会，这些学科往往被视为保守、陈旧、枯燥、对当前的文化现实毫无意义，就连从事这些工作的学者都不免意识到这一点，常常感到有必要为自己的工作辩护。……考证可以为我们的古典文学研究带来一场革命，关键在于我们如何运用它。简单说来，考证意味着运用我们手头拥有的证据，接受这些证据导致的结论——哪怕这结论是我们不喜欢的，或者是和上千年的传统智慧相违背的。②

①田晓菲：《尘几录——陶渊明与手抄本文化》，中华书局2007年版，第13页。关于四种陶传与《五柳先生传》之关联，以及宋人的"选择"，见该书第二章。

②田晓菲：《尘几录——陶渊明与手抄本文化》，中华书局2007年版，第205页。

这段话为文学研究中考据方法的现实合理性所作的辩护，特别是其中所折现的现代科学理性，也是新时期以来古典文学研究所一再强调的。

但需要指出的是，尽管早期陶传或许是"建立在诗人作品上"，或与陶氏自传有关，然陶渊明诗文的"平淡"却未必是"根据传记中的诗人形象被增删改动的"①——至少陶渊明同时以及萧统编辑之前的一段时期未必如此。

颜延之（384—456）与陶渊明（约365—427）基本同时，其《陶证士诔并序》即称陶潜"廉深简洁，贞夷粹温；和而能峻，博而不繁"；稍晚一些的沈约（441—513）也称其"少有高趣"，为人"真率"（《宋书·隐逸传》）；萧统（501—531）编集其文亦序之曰"语时事则指而可想，论怀抱则旷而且真"（《陶渊明集序》）。如果说此三例对陶渊明其人的评价或与陶氏自传有关，那么陶集编定者萧统之前的颜、沈二人对陶诗偏向简洁、平淡、清真的认识，则很难说来自被"改造"的陶集。而且，两汉魏晋以下，诗歌创作日趋五言之制，风格渐染"清丽"之风。②倘陶渊明其人其文非具率真、平淡之品格，非与其时文风不协，何以刘勰（约465—520）《文心雕龙·明诗》"铺观列代"、"撮举"前此诸多诗人之"同异"，独不见提陶渊明？何以钟嵘（约468—518）《诗品》虽称陶潜"咏贫之制"为"五言之警策者"（《诗品序》），却仍列之于"中品"？又何以昭明太子虽为陶潜编辑，但在其以"事出於深思，义归乎翰藻"、"以能文为本"（《文选序》）为编选标准的一代选文大观之《文选》中，同样很少收录其诗文？由此来看，与其说陶渊明人格及诗文中的"平淡"来自宋人之创造，莫若称之曰宋人之"再发现"或许更合适。

因此，虽然《尘几录》的作者一再表明其目的"不是简单的颠覆对陶

---

① 田晓菲：《尘几录——陶渊明与手抄本文化》，中华书局2007年版，第56页。

② 如钟嵘《诗品序》曰："夫四言，文约意广，取效《风》《骚》，便可多得。每苦文繁而意少，故世罕习焉。五言居文词之要，是众作之有滋味者也，故云会於流俗。岂不以指事造形，穷情写物，最为详切者耶？故诗有三义焉：一曰兴，二曰比，三曰赋。……宏斯三义，酌而用之，干之以风力，润之以丹彩，使味之者无极，闻之者动心，是诗之至也。"刘勰《文心雕龙·明诗》曰："五言流调，则清丽居宗。"

渊明的种种固有看法，而是希望给这些看法增加厚度和深度"；也强调要将陶渊明放到某种原初语境中来讨论，看其如何深深"植根于文学和文化传统"以及"对传统的革新"①。但是，其袪魅般的文学史"知识考古"，在宣告一个新的陶渊明面相以及一段"真实"文学史叙事诞生的同时，似乎无形中也隐含一些新的"迷魅"因素。而且，在其后现代历史编纂学的研究视角中，现代求真理性对陶渊明形象的古典意义也不免带有几分"清洗"的意味。

当然，所谓"陶渊明形象的古典意义"这样的表述，可能不免某种价值判断的参与——而这一点，又往往与现代学术尤其是实证性研究对"事实"的充分理解或曰"客观性"认识之间，存在一种难以克服的悖论。②但是，在人类文明史的演进历程中，后代承继前代的文明遗产，实际乃是不断探寻并彰显一种"好的"，而并不一定是保持某种历史原貌的，抑或所谓"新的""进步的"价值凝结形式③。因而，今天的学者为此而作的对人类曾经一切历史文化记忆的"还原"和"重建"，并不应以是否接近全幅原貌为鹄的，而理应最终就其中"好的"价值成果尽可能作出某些提示甚至选择。当然，所谓"好的"价值形式和成果或许在不同时代甚至不同的人那里有其特殊标准，因而任何有关"好的"价值的判断、提示、选择可能都不免某种僭越的嫌疑。但即便如此，不同文化传统乃至人类文化本身所固有的某些共通要素（——这是一切"理解"的前提），以及现代学

---

①田晓菲：《尘几录——陶渊明与手抄本文化》，中华书局2007年版，第18—19页。

②马克斯·韦伯即指出："一名科学工作者，在他表明自己的价值判断之时，也就是对事实充分理解的终结之时。"冯克利译：《学术与政治》，生活·读书·新知三联书店2005年版，第38页。

③正如列奥·施特劳斯所强调指出的，"好与坏"的价值观念与"进步落后"的观念有关联，但前者应逻辑地先于后者，而现代以来的"历史主义观念"恰倒置了二者的关系，以"新"或"进步"为评判一切的价值标准。参见甘阳：《政治哲人施特劳斯：古典保守主义政治哲学的复兴》，彭刚译：《自然权利与历史·导言》，生活·读书·新知三联书店2006年版，第9—10页。

术已然展示出的"价值中立"原则背后的思想缺失①，又提示适当背负一些"僭越"的批评或许是必须的。因此，"考证"固然"意味着运用我们手头拥有的证据，接受这些证据导致的结论"，但并不应以"和上千年的传统智慧相违背"为代价，否则这将会回到20世纪前半叶那种以"求真"的"结总账"为口号、以"重新估定一切价值"为旨归的"整理国故"者的途辙之上②。

正是从这个立场来说，宇文所安和田晓菲两位教授的这项研究，对于当下古典文学研究（尤其是文学史研究）课题的开拓堪谓极为有益的探索，但与此同时也不免再次提示如下问题：即现代以来考证型诗学研究是否一定只能以"求真"（即一种完全意义上的"历史主义"）为唯一标的，其着力处是否只在"真"的一域，而无法涉及中国古典诗歌之"美"的发掘（——后者恰也是诗学研究不应也不能回避的一个问题）？质言之，"考证"与中国古典文学研究，特别是古典诗歌研究，到底存在一种怎样的关联？抑或直白地说，"中国诗"研究到底还是否需要考据，需要怎样的考据？

二、"诗学考据"：一个由来已久的特殊学术类型

应该说，讨论"考据"方法与"中国诗"研究之间的内在关联，不仅

---

①韦伯《新教伦理与资本主义精神》末章在批评现代文明发展中的偏弊时指出："专门家没有灵魂，纵欲者没有肝肠，这种一切皆无情趣的现象，意味着文明已达到了一种前所未有的水平。"，彭强、黄晓晶译，陕西师范大学出版社2002年版，第176—177页。

②关于"整理国故"运动，参见罗志田《从治病到打鬼：整理国故运动的一条内在理路》，原刊《中国学术》2001年2期，后收入《国家与学术：清季民初关于"国学"的思想论争》第六章"从正名到打鬼：新派学人对整理国故的态度转变"，生活·读书·新知三联书店2003年版，第307—358页。

直到当下仍为学界所关注①，也可谓纠缠20世纪诗学思考已久的问题，晚近以来的诗学研究者对此时有讨论。

程千帆、沈祖棻在20世纪50年代学界全面批判"胡适派学术思想和方法"的环境中即提出一种"将批评建立在考据基础上的方法"②，此后接续这一学术观点的学者、论著在在多有（详见后文陆续所引述）。台湾学者黄永武在20世纪70年代后期更著有专论《中国诗学·考据篇》，指出"从考据方面去研究古典诗"的种种门径③。而素来坚持"宋学"立场的钱穆即使到晚年也依然明确提道："考据工作，未尝不有助于增深对于文学本身之了解与欣赏。"④一直被视为"新儒家"学派重要代表的徐复观更指出，"把文学中必不可少的考据，作为通向文学批评的一个历程，一种确定批评方向的补助手段，这是今后研究中国文学所应走的一条大路"⑤。诸如此类的研究成果很多，然而值得注意的是，即便对"考据型"文学研究持赞赏态度的学者，也仍然是将"诗学考据"视为一种"考据"方法与"中国诗"研究的"工作联合"，而很少真正将之作为一种独特的诗学研究学术类型来看。这一观念，同样存在于自20世纪90年代以来所出现的不少诗学或古典文学学术史研究著述，以及部分有关古典文学和诗学研究领域学人的专题研究论著之中。

---

①学界最近专题讨论到古典文学研究中考证方法的论述，有凌郁之《传统考据的现代阐释——古典文学考据方法论述略》（《江淮论坛》2003年第4期）；谢桃坊《略谈中国古典文学研究的考证方法》（《古典文学知识》2008年第5期）；等等。批评性的意见如刘重喜《"绿垂风折笋，红绽雨肥梅"试解——兼论宋人以考据解诗之弊》，《文学评论丛刊》第10卷第1期，南京大学出版社2008年版，第287—328页。

②程千帆、沈祖棻：《古典诗歌论丛·后记》，上海文艺联合出版社1954年版，第263—264页。

③黄永武：《中国诗学·考据篇》"自序"，台湾巨流图书公司1975年版，第3—20页。

④钱穆：《中国文化与文艺天地——论评施耐庵〈水浒传〉及金圣叹批注》，《中国文学论丛》，生活·读书·新知三联书店2002年版，第148页。该文系钱穆20世纪五六十年代的讲演，于1962年结集入《中国文学论丛》一书。

⑤徐复观：《致颜元叔教授》，《中国文学论集续编》，学生书局1984年版，第215—216页。

援引考证（考据）方法来研治中国古典诗歌——亦即本文所谓之"诗学考据"，不仅是20世纪诗学研究中极为常见的一种学术型态，同时在中国古代诗歌研究史中亦有其源远流长的历史。倘非有意"视而不见"，"诗学考据"实堪称中国诗学一种特殊的存在或曰学术类型，而不仅仅是"考据"方法与诗歌研究的偶尔结合。

从"史"的线索来看，中国的"诗学考据"早在古代的《诗》学研究中已有广泛体现。《国语·鲁语下》所载正考父"校商之名颂十二篇以《那》为首"一例，已俨然是一种《诗》学文献校勘之早期体式；而《汉书·艺文志》所载诸多《诗》之"诂训"与"传注"，以及《毛诗》大小序及历来的"《诗》序"研究，也均含有就《诗》学文本作文字训诂、名物考证或历史考据的内容。如《汉志》所载"《鲁故》二十五卷""《齐后氏故》二十卷""《齐孙氏故》二十七卷""《韩故》三十六卷"等等之类著述颇多。颜师古注"故"之体式曰："故者，通其指义也"；而孔颖达更释之为，"诂者，古也。古今异言，通之使人知也。训者，道也。道物之形貌以告人也"（《诗·周南·关雎》疏）①。显然，此类研究实即后世以今言解释"故言"的《诗》学训诂。而《汉志》所载"《韩内传》四卷""《韩外传》六卷""《韩说》四十一卷""《毛诗故训传》三十卷"之类的"传""说"之体，王先谦引《汉书·儒林传》释之曰："儒林传：'婴推诗人之意，而作内外传数万言，其语颇与齐鲁间殊，然归一也。'则内外传皆韩氏依经推演之词。"②虽然韩诗"依经推演"颇多穿凿附会之处，其中经学阐释的倾向也较明显，但"传""说"之类著述"推诗人之意"，往往"杂引古事古语，证以《诗》词"（《四库全书总目提要》卷十六"《韩诗外传》"提要），已带有搜讨遗闻史实的历史性考据在内——尽管这种历史性考据多不够谨严。

随着集部文献编辑、研究的发达，"诗学考据"也逐渐拓展至中国古

---

①孔颖达的解释，转引自陆宗达：《训诂简论》，北京出版社2002年版，第2页。

②以上颜师古、王先谦对"故""训""传"的解释，转引自"张舜徽集"《广校雠略·汉书艺文志通释》，华中师范大学出版社2004年版，第199、201页。

代《诗》学之外的一般文学文本研究之中。《四库全书总目提要·集部总叙》即提道：

> 集部之目，楚辞最古，别集次之，总集次之，诗文评又晚出，词曲则其闰余也。古人不以文章名，故秦以前书无称屈原、宋玉工赋者。洎乎汉代，始有词人。迹其著作，率由追录。故武帝命所忠求相如遗书。魏文帝亦诏天下上孔融文章。至於六朝，始自编次。唐末又刊板印行。夫自编则多所爱惜，刊板则易於流传。

既有编辑、刊版，校勘甄录、搜罗放佚之类工作自是不可或缺。《四库全书总目提要·集部·楚辞类》"小叙"又提道：

> 裒屈、宋诸赋，定名《楚辞》，自刘向始也。……今所传者，大抵注与音耳。注家由东汉至宋，递相补苴，无大异词。迨於近世，始多别解。割裂补缀，言人人殊。错简说经之术，蔓延及於词赋矣。今并刊除，杜窜乱古书之渐也。

可见，不仅有校雠、辑佚、辨伪诸端，后世更将解《诗》中的"诂训""传注"施之于一般集部之书。由此，亦逐渐出现世传"千家注杜""五百家注韩、柳、苏"之类的解诗盛况。尽管如钱锺书所说，这些"传注"未必可称"词章中一书而得为'学'"者[1]，但的确可见"考据"与中国古典诗歌研究之间的紧密关联。而上述这些"校勘""传注"类研究，其实亦构筑了古代中国诗歌研究的主体，较之诗论、诗话类著述也更为丰富。

当然，中国古代这种源远流长的"考据型"诗歌研究，并不能作为现代学科意义上的"诗学"一定要讲考据的充分条件，其中更牵涉"诗学"

---

[1] 钱锺书：《管锥编》（第四册），中华书局1986年版，第1401页。

作为一门现代学术的内在规定，这些另文再述。但可以指出一点的是，20世纪以来的诗学研究中，"诗学考据"一直贯穿始终。

三、20世纪诗学学术史反思的一条线索

黑格尔在《哲学史讲演录·导言》中提出过一个观点，即"通过哲学史的研究以便引导我们了解哲学的本身"①。由此亦可以说，要想真正理解"诗学考据"这一特殊存在，必须适当地了解其"生成的历史"，尤其是"诗学"作为一门现代学术之后的"生成史"。然迄今为止，透过学术史脉络梳理来讨论"诗学考据"者似乎还并不多见。

前述宇文所安文中提道："三四十年前，文学研究领域存在着两个对立的团体。"如果就实证研究相对政治图解式的研究而言，那么所谓"两个对立的团体"之"对立"产生于"三四十年前"，这一说法是可以成立的。如20世纪80年代初版的曾引领一时研究风气的《唐代诗人丛考》（中华书局1980年版）的作者傅璇琮教授即曾回忆道："由于'左'的思想的影响，在过去相当长的时期内，古典文学研究中也存有一种假、大、空的学风，再加上后来'四人帮'所推行的文化专制主义，强使学术研究为他们的篡权阴谋服务，使人们对一些空论产生反感，对某些所谓实学感到兴趣。《唐代诗人丛考》是一部考辨性的著作，虽然所用的方法还是旧的，却使人产生某种新鲜感，就因为正是在那一时际出版的缘故。"②

但是，宇文所安所说的"两个对立的团体"并非傅璇琮所提到的两种研究风气。他所指出的"一边是历史主义研究和考证；另一边则是文学理论领域的新发展"，其实与钱锺书20世纪七、八十年代所作《古典文学研究在现代中国》一文所提到的古典文学研究中的"实证主义"与"对实证

---

①黑格尔著，贺麟、王太庆译：《哲学史讲演录·导言》，商务印书馆1959年版，第9—10页。

②傅璇琮：《〈唐代诗人丛考〉摭谈》，《唐代诗人丛考》，中华书局2003年版，第551页。

主义的造反"，适为同一指向。钱锺书文在谈及新中国古典文学研究应用马克思主义发生的变革中"最可注意的两点"时指出：

> 第一点是"对实证主义的造反"……在解放前的中国，清代的"朴学"的尚未削减的权威，配合了新从欧美进口的这种实证主义的声势，本地传统和外来风气一见如故，相得益彰，使文学研究和考据几乎成为同义名词，使"考据"和科学方法几乎成为同义名词。
>
> ……一九五四年关于《红楼梦研究》的大辩论的一个作用，就是对过去古典文学研究里的实证主义的宣战。……
>
> 经过那次大辩论后，考据在文学研究里占有了它应得的位置，自觉的、有思想性的考据逐渐增加，而自我放任的无关宏旨的考据逐渐减少。……
>
> 第二点是：中国古典文学研究者任真研究理论。在过去……研究中国文学的人几乎是什么理论都不管的。他们或忙于寻章摘句的评点，或从事追究来历、典故的笺注，再不然就去搜罗轶事掌故，态度最"科学"的是埋头在上述的实证主义的考据里，他们不觉得有文艺理论的需要。……现代的古典文学研究者认识到躲避这些问题，就是放弃文学研究的职责，都得通过普遍理论和具体情况的结合来试图解答。①

众所周知，20世纪50年代发起于"红楼梦研究批判"的"胡适派资产阶级错误思想"（《胡适思想批判》第一辑"出版者说明"语）全面批判中，文史考据之学，正是其时作为"胡适派学术方法"的一个重要项目而被批判的。这一点，稍阅相关批判材料即可看到。②尽管当时亦有一些学

①钱锺书：《古典文学研究在现代中国》，"钱锺书集"《写在人生边上·人生边上的边上·石语》，生活·读书·新知三联书店2002年版，第178—181页。
②如生活·读书·新知三联书店自1955年3月至1956年4月连续编辑出版的八辑《胡适思想批判》，以及中国作家协会上海分会所编辑的《胡适思想批判资料集刊》（新文艺出版社1955年版）等材料。

人意识到这种"全面颠覆性"地看待"考据"存在偏颇，强调应注意马克思主义的"科学考据"，与"胡适派考据"抑或清代乾嘉"考据"间的不同①，但毋庸置疑的，钱锺书所述"对实证主义的造反"和"认真研究理论"的风气，与20世纪前半叶文学研究领域那种"考据化""史学化"倾向相对照②，恰可见20世纪50年代国内古典文学研究界整体学术方法和学术风气的一大转移。而傅璇琮教授所提开始于20世纪70年代后期对"假、大、空"的空疏学风之反驳，则可谓又一次学风的变化——前述宇文所安提及的"新方式"，以及《尘几录》所提出的"考证"性"革命"，亦与这一学术风气密不可分。当然，有关20世纪诗学研究乃至学界整体学风之迁变，并非本文此处所能尽言。这里只想指出的是，不论"考据"型文学研究在20世纪学风转移中如何数有起落，一个基本的事实就是，此一研究类型始终埋藏于20世纪诗学研究的历史脉络之中。

对于钱锺书所说"实证主义"与"对实证主义的造反"，以及宇文所安所提到的"两个对立的团体"，实际均可理解为中国古典文学研究中偏重"考据"（更凸显实证性），抑或偏重"理论阐释"（更注重理论思辨性）

---

①如王瑶在《论考据在中国古典文学研究中的地位和作用》（1956年3月），一文中即指出："在对胡适派治学方法的批判过程中，大家都提到了考据的问题，并且都提出了我们并不一般地反对考据的论点。但究竟我们所反对的是哪一种的考据，我们所认为对于研究工作有用处的又是哪一种；它们之间的原则区别在哪里？胡适派的考据与清朝学者的考据究竟有些什么区别？在运用马克思主义来进行研究工作时，特别在研究反映社会生活的古典文学作品时，科学的考据工作究竟能起些什么样的作用，这种作用在整个研究工作中居于何种地位？这许多问题都是需要进一步加以明确的。"见《王瑶全集》第二卷，河北教育出版社2000年版，第472页。

②王瑶在《从俞平伯先生对〈红楼梦〉的研究谈到考据》（1954年11月）一文中即批评20世纪50年代以前那种弥漫学界的"考据"学风。他指出："一直到全国解放以前，在古典文学、历史、哲学等各方面学术研究部门，除去少数进步的学术工作者以外，胡适的影响面是相当广的。我们如果查看一下解放前出版的各种学术性刊物的内容，就知道里面几乎全部都是考据性质的文字。"见《王瑶全集》第二卷，第467页。此类批评意见在当日甚多，不赘引，参见《胡适思想批判》及相类论著所收论文。另外，近年来，论析20世纪前半叶文学"考据化"问题的论著渐多，有代表性的如罗志田：《文学的失语：整理国故与文学研究的考据化》，《裂变中的传承——20世纪前期的中国文化与学术》，中华书局2003年版，第255—321页。

的两种学术类型。后者常援据中西不同文论思想资源、批评方法，侧重对文学文本作理论解析和思想义脉的挖掘，更关注主体接受的实在性；而前者则秉承实证精神注意对环绕文本诸问题（如文字、文献版本以及文本所载历史世界等）作多方面的考辨证释，更强调文本及研究的客观性。应该说，如果按照这两种类型来看20世纪以来的古典文学研究，各自其实都可以梳理出一个风格鲜明的学术名单。譬如，在偏重"理论阐释"的研究进路中，我们可以看到王国维的《红楼梦评论》，朱光潜的《诗论》，闻一多的《匡斋尺牍》《说鱼》，钱锺书的《谈艺录》《管锥编》，以及马一浮的诗论，钱穆的文学研究等等；而在侧重"考据"的学术脉络下，梁启超晚年的《桃花扇注》《辛稼轩先生年谱》，胡适的《红楼梦考证》，陈寅恪的《元白诗笺证稿》《柳如是别传》，邓广铭的《稼轩词编年》，岑仲勉的唐代文献考订研究，浦江清的《花蕊夫人宫词考证》等，则无疑会凸显出来。因此，倘借用库恩的说法，这两者实际也构成了两个大的"学术共同体"，各自有其基本学术"范式"，以及诸多"第一义研究"的学术成果。①

正如前面提到的，"诗学考据"在中国古代诗歌研究中本早有发源。因而，稍稍考察古代中国的诗歌研究史亦可看到，上述两种研究类型其实也一直贯穿其中——即如果说发源自儒家诗教传统的"比兴"说诗、"以意逆志"批评方法，乃至韩诗内外传"依经推演之词"②，抑或"匡鼎之

---

①库恩提出："'范式'一词有两种意义不同的使用方式。一方面，它代表着一个特定共同体的成员所共有的信念。价值、技术等等构成的整体。另一方面，它指谓着那个整体的一种元素，即具体的谜题解答；把它们当作模型和范例，可以取代明确的规则以作为常规科学中其他谜题解答的基础。"托马斯·库恩著，金吾伦、胡新和译：《科学革命的结构》，北京大学出版社2003年版，第157页。本文取其后一义，亦即葛晓音教授在《通新旧之学达古今之理——论陈贻焮先生的古代文学研究》一文中提到的"第一义研究"。她指出："第一义研究的价值就在于它的思路和它所提出的问题可供后人源源不断的挖掘下去，尽管后来的学者不一定知道它的源头，只是跟着学术研究的潮流去做。但它所开辟的领域自会在众多自觉不自觉的响应者的继续耕耘中逐渐扩大。"中国社会科学院《文学遗产》编辑部编：《学境——20世纪学术大家名家研究》，上海古籍出版社2006年版，第654页。

②清儒王先谦语，转引自张舜徽《广校雠略·汉书艺文志通释》，华中师范大学出版社2004年版，第201页。

说诗，几乎同管辂之射覆，绛帐之授经，甚且成乌台之勘案"①之类的义理说诗，可称一种"理论阐释型"文学研究的早期源头②；则《国语·鲁语下》所载正考父"校商之名颂十二篇以〈那〉为首"的文献校勘事例，完全可以视为一种实证性文学研究的萌芽。毕竟，尽管今人一般以《国语》所载正考父一例为中国校勘学之始，然"校勘"亦即一种"考据"，而"商之名颂"又何尝不是"诗"？

就此而言，一部中国古典文学研究的学术史，似乎亦可称为"考据"与"理论阐释"两型并立的历史。那么这也就意味着，"考据型"诗学研究即"诗学考据"，完全可以作为20世纪乃至中国古典诗学学术史反思的一条线索。

当然，20世纪以来中国诗学自身的发展脉络中，上述两大"共同体"一直在谋求和努力实践一种融会贯通的学术进路，所以钱锺书在上述讨论中始终将矛头指向那种"自我放任的无关宏旨的考据"，强调"自觉的、有思想性的考据"，而陈寅恪等诸多从事"考据"的学者亦未尝不强调"宋学精神"的灌注③。但无可置辩，二者基本的"学术范式"仍然是有差异的。那么，如果当下的诗学研究不仅像田晓菲教授所言，"考证可以为我们的古典文学研究带来一场革命"④，而实质上也正如傅璇琮、陈尚君等教授所说——"考据型"研究就是近三四十年来古典文学研究主流的

①钱锺书：《管锥编》（第一册），中华书局1986年版，第15页。

②周裕锴《中国古代阐释学研究》一书更将此一传统追溯至先秦诸子所关注的"名实"之辨与"言意"之辨，详见其书第一章"先秦诸子论道辨名"，上海人民出版社2003年版。

③胡晓明《二十世纪中国诗学研究的五个传统》一文即指出：20世纪诗学研究，就方法而言实有汉宋并重的传统，并可析为诗哲相通和诗史互证相通两条进路，陈寅恪的"诗史互证"研究可为代表。《文艺理论研究》1998年第2期。

④田晓菲：《尘几录——陶渊明与手抄本文化》，中华书局2007年版，第205页。

话①，则考察20世纪"诗学考据"到底留下了怎样的研究成果，其对中国传统诗歌考据之学予以怎样的现代改造和拓展，其存在的问题和发展路向如何等等，应该成为今天古典诗学学术史反思不应回避的一个问题。特别是近四十年来的中国古典诗学研究，在经历了不断的方法论探讨之后，仍不免呈现以"考据"为最具影响研究范式的学术格局。那么，从学术史研究的视角来探讨"20世纪诗学考据"，就不仅意味着借"辨彰学术，考镜源流"以辨别源流本末、彰明研究路向，更在于通过这种"史"的研究来了解"诗学"与"考据"得以结合的真正秘密——就像黑格尔所说"哲学史"研究的目的那样。

四、考据与诗美之探寻：作为一种文学批评方法的"诗学考据学"

作为一种独特的学术类型，"诗学考据"对20世纪中国诗学研究的影响毋须多述。尤其近30年以来，每年各类学术机构出版的诗学类论著、论文，申报的学术课题，以及日益激增的博士、硕士论文选题，带有"考据"性的学术选题频频可见。然而值得注意的是，素来着眼于考据性"实践"者虽多，而对"诗学考据学"这一问题的学术关注则尚显不够。并非没有学者为此作过努力，只不过其中还存有需要辨析的一二问题。

如前所述，20世纪以来为诗学研究中的"考据"作辩护者不少，但不少学者所持意见往往类似徐复观所说，强调"考据"只是"诗学"（乃至文学）研究的"补助手段"②；或如傅璇琮教授所述，"考据"工作的目的

———————

① 如傅璇琮教授《文学古籍整理与古典文学研究》（1995）一文即指出："四十年来，我们古典文学的研究，虽然几经曲折，但整个来说，还是取得很大成绩。在这些成绩中，文学古籍的整理和研究，应当说占有显著的地位。"《唐宋文史论丛及其他》，大象出版社2004年版，第369页。陈尚君教授《新出石刻与唐代文学研究》一文也指出："中国近二十年唐代文学研究中的主流学派，试图从唐文学的基本文献建设入手，弄清唐代文学发展变化的全部真相，从作家生平交游、作品收集辨析、著作真伪流传，乃至所涉事件始末，皆求梳理清楚，再作系统深入的研究。"

② 见前引徐复观《致颜元叔教授》，《中国文学论集续编》，学生书局1984年版，第215—216页。

在学术研究的"基础工程"——即学术资料建设上：

> 古典文学研究，作为一门独立的学科，应当说有其完整的结构。这种结构，大体如同建筑工程，可分为基础工程和上层结构两个方面。基础工程是各类专题研究赖以进行的基本条件，具有相对的长期稳定的特点。其具体内容，大体有这样三个范围：1.古典文学基本资料的整理：包括各类文学作品总集、历代作家别集的点校、笺注、辑佚、新编。2.作家、作品基本史料的整理研究：包括作家传记资料的辑集，文学活动的编年，写作本事、流派演变的记述和考证等。3.基本工具书的编纂：包括古代文学家辞典、文学书录、题解，诗词曲语词辞典，戏曲小说俗语辞典，文学典籍专书辞典或索引，断代文学语言辞典等。
>
> 从以上三个方面来看，应当说，文献的整理对文学研究是有很大促进作用的，它不但为深入研究奠定扎实的资料基础，而且有时还能影响研究方法或研究方向的开拓。当然，在这个基础上建筑的上层结构，则能进一步总结文学创作的经验，探索艺术发展的规律，发扬古典文学的精华，使之为当代创作提供借鉴，为建设精神文明做出贡献。①

当然，诗学研究发展至今所利用到的基本文献还远未达到"充分"的境地。例如，断代诗学研究中，先唐时期除清人严可均以及现代学者逯钦立所编之文、诗总集，部分大作家别集及相关研究史料也有一些整理外，其他资料并不算充分。隋唐以后，除唐宋一段各类文献史料整理相对充分，明清以下未经整理的诗学文献更比比焉，甚至迄今为止连何时才有可能整理出这两代诗文总集还是一个未知数。就隋唐和宋元文学史料整理而言，目前虽已有断代总集如《全唐诗》《全唐文》《全宋诗》《全宋文》《全

---

① 傅璇琮：《文学古籍整理与古典文学研究》，《唐宋文史论丛及其他》，大象出版社2004年版，第369—370页。

元文》，而《全唐诗》《全唐文》也已数经补订、修订，唐代大小作家别集、杂史笔记等相关研究资料的整理相较文学史其他各段也可称完备，研究者甚至也已关注到域外汉籍的搜讨整理。但正如一些研究者所指出的，几部断代诗文总集仍存在进一步勘校、补遗、正误等多方面问题①，而各段中小作家别集、相关史料等也还存在进一步整理研究的必要。与此同时，类似《唐代诗人丛考》这样的诗人和诗史考证，在其他各段文学史研究中也尚有进一步深入拓展的必要。因此，偏重文献整理考订、诗人诗史考证抑或文本训诂注释类的考据，仍将是诗学研究较长一段时期内的基础性工作；而"把史料学与学术史结合起来"的文学史料学研究，也诚可谓"当代古典文学研究的一种特殊的治学路数"②。

但正如傅璇琮教授上文已指出的，以学术资料整理研究为目的的"诗学考据"仅仅只是诗学研究（乃至古典文学研究）的"基础工程"。亦即是说，仅有一般性的文献史料整理而不触及"诗美"本身，殊非诗学研究的最终目的，"诗学"学术中的"考据"应有关乎"诗美"探讨的"上层建筑"部分。因此，追问"诗学"何以要讲"考据"，不仅意味着讲明着眼于文献整理考订和文字训诂之类考据对于"诗学"研究是必须的，更是

①应该说，断代文学总集编修的难度之高，使得其难免存在某些遗漏讹误。如学界近年来围绕《全宋诗》编修中存在的问题数有讨论，先后出现不少研究成果甚至学术争论，例如方健《〈全宋诗〉硬伤数〔十〕例》（《文汇报·学林》2002年6月15日），张如安、傅璇琮《求真务实严格律己——从关于〈全宋诗〉订补谈起》（《文学遗产》2003年第5期），方健《谁都该"求真务实，严格律己"——答傅璇琮先生》（《文汇报·学林》2004年9月5日），张如安《如何看待〈全宋诗〉订补中的问题——兼答方健先生》（《文汇报·学林》2004年10月17日），陈尚君《断代文学全集的学术评价——〈全宋诗〉成就得失之我见》（《文汇报·学林》2004年11月14日，另收入《汉唐文学与文献论考》，第100—111页）等。关于《全宋文》和《全元文》编修中存在的问题，可参见李文泽《浅议〈全宋文〉编纂中的得失》（《文献》1999年第1期），陈福康《对〈全宋文〉编集工作的小补正》（《编辑学刊》2008年第1期），刘晓《〈全元文〉整理质疑》（《文献》2002年第1期）等。其他补遗、正误类论文还有不少，此不赘举。

②傅璇琮：《中国古典文学史料研究丛书总序》，见陶敏、李一飞著《隋唐五代文学史料学》，中华书局2001年版，第5页。

要借此指出，"诗学"研究不能仅仅局限于这样的"考据"，还应该注意到那些能发掘"诗美""诗意"的"考据"。后者对于"诗学"研究而言，正是在前者那种注重资料建设的基础性工作之上，着意于讲论"中国诗"艺术的一个重要进路。

提到这一点，还需指出素来诗学研究者中存在的一个偏见，即一直有不少学者认为"考据"虽有助于"诗的欣赏"，但二者根本是两回事，如钱穆即认为"今之从事文学者，一则竞务于创作，又一则竞务于考据。考据工作，未尝不有助于增深对于文学本身之了解与欣赏。然此究属两事，不能便把考据来代替了欣赏"①。汪辟疆《编述中国诗歌史的重要问题》一文也指出，"文艺批评和诠述史实，是截然两件事"②。王瑶也曾讲到，诗歌研究的目的"在于欣赏与接受，不能止于研究，得荃而忘鱼"。虽然王瑶所说的"研究"并不仅限于考证型研究③，但显然认为这些学术工作与"欣赏"是不同质的。

实际上，"考据"潜存于中国诗数千年研究史脉络之中，很大程度上已提醒后人，作为一种学术类型的"诗学考据"对于解说"中国诗"的艺术特质存在某种有待考察的内在关系。当然，这是一个让人感到困难的问题。"考据"乃征实之学，而"中国诗"恰多追求虚灵澹宕之妙，秉此实事求是之旨以考校整理诗歌文本以及训释诗歌文句典实层面的疑难自然无可置疑，关键是能否据此探得不乏虚玄面目的"诗"之真正玄妙所在？求真的"考据"与"诗美求索"，是否且如何得以融会？20世纪学术史上以考据说诗最为知名的陈寅恪即指出，古典诗歌之研究离不开"考据"——

---

①钱穆：《中国文化与文艺天地——论评施耐庵〈水浒传〉及金圣叹批注》，《中国文学论丛》，生活·读书·新知三联书店2002年版，第148页。

②汪辟疆：《汪辟疆文集》，上海古籍出版社1988年版，第138页。

③王瑶在《念朱自清先生》文中提道："从来有两种人是诗歌的劲敌，一种人把诗只看成考据校勘或笺证的对象，而忘记了它还是一首整体的诗；另外一种人又仅凭直觉的印象，把一首诗讲得连篇累牍，其实和原诗毫不相干。……研究的目的在于欣赏与接受，不能止于研究，得荃而忘鱼。"见郭良夫编《完美的人格——朱自清的治学和为人》，生活·读书·新知三联书店1987年版，第41页。

"自来诂释诗章，可别为二。一为考证本事，一为解释辞句"[1]；但与此同时，他也深知考据说诗又往往会受到"诗艺"论者的嗤点——"若有以说诗专主考据，以致佳诗尽成死句见责者，所不敢辞罪也"[2]。因此，作为一种研究方法的"考据"，能否抑或在多大程度、何种层面上揭出中国诗内在之美，显然是既重要而又令人困扰的问题，同时，这也是需要当下研究者予以关注的一个"诗学问题"。

前述宇文所安在文章中提道："两个团体以一种新方式走到一起来了。"这种"新方式"指什么？是否即一种融合"考据"与"诗性经验"的有效途径？

从宇文所安的文章以及《尘几录》一书所展示的思路来看，他们强调对文学文本"异文"的勘校，目的其实并不在追寻昭明太子本、阳休之本、宋庠本、思悦本等已然亡佚的陶集版本，抑或苏写本、曾集本、汲古阁本抑或汤汉本、李公焕本乃至明清以下诸多陶集版本的真伪比勘、优劣鉴别，亦不在陶诗文本考校与研究陶诗之美的内在关联问题。他们关注的是，历来陶集整理者眼中的"陶诗"以及他们通过整理希望告诉后人某种"陶诗"形象的过程：

> 任何寻访"原本"或"真本"的努力，不仅徒劳无益，而且从根本上来说，是没有意义的。最终，我们会发现，被爱者只是一种想象，只存在于他人的描述之中。[3]

亦即是说，历来所谓"陶诗"或"陶渊明"的"形象"，其实不过历代文本整理者所"描述"之"象"，时代不同，描述者复异，故此"象"亦随之而异。质言之，"陶诗"抑或"陶渊明"之"形象"，永无所谓"定

---

[1] 陈寅恪：《柳如是别传》，生活·读书·新知三联书店2001年版，第7页。
[2] 陈寅恪：《韦庄秦妇吟校笺》，《寒柳堂集》，生活·读书·新知三联书店2001年版，第134页。
[3] 田晓菲：《尘几录——陶渊明与手抄本文化》，中华书局2007年版，第3页。

象"，有的只是文学史何以如此书写之"象"。因而，倘将此书所论与程千帆20世纪40年代所撰之学术名篇《陶诗"结庐在人境"篇异文释》（1944年4月）比较，则可发现：

第一，程文确实正陷落于《尘几录》所述那种"阐释怪圈（用心目中的陶渊明形象为基础来选择异文，然后再反过来用选定的异文'证实'心目中的陶渊明形象）"①之中。程文末在论及古来各种异文后指出，"初不知其所从出；久乃悟文士之狡狯，不以窜易为嫌也。若陶集、《文选》，俱有宋刊，又非其比。是故不得不据义蕴以定从违耳"。显然，此"义蕴"正属《尘几录》所述之"心目中的陶渊明形象"。

第二，然而程文恰有《尘几录》所忽略的美学趣味之探讨。程文续又指出，"陶公此诗，乃表见一物我两忘之境界。其心灵之发展，文章之组织，皆有轨辙可寻。循是以求，乃知异文何从为胜"②。可见，前者异文考校的目的，在文学史一种新面相的发现，循此思路，文学史研究将可以开发一系列可供讨论的新课题。但同时这一研究思路恰缺乏后者着眼于陶诗之赏会，以及一种艺术心灵之反思的学术关怀。

应该说，这两种不同致思路径对于诗学研究都是需要的。只不过，前者将后现代的理论视角与传统考据相结合来探讨文学史研究新路向的思路，称之为一种文学史研究"新方法"毫不为过，但对讨论"中国诗"之美，未必有太多建设性意义。那么，真正能够融会"考据"与"诗美"探寻的"诗学考据"到底是怎样的，显然还是一个未知的话题。

当然，中国传统学术史上一直有所谓"汉宋不分"或"汉宋兼采"的话头，素来的文学研究也一直强调理论分析与细密的文献资料考证不可或分。袁行霈教授于20世纪90年代中期即曾提出："考证与评论相结合，既详细地占有原始资料，对资料进行审慎的考证，又能在考证的基础上加以概括综合作出新的评论，这将成为一种趋势。在这方面已经有一些成功的经验，但总的来看还有待大力提倡。研究者各有所长，各有专攻，有的偏

①田晓菲：《尘几录——陶渊明与手抄本文化》，中华书局2007年版，第15页。
②程千帆：《古诗考索》，上海古籍出版社1984年版，第314页。

重考证，有的偏重评论，不能强求一律。但从整个研究界看来，考证和评论两方面总得沟通，并往一起走，这样才能提高整个唐诗研究的水准。"①这样的意见很多，按照这种思路，我们甚至更可以提到前述程千帆、沈祖棻两位教授提出的"将批评建立在考据基础上的方法"：

> 在过去的古代文学史研究工作当中，我们感到，有一个比较普遍和比较重要的缺点。那就是，没有将考证和批评密切的结合起来。有些人对作家生平的探索、作品字句的解释是曾经引经据典，以全力来搜集史料，作了许多有益的工作的，但却没有能够根据这些已经取得的成绩，更进一步，走进作家们精神活动的领域，揭露他们隐藏在作品中的灵魂。另外一些人，曾经反复的欣赏、玩索那些多少年来一直发散着光和热的作品，被它们所吸引，因而能够直觉地体会到作家们在他们的灵魂深处所存在的一些东西，但因为仅仅是从直觉中获得的印象，也就往往对于其中的"妙处"说不出一个所以然。或者虽然说出了所以然，但又没有证据，不足以服人。这样，就不免使考据陷入繁琐，批评流为空洞，无疑地，对古代文学史的研究都是不利的。②

这段话写于1954年。如果与同时期那些借批判"胡适派资产阶级治学方法"之便而大批特批"考据"者相比，不仅有卓识，更有对学术的真诚和勇气。当然，文中所提到的那些强调艺术直觉而忽视论证的研究——譬如中国古代那些不太看重理论分析的诗话（并非全部），以及一些过于崇尚个体审美体验而忽略论证、考辨的研究，在今天的学术论著中已很少见到。但是，借助各种花样翻新的批评理论，悬置"特定语境"，以一般代特殊，且不乏削足适履式的解说中国古典文本的"空洞批评"未必不存

---

①袁行霈：《中国大陆唐诗研究的回顾与前瞻》，林徐典编：《汉学研究之回顾与前瞻（文学语言卷）》（上），中华书局1995年版，第181页。

②程千帆、沈祖棻：《古典诗歌论丛·后记》，上海文艺联合出版社1954年版，第263—264页。

在。而"考据之学"固有的知识趣味所导致的"为考据而考据",未能"走进作家们精神活动的领域,揭露他们隐藏在作品中的灵魂"的"考据型"研究也未必不存在。正因为此,如何"将批评建立在考据基础上",如何由"考据"揭示文本背后的心灵旨趣、思想奥义,以及如何通过"考据"来彰显文学内在的美,特别是中国古典诗歌的艺术特性,仍可谓当下古典文学研究不容忽视的一个学术问题。

就此而言,如果仅仅提出"考证与评论相结合""将考证和批评密切的结合起来",或者简单地看待"将批评建立在考据基础上"的思路,则"考证"和"批评"的关系仍不免存在某种结构主义式的"有机主义"论的倾向——两者只是异质元素的叠加而非真正的融合。①而这,显然仍旧不免韦勒克所说文学研究内外两分的思路,从而依然会陷于古典文学研究内部的分化之中。就此而言,提出一种能够真正凸显文学批评方法(而非仅文学史研究方法)意义上的"诗学考据学"或许是合适的。所谓文学批评方法,韦勒克的标准是指向对具体文学作品的评价②;而奥斯卡·卡吉尔《多元批评浅论》则提出,"任何方法,只要它能解释一部文学作品的意义,就是一种合理的方法",这种意义即"对于批评家的时代和环境来说显得合适和可行的意义"③。因此,能真正揭破中国诗之心灵奥秘,凸显其艺术经验,给当下读者以一份厚实而非"文化快餐"式的思想启示,应该视为真正成其为一种文学批评方法意义的"诗学考据学"的任务和目标。按照这一考据方式,则尽管"查特顿的诗不会因为被人证明为18世纪

①本杰明·史华慈即一再批评过李约瑟中国思想研究中的"有机主义"观念问题,详见《古代中国的思想世界》一书(江苏人民出版社,2004年版)论述老子和道家"通见",阴阳家以及"相关性宇宙论"的部分。拙文《史华慈论中国思想世界中的"秩序感"及其文化意义》对此略有辨析,《东方丛刊》2008年第3辑。

②雷内·韦勒克:《文学批评:名词与概念》,张金言译:《批评的概念》,中国美术学院出版社1999年版,第19—33页。

③威尔弗雷德·L.古尔灵、厄尔·雷伯尔、李·莫根、约翰·R.威灵厄姆著,姚锦清、黄虹炜、叶宪、邹溱译:《文学批评方法手册》,春风文艺出版社1988年版,第26页。

的作品而增色或变坏"①，但却可以通过考察其创作时地、背景、文学风习，发见"查特顿"为什么这样写而不那样写，为什么模仿15世纪的僧侣诗人，而不是16世纪的浪漫派，抑或12世纪的骑士抒情诗。亦即是说，在那些看似深浅自得、言人人殊般的"美的当下性"中，追寻其"诗美创造"的真正奥秘。

［原载《古代文学理论研究》第29辑，华东师范大学出版社2009年版，收入本书时有改动］

---

①勒内·韦勒克、奥斯汀·沃伦著，刘象愚等译：《文学理论》，江苏教育出版社2005年版，第69页。

典中有典

——陈寅恪挽曾昭燏诗隐含的思想追问

一

1964年12月22日，南京博物院院长曾昭燏跳南京紫金山灵谷塔自尽。次年2月14日，陈寅恪作挽诗一首，题为《乙巳元夕前二日始闻南京博物院院长曾昭燏君逝世于灵谷寺追挽一律》。此诗流传有文字不同的两种稿本：

> 论交三世旧通家，初见长安岁月赊。何待济尼知道韫，未闻徐女配秦嘉。
>
> 高才短命人谁惜，白璧青蝇事可嗟。灵谷烦冤应夜哭，天阴雨湿隔天涯。
>
> 【多才短命人咸惜，一念轻生事可嗟。灵谷年年熏宝级，更应留恨到天涯。】①

前四句相同。首二句回忆与曾昭燏的通家之谊及昔日交往，次二句由东晋才女谢道蕴事及东汉秦嘉、徐淑夫妇借赠答寄情之故实，点出曾氏虽

---

① "【】"内为另稿后四句。详见陈寅恪：《陈寅恪集·诗集》，生活·读书·新知三联书店2001年版，第165页。

才华横溢然终身未嫁于今而亡的可叹遭际。①至于后四句，其不同处可直观感受到两点：第一，两稿均表达了作者对逝者的哀恸，但前稿于哀痛之余更多一份怨愤。这明显地体现于前稿第五句"人谁惜"一反问语的出现，与后稿"人咸惜"不过一字之别，但诘问中显带怨愤。第二，前稿比后稿用典成分更多。后稿第六句"一念轻生"虽点出曾氏系自尽而亡，但前稿用"白璧青蝇"典更清晰化了曾氏之所以自尽的原因；且"嗟"有痛惜义（《集韵》）②，紧承"人谁惜"一语，意谓曾氏之"可嗟"不仅在于"轻生"，更在于其悲剧乃缘于"青蝇"之扰，故至可痛惜且又极令人愤怒。至于末二句，后稿虽在第七句用了"薰宝级"这一僻典，而前稿则整体上化用了杜甫《兵车行》"新鬼烦冤旧鬼哭，天阴雨湿声啾啾"一联，字面直截然寓意深沉。

就上述两点不同来看，其用典应与哀痛背后隐含的怨愤之情有所关联。而中国诗用典素来讲究"自出己意，借事以相发明"③，故典语的出处及意涵乃是理解诗意的关键。因此，理解陈寅恪此诗，就绝不应忽略前稿中嵌入的熟典"白璧青蝇"与杜诗。

"青蝇"一典最早出自《诗经·小雅·青蝇》："营营青蝇，止于藩，岂弟君子，无信谗言。"刘向《九叹·怨思》"若青蝇之伪质兮，晋骊姬之反情"二句，又用晋献公宠姬骊姬谗害太子申生事，具象化了"青蝇"与进谗者之间的隐喻关系，从而凸显屈原"忠而被谤"（《史记·屈原列传》）的生命遭际。故王逸注曰："言谗人若青蝇变转其语，以善为恶，若晋骊姬以申生之孝，反为悖逆也。"④此后唐人诗中用"青蝇"典者颇

---

① 参见胡文辉《陈寅恪诗笺释》对出典之解释，广东人民出版社2008年版，第1271—1273页。曾陈交谊及曾氏生平，另见李粤江《曾昭燏与陈寅恪》、张蔚星《南京博物院藏曾昭燏师友书札考略》、徐雁平《旧世家、新女性——以湘乡曾昭燏为例》等文，均收入南京博物院编：《曾昭燏纪念》，江苏人民出版社2009年版。

② 汉语大词典编纂整理处：《康熙字典》，汉语大词典出版社2002年版，第131页。

③ 《蔡宽夫诗话》所载王安石语，见胡仔《苕溪渔隐丛话》后集卷二十五，人民文学出版社1962年版，第179页。

④ 洪兴祖：《楚辞补注》（四部备要影宋本），中华书局1957年版，第499页。

多①，然若论"白璧青蝇"四字完整的出典，应以陈子昂《宴胡楚真禁所》诗"青绳一相点，白璧遂成冤"为早，继之者则有李白，凡三见："楚国青蝇何太多，连城白璧遭谗毁"（《鞠歌行》），"白璧何辜，青蝇屡前"（《雪谗诗赠友人》），"白璧竟何辜，青蝇遂成冤"（《书情题蔡舍人雄》）。

一般情况下，"青蝇"抑或"白璧青蝇"典不过是指因谗被冤及对进谗者的贬斥，但倘注意到陈寅恪此诗用"白璧青蝇"与末二句化用杜诗存在内在关联——即导致"烦冤夜哭"的直接原因就在于"白璧青蝇"，则可发现其用此二明典之后尚有一暗典——吴梅村《悲歌赠吴季子》诗。该诗不仅同样有"白璧青蝇见排诋"的典语字面，末联也暗用杜诗《兵车行》典以寓含一份特别的思想批判，且诗末塑造的"仓颉夜哭"一意象更与陈诗"烦冤夜哭"极为相类。二者遣词造语的相似性，远不同于一般的"白璧青蝇"典。

吴诗见《梅村家藏稿》卷十《后集》二：

> 人生千里与万里，黯然销魂别而已。
>
> 君独何为至于此？
>
> 山非山兮水非水，生非生兮死非死。
>
> 十三学经并学史，生在江南长纨绮。
>
> 词赋翩翩众莫比，白璧青蝇见排诋。
>
> 一朝束缚去，上书难自理。
>
> 绝塞千山断行李。
>
> 送吏泪不止，流人复何倚？
>
> 彼尚愁不归，我行定已矣！

---

① 如杜诗"青蝇纷营营，风雨秋一叶"（《八哀诗·故司徒李公光弼》）、"江湖多白鸟，天地有青蝇"（《寄刘峡州伯华使君四十韵》），刘禹锡诗"何人为吊客，唯是有青蝇"（《伤丘中丞》），孟郊诗"君子勿郁郁，听我青蝇歌"（《君子勿郁郁士有谤毁者作诗以赠之》），元稹诗"非白又非黑，谁能点青蝇"（《秋堂夕》）等。

八月龙沙雪花起，橐驼垂腰马没耳。

白骨皑皑经战垒，黑河无船渡者几？

前忧猛虎后苍兕，土穴偷生若蝼蚁。

大鱼如山不见尾，张鬐为风沫为雨。

日月倒行入海底，白昼相逢半人鬼。

噫嘻乎悲哉！

生男聪明慎莫喜，仓颉夜哭良有以。

受患只从读书始，君不见，吴季子！①

诗题下有作者自注："松陵人，字汉槎。"吴季子，即清初诗人吴兆骞，字汉槎，季子系兄弟排行，顺治十五年（1658）因丁酉（1657）科场案被流放宁古塔（今黑龙江省宁安县西）。其子吴桭臣跋其《秋笳集》曰：

先君少负大名，登顺治丁酉贤书，为仇家所中，遂至遣戍宁古。②

另据顾师轼《吴梅村先生年谱》卷四"（顺治）十五年戊戌五十岁"条：

科场事发，吴汉槎兆骞、孙赤崖旸、陆子元广增俱贷死戍边，有《悲歌赠吴季子》《赠陆生》《吾谷行》。程穆衡《鞏悦卮谈》：同时如吴江汉槎兆骞、常熟孙赤崖旸、长洲潘逸民隐如、桐城方舆三育盛，皆有高才盛名，同以科场事贷死戍边。③

---

①影印宣统三年武进董氏诵芬室刊本《梅村家藏稿》第一册，学生书局1975年版，第223—224页。

②吴兆骞：《秋笳集》（丛书集成初编本），中华书局1985年版，第151页。

③《北京图书馆藏珍本年谱丛刊》第69册，北京图书馆出版社1999年版，第341—343页。

"黯然销魂别而已"。全诗以江淹《别赋》成句起笔，故应即吴伟业送别吴兆骞之作。该诗在有清一代甚有名，孟森《科场案》一文提道：

> 丁酉科场案，向来以吴兆骞之名而脍炙于世人之口。兆骞固才士，然《秋笳集》亦非有绝特足以不朽者在，其时以文字为吴增重者，实缘梅村一诗、顾梁汾两词耳。梅村于科场案中，赠陆庆曾有诗，赠孙承恩而及其弟旸亦有诗，顾皆不及其《悲歌赠吴季子》一首，尤为绝唱。兆骞得此，乃其不朽之第一步。①

《梅村家藏稿》乃陈寅恪1963年已完稿之《柳如是别传》最主要的引述文献之一，丁酉科场案又"蔓延几及全国"②，亦清初知识分子集体遭遇的重大事件，故陈寅恪对梅村此诗必不陌生。之所以认为陈寅恪诗取典于此，表面原因即上文所说遣词造语的相似性，根本原因还在于如下两点：第一，二者借"白璧青蝇"所隐喻的生活情境具有高度类似性；第二，二者同样暗用杜诗传达对"白璧青蝇"所特别隐喻者的极大思想批判。这两点，皆非寻常"青蝇"典可比。

二

有关吴兆骞之遭谗被流放，其子吴桭臣指出"为仇家所中"（见前引《秋笳集》跋），有学者更明白指出是"由于同声社章在兹、王发的告发"③，但从实际情形看，《清史稿·吴兆骞传》所谓"以科场蜚语逮系，遣戍宁古塔"④的含糊其辞，或更近情实。《清实录·世祖实录》载：

---

①孟森：《孟森著作集·心史丛刊》一集，中华书局2006年版，第68页。
②孟森：《孟森著作集·心史丛刊》一集，中华书局2006年版，第34页。
③叶君远选注：《吴伟业诗选·悲歌赠吴季子》注释六，人民文学出版社2000年版，第258—259页。
④赵尔巽等撰：《清史稿》卷四百八十四，中华书局1977年版，第13337—13338页。

（顺治十四年丁酉十一月）癸亥，工科给事中阴应节参奏江南主考方猷等弊窦多端，物议沸腾……（十五年二月庚午）掌河南道御史上官铉劾奏江南省同考官舒城县知县龚勋……（三月）庚戌，上亲覆试丁酉科江南举人……（十一月）辛酉，刑部鞫实江南乡试作弊一案……方章钺、张明荐……吴兆骞、钱威，俱著责四十板，家产籍没入官，父母兄弟妻子併流徙宁古塔。[①]

另据孟森所引《研堂见闻杂记》：

南场（笔者按：即吴兆骞所应考之江南闱）发榜后，众大譁，好事者为诗为文，为传奇、杂剧，极其丑诋。两座师（笔者按：即主考方猷、钱开宗）……士子随舟唾骂，至欲投砖掷瓦。桐城方姓者，冠族也，祸先发，于是连逮十八房官及两主司。总督郎公又采访举子之显有情弊者八人，上之于朝，其八人即于京师就缉，同主司严讯，凡南北举子皆另覆试。

以及戴璐《石鼓斋杂录》：

顺治科场丁酉大狱，相传因尤侗著《钧天乐》而起。时尤侗、汤传楹高才不第，隐姓名为沈白、杨云，描写主考何图，尽态极妍，三鼎甲贾斯文、程不识、魏无知，亦穷形尽相。科臣阴应节纠参，殿廷覆试之日，不完卷者银铛下狱，吴汉槎兆骞，本知名士，战栗不能握笔，审无情弊，流尚阳堡。（笔者按：孟森于此段引文按语中已指出吴兆骞流宁古塔而非尚阳堡。）

---

①影印《清实录》第三册《世祖实录》，中华书局1985年版，第884、896、901、941—942页。

又引李延年《鹤徵录》及王应奎《柳南随笔》有关南闱覆试之记载，指出：

> 据上二则，覆试时既威之以银铛、夹棍、腰刀，又每一举人以两持刀之护军夹之。护军即《北闱记略》之所谓满兵，既语言不通，又持刀恐吓于旁，其不能下笔宜矣。观此知吴兆骞等所以曳白之故。①

由此可知，导致江南科场案发生的流言原本针对主考方猷、钱开宗以及"显有情弊者"，而吴兆骞最终被流放的直接原因，乃在于其覆试时因考场氛围之严酷以至临场曳白。亦即是说，吴兆骞既已参加覆试，则梅村诗中的"白璧青蝇"就不应是指具体人为构陷而言，而是喻指导致江南科场案发生的这一蜚语流言横出的非常环境。因此，"白璧青蝇见排诋"一句所表达的同情与嗟叹，实在于吴兆骞以"词赋翩翩众莫比"之才最终因此莫大变故导致考场曳白，以至于百口莫辩其舞弊之嫌。就此而言，梅村诗中的"白璧青蝇"典，非指一二具体鼓唇摇舌之人，亦非仅泛泛而言因谗被祸，而实喻指当日蜚语流言横出的一种非常环境可知矣。此一点看似与寻常"青蝇"典差别不大，但若与其诗末数句借取典杜诗所隐含的思想批判联系起来看，此一"环境"之喻指亦就有了极为特殊的内涵，这恰是陈寅恪所欲"借"之以发明自家心事者。

且看梅村诗末数句，及与杜诗的联系：

> 噫嘻乎悲哉！
> 生男聪明慎莫喜，仓颉夜哭良有以。
> 受患只从读书始，君不见，吴季子！

---

①孟森：《孟森著作集·心史丛刊》一集，中华书局2006年版，第60—62、65页。按：引文中着重号皆笔者所加。

前此注释者以为"生男"一句典出陈琳《饮马长城窟行》。①此虽较早典源，但未及杜甫《兵车行》恰切。陈琳诗末"生男慎莫举，生女哺用脯"一句，虽点出当日主政者穷兵黩武之恶，但结句却归于夫妇同心之情。②这与梅村此下情境极不合。而杜诗虽典出陈琳诗，其诗意主旨却在备言征戍之苦与兵祸之虐，从而寓含其对"役夫敢申恨"之惨酷现实的批判：

> 信知生男恶，反是生女好。
>
> 生女犹得嫁比邻，生男埋没随百草。
>
> 君不见，青海头，古来白骨无人收。
>
> 新鬼烦冤旧鬼哭，天阴雨湿声啾啾。

钱谦益笺杜甫此诗，有如下数语极可注意，此亦梅村取典于此的重要原因：

> 此诗序南征之苦，设为役夫问答之词。君不闻已下，言征戍之苦，海内驿骚，不独南征一役为然，故曰役夫敢申恨也……君不见已下，举青海之故，以明征南之必不返也……曰君不闻、君不见，有诗人呼祈父之意焉。是时国忠方贵盛，未敢斥言之，杂举河陇之事，错牙其词，若不为南诏而发者，此作者之深意也。③

正因为"征南之必不返也"，故杜诗曰"信知生男恶"。而梅村曰"生男聪明慎莫喜"，实亦悲叹吴兆骞此行一如征南之役夫，难有生还之望。

---

①高章采选注：《吴伟业诗选注》，上海古籍出版社1986年版，第99页。另见叶君远选注《吴伟业诗选》，人民文学出版社2000年版，第259页。

②陈琳诗末云："生男慎莫举，生女哺用脯。君独不见长城下，死人骸骨相撑拄。结发行事君，慊慊心意关。明知边地苦，贱妾何能久自全？"逯钦立辑校：《先秦汉魏南北朝诗》魏诗卷三，中华书局1983年版，第367页。

③钱谦益：《钱注杜诗》，上海古籍出版社1979年版，第9—10页。

梅村诗起首五句，用江淹《别赋》成句点明赠别之意及对友人今日遭际的无限同情，然《别赋》云"别"有"暂离之状"与"永诀之情"二端，"至如一赴绝国，讵相见期。视乔木兮故里，决北梁兮永辞"，远不同一般的"割慈忍爱，离邦去里"，实乃"抆血相视"之"永诀"。①梅村用意端在于此。流放乃重刑，而吴兆骞被流放之宁古塔虽是满人发祥之地，但在当日社会一般认识中乃属东北极寒荒漠之地，无异人间地狱、有死无生之所在。孟森引《研堂见闻杂记》就提道：

> 按宁古塔在辽东极北，去京七八千里，其地重冰积雪，非复世界，中国人亦无至其地者。诸流人虽各拟遣，而说者谓至半道，为虎狼所食，猿狄所攫，或饥人所啖，无得生也。向来流人俱徙尚阳堡，地去京师三千里，犹有屋宇可居，至者尚得活，至此则望尚阳如天上矣。②

另据丁酉案同被流放的方章钺之父方拱乾（因其子章钺而株连及之）赎归后所撰《宁古塔志》，其书《弁言》曰："宁古何地，无往理亦无还理。老夫既往而复还，岂非天哉！"③由此可见一斑。因此，梅村"生非生兮死非死"一句，不仅是说宁古塔生存环境之恶劣，更实有此送别无异送之赴死之意。故紧随其后又借押解差官与流人的一段问答，以及对流放之地的险恶予以接连十句不乏想象夸张的描叙之词，目的正在点明吴兆骞"彼尚愁不归，我行定已矣"的可悲前景。就此而言，吴兆骞之"北流"，正同于杜诗笔下役夫"必不返"之南征，此其用杜诗典的第一重原因。

其次，又因为"海内驿骚，不独南征一役为然"，但此"呼祈父之

---

①萧统编：《文选》，上海古籍出版社1986年版，第750—756页。
②孟森：《孟森著作集·心史丛刊》一集，中华书局2006年版，第61页。
③转引自孟森：《孟森著作集·心史丛刊》一集，中华书局2006年版，第66页。

意"①又"未敢斥言之",故杜诗"君不闻、君不见"实指涉"役夫敢申恨"的可悲现实,亦即埋藏有借此"南征一役"而尽写天下所有征夫有恨难申之惨酷命运的"深意"。而梅村诗末所写"受患只从读书始,君不见,吴季子!",目的亦在表明不仅吴兆骞之被祸一如杜甫笔下之"役夫",有怨难申,有口难辩其考场曳白背后的舞弊之嫌;且"蜚语牵连竟配边"(吴梅村《赠陆生》)的遭遇,原亦非吴兆骞一人为然,实乃当日诸多举子共同之命运。一如汪琬《尧峰文钞》所说:"……科场之议日以益炽,其端发于是科而其祸及于丁酉士大夫大糜烂溃裂者殆不可胜计。"②此其用杜诗"生男"典的第二重原因,也是更为深层的原因。

丁酉科场一案乃清初江南士人遭遇的一场莫大劫难,也可谓当日知识人心目中难以抚平的莫大隐痛。然面对此一隐痛,梅村显然难以"斥言之",故只能隐含于"生男"一联的下半句"仓颉夜哭"这一奇特意象上。

《淮南子·本经训》曰:"昔者仓颉作书而天雨粟、鬼夜哭。"高诱注:"仓颉始视鸟迹之文造书契则诈伪萌生,诈伪萌生则去本逐末,弃耕作之业而务锥刀之利,天知其将饿,故为雨粟,鬼恐为书文所劾,故夜哭也。"③仓颉乃传说中汉字的造作者,实也象征自古以来以思想启蒙民众的知识人,因其盗火者般所为,"鬼恐为书文所劾",故有"鬼夜哭"或"鬼夜泣"之说。古来诗语多有运用此典者,然一般多用其原意——即仓圣造

---

①"祈父",典出《诗·小雅·祈父》。毛传曰"刺宣王也",郑玄笺"刺其用祈父不得其人也",此诗实意在讥刺穷兵黩武之恶。阮元校刻:《十三经注疏·毛诗正义》卷十一,中华书局1980年版,第433页。

②转引自顾师轼《吴梅村先生年谱》,《北京图书馆藏珍本年谱丛刊》第69册,北京图书馆出版社1999年版,第342—343页。

③何宁集释:《淮南子集释》,中华书局1998年版,第571页。

字而鬼夜哭。①梅村变换此典为"仓颉夜哭",即"读书人夜哭"之意,实喻指当日特殊思想气候下天下读书之人的吞声而哭。亦即是说,"生男聪明慎莫喜,仓颉夜哭良有以"一联,梅村变《淮南子》古典为"仓颉夜哭",从而与杜诗"生男"之典的"深意"相结合,实有由吴兆骞一人之冤而尽写当日所有含冤举子之意,从而表达其不仅为吴兆骞而哭,更为所有具智性但却因此遭受操弄权柄之人轻鄙、敌视乃至扼杀而哭的心事。"受患只从读书始。君不见,吴季子!"一句,正用杜诗"君不见"呼告句式,此一"吴季子"实亦当日科场案发所有无辜牵连被逮者的化身。

孟森在详细考论"蔓延几及全国"的丁酉科场案时曾指出:

> 专制国之用人,铨选与科举等耳……至清代乃兴科场大案,草菅人命,甚至弟兄叔侄,连坐而同科,罪有甚于大逆。无非重加其罔民之力,束缚而驰骤之。②

就此而言,梅村诗以"白璧青蝇"典所喻指的当日谗语流言横出的非常环境,同时也就是"仓颉夜哭"的环境。故此,梅村正是借哭赠吴兆骞之诗,以"仓颉夜哭"一新造之典寄寓其对"受患只从读书始"之现实的强烈思想批判。惟此,全诗末联"受患只从读书始"一语,不仅在诗意表达上有了实际的照应,且相较"人生识字忧患始"(苏轼《石苍舒醉墨堂》)这句早已有之的成言,更多了一份现实的指谓与深切的感喟。

陈寅恪挽曾昭燏诗取典于梅村诗的用意,正在于此。

①素来诗语运用此典者,一般多用其原意。如:陆文圭《壬申冬晦叔译史归别小诗奉饯》:苍颉制字传羲皇,鬼神夜哭殊仓黄。钱惟善《篆冢歌》:包羲卦画龟龙出,颉佣造书鬼夜泣。刘基《上云乐》:仓颉制文字,鬼母夜哭声哀哀。戴亨《题聂松厓印谱》:天不雨金鬼夜哭,魂招斯籀来奔谒。江汝式《雨花台》:吁嗟雨花不雨粟,空使台城鬼夜哭。龚自珍《己亥杂诗》之六二:古人制字鬼夜泣,后人识字百忧集。黄遵宪《杂感》:造字鬼夜哭,所以示悲悯。连横《圆山贝冢》:仓颉制奇书,天愁鬼夜哭。周作人《丁亥暑中杂诗·鬼夜哭》:仓颉造文字,其时天雨粟。亦有南山鬼,夜半号咷哭。
②孟森:《孟森著作集·心史丛刊》一集,中华书局2006年版,第34页。

三

曾昭燏乃20世纪中国杰出的女考古学家、博物馆学家，其自尽而亡的史实至今令人唏嘘。尽管其悲剧并非缘于直接的政治流言，但确与当日类似梅村笔下"白璧青蝇"所隐喻的非常思想环境有着莫大关联。曾氏自尽，在1964年12月22日。曾氏逝前一日刚刚召开的第三届全国人大第一次会议上的《政府工作报告》还提道：

> 目前正在农村和城市中进行的社会主义教育运动……现在我们通称四清运动，这就是：根据社会主义的彻底革命的原则，在政治、经济、思想和组织这四个方面进行清理和基本建设。

而这项以清政治、清经济、清思想、清组织为中心的"社教运动"的核心，就是"要使广大干部和人民群众受到一次深刻的阶级教育和社会主义教育"，"认真解决社会主义和资本主义两条道路问题"[①]。其中，甄别知识分子的阶级出身、考察其历史问题，无疑正属于清政治、清思想的工作范围。而自"反右"以来，揭批阶级出身、历史问题乃至思想、生活诸端，正是蜚语流言最易诞生之处。尽管当日"组织上没有给她过直接的压力"[②]，但不代表没出现某些流言[③]，尤其是关于其1948年作为中央博物院

---

①中共中央文献研究室编：《建国以来重要文献选编》（第十九册），中央文献出版社1998年版，第505—506页。

②常州博物馆原馆长、研究员陈晶与曾昭燏晚年曾有过较密切接触，此其《岁月留痕》一文转述1965年曾氏自杀后听江苏省妇联干部汤若瑜所言。曾昭燏生前曾任江苏省妇联副主席。南京博物院编：《曾昭燏纪念》，江苏人民出版社2009年版，第432页。

③《曾昭燏年谱》编订者张蔚星在《考古先驱书林女杰——曾昭燏先生书法艺术略说》一文中提到，1964年城市"四清运动"开始以后，曾氏友人杨宪益说"已经有人开始对她在运到台湾的南迁文物的责任，开始清算"。南京博物院编：《曾昭燏纪念》，江苏人民出版社2009年版，第410页。

总干事最终未能阻止院中文物运台的问题，乃是曾昭燏自新中国成立以后直至逝世始终难以释怀的一件大事。1955年9月12日，其为思想改造运动所写补充材料事致函江苏省委统战部副部长叶胥朝时就提道：

> 您知道，一个人怀着一种待罪的心情来工作，是非常痛苦的事。南京解放后不久，我即决定将此事向党交代清楚。那时博物院的军事代表是赵卓同志，我几次引他，要和他谈此事，而他避而不谈。①

因此，虽然从今日所见其旧日书信、遗留日记以及当日诸多同事、友朋回忆文章等材料来看，曾氏直至去世之前并未因文物运台事受到直接的冲击，但联系其致叶氏函，则如果当日确有出现与此相关之流言，其所面临的精神危机该何等严重。

更何况，其出身曾国藩家族这一"阶级出身"与"历史问题"，在这一特殊历史时期更是其无法摆脱的一个巨大精神包袱。作为晚清名臣曾国藩胞弟曾国潢的曾孙女，曾昭燏直至1963年（亦即去世前一年）9月24日为劳改放归的侄儿曾宪洛工作事致函当时主政江苏的彭冲还提道："我们家族本是个很坏的家族，社会关系尤其复杂。"②在那样一个人人争取与"旧式封建家庭"划清界限的年代，此一语包含着怎样的无奈与危机感！而现实中，曾任高教部副部长的堂兄曾昭抡1957年被打成右派，最亲密的侄儿曾宪洛于肃反运动时被勒令退党，后成右派，说言罹祸固然有之，然与家世背景亦并非没有关联。至如其去世前连续数年申请入党而并无回应

---

①南京博物院编：《曾昭燏文集·日记书信卷》，文物出版社2013年版，第533页。
②南京博物院编：《曾昭燏文集·日记书信卷》，文物出版社2013年版，第564页。

等，更可见上述一语背后其一直饱受的精神压力。[1]毕竟，当日接收新党员的首要标准就是"成分好、阶级觉悟高、政治历史清楚"。[2]

背负如此精神包袱，而现实世界又不时"提醒"她所思所困之问题的存在，更是一无形的精神牢笼。其1964年5月6日日记载：

> 八时半军区政治部王启明同志以车来迎，相送至江苏医院看陈方恪，并问明九小姐来信事，以告王启明同志，十时半归。[3]

陈方恪即陈寅恪之弟，故此"九小姐"，应即寅恪、方恪之妹，侄辈所称之"九姑"陈新午，时任台湾当局"国防部长"的俞大维之妻。而俞大维之母曾广珊又是曾昭燏的姑母，故此一"复杂的社会关系"也使得此番调查与曾氏或多或少有所关联。此外，其4月19日日记提及自疗养院回家"看院中阶级斗争展览"，5月31日读冯其庸此前一年所发表之《彻底批判封建道德》，6月8日"读特纳·古纳瓦达纳所著《赫鲁晓夫主义》"[4]，凡此种种，亦均可见"社教运动"在曾氏人生最后时期的投影。1965年11月13日，中共中央批转《中央统战部关于召开各省市自治区党委统战部部长座谈会情况的报告》中有如下一段话：

---

[1] 与曾昭燏晚年有过较密切联系的许复超《文如其人字如其人——怀一代学人曾昭燏先生》一文回忆："在从先生读《通鉴》后期（笔者按——据曾氏日记，在1961年下半年），先生曾对我说起，自己近年有入党的强烈愿望，打了入党申请报告，也向领导同志直接表示过，但没有结果。也说起，宪洛劳教出来以后，闲在家中，不能发挥所长，很可惜，为他找了整理文史资料的工作，以便维持生活，也向领导同志说过，希望能适当给予照顾，没有结果。"南京博物院编：《曾昭燏纪念》，江苏人民出版社2009年版，第407页。

[2] 见1964年4月26日《中共中央关于有领导有控制有重点地接收新党员的指示》，中共中央文献研究室编：《建国以来重要文献选编》（第十八册），中央文献出版社1998年版，第434页。

[3] 南京博物院编：《曾昭燏文集·日记书信卷》，中央文献出版社1998年版，第498页。

[4] 南京博物院编：《曾昭燏文集·日记书信卷》，中央文献出版社1998年版，第497、500页。

近年来，由于社会主义革命和阶级斗争不断深入发展，城乡"四清"运动、备战，特别是文化战线上的教育革命、文化革命、学术思想批判，以及知识分子革命化、劳动化等许多方面汇在一起，对他们的资产阶级世界观形成了强大的冲击力量，高级知识分子感到形势逼人，不跟不行，但又感到跟不上，思想紧张，压力很大。……高级知识分子们彷徨更甚，苦闷更甚，不能适应形势，认为比五八年的教改来得"更狠"，整个状态是紧张、彷徨。①

从报告中的"近年来"一语，可见当日"曾昭燏们"精神生活之一斑。

对于陈寅恪而言，曾昭燏不仅于1963年初南下广州之际曾与之面谈，自该年陈方恪病情沉重之后更多有通信，且陈寅恪得知曾昭燏自尽的消息又来自曾氏晚年联系最紧密的亲人侄儿曾宪洛②，故对曾氏人生最后时期之实际遭际必有所知。与此同时，现实生活中所亲历实感者更让其早有感慨，"留命任教加白眼"（1961）、"剩有文章供笑骂"（1962）、"涉世久经刀刺舌"（1963）、"任他蜚语满羊城"（1964）等诸多诗句在在可见，其1964年11月18日所撰《论再生缘校补记后序》更明确提到因撰此书导致"传播中外，议论纷纭"的现状。③因此，曾昭燏虽非直接死于流言蜚语但却亡于各种对"资产阶级知识分子"的流言蜚语所构筑的时代氛围，陈寅恪必有"同情之了解"。就此而言，其引吴梅村诗"白璧青蝇"为典源，二者所隐喻生活情境的高度相似性，为其盘桓于胸的思想批判提供了一个看似平常却极具针对性的靶子。"高才短命人谁惜，白璧青蝇事可嗟。"如

①转引自陆键东：《陈寅恪的最后二十年》，生活·读书·新知三联书店1995年版，第462—463页。

②见张蔚星《南京博物院藏曾昭燏师友书札考略》一文，南京博物院编：《曾昭燏纪念》，江苏人民出版社2009年版，第355页。

③陈寅恪：《陈寅恪集·寒柳堂集》，生活·读书·新知三联书店2001年版，第107页。

果说前一句还是为曾氏之逝尽抒其痛惜哀挽之情，则后一句中的"可嗟"就不仅是痛惜，更有对这一"青蝇"横飞时代的怨与怒。

且看尾联"灵谷烦冤应夜哭，天阴雨湿隔天涯"。表面上与杜诗"新鬼烦冤旧鬼哭，天阴雨湿声啾啾"一联极相似，"灵谷烦冤"，字面意应指蒙受不白之冤而跳灵谷塔自尽的曾昭燏。然正如前文已提到的，曾昭燏当日虽可能受到某些政治流言的侵扰，但非因此"含冤"而逝。当然，陈寅恪此语有可能是指因为曾氏自杀所导致的某种隐而未发的政治批评。南京博物院研究员庄天明《身边的伟人——曾昭燏》一文就提道："曾昭燏的死亡是非正常死亡——跳塔自绝。这突如其来的'死讯'让上级领导颇费心思，南京博物院等了很长时间等来了三点指示：一、不发讣告；二、不开追悼会；三、由家属自行料理。一句话，冷处理。"①至"文革"中，曾昭燏墓被砸且遭抄家之祸②，或也与此有关。但至少在曾氏逝前，此类隐而未发的批评毕竟尚未爆发。因此，陈寅恪于此所要表达的真正"心事"可能还在于"烦冤夜哭"这一与梅村诗"仓颉夜哭"极相似的意象上。

如前所述，杜诗中的"烦冤"乃指那些有怨难申的役夫之怨，梅村诗"仓颉夜哭"意象中的"仓颉"系由吴季子而引申为天下读书人。因此，陈寅恪此一"烦冤夜哭"意象，实糅合杜诗现成词语"烦冤"与梅村诗"仓颉夜哭"之"深意"而成的重要隐喻：特殊思想气候下读书人的吞声而哭。其潜在之意就是：当此白璧青蝇时时可见，高才短命无人怜惜的时代，不仅已逝之灵谷英魂"应哭"，片言罹祸且一如"役夫敢申恨"的天下读书人"应哭"，而身处同一时代、面临同一境遇的诗人更会为此时代、为"受患只从读书始"的所有知识人而痛哭。尽管此一啾啾哭声，已逝之人因人天两隔无法再听见。

如此解读并非无因。陈氏挽诗另一稿最末一句正是"更应留恨到天

①据庄氏文中自述，此文所撰基于大量走访及曾氏遗文的调阅，应具较高可信度。详见南京博物院编：《曾昭燏纪念》，江苏人民出版社2009年版，第415页。另参曹清、张蔚星编撰《曾昭燏年谱（征求意见稿）》，南京博物院2009年版。

②此一点，见曾宁（曾昭燏之侄曾宪洛之子）《忆爷爷曾昭燏》，南京博物院编：《曾昭燏纪念》，江苏人民出版社2009年版，第437页。

涯"，字面指曾氏之恨，内底何尝不是诗人之恨。其1964年6月——亦即挽曾昭燏诗写作的半年之前，所撰《赠蒋秉南序》中就有如下数语：

> 清光绪之季年，寅恪家居白下，一日偶检架上旧书，见有易堂九子集，取而读之，不甚喜其文，唯深羡其事。以为魏丘诸子值明清嬗蜕之际，犹能兄弟戚友保聚一地，相与从容讲文论学于乾撼坤岌之际，不谓为天下至乐大幸，不可也。①

"从容讲文论学"，无疑可谓"独立之精神，自由之思想"的另一写法，故其昔日所羡，仍可谓"白璧青蝇"横飞的思想气候中所尤属望者。其同月14日于校订《李德裕贬死年月及归葬传说辨证》一文所写之"附记"中，曾附录20世纪40年代所作诗一首，其中正有"读书久识人生苦"一句。②诗虽旧日所作，但附录于此的目的显然是为表见其当下之心情，此亦其晚年著作之通例。就此而言，即便其引录"读书久识人生苦"诗句，未必直接针对境遇而发，但1965年2月14日写作挽曾昭燏诗时，则必已对此日益严酷的思想气候感同身受。1965年1月14日，中央发布《农村社会主义教育运动中目前提出的一些问题》（亦称《二十三条》）；20日，发布《关于宣传〈二十三条〉的通知》，并要求在点上和面上都进行一次广泛的宣传。虽然时任北京市委书记彭真在对中央各部门在京蹲点干部作政策宣讲中强调"学校不要搞唯成分论""知识分子中不要划阶级"，但正如后来部分高校自查此前问题时所提到的，对甄辨阶级出身和历史问题"看得过重"。③曾昭燏所工作之南京博物院与陈寅恪所生活之中山大学虽远隔千里，但无一例外必遭受此"社教运动"所谓"阶级成分"甄别与

---

①陈寅恪：《陈寅恪集·寒柳堂集》，生活·读书·新知三联书店2001年版，第182页。

②陈寅恪：《陈寅恪集·金明馆丛稿二编》，生活·读书·新知三联书店2001年版，第56页。

③参见郭德宏、林小波：《四清运动实录》，浙江人民出版社2005年版，第286、294页。

"历史问题"交代。因此，陈寅恪挽曾昭燏诗中的"烦冤夜哭"意象，也就不仅是为灵谷英魂而哭，而更是为当此"受患只从读书始"时代的天下读书人之生存境遇而哭。或许正因为有此"心事"，故诗稿留有陈寅恪当日之附言："请转交向觉明先生一览，聊表哀思，但不可传播也。"①

这里还可提供一则参证。曾昭燏逝后，友人、考古学家常任侠曾于1965年八至九月间作《投阁》诗怀之：

> 投阁扬雄宁有道，沉沙屈子亦何因。途穷行迈悲摇落，谁识悠悠同路心。②

诗以首句首二字为题，亦一篇出典之关键。扬雄投阁，典出《汉书·扬雄传赞》：

> 王莽时，刘歆、甄丰皆为上公，莽既以符命自立，即位之后，欲绝其原以神前事，而丰子寻、歆子棻复献之。莽诛丰父子，投棻四裔，辞所连及，便收不请。时，雄校书天禄阁上，治狱使者来，欲收雄，雄恐不能自免，乃从阁上自投下，几死。莽闻之曰："雄素不与事，何故在此？"间请问其故，乃刘棻尝从雄学作奇字，雄不知情。有诏勿问。然京师为之语曰："惟寂寞，自投阁；爱清静，作符命。"③

---

① 陈寅恪：《陈寅恪集·诗集》，生活·读书·新知三联书店2001年版，第165页。
② 常任侠：《红百合诗集》，学习出版社1994年版，第173页。常氏此集共收《钟山集》《樱花集》《战云集》《金帆集》《感旧集》《燕市集》六集，集与集之间及每集之内皆按年月次序编排，《投阁》编于1965年《八月十二日上玉华山庄》与《一九六五年九月十三日赴邢台皇寺》之间，应作于此时。然郭淑芬等编《常任侠文集》卷五《红百合诗集》录此诗于1968年末，题曰《投阁有怀曾昭燏》，安徽教育出版社2002年版，第156页。未知何据，今从前者。
③ 班固：《汉书》卷八七《扬雄传·赞》，中华书局1962年版，第3584页。

由前所述可知，扬雄之惧恰与曾氏当日高度精神危机相类似，而世人于曾氏亡后也多有以"寂寞"释之者[1]，复与扬雄之遭际相同，故常氏以扬雄投阁典隐喻曾氏之逝最得情实。其要义，端在于宋人陈师道《秋怀》诗所言："识字即投阁，贵者须食肉。"[2]亦即对天下读书人坎坷命运的莫大愤慨。就此来看，常诗与陈寅恪诗虽造语不同，然思旨情致恰有同情共命之感，"谁识悠悠同路心"于此或可得一转语。

四

所有诗典皆隐喻。不论是从追求言简义丰的表达艺术考虑，还是出于"微言寄讽"的政治策略，作者命意与所用典语意涵关联性愈强、愈隐秘，则破解此一典语后所能获知的作者之心事愈充分、愈可靠，由此所展现的诗人思致之精巧绝妙才愈明显。陈寅恪在《读哀江南赋》一文中即有提示：

> 兰成作赋，用古典以述今事。古事今情，虽不同物，若于异中求同，同中见异，融会异同，混合古今，别造一同异俱冥，今古合流之幻觉，斯实文章之绝诣，而作者之能事也。[3]

---

[1]曾昭燏逝后，友人、著名学者、女词人沈祖棻于20世纪60年代后期曾撰《屡得故人书问，因念子雍、淑娟之逝，悲不自胜》组诗，各以三首怀曾昭燏、杭淑娟。按程千帆先生笺语，杭氏逝于"文革"中，则沈氏此三首应写于1966年后。1974年，沈氏复撰《岁暮怀人并序》四十二首，其四即怀"曾子雍"。程千帆先生于前一组诗后笺曰："子雍长南京博物院，位高心寂，鲜友朋之乐，无室家之好，幽忧憔悴。"即以"寂寞"释曾氏之亡。凡此可见一斑。沈祖棻著、程千帆笺、张春晓编：《涉江诗词集》，河北教育出版社2000年版，第169—170、171—173页。本文所引常任侠、沈祖棻诗，其线索来自胡文辉先生书，特此说明。

[2]冒广生笺注：《后山诗注补笺》，中华书局1995年版，第477页。

[3]陈寅恪：《陈寅恪集·金明馆丛稿初编》，生活·读书·新知三联书店2001年版，第234页。

这段话可视为陈寅恪的用典法则。用"古典"述"今事"（亦即抒"今情"）的基础，并不仅仅在于作为艺术表达符号的"古典"与作者当下所欲言传之情事之间有其内在相通性，而更在于二者的关联具有某种隐秘性或陌生化效果，亦即宋人"借事以相发明"一语中的"借"应极巧妙，是谓异中"求"同。而"同中见异"，则是指作者于取用"古典"之际能"自出己意"，不仅自家心事的言述别致新颖，且能于"古典"义之外增值一种"当下义"，从而表现作者诗意表达的艺术独创性。这也就意味着，越是高明的用典，越会追求"同异俱冥，今古合流之幻觉"，其典语的隐喻性愈强，诗意表达也愈新鲜。

就此而言，中国诗典语破解的关键，乃在于破其"当下义"所"借"古典的巧妙性，亦即追问最恰切的、真正切合作者写作动机的典语之出处及其用典缘由，从而由典语字面义与作者隐含义最隐秘、最恰切的联系，考见作者著笔为文的诗思情致以及遣词命意的艺术精妙之所在。一如陈寅恪自己所说：

> 凡诠释诗句，要在确能指出作者所依据以构思之古书，并须说明其所以依据此书，而不依据他书之故。若仅泛泛标举，则纵能指出最初之出处，或同时之史事，其实无当于第一义谛也。[1]
>
> 解释古典故实自当引用最初出处，然最初出处实不足以尽之，更须引其他非最初而有关者以补足之，始能通解作者遣辞用意之妙。[2]

缘此，破解陈寅恪此诗的关键既不在世人熟知的"白璧青蝇"典，亦非杜诗经典《兵车行》，而恰在这两个"熟典"相呼应所指向的"典中之典"——吴梅村诗。陈寅恪的目的，就是要在其普通面目之后借梅村诗的

---

①陈寅恪：《陈寅恪集·元白诗笺证稿》，生活·读书·新知三联书店2001年版，第135页。

②陈寅恪：《陈寅恪集·柳如是别传》，生活·读书·新知三联书店2001年版，第11页。

思想批判指向，曲折表达其极为相类的隐秘心事，一如列奥·施特劳斯所说的"字里行间的写作方式（Writing between the lines）"。其遣词命意之妙，就在于借助"古典"与其原有文本的互文关系，将其隐秘心事曲折寓含于看似"熟典"而实具特殊命意的文本之中，进而将作为"古典"出处的文本本身作为隐喻现实的"新典"。此一"典中有典"的写作手法，再次提示中国诗典故考释的真正关键乃在于诠解"古典"与"今情"的细密扣合如何构成，亦即陈寅恪所说"所以依据此书而不依据他书之故"。电子古籍时代，此一点尤可反观陈寅恪的诗歌释证方法在当下中国诗研究中的特别要义。

同时，如果说用典构成了中国微言诗传统最重要的写作手法的话①，那么陈寅恪诗堪谓此一传统在现代绳绳相续的明证，值得深长思之。马一浮尝言，中国诗的本质在于一个"感"字，然"言乎其感，有史有玄。得失之迹为史，感之所由兴也……"，又说"史者，事之著""史以通讽喻"（《蠲戏斋诗自序》）②。由此观之，借力典语、"以微言相感"（《汉书·艺文志》）的写作背后，实埋藏着中国诗合诗情史笔为一体、"诗中有史"这一固有的思想传统。唱叹生情的同时，诗更可"主文谲谏""借隐语传心曲"，甚而"补史之阙"，特别是当不正常的思想气候出现的时候。当然，这已是另一篇文章的话题了。

［原载《中国文论的学术史——古代文学理论研究》（第四十三辑），华东师范大学出版社2016年版，收入本书时有改动］

①关于微言诗及其用典问题，参见邓小军《魏晋宋微言政治抒情诗之演进——以曹植、阮籍、陶渊明为中心》，《中国文化》2010年第2期。
②丁敬涵编：《马一浮集》第三册，浙江古籍出版社、浙江教育出版社1996年版，第180页。

诗史释证与审美想象的历史还原

——戴鸿森《宋诗选注》补订读后

重读《宋诗选注》，无意间注意到过去并未在意的一个问题，即书末戴鸿森先生对此书的补订文字。钱锺书先生在《序》末所附《第七次重印附记》中提道："第六次重印后，承戴鸿森同志精密地校订印刷错误和补正注解。为排版方便起见，我把增订的注解作为书末补页……"①粗粗统计可以发现，书末附录的"补注"共计17条（刘子翚《汴京纪事》补注两条，余皆一诗一条），其中，戴作11条，钱氏自作4条，另有江苏大学吴宗海先生所作补订2条。所以，这个"补注"可以说主要是戴鸿森先生的贡献。当然，相对全书的"钱注"而言，戴氏所补不过九牛一毛，但就古典作品的笺注而言，补苴者可能要比原注者付出更多的考校功夫，也容易由此发现原注者原本忽略的某些问题。

戴氏补订的11条，大略可分三类：

其一，个别名物解释的补充或补正。如苏轼《吴中田妇叹》"霜风来时雨如泄，杷头出菌镰生衣"中"杷"的解释②，刘子翚《策杖》"空田依垅峻，断藁布窠匀"中"垅"的解释③，刘子翚《汴京纪事》"舳舻岁岁御

---

①钱锺书：《宋诗选注》，人民文学出版社1989年版，第25页。

②钱氏解"通'钯'"，而戴氏认为，"杷"是打场用的竹或木杷子，因久雨潮湿而"出菌"。钱锺书：《宋诗选注》，人民文学出版社1989年版，第294页。

③钱氏解作"土墩子或者堤岸"，戴氏则认为当解作田埂，"峻"谓"整修得斩齐"。钱锺书：《宋诗选注》，人民文学出版社1989年版，第295页。

清汴，才足都人几炬烧"中的"御"字①，以及赵汝鐩《耕织叹》"种莳已偏复耘籽，久晴渴雨车声发"中"耘籽"一语的理解②等等。

其二，由个别字词的解释而牵涉的诗意理解或诗艺分疏的问题。如刘攽《新晴》"惟有南风旧相识，偷开门户又翻书"中的"偷"字，戴氏认为应据《宋诗纪事》作"径"，这样，"和'旧相识'呼应的当，'偷'字相形，不免矫揉造作"③。另如汪藻《己酉乱后寄常州使君侄》首联中"悠悠敌骑旋"的理解问题（此一问题，后文再细述）。

其三，对诗中所涉史实的补注或补正。虽仅三五例，但恰关涉钱先生《序》中所讲的"诗–史"关系问题，值得讨论。

一

先看戴氏对范成大《催租行（效王建）》"输租得钞官更催"中"钞"的补注。范诗共八句，生动刻画了一个不顾百姓死活、假公济私的里正的形象：

> 　　输租得钞官更催，踉跄里正敲门来。手持文书杂嗔喜：我亦来营醉归耳！
> 　　床头悭囊大如拳，扑破正有三百钱。不堪与君成一醉，聊复偿君草鞋费。

钱先生对首句未加注解，而在颈联下注曰："这两句活画出一个做好做歹、借公济私的地保。"并指出可参看范氏《四时田园杂兴》末一首④。

---

①钱氏对此未作具体注解，戴氏补《礼记·王制》"千里之内以为御"及其疏"进御所须"。钱锺书：《宋诗选注》，人民文学出版社1989年版，第295页。

②钱氏引《诗经·小雅·甫田》认为，"耘"是除草，"籽"是下肥，而戴氏则补正为"培土"。钱锺书：《宋诗选注》，人民文学出版社1989年版，第296页。

③钱锺书：《宋诗选注》，人民文学出版社1989年版，第294页。

④钱锺书：《宋诗选注》，人民文学出版社1989年版，第198页。

泛泛地看，此一做好做歹的地保与后诗所写的下乡催租、狂妄叫嚣的皂衣小吏确实甚为相似：

> 黄纸蠲租白纸催，皂衣旁午下乡来。长官头脑冬烘甚，乞汝青铜买酒廻。

"黄纸"是指皇帝豁免租税的诏书，"白纸"是地方官暗地里背着朝廷依旧催逼租税的公文。[1]"黄纸蠲租白纸催"一句，意思是说皇帝已下诏书免租（"黄纸蠲租"），然地方官仍阳奉阴违地催逼租税（"白纸催"），故而身着皂衣之小吏也敢猖狂叫嚣"乞汝青铜买酒回"。但值得注意的，此诗所写的主人公乃着"皂衣"下乡者，亦即公门中的差役、皂隶。从其所言"长官头脑冬烘甚"一句来看，在此类小吏眼中，即便是已用"白纸"盘剥百姓的地方官仍迂腐不够灵活，身着官衣者哪怕只是最低级的皂隶，也另有借下乡之机盘剥小民的获利之道。就诗意表现而言，这固然已深切点出当日官吏系统腐败的深与滥，但相比前诗，尚有未及之意。

里正，自古即为乡官，属社会基层最直接统治百姓的权力单位，但其身份却介于吏、民之间。宋代里正本由县乡"第一等户"充任，且其原本承担的催督赋税、劝课农桑、圈派差役等诸多职责至北宋后期已逐渐分散[2]。然而即便是这等出身并时时生活于下层百姓之间的政府号令的执行者，也会不失时机花样翻新地勒索邻里、吸取民膏，不但没有丝毫对同乡邻人的体恤，甚至比身着官衣的小吏更甚。《催租行》的这一视角，显然比《四时田园杂兴》（末一首）更为细微深刻地控诉了当日社会贪腐已严重到何等程度！而范诗此一思致恰与"输租得钞官更催"一句中的"钞"有关。

---

①钱锺书：《宋诗选注》，范成大《后催租行》注三，人民文学出版社1989年版，第199页。

②参见梁建国《唐宋之际里正的变迁》，《南都学坛》2008年第2期。

针对这一点，戴氏补注了《宋史·食货志》中记录的绍兴十五年户部议。根据此议，当日百姓在缴租之后会得到官府发的一纸凭证——户钞，一如后世所谓缴费收据。如此便可明白，这首诗实际是刻画了当日百姓在交了规定的皇粮国税之后依旧会遭遇到"官更催"的威逼，甚至地方上的这些地保里正还会借验看凭证的名义额外地勒索酒钱，且美其名曰"我亦来营醉归耳"。一个"更"、一个"亦"，借助这"户钞"的解释才真正落到实处，不仅活画出当日政治生活中的假公济私，更入木三分地揭示出其时自上而下逐层推演出的不同贪腐形式，以及百姓心中隐忍难言的深重苦痛。由此，该诗副题"效王建"，才真正如钱先生所说非效其诗而"不过学他那种乐府的风格"①，亦即不仅"感于哀乐，缘事而发"（《汉书·艺文志》），更有"体发人情，极于纤悉"（《批点唐音》王建诗评语）②之妙。

类似的例子，还有戴氏对刘敞（1022—1088）《江南田家》末句"正许赀为郎"的补注。诗曰：

> 种田江南岸，六月才树秧。借问一何晏，再为霖雨伤。
> 官家不爱农，农贫弥自忙。尽力泥水间，肤甲皆疥疮。
> 未知秋成期，尚足输太仓。不如逐商贾，游闲事车航；
> 朝廷虽多贤，正许赀为郎。

钱先生在对末句的注解中讲到，古来历朝国策虽常讲重农抑商，但实际上往往却是商贾因富厚而交接王侯，农人则自始至终实实在在地因贫而贱，并举了《汉书》所载晁错的原话以及《史记》中的例子，由此指出"'以赀为郎'是借用汉代的说法"。此下，更援引他一贯的解诗思路——姑且称之为"诗胎考据"，排比唐人诸多类似主题的作品，认为刘敞此诗"轻轻巧巧的点出'名'会跟着'利'来"，在立意上比前人更

---

①钱锺书：《宋诗选注》，人民文学出版社1989年版，第198页。
②参见陈伯海主编《唐诗汇评》，浙江教育出版社1995年版，第1518页。

"进了一层"。①

戴氏则认为，"此句虽用汉代的说法，却切合宋时政制"，并补注了《宋史·选举志》中的一则材料："绍兴初，尝以兵革，经用不足，有司请募民入赀补官，帝难之。参知政事张守曰：祖宗时，授以齐郎，今之将仕郎是也。"②

粗粗看来，戴氏似乎不过增补了一条诗人当代的史料。但此一增补，恰在钱先生已然注出的"古典"之外点出刘诗的今典之所在。而点明这一点，就不难看出，刘诗不仅仅是在写作艺术上比唐人元稹、刘禹锡、张籍、白居易等诸多讽喻"商人捐官"的作品"进了一层"，也不仅仅是对"重商轻农"这一与历代国策并不吻合的史实的嘲讽，而更包含着一种对当日政治现实非常实在具体的批判。亦即尾联所说，正因为存在权钱交易，所以即便朝廷已出现"虽多贤"的冗滥，但仍可以"许赀为郎"。不仅如此，正因这些依靠捐纳成郎的商贾原本就"游闲事车航"，所以无疑更会使得"官家不爱农，农贫弥自忙"的情形更为严重。这样，为政者鬻官之举背后的贪腐无良与下层农人终日稼穑的贫苦无奈，在作为史学家的刘攽眼中就构成了当日社会一个极现实的恶性循环。如此，再对照钱氏在诗人简介中所说，刘攽虽然是一个在诗中"不甚炫弄学问"的博学者，但其写作显然尚有另一面相：典型的深具悲悯情怀的"借古典以述今情"者。

我们知道，钱锺书在《宋诗选注序》中虽讲过"历史文件"对于解诗的必要，但显然只是一种最广义的"知人论世"的视角。所以，即便他也看到了汪藻《桃源行》——"古典"在桃花源而"今典"实指向宋徽宗崇道教求神仙——之类的例子，但还是不看重"历史考据"对于"文学理解"的重要性："历史考据只扣住表面的迹象……而文学创作可以深挖事物的隐藏的本质，曲传人物的未吐露的心理……考订只断定已然，而艺术

---

①钱锺书：《宋诗选注》，人民文学出版社1989年版，第54页。
②钱锺书：《宋诗选注》，人民文学出版社1989年版，第294页。

可以想象当然和测度所以然。"①实际上，通过戴先生这则补注可以明白地看出，我们固然不能也不必"单凭内容是否在史书上信而有征这一点来判断诗歌的价值"，但是，缺少了这份史实考据显然是无法真正有效地解读一个作品中诗人最恰切的那些"未吐露的心理"的，更无法判断诗意虚构与审美想象"立基"于何处。"虚构与想象都是可验证的经验"。尽管在伊瑟尔看来，这种"可验证的经验"往往是"以牺牲经验世界的真实性为代价的"，即"经验世界的那些被选择的因素，被文本挪用以后，它们实际上不再具有那种作为原系统有机组成部分的客观性了"②，但其"可验证性"显然要奠立于那些"被选择""被挪用"的经验世界中的部分。

这一点，特别典型地体现在钱氏所认为的"考据不能测验文学作品真实"的例子——范成大《州桥》——之上。

> 州桥南北是天街，父老年年等驾回。
> 忍泪失声询使者，几时真有六军来？

这是范成大于宋孝宗乾道六年（1170）出使金国，途经大宋故土所写的一首诗。按钱先生注解，此州桥即旧京汴梁的天汉州桥——《水浒传》中杨志卖刀之处。钱氏在注释中援引了范成大自己以及楼钥和韩元吉的记载，说明诗里写的事情（沦陷区父老询使者）在当时并没有发生。特别是比范氏晚三年出使的韩元吉《南涧甲乙稿》的记载，更可以说明类似的事情在当时也几乎不可能发生：

> 异时使者率畏风埃，避嫌疑，紧闭车内，一语不敢接，岂古之所谓"觇国"者哉！故自渡淮，虽驻车乞浆，下马盥手，遇见小儿妇女，率以言挑之，又使亲故之从行者反复私焉，然后知中原之人怨敌

---

①钱锺书：《宋诗选注》，人民文学出版社1989年版，第4页。
②沃尔夫冈·伊瑟尔著，陈定家、汪正龙等译：《虚构与想象：文学人类学疆界》，吉林人民出版社2003年版，第6、19页。

者故在而每恨吾人之不能举也。①

　　这些材料确实可以证明，"文学真实不同于历史考订的真实"。但正是这番注解恰恰又告诉我们，"历史考订的真实"在这里如何支撑并具体化了诗人审美想象的可验证性。亦即是说，历史考据可以帮助我们判断诗中所写到底是真的经验事实，还是一种艺术虚构或审美想象。如果只是生活事实的再现，其再现的笔墨怎样；如果是一种艺术的虚构，其虚构化的过程又是如何从经验世界选择关键要素来"重建"一种艺术心灵世界的。回到范成大的这首诗，正因为通过考据知道了"父老忍泪问使者"只是一种艺术的想象，我们因此才能更加强烈地感受到诗中"父老"心中之苦痛的深与挚，"问使者"这一情节的想象与虚构，不仅再现和影像化了屈身异族统治的大宋子民深埋于内的故国之思，更以作者与读者共享的一种可经验的心理事实"重建"了一个特定的历史时空，在真实与虚构、历史与当下、抒情与述史的纠缠中构设了一个具有强烈艺术感染力的诗意想象之域。诗人的审美想象，在这诗、史两面的互释互证中被还原，于是，深切感受一份故国之思的同时，诗人对这种心理情感艺术把握的精妙和深刻也才由此得以被认知。就此而言，无论诗学历史考据是以实（史实）证虚（想象），还是以虚（不合史实）证实（想象），都直接关系到我们更好地理解诗意、发现隐含的诗美，而非仅仅只是"扣住表面的迹象"。一如邓小军教授所说：

　　　　中国诗学有体有用。以一国之事系一人之本，是中国诗学之体（本体）；诗可以观、知人论世、以史证诗，则是中国诗学之用（作用、方法）。……以史证诗有益于诗歌的文学性研究，具体地说，以史证诗往往有益于诗意的理解、韵味的体会。②

---

①钱锺书：《宋诗选注》，人民文学出版社1989年版，第200页。
②邓小军：《谈以史证诗》，《诗史释证》，中华书局2004年版，第2—3、6页。

这一点，也极其明显地体现在戴氏对汪藻诗的一则补订中。

二

戴氏第四条补订文字，是关于汪藻（1079—1154）《己酉乱后寄常州使君侄》首联的理解问题。这是一组诗（四首）中的第二首，共八句：

> 草草官军渡，悠悠虏骑旋。方尝勾践胆，已补女娲天。
> 诸将争阴拱，苍生忍倒悬。乾坤满群盗，何日是归年！

钱先生在题解中讲道：

> "己酉"是宋高宗赵构、建炎三年（公元一一二九年）。那年金兵过长江，十一月占领建康，十二月攻常州，给岳飞打退。

而对首联的注解是：

> 宋兵忙忙乱乱向江南退却，而金兵打过了江，还不知道何年何月肯退回北方。武英殿丛书本《浮溪集》中"虏"字作"敌"字，康熙时吴之振重刊《瀛奎律髓》卷三十二选此诗，"骑"字上是墨钉，故推断原为"虏"字。①

戴氏补订则认为，首句当解为金人从容不迫的退兵，从而与"草草"反衬，且切合诗题中的"乱后"。②

那么，这就出现了一个矛盾。首句所描写的到底是宋人"忙忙乱乱"的退兵还是金人"从容不迫"的退兵，钱、戴二氏的理解正好相反。

---

①钱锺书：《宋诗选注》，人民文学出版社1989年版，第121页。
②钱锺书：《宋诗选注》，人民文学出版社1989年版，第295页。

再追问一句，"女娲天"一联真的如钱先生所说，是"抗敌雪耻的信心和行动已经挽回国家灭亡的命运，在东南又建立了政府；涵意是只要坚决努力下去，恢复失地并不难"[①]吗？靖康之耻、东南政府的建立均是建炎元年（1127）的事情，并非诗题中的"己酉乱后"，难道这仅仅是诗人率尔引出的历史感慨？钱、戴二先生对此都没有提及其他的材料，所以也无法硬"猜"。在此情况下，尝试运用诗学历史考据的方法，找找相关的材料来与诗句所述略作印证，或许可为此诗的理解添一份依据。

先看这组诗中的其他三首：

（其一）汾水游仍远，瑶池宴未归。航迁群庙主，矢及近臣衣。胡马窥天堑，边烽断日几。百年淮海地，回首复成非。

（其三）身老今何向，兵挐未肯休。经旬甘半菽，尽室委扁舟。台拆星犹慧，农饥麦未秋。日边无一使，儿女诓成愁。

（其四）春到花仍笑，时危笛自哀。平城隆准去，瓜步佛狸来。地下皆冤肉，人间半劫灰。只今衰泪眼，那得向君开。[②]

如果联系史书中有关建炎年间金人南侵的记载，则可以大略看出，这四首诗应该是按时间先后以诗性之笔巧妙隐含了己酉之乱以来所发生的诸多历史事件。

先看第一首。"瑶池"，传说在西王母所居之昆仑山。《史记·大宛列传论》："昆仑其高二千五百余里，日月所相避隐为光明也。其上有醴泉、瑶池。"《穆天子传》卷三："乙丑，天子觞西王母於瑶池之上。"故"瑶池"应指代昆仑山，与"汾水"皆隐指西北之地。据《续资治通鉴》卷一百二《宋纪》一百二：

①钱锺书：《宋诗选注》，人民文学出版社1989年版，第121页。
②丛书集成本《浮溪集》卷三十。

（建炎二年）秋，七月，癸未朔，资政殿学士、东京留守、开封尹宗泽卒。

……金人闻宗泽死，决计用兵，河北诸将欲罢陕西兵，并力南伐，河东诸将不可……左副元帅宗翰曰……时宗翰之意，欲舍江、淮而专事于陕，诸将无能识其意者。议久不决，奏请于金主……乙巳，命洛索平陕西，博勒和监军。以尼楚赫守太原，耶律伊都留云中。命宗翰南伐，会东师于黎阳津。①

金人一方面出兵陕西，另一方面宗翰率军南下。至十二月，宗翰破北京。

与此同时的南宋政府，不仅并不了解金人的实际动向，"所报皆道听途说之辞"，而且当户部尚书叶梦得请帝南巡，"阻江为险，以备不虞"时，"帝曰：自扬州至瓜洲五十里，闻警而动未晚。"，直到北京破，"议者以敌骑且来，而庙堂宴然不为备"。

正因为主政者的昏昧不明，两个月后：

（建炎三年二月癸丑）金游骑至瓜洲……时事出仓卒，朝廷仪物，悉委弃之，太常少卿季陵，独奉九朝神主，使亲事官负之以行。至瓜洲，敌骑已逼，陵舍舟而陆，亲事官李宝为敌所驱，遂失太祖神主。于是太学诸生从帝南渡者凡三十六人。（《续资治通鉴》卷一百三《宋纪》一百三）②

这或许便是第一首前四句，特别是"航迁群庙主，矢及近臣衣"所隐含的史实。

再看第二首诗的首联"草草官军渡，悠悠敌骑旋"。《续资治通鉴》同

---

① 毕沅编著：《续资治通鉴》，中华书局1957年版，第2679、2681页。
② 毕沅编著：《续资治通鉴》，中华书局1957年版，第2712页。

卷记载：

> 　　二月，庚戌朔，帝驾御舟泊河岸，郡人惶怖，莫知所为。知天长军杨晟悖奏拆浮桥，始诏士民从便避敌，官司毋得禁。帝即欲渡江，黄潜善等力请少留俟报，且搬左藏库金帛三分之一，帝许之。
>
> 　　……帝遣左右内侍邝询往天长军觇事，知为金人至，遽奔还。帝得询报，即介胄走马出门，惟御营都统制王渊、内侍省押班康履五六骑随之；过市，市人指之曰："官家去也！"俄有宫人自大内星散而出，城中大乱，帝与行人并辔而驰……军民争门而死者，不可胜数……
>
> 　　吕颐浩、张浚联马追及帝于瓜洲镇，得小舟，即乘以济。次京口，帝坐水帝庙，取剑就靴擦血；百官皆不至，诸卫禁军无一人从行者。镇江闻车驾进发，居民奔走山谷，城中一空……
>
> 　　是晚，金将玛图以五百骑先驰至扬州，守臣右文殿修撰黄愿已遁去，州民备香花迎拜。金人入城，问帝所在，众曰："渡江矣。"金人驰往瓜州，望江而回。①

　　这几段文字虽太过"讲史"味道，但多少可见"官军"渡江的仓皇无地，以及金人铁骑"望江而回"的"悠悠"自得。

　　由此往后，金人不断进逼，新政权内部的纷争也是连连出现，直接导致了建炎三年高宗被迫退位的一场"政乱"。这就正牵涉对这首诗的题目"己酉之乱"的理解问题。乱，一般指战乱。如果从这个角度理解，不太能说得通，金人侵宋并不始于己酉年。那么，更可能的解释就是叛乱或动乱，一如历史上的汉七王之乱、晋八王之乱之类。己酉（即建炎三年）三月，扈从统制、鼎州团练使苗傅，威州刺史刘正彦陈兵迫使高宗退位，立三岁的皇子旉，改元明受，并请隆裕太后听政。直至四月，吕颐浩等率兵

---

　　①毕沅编著：《续资治通鉴》，中华书局1957年版，第2709、2710、2711页。

勤王，赵构复位。因此，颈联"方尝勾践胆，已补女娲天"二句，也就并非如钱先生所说的指代"赵构政权"的建立，准确地说是指赵构迫于苗、刘的淫威而退位，以及再次登上皇位。而"尝胆""补天"的用词，也可见诗人对其时忠义之臣的态度。

至于后四句，"诸将争阴拱……。乾坤满群盗……"。据《续资治通鉴》卷一百五《宋纪》一百五：

> 建炎三年六月己酉，帝以久雨不止，谕辅臣，恐下有阴谋或人怨所致……
>
> 中书舍人季陵言："……臣观庙堂之上无擅命之人，惟将帅之权太盛；宫闱之内无女谒之私，惟宦寺之习未革。今将帅位高身贵，家温禄厚，拥兵自卫，浸成跋扈之风……宦寺挠权……窃弄威柄，有轻外朝之心……比年盗贼杀戮长吏，如刲孤豚，残虐百姓，如刈草艾，朝廷苟且，例许招安，未几再叛，反堕贼计。元凶之罪罔获，忠臣之愤不雪，赤子之冤未报，不谋之咎，臣意盗贼当之……①

另据《续资治通鉴》卷一百九《宋纪》一百九：

> 绍兴元年（1131）二月癸巳，诏侍从、台谏条具保民弭盗、遏敌患、生国财之策。
>
> 翰林学士汪藻上驭将三说：一曰示之以法，二曰运之以权，三曰别之以分。……自古以兵权属人久，未有不为患者，盖予之至易，收之至难，不早图之，后悔无及……藻书既传，诸将皆忿，有令门下作论以诋文臣者……自此文武二途，若冰炭之不合矣。②

两相对照可以看到，汪藻绍兴元年所上书，与两年前中书舍人季陵之

---

① 毕沅编著：《续资治通鉴》，中华书局1957年版，第2769—2770页。
② 毕沅编著：《续资治通鉴》，中华书局1957年版，第2876—2878页。

言的意思是很接近的。而在汪藻讲这番话之前的建炎四年十二月，金人已北返：

> （建炎四年十二月乙未）神武右军都统制张俊为江南路招讨使，进解江州之围，且平群盗……至是闻金不渡江……
>
> 翰林学士汪藻言："古者两敌相持，所贵机会，此胜负存亡之分也。金师既退，国家非暂都金陵不可；而都金陵，非尽得淮南不可……"疏奏，未克行。（《续资治通鉴》卷一百八《宋纪》一百八）①

由此来看"何日是归年"，表面的意思是说金人仍盘踞宋地，作为流亡者何日才能回乡。但内底里，更可能是针对金人北退之后，赵宋政权如何才可能回复到一个清明政治的深远思考。亦即是说，这句才是绾系整组诗的眼目——身经离乱之后，痛定思痛，不仅忧心战乱何时真正得休，更是追问一个家一般的宁定、清明的生活何时才能实现。

之所以这样推测，有两个原因。

一是第三首诗的视野已自叙述时代、国家的乱，内转到一己之身，第四首更有劫后逢生般的感喟。这样，整组诗就构成了前后两个单元：前二首回顾"己酉乱后"以来的政局；后二首讲自己在这期间的经历与反思。

二是从第三首的"农饥麦未秋"，到第四首的"春到花仍笑""人间半劫灰"，这里面似存在着一种时序的变化——自头年夏秋至次年春间。联系上引建炎四年的材料，可知第四首的"春"应该是绍兴元年了。而且，"平城隆准去，瓜步佛狸来"所提到的山西、江苏等地的战争皆是建炎四年的事情。且看"瓜步佛狸来"。"瓜步"指代江苏六合，"佛狸"指入侵的金人，因此，此句似指金军占领六合一事。而据《续资治通鉴》卷一百七《宋纪》一百七载：

---

① 毕沅编著：《续资治通鉴》，中华书局1957年版，第2868—2869页。

> （建炎四年五月）宗弼自江南还屯六合县……
>
> 时宗弼屯六合县，其辎重自瓜步口舳舻相衔，至六合不绝……
>
> 敌在建康凡半年，自采石至和州，道路往来不绝。①

可见，这应该是绍兴元年春回及前一年的战事。

综此，汪藻固然可能如钱先生所说，不近于江西派的讲究"字字有来历"，但其文字背后的现实指涉确是十分强烈的，其诗意想象充分"选择""挪用"了经验世界中的现实因素。因而，尽管上文仅摘录《续资治通鉴》中的一二材料，且甘冒"死于句下"的批评，实际上也只是想说明，不管不顾这些"历史文件"的话，我们很难读懂一首诗——不仅无法获知诗人所"曲传"的"未吐露的心理"，亦很难真正领会"古人用词遣字之委婉深曲处"——亦即诗人们的"艺术手腕"，甚至有时还难免人言言殊的困惑——钱、戴二先生的理解分歧已是很显明的例子。诗史释证，仍是解读类似汪诗之类诗学文本的利器。

三

钱锺书讲，"也许史料里把一件事情叙述得比较详细，但是诗歌里经过一番提炼和剪裁，就把它表现得更集中、更具体、更鲜明，产生了又强烈又深永的效果。"②这话自然是对的，就像他在这番话的自注中所提到的来自亚里士多德的那番教导："诗倾向于表现带普遍性的事，而历史却倾向于记载具体事件。"③但是，倘据此断定"'诗史'的看法是个一偏之见"，可能尚有误会。他说：

---

① 毕沅编著：《续资治通鉴》，中华书局1957年版，第2834—2835页。

② 钱锺书：《宋诗选注》，人民文学出版社1989年版，第3页。

③ 参见陈中梅译注《诗学》第9章，商务印书馆1996年版，第81页。

"诗史"的看法是个一偏之见。诗是有血有肉的活东西,史诚然是它的骨干,然而假如单凭内容是否在史书上信而有征这一点来判断诗歌的价值,那就仿佛要从爱克司光透视里来鉴定图画家和雕刻家所选择的人体美了。①

这段话是今人批驳陈寅恪式诗史释证常常喜欢征引的。但很显然,诗史释证并不是也从来就不是"单凭内容是否在史书上信而有征这一点来判断诗歌的价值"。它虽求"真",但并不追问钱先生所例举的《左传》中鉏麑自杀前的独白"谁闻谁述之"②这样的"真实"如何可能。准确地说,真正的诗史释证从不关注"柳絮飞来片片红"般的景致何处可见,"霜皮溜雨四十围"的古柏如何可能"黛色参天二千尺",抑或"千里莺啼谁人听得""千里绿映红谁人见得"之类以生活常识质问文学修辞者。③

诗史释证真正关注的,是一个从生活世界中创造出来的文本,到底如何赋予了这个生活世界呈现于我们眼前的新的形式,或曰艺术的、审美的形式,其史文嬗蜕之中如何赋予诗人的思想以新的表达可能。直白地讲,它要问的是,对于历史或生活本身,诗人是"怎样提炼与剪裁"的,他们从何处提炼,又剪裁了什么?即便是想象或虚构,他们又是从何处开始其想象、展开其虚构的?我们如何可能经由其虚构化过程的尽可能回溯、还

①钱锺书:《宋诗选注》,人民文学出版社1989年版,第3页。
②钱锺书:《宋诗选注》,人民文学出版社1989年版,第4页。
③据清人牛应之《雨窗消意录》卷三载,稽留山民金冬心有倚马可待之才,引以为例的即其戏拟元人咏平山堂诗句——"廿四桥边廿四风,凭栏犹忆旧江东。夕阳返照桃花渡,柳絮飞来片片红"。见《笔记小说大观》(十二),广陵古籍刻印社1984年版,第293页。沈括《梦溪笔谈》卷二十三"讥谑"批评杜甫《古柏行》:"'霜皮溜雨四十围,黛色参天二千尺。'四十围乃是径七尺,无乃太细长乎?……此亦文章之病也。"见胡道静校注:《梦溪笔谈校证》(下册),中华书局1959年版,第729页。杨慎《升庵诗话》卷五"唐诗绝句误字"条提道:"唐诗绝句,今本多误字,试举一二,如杜牧之《江南春》云'十里莺啼绿映红',今本误作'千里',若依俗本,'千里莺啼',谁人听得?'千里绿映红',谁人见得?若作十里,则莺啼绿红之景,村郭楼台,僧寺酒旗,皆在其中矣。"见王仲镛笺证:《升庵诗话笺证》,上海古籍出版社1987年版,第165页。

原，来发现一种诗性的美以及生活感受表达的艺术分寸感。显然，这不是要回到机械反映论，文学的目的从来就不是简单的"为了发现和传播真实"。而仅仅只是想回到一个常识：一部文学史乃是一部人类的精神史、文化史。我们读诗、谈诗，不仅仅是为了获得无关功利的心灵愉悦，亦不在于对自我"理解力"自信满满的充分试炼，更是要由此追问：那些伟大的心灵说了什么，他们提醒我们应该思考些什么，这些思考又如何透过一种"美的形式"来告诉我们。戈德曼说，"一种思想，一部作品只有被纳入生命和行为的整体中才能得到它的真正意义"。①因此，诗史释证，就是要回到这个"整体"，让审美回落到人的生活世界，接上地气、灵气、生气。这其中关系到中国诗的某些特殊性问题。

海外中国诗研究者宇文所安在其讲论中国文论的"读本"开篇即非常特别地注意到《论语》中的这则材料：

子曰：视其所以，观其所由，察其所安，人焉廋哉？人焉廋哉？（《论语·为政》）

在他看来，这段话"牵涉一个特殊的认识问题"，一种中国式的认识论（epistemological），一种特殊的解释学——"意在揭示人的言行的重重复杂前提的解释学"，即从一个行为的实际样态出发，充分考虑其行为动机，最终推断其内在倾向。而这背后，恰是中国"一个丰富的非虚构文学传统的起源"，"它提醒西方读者注意一个简单而又至关重要的事实——文永远是人写出来的"②。

这也正是诗史释证坚持的基本立场：中国诗自始便深具一种历史性的品格，一份寓美于真的性格，一个不同于西方史、诗相区隔的艺术传统。

---

① 吕西安·戈德曼著、蔡鸿滨译：《隐蔽的上帝》，百花文艺出版社1998年版，第8页。

② 宇文所安著，王柏华、陶庆梅译：《中国文论：英译与评论》，上海社会科学院出版社2003年版，第18—20页。

它要回应的，正是王德威所说的那种"中国传统诗、史之间最复杂的辩证关系"①。在那些成功的诗与史两相证释的实践中（如陈寅恪），我们可以看到，中国诗不仅是一份情感的兴发，一个美丽的虚构与幻想，更是一种对现实的细腻观照，心与心的贴己交流，社会道义、生命责任的在在诉说。兴的背后，更有观、有群、有怨，有一个完整而实在的人的所思所想、所感所恨。在诗骚传统所凝铸的中国诗中，埋藏有古来士人对于宇宙苍生念兹在兹、生生不息的牵系，有立身行道、死而后已的感怀，更不乏直面铁血、无畏无悔的凛然。因此，中国诗的书写从来不是一份游戏，即便有无奈与隐忍，也不忘"主文谲谏""借隐语传心曲"，以笔为刀，以史为笺，刻画生命的自由与可贵。这是一个史实，更应该成为我们今天讲论中国诗的一个常识。

若干年前，胡晓明教授在谈及陈寅恪的诗学方法时就曾说过：

> （陈寅恪）以破译密码的方式去重建情史，一方面使问题加以澄清，积滞予以消解，有着令人信服的理性逻辑力量。而另一方面，作者编织史事，脉络前后连贯，使读者进入探索故事、破获疑案的过程的同时，也进入诗歌情感震荡的磁场，充分满足读者窥奇探隐与心灵感触的双重文学期待心理。这种文体可以说是一种史学征实与文学凌空的统一。陈寅恪的疱丁解牛所用的刀，即是科学之刀，亦是艺术之刀。②

因此，借助诗史释证，还原曾经的一份审美想象，将艺术虚构与艺术情感加以具象化，这不仅是发掘诗人深心以及一个诗学文本遣词用意之妙的重要途径，亦不仅是反观中国数千年诗骚传统，叩问中国诗艺术特质、

---

①王德威：《现当代文学新论：义理·伦理·地理》，生活·读书·新知三联书店2014年版，第113页。
②胡晓明：《从凤城到拂水山庄——论地点和地名要素在解诗中的方法与意义》，《诗与文化心灵》，中华书局2006年版，第291页。

精神命脉的学术法门，其本身原就是一种艺术，一种借说诗考史来敞亮一份诗意心灵、剔发美感经验的"诗学考据学"或曰"考据诗学"。

值得多说一句的是，戴鸿森对《宋诗补注》的补订虽很少，但20世纪学术史上类似这样的学术案例却很多很多，值得写一部大书。

[原载《古代文学理论研究——中国文论的思想与智慧》（第四十辑），
华东师范大学出版社2015年版，收入本书时有改动]

文献工夫与思想工夫并进

——邓小军诗学考据学述略

实证性的诗学研究中，文献整理考订之外，更有诗歌发展史实、诗人生平交游抑或写作本事之类的历史性考察。这种侧重从史实考证的视角切入诗学的学术路径，无论是诗歌发展史、诗人生活史，还是隐藏在文本背后的诗人情感史、心灵史之类的研究，皆可称之为诗学历史考据，其最具代表性的学术方法就是"诗史互证"。作为一种在中国诗学史上有着久远发展史的学术方法，20世纪以来为诸多文史考据学者所继承。孟森、黄节、梁启超、张尔田、王国维、陈垣、岑仲勉、邓之诚、陈寅恪等，构成诗学考据领域一个群体性的存在。其中最知名者，恐莫过于陈寅恪。而陈寅恪之后，致力于诗史释证工作者亦不乏其人，邓小军（1951—   ）无疑是其中成果显著的一位。

作为20世纪50年代的学人，与邓广铭、余英时等由史学家而切入诗学有所不同，邓小军最初是以文学研究者的身份涉足思想史研究。《唐代文学的文化精神》（台北文津出版社1993年版）与《儒家思想与民主思想的逻辑结合》（四川人民出版社1995年版）二书可为代表。前者集中考论儒学思想对唐代文学文化深入骨髓的内在影响，而后者则着意阐发作为中国文化之核心的儒学思想与现代民主思想"内在理路与核心逻辑上的一致性"①。此后，集中于中古诗学尤其是陶渊明与李杜诗的笺证，以及清初

---

① 邓小军：《儒家思想与民主思想的逻辑结合·导言》，四川人民出版社1995年版，第1页。

与晚清关涉重要时事的诗学文本的考释，诸多已刊论文之外，先后出版《诗史释证》（中华书局2004年版）与《古诗考释》（商务印书馆2013年版）两部论文集。近年围绕董小宛入清宫与顺治帝出家之考证的成果，集中于《古宫词一百二十首集唐笺证》（社会科学文献出版社，2016）以及即将由华东师范大学出版社出版的专著《董小宛入清宫与顺治出家考》。

三十年来，邓小军按其"文献工夫与思想工夫并进"的工作设想[①]，紧扣诗史释证，不仅以大量的诗歌笺释实践接续并拓展了陈寅恪先生的诗学考据学，更在此基础上先后撰写《谈以史证诗》（2001）、《中国诗的基本特征：写实还是虚构》（2016）、《中国诗歌解释史上的学术革命典范——汤汉注陶、〈钱注杜诗〉、〈李白集校注〉、〈柳如是别传〉》（2017）等三篇专论，从理论上阐发"诗史释证"命题的要义及其学术传统。尽管其诗学考据工作的部分成果已然属于新世纪之作，但不得不说其思想、方法的发轫主要仍在20世纪，故仍可视为"20世纪诗学考据学"最后期但也是极具光芒的成果。

一、思想的前导：熊十力与陈寅恪

林毓生先生讲："一个人必须在实质层面真正得到启发，才能对人生的意义产生清楚的自觉、对生命的资源产生清楚的自知，才能获致道德的尊严与创造的经验。易言之，他必须有所根据。这种根据是，他所接触具体的、韦伯所谓的'奇理斯玛的权威'（charismaticauthority）。"[②]治学亦然。每个学者在其成长道路上皆有诸多引路之人，但其中必有最关键的灵魂性的学术典范。对于邓小军而言，数位恩师之外，这种灵魂性的学术典范当数熊十力与陈寅恪。他在完成于20世纪90年代初的《唐代文学的文

[①]邓小军：《儒家思想与民主思想的逻辑结合·导言》，四川人民出版社1995年版，第2页。

[②]林毓生：《论自由与权威的关系》，《中国传统的创造性转化》，生活·读书·新知三联书店1988年版，第73页。

化精神》一书的《后记》中写道：

> 我要感激曹慕樊老师、缪钺先生。曹老师是熊十力先生的弟子。我在西南师大读书时，曹老师常为我讲熊先生的事迹和思想，并嘱咐我读宋明儒书。我读熊先生《新唯识论》及梁漱溟先生《人心与人生》抄本，思想发生了天翻地覆的变化。又进而读《十三经注疏》、宋明儒书。十余年来我的思想进程，始于曹老师的教诲引导。我在西南师大读书时，假期返回成都，常请益于缪钺先生。缪先生十分钦佩陈寅恪先生的学术和人格，嘱咐我读陈先生的著述和诗。我读陈先生书，始于缪先生的教诲引导，熊、陈两先生，是我最敬仰的两位现代学人，两家学术思想亦对我感召、影响最深。①

一般看来，熊十力与陈寅恪似乎正好代表了现代人文学术的两种范型，前者注重思想诠释，反对考据之学；后者则终身致力于考据之业，少见"统系"之言。但实际上，二者治学路径各别，学术论著面目有异，对于思想功夫与考据功夫却是同样重视的。熊十力在《答邓子琴》中就说，孔门本有德行、政事、言语、文学四科，惟"考据不别立科，盖诸科学者，无一不治六艺，即无一不有考据工夫故耳。后世别有考据之科，于是言考据者，乃有不达义理，及昧于经济、短于辞章之弊"②。又说，"根底无易其固，裁断必出于己"③。而陈寅恪繁复考据的背后，始终不忘"表彰我民族独立之精神，自由之思想"④。

就邓小军已发表的各种论著看，考据者多，然而在其注重史实发覆的考据文字中，常常可见一种彰显史识与情怀的思想工夫。这一点，应该正是其所受熊、陈二先生"感召""影响"之所在。

---

①邓小军：《唐代文学的文化精神·后记》，文津出版社1993年版，第595页。
②熊十力：《十力语要》卷二，中华书局1996年版，第213—214页。
③熊十力：《佛家名相通释》，东方出版中心1985年版，第3页。
④陈寅恪：《柳如是别传》，生活·读书·新知三联书店2001年版，第4页。

《唐代文学的文化精神》（1993）与《儒家思想与民主思想的逻辑结合》（1995），是邓小军治学历程中最初的两部专著，面目不免考据色彩，但骨子里却是一种文化的思想关怀。他在《唐代文学的文化精神·自序》中写道："中国人有自己的根。由这自己的根，可以培养新的花果。这自己的根，就是中国文化。这新的花果，就是现代文明。中国文化与现代文明，可以一脉相连。这是我的心得。要证明这心得，我的路，分两步走。证明中国文化的价值、历史进步作用，是第一步。证明中国文化与现代文明可以逻辑地相结合，是第二步。"①《精神》《结合》二书，正是这"两步走"的初期结果。

在《儒家思想与民主思想的逻辑结合》一书的《导言》中，邓小军提到，他所遵循的学术方法主要是"文献工夫与思想工夫并进"：

> 要求得儒家思想核心逻辑之正解，和民主思想核心逻辑之正解，则先须对中国儒家思想和西方民主思想的基本原典与思想史，分别下一番尽可能系统、透彻的文献工夫与思想工夫……
>
> 儒家思想与民主思想可以——而且应当——合乎逻辑地相结合。换言之，这即是：中国文化与现代化在根本上可以合逻辑地相结合。因为我是经过文献工夫与思想工夫的漫长过程，才走到了这一结论的呈现之地。②

"文献工夫"实即考据工夫，而"思想工夫"乃是面对繁复材料的断案与史识。也正是从这本书开始，邓小军逐渐形成其独特的学术文体——"让文献来说话"。他说："让文献来说话，即首先充分地援引基本的原典文献，让文献表述充分地显示其思想意义。然后才相应地提出我的分析判断。换言之，本书文本采用述论形式，即先引出文献材料，再给出判断的

---

①邓小军：《唐代文学的文化精神·自序》，文津出版社1993年版，第4页。
②邓小军：《儒家思想与民主思想的逻辑结合·导言》，四川人民出版社1995年版，第2页。

形式。而不采取夹叙夹议形式，即议论之中夹引文献材料的形式。"

这种"让文献说话"的著述方式，近乎陈寅恪所提到的"古人治学之方法"——"合本子注"。1948年，陈寅恪在为学生徐高阮重刊《洛阳伽蓝记》所作的《序》中就提道，裴世期《三国志》"以为注记纷错，每多舛互。凡承祚所不载，而事宜存录者，则罔不毕取，以补其阙。又同说一事，而辞有乖杂，或出事本异，而疑不能判者，则并皆抄内，以备异闻"，乃一"广义之合本子注"①。在陈寅恪看来，这种著述方式的好处就在于，借排比纷错之注记，可去舛误；杂采乖违之辞、异出本事，可补旧有之阙，或备异闻之查考。而这一备引文献，后加案断以见"史识"的著述体式，正是陈寅恪绝大部分著述的主要体式。邓小军亦然。

二、事实发覆与诗意通解的贯穿

在文史考证工作中，史料编纂本已存在人为的"加减法"，而后人因其所见之多寡、路径之选择、问题之视域等诸多方面的不同，即便都强调求真，但仍会遗留诸多疑难史实的处理与所谓"创见""定见"的再审问题。因此，注重事实发覆，重审学术史上那些被有意无意遮蔽、忽略的部分，乃是发现并解决学术问题的重要路径。

发覆，亦即揭开重重误解、歧见、遗漏或有意隐藏所造成的遮蔽，显露真相。语出《庄子·田子方》："微夫子之发吾覆也，吾不知天地之大全也。"文史研究中的"发覆"，既包括史料、史实的重审，更包括重要学术论题、观点的再探讨。就邓小军的诗史释证工作而言，其最大的旨趣即在于破疑发蔽，揭橥似已成为"定见"的学术事实。在他看来，这不仅是对传统的继承，更是对传统的创造性发展。他在谈及韩愈晚年人性论思想中关于"天人一体同仁"思想的"发明"意义时提道："我国传统学术所使用的发明一词，是指用显性的语言，把传统潜在的意义与结构揭示出来。

---

① 陈寅恪：《徐高阮重刊洛阳伽蓝记序》，《寒柳堂集》，生活·读书·新知三联书店2001年版，第161页。

我在这里使用发明一词，亦是表示此一语义。发明不仅是对传统的继承，而且是对传统的创造性发展。"①

邓小军关于王通的考论可谓典型一例。

陈寅恪晚年所撰《论韩愈》一文中曾提道："世传隋末大儒王通讲学河汾，卒开贞观之治。"那么，河汾之学是否真实？其与贞观之治到底有着怎样的内在关联？这本是自宋代开始直至现代仍聚讼纷纭的一大历史公案。1984 年，尹协理、魏明出版所著《王通论》一书，对于王通及《中说》真伪以及王通的生平、思想等作出多方面详细探讨。邓小军一方面认为此书"是迄今为止关于王通最有成绩的研究成果"，然而同时指出，作者限于掌握和利用原始文献方面的不足，对王通生平及思想的若干关键问题，尤其是关于河汾之学与贞观之治的关系，或有失误，或尚未触及，以至于仍有诸多待发之覆。

在他看来，贞观之治作为唐代政治文化的典范，乃是儒家王道思想的大致落实，是唐代文化精神的一个重要体现，而王通开启的河汾之学正是其最重要的思想来源。②亦即是说，王通与河汾之学一公案乃是关涉唐代文学文化研究的大关节。所以，其唐代文学文化精神研究的第一个重要论题，亦即全书第一章，即"对王通的生平、性格、思想、河汾之学与贞观之治之关系以及《隋书》何以不载王通等问题，从头下一番工夫，以蕲对河汾之学这一椿历史公案的全盘解决，尽到自己的一分力量"③。这里提到的"从头下一番工夫"，日后也成为其考证工作的基本方法。其核心所在，即重新走进历史深处的盘根错节，重审重要学术事实。

缘此，他不仅利用隋末唐初的最原始文献详细考定隋末大儒王通所开启河汾之学的真实性，河汾之学与贞观之治二者文化精神的一致性，以及王门弟子与问学者参与贞观之治的信实问题，更就王通思想中"孤明先发"的部分（如《书》《诗》《春秋》三经皆史说，封禅乃秦汉帝王之侈心

①邓小军：《唐代文学的文化精神》，文津出版社1993年版，第343页。
②邓小军：《唐代文学的文化精神》，文津出版社1993年版，第1—2页。
③邓小军：《唐代文学的文化精神》，文津出版社1993年版，第21页。

等）、"对思想史有重大发展"的部分（"不以天下易一民之命"对孟子"民贵君轻"说的发展）、"对思想史有重大再发明"的部分（"人心道心"十六字心传的再发明、王道霸道之辨等）——作出学术史的重访与思想史的还原。尤其是关于《隋书》何以不载王通的考辨，以王通之子王福畤所撰《录东皋子答陈尚书书》与诸多文献对证，揭明《隋书》不载王通的根本原因乃在于王通亚弟王凝得罪当日《隋书》监修长孙无忌，并详考其事始末。此一史实考辨中有关权力世界对学术研究的渗透现象，更直接影响到邓小军后此诗史释证工作中对中国文学"主文而谲谏"的写作传统的密切关注。此一点，下文再说。

以上所述，仅仅只是《唐代文学的文化精神》一书中的一个例子。至如杜甫作为唐代"儒学复兴运动的先声"，"唐代的中国文化宣言"《原道》作年考及与韩愈思想发展之线索，陶渊明在晋宋之际的政治态度、其与庐山佛教之关系，杜甫疏救房琯案，邓忠臣《注杜诗》被改名王洙注之真相，陈宝箴之死真相考，永王璘案真相，董小宛入清宫与顺治出家考，等等问题的考辨，皆可见邓小军学术研究中注重事实发覆的学术旨趣。

然而，诗史释证的要义，不仅仅只是事实发覆。

自王国维、陈寅恪以来，现代文史考证中注意利用集部文献尤其是诗词小说，已成为一种学术研究的常识。然而，过于注重史实或材料本身的查考而忽略诗词小说文献自身的艺术特性，则往往会导致文学研究的史学化、文献化。这也是一直以来很多古典文学研究者对考据工作多有戒心的重要原因。就邓小军的诗学考据工作而言，其最大的特点，就在于能立于文学研究的基本立场，强调事实发覆与诗意通解的贯穿。

《唐代文学的文化精神》在考论杜甫先韩愈"以诗歌文化为表现形式"首倡尊王攘夷、复兴儒学时提道，杜甫尊王攘夷思想发生于安史之乱爆发，集中体现于唐代宗大历元年所作的《诸将五首》。这五首诗，乃是杜甫以战略眼光，"按当时唐朝所面临的外患内忧的重轻急缓之次序"，展开其尊王攘夷的核心思想。至于第一首，"写吐蕃攻占长安"①。就诗意理解而言，清仇兆鳌《杜诗详注》已指出，"首章为吐蕃内侵，责诸将不能御寇"，并引录清顾宸《辟疆园杜诗注解》所言"陵墓对南山，见其近在内地，而吐蕃入关发冢，其祸烈矣。不忍斥言，故借汉为比"②。但是，自来注家对于汉、唐诸陵均语焉不详，因此顾注所谓"近在内地……借汉为比"的写作手法也就难以真正讲清。1996年，邓小军发表《〈诸将〉第一首笺证》，开篇即考证"关于陵墓、南山及长安之方位"。文章据《汉书》诸《帝纪》末所记诸帝陵及"臣瓒曰"所注其方位道里，考证西汉十一帝陵仅文帝霸陵、宣帝杜陵分别位于长安东南、长安南。又据唐李吉甫《元和郡县图志》卷一《关内道一》"京兆府三原县"条、《新唐书》卷三十七《地理志一》等材料，详考《诸将》所作之大历元年以前唐朝前七陵，甚至包括自代宗起以后的唐代十一陵，均在长安西北方向至东北方向一线，绝无一陵在长安城南一带。复据《元和郡县图志》卷一《关内道一》"京兆府万年县"条所载"终南山，在县南五十里"，由此指出：

> 则唐诸陵与终南山南北遥遥相望，中间（偏南）之核心为长安城。
>
> 譬如折扇，唐诸陵好比扇面展开在上（北），长安城好比扇柄轴心在下（南），终南山则好比扇坠缨穗更在轴心之下（更南）。此一扇形之地理，构成关中之腹心。杜甫"汉朝陵墓对南山"之句，写尽关中腹心地区之大势。③

"写尽关中腹心地区之大势"，正是杜诗此处"借汉为比"的眼目所在。从地理位置看，汉唐诸帝陵距离长安至多不过数十里，确实可谓"近在内地"。就当日各路叛军言，后文又详考安史叛军攻占长安后，"兵力所

---

①邓小军：《唐代文学的文化精神》，文津出版社1993年版，第282—283页。

②仇兆鳌：《杜诗详注》，中华书局1979年版，第1363页。

③邓小军：《〈诸将〉第一首笺证》，《杜甫研究学刊》1996年第1期。

及范围，在长安西140里至长安北70里一线之内，而势不可能达到长安西北165里、145里至长安东北125里、165里、270里唐陵一线。"而吐蕃自广德元年起连续三年三次入侵关中，"多次到达乾陵、昭陵、建陵，并于广德元年'焚建陵之寝'"，党项也于永泰元年到达富平，"焚定陵之殿"。由此，整个关中地区的危急局面，也就在此"借汉为比"的诗性之笔中得以复原，诗人的战略眼光、政治关怀于此鲜明可见。在此基础上，文章进而揭明此诗古典字面与今典实指的"诗史"写作艺术及杜诗的诗史精神。就此而言，邓小军此文不仅借助史实详查，讲明《诸将》诗具体写作背景，更将之与诗意理解、诗艺分疏紧紧连缀到了一起，杜诗的"史笔"与"诗心"两相证发，考据文字也成了杜诗写作艺术解读的文本。

再如《陶渊明〈述酒〉诗补证》一文。①《述酒》一诗关涉刘裕废弑晋恭帝的史实，自宋汤汉注以下，解释者多矣。所以，文章的着重点就落在重要用典及疑难诗句的释证上。如其释"朱公练九齿，闲居离世纷。峨峨西岭内，偃息常所亲"四句中的"偃息"一语。前人多引《诗经·小雅·北山》"或息偃在床"为典源，自逯钦立至龚斌诸家陶诗注本皆然，然而此一原典的意义与陶诗此句并不切合。文章通过详细排比东汉魏晋诗赋中诸多用例指出，"偃息"一语其实"皆为隐居义"。由此得出结论："前二句言：我早已如陶朱公归隐养生，远离世间纷争。后二句言：而今则更如夷齐高隐西山，作殷之遗民，义不食周粟。此是借以表示，自己在晋朝时隐居不仕，只是因为'质性自然'、不愿'心为形役'（《归去来兮辞》）；在晋亡后隐居不仕，则是作晋之遗民，义不奉刘宋正朔。由此可见，此四句诗，是用上下对比句法，表明自己隐居前后两期之不同性质。"紧接着又以陶渊明《读史述九章》等材料作为参证，将"偃息"一典真正的命意与陶诗写作手法细密扣合。至后文，又考诗末二句"天容自永固，彭殇非等伦"之用典艺术。"天容"一典，语出《春秋繁露·符瑞第十六》

①邓小军：《陶渊明〈述酒〉诗补证——兼论陶渊明在晋宋之际的政治态度及其隐居前后两期的不同意义》，《首都师范大学学报》2002年第1期。另见《诗史释证》，中华书局2004年版，第23—26页。

"极理以尽情性之宜，则天容遂矣"，指判断政权有无合法性的天理。而"彭殇"一典则有远近两层古典：原始古典出《庄子·齐物论》，而陶诗用的却是后出古典王羲之《三月三日兰亭诗序》"固知一死生为虚诞，齐彭殇为妄作"，在王羲之，指人的寿命之长短，陶诗借用之指"晋宋政权寿命之长短"。至于其今典，则是刘裕篡位册文"天保永祚于有宋"。作者由此认为，此二句用《春秋繁露》《兰亭诗序》古典并借用下文"后之视今，亦犹今之视昔"，喻指"刘裕篡弑违悖天理人情，虽自称天命，但是天理自绝不会以刘裕之意志为转移；晋、宋政权寿命之长短也绝不会相同，宋将寿命短暂，宋开篡弑之恶例，必将自食其果，后之视宋，犹宋之视为晋"。这就将陶渊明在晋宋之际对待刘裕政权态度的考证，与陶诗用典艺术的揭示紧紧构成了一个整体，既是考史，也是说诗。

诗意通解下的史实发覆，也包括文学史实、诗意史实。《红豆小史》与《隐藏的异代之音》二文最可证明。

《红豆小史》一文[①]以王维、杜甫、《云溪友议》、钱谦益为中心，着意考辨中国文学史上红豆意象发生发展的主要脉络。三节内容，依次讨论了红豆意象的本义——相思和爱情，唐人提点出的第二象征意义故国之思，以及明遗民笔下对红豆意象第二象征意义的贴己体认与艺术提升。红豆本是南国红豆树的果实，它之所以能进入文学史成为一个文学意象，原因即在于早在东汉后期红豆树便因一二爱情故事传说的广泛传播而得名"相思树"，故以红豆可寓相思之情而与诗人结下不解之缘。文章由考证揭示，"红豆"入诗虽自王维《相思》始，但缘于汉末以来的爱情传说，故自唐宋诗词绵延至清诗、近现代诗中的红豆意象，其本义即象征相思和爱情。然唐范摅《云溪友议》所载安史乱后乐工李龟年唱"红豆生南国"而"合座莫不望行幸而惨然"一事，及杜甫《秋兴》"红豆啄余鹦鹉粒"二句所内涵的故国之紫思，又为红豆意象由相思本义渐演变为象征故国之思提供了一份支援意识。由此，唐人笔下红豆意象象征故国之思的义涵，在明末

---

①邓小军：《红豆小史》，原载《中国文化》第十九、二十期，后收入《诗史释证》，中华书局2004年版，第460—489页。

清初钱谦益及诸多明遗民的诗歌创作中不仅成为了一个极具隐喻性的诗典，更生发出佛日、佛国、南国、碧梧等与红豆相关的诸多诗学意象，成为后人解读此际诗歌、理解其时诗人之生存感受、文化情怀一个非常重要的路径。该文由细密考据揭示"红豆"意象发展史中层累形成的两种义涵、三条意脉，并开发诸多相关隐藏意象，堪称诗学意象研究的一个成功个案，更是诗学考据中极有典范意味的作品。

《隐藏的异代知音》一文①，则通过考证陶渊明《归园田居》诗对《庄子》"虚室生白，吉祥止止"一语之内涵、庾信《哀江南赋序》对阮籍《首阳山赋》改变伯夷叔齐故事原典之用意、刘禹锡《酬乐天扬州席上初逢见赠》诗对向秀《思旧赋》"妙声绝而复寻"一句之潜台词、花蕊夫人《宫词》与李后主词《乌夜啼（林花谢了春红）》对杜甫《曲江对雨》诗"林花着雨胭脂落，水荇牵风翠带长"诗意的创造性化用，指出文学史上后代作家对经典作品遣词命意和用典艺术的继承和创造。作者指出，"中国文学史上的异代知音现象，包括显性的异代知音，和隐藏的异代知音"。前者如《毛诗》序传笺疏对《燕燕》诗、汤汉注《陶靖节先生诗》对陶渊明《述酒》诗、钱谦益《钱注杜诗》对杜甫《洗兵马》诗、陈寅恪《柳如是别传》对钱谦益诗集，往往通过其注释评论的表述而明显地揭示出来。后者则更多是隐微地通过用典等不易被直接感知的艺术方式来呈现。我们知道，文学接受史研究有所谓"第一读者"之说。真正的"第一读者"，并非指第一个阅读作品或提出鉴赏意见的读者，而是指"以其独到的见解和精辟的阐释，为作家作品开创接受史、奠定接受基础甚至指引接受方向的那位特殊读者"②。比较而言，"第一读者"往往不仅强调其对经典作品理解的独特性，更关注其所提出的理解对后此解释史的规范意义，亦即一种"定见"式的指引作用。而邓小军所说的"隐藏的异代知音"，则更强调后此读者对经典作家作品之"苦心孤诣"的发明。如果说"第一读者"更凸显阐释学路径中"理解"的多元化，则"隐藏的异代知

---

① 邓小军：《隐藏的异代知音》，《文学遗产》2007年第3期。

② 陈文忠：《中国古典诗歌接受史研究》，安徽大学出版社1998年版，第64页。

音"更倾向中国传统的"以意逆志"的解诗法则,更注重"换我心,为你心,始知相忆深"(宋·顾敻《诉衷情》)之类的同情之理解。

谈及其诗史释证工作,邓小军教授在给笔者的回信中曾提道:

> 诗歌的历史考据等方法,应以诗歌体验(诗歌语感、诗意通解)为出发点和归宿;诗歌的历史考据等方法,与诗歌艺术研究方法是不可分离的。还有,诗歌的历史考据方法,只是适用于具有历史内容、历史背景的诗歌。具有历史内容、历史背景的诗歌,只是中国诗歌的一部分,虽然是非常重要的一部分。①

在素来的古典诗歌研究中,坚执"诗性""艺术性"之探讨的学者,常指斥"考据工夫"对"诗意特质"的侵蚀和消解,而强调诗学之"理论品格"的研究者,又往往认同韦勒克所指出的,"考据"所能担负的永远不过是一种研究资料建设之类的基础性工作。就此而言,邓小军的诗学考据恰很好地回应了考据对于抉发诗歌艺术之美的价值。甚至,在他的很多诗歌考据案例中,考据亦可成为一种诗学、着意于诗意发明的诗学。

三、"诗史"精神与中国诗微言传统的抉发

"诗史"二字出自孟棨《本事诗》,但"诗史"不仅仅只是一个枯槁的文学或文论概念,而是一种精神,一种有着士人担当意识的文化情怀,以及由此构筑的一种诗歌写作艺术。实际来看,宋代以后论及"诗史"说者不少,尽管也存在一些将诗中酒价、年月、地理乃至人事与史实生硬比附者,但只要不是笨伯痴汉,很少有人会将"诗家语"视同史书,认为诗人的"实录"等同于史学家的史料编纂。因此,虽然历代"诗史"论者不乏言及诗如何写"事"的讨论,但其着眼点却不仅在由此凸显"诗"的艺术

---

①笔者曾于2014年秋专门赴首都师范大学访学,并申请邓小军先生为指导教授。这段话,出于他给笔者的回信。其核心意思可参见其《谈以史证诗》一文。

的面相，而更在强调"诗史"主文谲谏、直面时政之弊的思想传统。①

1992 年，邓小军发表《杜甫诗史精神》一文。文章立足杜诗根源处的儒家思想，以唐代文化史实及杜诗的思想本旨为据，考论杜甫"诗史精神"的五大特征：即"诗人国身通一精神""良史精神""庶人议政贬天子精神""民本精神"以及"平等精神"。文章开篇即指出，孟棨提出的"诗史"，是指"杜诗所反映的是当下史或当代现实，而不是'史'字一般意义上的前代史陈迹。当下史现实，主要是政治社会现实"。因此，五大特征的讨论是以"杜甫以诗反映现实、参与现实、参与政治的品格"为核心来展开的。譬如，作者以《北征》为例论及杜诗的"讽谏"精神，认为，"《北征》作于唐肃宗搞政治排斥并拒不从谏，杜甫被诏付三司推问后不久，诗云：'拜辞诣阙下，怵惕久未出。虽乏谏诤姿，恐君有遗失'。实是对肃宗斥贤拒谏的直切批评，亦足见诗史的高度政治责任感，和深刻的政治识见。因为斥贤拒谏，正是安史之乱后唐室政治失道的关键所在"②。正是从《北征》的这种思想特征出发，时隔 15 年后，邓小军又于 2007 年发表《杜甫〈北征〉补笺》，从"《北征》制题，用意特殊"开始，以详细的史料考证，"让文献说话"，逐句笺证《北征》中所蕴含的杜甫的社会政治关怀。③

当然，以诗言史，毕竟不等同于历史著作。因此，"诗史"写作自始就与注重"微婉显晦"的《春秋》书法分不开。孟子曰："王者之迹熄而诗亡，诗亡而后春秋作。"（《孟子·离娄下》）《春秋公羊传·定公元年》曰："定、哀多微辞。"司马迁说："孔子著《春秋》，隐桓之间则章，至定哀之际则微，为其切当世之文而罔褒，忌讳之辞也。"（《史记·匈奴列传》"太史公曰"）而《毛诗序》曰："主文而谲谏。"由此，著目微言、寓意现实褒贬，是史书写作的原则，也是中国诗写作中一个心照不宣的艺术原

①参见项念东：《"诗史"说再思》，《文章、文本与文心》（《古代文学理论研究》第44辑），华东师大出版社2017年版。
②邓小军：《杜甫诗史精神》，《安徽教育学院学报》1992年3期。
③邓小军：《杜甫〈北征〉补笺》，《北京大学学报》2007年3期。

则。抑或直白地说，"微言"正是中国诗的一个艺术传统。然"微辞者，意有所托而辞不显，唯察其微者，乃能知之"①，缘此，陈寅恪以"古典今典"参互释证为核心的"诗史释证"，也成为邓小军解读"微言"诗学文本、抉发诗人潜藏诗思的重要学术方法。

1996年，在《辛弃疾〈贺新郎·别茂嘉弟〉词的古典与今典》一文中，邓小军细密考证稼轩此词古典字面构成的主体结构下潜藏的"今典"实指，发见稼轩如何以诗人之笔记述当代史中不可磨灭的靖康之耻以及岳飞之死，从而寄托其"遭受南宋政权排斥之悲愤，及对南宋政权对金妥协投降政策之判断"②。

再如向秀《思旧赋》，作者思想情感的表达是否如鲁迅所说"刚开头却又煞了尾"？此文以李斯与嵇康并提，有何寓意？《向秀〈思旧赋〉考论》（2002）一文，从"昔李斯之受罪兮，叹黄犬而长吟；悼嵇生之永辞兮，顾日影而弹琴"四句用典及修辞手法入手，彻查嵇康被害各项史实。由此指出："完整地说，《思旧赋》'昔李斯'四句，表达了两层微意。第一，嵇康如同李斯，同是被诬谋反，蒙冤而死。并潜在地将司马昭比作权奸赵高。第二，李斯贪生怕死，趣味低下；嵇康视死如归，志趣高尚。"亦即是说，《思旧赋》的核心就是哀悼嵇康，并用诗笔记录了中散大夫被司马氏杀害这一史实。然政治高压之下，此一史实，无法明言，只能托之微言。③倘不明乎此，则只会认为《思旧赋》一文不过只是"欲言又止"的模糊之词。

在同年所撰《陶渊明在晋宋之际的政治态度——陶渊明〈述酒〉诗补证》（2002）一文中，邓小军通过古典今典释证相参揭秘陶渊明《述酒诗》的微言本旨之外，特别提道：

---

①孔广森《公羊春秋经传通义》，续修四库全书本第129册，卷十，上海古籍出版社2002年版，第163页上。

②邓小军：《辛弃疾〈贺新郎·别茂嘉弟〉词的古典与今典，《中国文化》1996年2期。

③邓小军：《向秀〈思旧赋〉考论》，《文学前沿》2002年第1期。

中国五七言诗歌史上的微言政治抒情诗，从曹植《赠白马王彪》、阮籍《咏怀》、左思《咏史》，到陶渊明《述酒》，逐渐形成以用典为主的艺术手法传统，以含蓄曲折地揭示历史真相，表示对现实政治的抗议（后来则有庾信《拟咏怀》等继承此一传统）。而陶渊明《述酒》，堪称魏晋时期微言政治抒情诗用典艺术之巅峰。①

相关的后续研究很多，尤为明显的是《魏晋宋微言政治抒情诗之演进——以曹植、阮籍、陶渊明为中心》（《中国文化》2010 年 2 期）、《中国诗歌解释史上的学术革命典范——汤汉注陶、〈钱注杜诗〉、〈李白集校注〉、〈柳如是别传〉》（安徽师大中国诗学中心编《中国诗学研究》，2017）等文。

四、"诗史释证"方法的理论自觉

考据工作若缺乏理论自觉，最容易陷落于繁复史料的查考与微观史实的证明。史学家吕思勉在 1935 年所写的《丛书与类书》一文就曾指出："考据之学，有其利亦有其弊；实事求是，其利也。眼光局促，思想拘滞，其弊也。学问固贵证实，亦须重理想。"②就此而言，邓小军诗学考据最重要的特点，就在于不仅其考证工作本身多有发明，而且其中贯穿着高度的方法论自觉。其代表性成果，即新旧世纪交替之际发表的《谈以史证诗》（2001），以及由此扩展开的两篇论文《中国诗的基本特征：写实还是虚构》（2016）、《中国诗歌解释史上的学术革命典范——汤汉注陶、〈钱注杜诗〉、〈李白集校注〉、〈柳如是别传〉》（2017）。后二文成稿虽在近年，但其基本思路则早已涵盖在前一文中。某种程度上来说，三篇论文实为一个

---

①邓小军：《诗史释证》，中华书局 2004 年版，第 34 页。此文原题《陶渊明〈述酒〉诗补证——兼论陶渊明在晋宋之际的政治态度及其隐居前后两期的不同意义》，载《首都师大学报》2002 年 1 期。后改今题，收入《诗史释证》。

②吕思勉：《论学集林》，上海教育出版社 1987 年版，第 163 页。

整体。《谈以史证诗》乃总纲，顺着该文提出的"有写实性诗歌，然后有以史证诗、以诗证史的诗歌研究方法"，《虚构》一文再次申论中国诗的"写实性"特征，而《典范》一文则进一步阐发中国诗学史上"诗史释证"最为重要的学术典范。

《谈以史证诗》发表于2001年，作为邓小军前二十年诗史释证工作的总结，后收入《诗史释证》一书。作为全书第一篇，作者显然有视之为全书总论或者说其诗史释证工作总纲的意味。文分三节：一、以史证诗是中国诗学的传统；二、以史证诗有益于文学性研究；三、古典字面今典实指的诗歌释证方法。三节内容，分别从史实、价值与方法内含三个层面剖析了"以史证诗"作为一种中国诗学固有的研究方法的理论内涵。

在作者看来，中国诗歌的本性是抒情性，而写实性诗歌作为"中国诗的大宗"，无论是就其所写时事还是作者之本事皆与作者的个人情感紧密关联，故与纯抒情性诗歌一样可以具有真正的抒情性。而且，源于中国古代诗人"国身通一"的文化观念与人文关怀，其一人之事往往同时即是一国之事，在后世读者那里便是历史。因此，写实性的诗歌不仅具有抒情性，同时具有政治性和社会性。

诗有时事，诗歌抒情兼有历史内容的纵深。诗有本事，使诗歌抒情兼有个人故事的纵深。中国诗这一研究对象的独特性，也决定了其研究方法的独特性。有写实性的诗歌，然后有以史证诗、以诗证史的诗歌研究方法。①

作者由此进一步提出，《论语》"诗可以观"、《孟子》"知人论世"学说，构成了中国诗史互证理论的原型；而《毛诗》以史——时事或本事——说诗，开创了中国以史证诗的诗歌研究传统；至唐代以孟棨《本事诗》代表的"汇录诗歌本事的著述"，可称广义的以史证诗，而宋汤汉注《陶靖节先生诗》、清钱谦益《钱注杜诗》、现代陈寅恪《柳如是别传》等"深入考证诗歌时事或本事的著述"，可说是狭义的以史证诗。

---

①邓小军：《诗史释证》，中华书局2004年版，第2页。

汤注陶诗、钱注杜诗、陈氏《别传》更构成了"中国学术史上以史证诗发展的三座里程碑"。

鉴于以史证诗因为注重挖掘写实性诗歌背后的时事、本事与历史背景，往往易被视为只是一种文学的"外部研究"或基础研究，所以作者以王维《使至塞上》"长河落日圆，大漠孤烟直"二句的历史背景与理解为例，考证"孤烟"实即唐代边塞之地"黄昏时分的平安火"，从而见出此二句既是写广大边塞的平安，也是对守边将士战绩卓著的赞誉。背景性的史实考证，成为发掘诗意与韵味的重要方法。在作者看来，这就是以史证诗方法对于文学研究最重要的价值所在。

就诗史互证方法而言，现代学术史上最重要的发明者陈寅恪曾明揭"古典字面今典实指的释证方法"。文章结合陈寅恪的研究成果，分别从创作原因、写作手法、史料价值、艺术价值、作者心态五个方面总结了陈寅恪所提出的所谓"古典字面今典实指诗歌"。同时，就其关于"古典字面今典实指的释证方法"提炼为八个层面的内涵。①应该说，这是迄今为止对陈寅恪"诗史释证"方法的核心"古典今典"问题，所作的最为详切的一份理论总结。与余英时的"暗码解读"说相比较，后者过于凸显所谓"陈寅恪的晚年心境"问题，有时不免求之过深、过曲。当然，余英时自己反复说明，其"暗码解读"有其适用范围，但毕竟有被泛化的危险。因此，邓小军的这份理论总结，结合其自身诸多解诗实例，也就少了几分深曲，而更多一份平实。

在《谈以史证诗》中，邓小军已然提到了一个重要的文学理论问题："写实性诗歌是中国诗的大宗"②，但并未完全展开。2016年，他发表《中国诗的基本特征：写实还是虚构》一文，明确提出：中国诗具有写实性的基本特征。甚至认为，以"虚构"为诗歌基本特征的文学理论，并不适用

---

① 邓小军：《诗史释证》，中华书局2004年版，第8—13页。
② 邓小军：《谈以史证诗》，原载《安徽师范大学学报》2001年第3期，见《诗史释证》，中华书局2004年版，第1页。

于中国诗。①

全文以七节篇幅，从仔细辨析"虚构""想象""中国诗的想象"这些概念的内涵入手，指出以虚构来界定文学的基本特征的观念，是基于西方文学的艺术特性而提出来的。20世纪以来，以虚构、虚构性的想象为出发点来研究中国诗是受文艺复兴以来的西方文论以及苏联文论的影响。文章通过列数《诗经》以下中国诗的发展史实指出，中国诗自始即产生了一种写实性的传统，而中国诗中的虚构性想象、神话描写主要来自《楚辞》，丰富了写实传统，但未改变写实传统本身。文章后半部分特别提到，中国诗的写实传统，乃根源于中国文化注重经验、实践的特征，同时征引了著名汉学研究者吉川幸次郎的意见，而后者在对中国诗史的研究论著中就认为非虚构性是中国文学的主流。

早在2001年发表的《谈以史证诗》中，邓小军已经提出写实性是中国诗的基本特征以及艺术传统。所以，《中国诗的基本特征：写实还是虚构》一文实际是对前文观点的进一步申述。应该说，邓小军的这个观点对于文学理论尤其是中国古代文论研究而言，是带有某种颠覆性的，然而一直以来并未受到学界应有的重视。

伊瑟尔在《虚构与想象——文学人类学疆界》中就宣称："文学的特殊之处在于，它是虚构与想象两者水乳交融的产物。"而且，在伊瑟尔看来，所谓"文本中的'事实'"，不过如同古德曼所说的，"事实源于虚构"。②把虚构、想象视为文学的基本艺术特征的观点，可以说是诸多文学理论教材中已然成为一种常识的观点。然而众所周知的，中国古代文学尤其是中国诗是有其特殊性的。从诗的本质特征来说，作为"中国诗学的开山纲领"的"诗言志"，所开启的并不仅仅只是一种抒情诗学的理论。闻一多《歌与诗》即指出，"志有三个意义：一，记忆；二，记录；三，怀

---

①邓小军：《中国诗的基本特征：写实还是虚构》，《中国文论的学术史》（《古代文学理论研究》第43辑），华东师范大学出版社2016年版，第9—30页。

②沃尔夫冈·伊瑟尔著，陈定家、汪正龙等译：《虚构与想象——文学人类学疆界》，吉林人民出版社2003年版，第6、35页。

抱。"①但20世纪以来，在西方文论知识支撑下建立起来的文学理论中，"诗言志"的"志"的三个意义，早已被西方抒情诗学传统的"纯文学"意识简化为一个意义，即情感。而"抒情诗学"是与"叙事文学"相对而言的，这也就导致了了，现代文学理论认识中，中国诗本有的与"事"的特殊性关联被有意无意地抹杀了。事者，史也。饥者歌其食，劳者歌其事。中国诗的背后，是诗人身观目接的活生生的现实人生以及社会。伊瑟尔说，"文学所承担的社会文化功能越复杂，它的随意性就表现得越充分，文学现在的处境就正是如此"②。这是现代性思路中的学者担心文学被"政治"绑架而提出的解救文学的方案。但在中国诗的传统中，没有了"兴观群怨"的功能性思虑，诗也就不复有存在的价值。所以，作为古典文学教授的邓小军，他看到的是中国古典自身的传统，尤其是当这个传统被现代性焦虑慢慢解消的时候。

当然，20世纪70年代，陈世骧在海外曾明确提出"中国抒情传统"一命题，以此彰显中国诗学有别于西方诗学的艺术独特性。近四十年来逐渐成为中国文学理论界讨论的一个热烈话题。但不可否认的是，如果不能从根源处看清"诗言志"传统与"事"或"史"不可分割的史实，亦即走出西方文论知识框架所提供的基本的文学认知视角，是无法真正理解"诗中有史"抑或"中国诗的写实性"这样的命题的。

某种程度上来说，《中国诗歌解释史上的学术革命典范——汤汉注陶、〈钱注杜诗〉、〈李白集校注〉、〈柳如是别传〉》（2017）③一文亦可被视为中国诗学"诗史释证"研究方法史论纲，也是迄今为止邓小军对"诗史释证"工作在《谈以史证诗》之后的第二次学术总结。

文章提出了"中国诗歌解释史上的学术革命典范"的概念，亦即三千

---

①转引自朱自清《诗言志辨》，华东师范大学出版社1996年版，第3页。

②沃尔夫冈·伊瑟尔著，陈定家、汪正龙等译：《虚构与想象——文学人类学疆界》，吉林人民出版社2003年版，第2页。

③邓小军：《中国诗歌解释史上的学术革命典范——汤汉注陶、〈钱注杜诗〉、〈李白集校注〉、〈柳如是别传〉》，安徽师范大学中国诗学研究中心编《中国诗学研究》第13辑，安徽师范大学出版社2017年版，第3—36页。

年中国诗学史上最能勘破"微言"写作秘密的"诗史释证"的学术代表。文章认为，这种典范，"是指对中国经典微言诗史的解释，运用词语训释、诗史互证和诗艺鉴识方法，突破对经典微言诗史的注释和解释中长期存在的认知盲区、模糊区和误区，首次成功地揭示出经典微言诗史所隐藏的被政治谎言和政治高压所掩盖的重大历史真相，堪称学术革命；开辟了后人在本研究领域中后续研究的道路，开启了后人在其他相关以及相似研究领域中的法门，堪称学术典范"。作者以"《毛诗》《序》《传》《笺》《疏》"为中国诗学以史证诗、比兴说诗的原始典范，在这之后集中讨论了宋代的汤汉注陶渊明诗，明清之际的钱谦益注杜甫诗，当代学术史上的瞿蜕园等注李白诗，以及陈寅恪释证钱谦益柳如是诗。

刘勰曰："知音其难哉！音实难知，知实难逢；逢其知音，千载其一乎！"（《文心雕龙·知音》）元好问说："文章出苦心，谁以苦心为？正有苦心人，举世几人知？"（《与张仲杰郎中论文》）诗歌理解是难的，更何况是政治高压之下诗人饱蘸血泪写作的微言诗史，更期盼后世明眼人为其代下注脚，发皇心曲。因此，《典范》一文对汤汉、钱谦益以及瞿蜕园、陈寅恪"诗史释证"工夫结合具体实例有精细的论析。在此之外，文章最后一部分，更以相当长的篇幅总结了"中国微言诗史和中国微言诗史解释学的特质"问题，为我们认识理解中国诗的艺术特质及其思想传统提供了重要的思考视角。

卡西尔有句名言，"在我们研究语言、艺术、神话时，意义的问题比历史发展的问题更重要"[1]。很多人都很熟悉这句话，从这句话来看邓小军的诗学考据学，或许更见其价值之所在，特别是当我们用科学理性逐渐消灭"意义"这个问题的时候。

[原载《古典诗文的经纬——古代文学理论研究》（第四十七辑），华东师范大学出版社2018年版，收入本书时有改动]

---

[1] 恩斯特·卡西尔著，甘阳译：《人论》，上海译文出版社2003年版，第108页。

释颜延之《五君咏·嵇中散》"寻山洽隐沦"

中散不偶世，本自餐霞人。形解验默仙，吐论知凝神。

立俗忤流议，寻山洽隐沦。鸾翮有时铩，龙性谁能驯。

——颜延之《五君咏》之二《嵇中散》

《五君咏·嵇中散》乃颜延之传世名篇，常有征引选注者。"寻山洽隐沦"一句，一般均据《晋书·嵇康传》所载嵇康与孙登、王烈等隐士入山游戏采药事，释为"（入山）与隐遁之人在一起和洽相处"[1]；或以"洽"作"亲近"解，认为"这句是说入山与隐士同游"[2]。也有个别材料，引《诗·载芟》"以洽百礼"郑笺，将"洽"解作"会合"[3]。看似分歧主要在"洽"字的解释，但实关涉到诗中用典及颜延之诗艺术特点的认识问题，值得一说。

---

[1]朱东润主编：《中国历代文学作品选》上编第2册，上海古籍出版社1979年版，第346页。另如曹道衡、俞绍初注评《魏晋南北朝诗选评》释为"和隐遁之人融洽相亲"，三秦出版社2004年版，第212页。吴小如等主编《汉魏六朝诗鉴赏辞典》释为"居于山中能与隐者融洽相处"，上海辞书出版社1992年版，第724页。

[2]陈建根选注：《咏史诗》，人民文学出版社1989年版，第16页。

[3]李佳：《〈颜延之集〉校注及其研究》，四川大学中国古典文献学专业2003届硕士论文。

一、释"隐沦"

《文选》卷二一《五君咏·嵇中散》"寻山洽隐沦"句注：

> （李善注）《神仙传》曰："王烈年已二百三十八岁，康甚爱之，数与共入山游戏采药。"桓子《新论》曰："天神人五，二曰隐沦。"
>
> （刘良注）与王烈入山游戏，是则洽隐沦也。①

据清世德堂重刊"龙威秘书"本葛洪《神仙传》卷六"王烈""孙登"条，嵇康曾入山与王烈、孙登游：

> 王烈，字长休，邯郸人也。常服黄精及铅，年三百三十八岁，犹有少容，登山历险，行步如飞……中散大夫谯国嵇叔夜甚敬爱之，数数就学，共入山游戏采药……
>
> 孙登者，不知何许人也……嵇叔夜有迈世之志，曾诣登，登不与语。叔夜乃扣难之，而登弹琴自若。久之，叔夜退，登曰"少年才优而识寡，劣于保身，其能免乎？"俄尔叔夜竟陷大辟……②

《晋书·嵇康传》所载嵇康与孙登、王烈交游事，大体与《神仙传》相合，但均已刊落其中事涉神异的文字。《晋书·隐逸传》未见王烈，却有孙登传，载及嵇、孙故实。而且，"唐修《晋书》，多本《世说》。"③然

---

①影印四部丛刊本《六臣注文选》卷二一《五君咏》，中华书局1987年版，第396页。

②日本早稻田大学藏清世德堂重刊"龙威秘书"第一集第五册，第5—6、8页，此本较四库全书本文字为详。参见胡守为《神仙传校释》（以四库本为底本），中华书局2010年版，第232页。

③此余嘉锡转录李慈铭之言，见余嘉锡《世说新语笺疏》，中华书局1983年版，第733页。

嵇康与王烈入山采药事，不仅未见于《世说新语》及刘孝标注，亦未见于《三国志》及裴松之注，并刘、裴二注所引诸种晋宋史料。而嵇康采药汲郡山中见隐士孙登事，不仅见于《世说新语·栖隐》及刘注所引张骘《文士传》，且《神仙传》《晋书·嵇康传》《孙登传》及《三国志》裴注引孙盛《魏氏春秋》《晋阳秋》等，多见引述，《晋书·孙登传》与《世说》刘注所引张骘《文士传》尤详。由此可见，嵇康采药汲郡山中见隐士孙登事，在颜延之之前已广泛流传，而嵇康与王烈之交或因事多神异、迹近虚妄而少见传录。因此，颜延之"寻山洽隐沦"一句之古典，应即嵇康采药汲郡山中见隐士孙登事。

当然，"文人赋咏，本非史家纪述"①。然颜延之诗本有"喜用古事""经纬文雅"②的特点，《五君咏》组诗亦有其特别的借古讽今、批判现实之意③，《嵇中散》"寻山洽隐沦"一句的深意，更是借嵇康与孙登古典中孙登的一语成谶——亦即嵇康终因刚烈正直、不与世俯仰，"劣于保身"而遭杀害，暗含颜延之对遭受现实政治迫害的强烈批判，其追咏嵇康本意在自明己志。因此，虽然"隐沦"一词可解作神人、神仙，亦可指隐士，或隐居、隐逸，但"寻山洽隐沦"之"隐沦"应作"隐士"解，有其特定典实。《文选》李善、刘良二注均采录更多神异色彩的嵇康与王烈事，而遗落嵇康与孙登之事，据桓谭《新论》释"隐沦"为神仙、仙人，显然忽略了此诗真正的古典之所在，不仅未能彰显颜延之写嵇康寻"隐沦"之用心，且使颜延之与刘宋时期政局之关联昧没不明。

① 陈寅恪：《陈寅恪集·元白诗笺证稿·长恨歌》，生活·读书·新知三联书店2001年版，第13页。

② 钟嵘著、曹旭集注：《诗品集注》卷中"颜延之"条，上海古籍出版社1994年版，第270页。

③《宋书·颜延之传》曰："延之好酒疏诞，不能斟酌当世，见刘湛、殷景仁专当要任，意有不平，常云……辞甚激扬，每犯权要……出为永嘉太守。"据缪钺、杨晓斌等先生考订，永嘉十一年，颜延之终因不满彭城王刘义康及其党羽刘湛等的擅权跋扈及不臣之心，被贬官永嘉太守，乃作《五君咏》以抒发其怨愤。参见缪钺《读史存稿》，生活·读书·新知三联书店1963年版，第142—143页；杨晓斌《颜延之生平与著述考》第二章，西北师大中国古代文学2005届博士论文。

二、释"洽隐沦"

按释"洽"为"合"，屡见于《诗经》毛传或郑笺。《玉篇·水部》："洽，合也。"[1]《广韵·洽韵》："洽，和也；合也；沾也。"[2]

朱骏声《说文通训定声·临部第三》考订曰：

> 洽，沾也……假借为敆。《诗·载芟》"以洽百礼"《笺》：合也。《礼记·仲尼燕居》"则无以祖洽于众也"《注》：合也……又为諨，《诗·正月》"洽比其邻"《传》：合也；《板》"民之洽矣"《传》：合也。
>
> 諨，谐也，从言，合声，凡和、协字，经传皆以合、以洽为之。
>
> 敆，合会也，从攴，合声。《尔雅·释诂》：敆，合也。[3]

即，"洽"可分别与"諨"（谐也）、"敆"（合会也）通假，均可释为"合"，但意思不同：

通"諨"（谐也）者，可解作融洽、契合。如上引《诗·小雅·正月》《诗·大雅·板》，以及《诗·大雅·江汉》"矢其文德，洽此四国"，陶潜《答庞参军》"欢心孔洽，栋宇惟邻"等。

通"敆"（合会也）者，则可解作会合、相会。如上引《诗·周颂·载芟》《礼记·仲尼燕居》等。

两种解释，施之"寻山洽隐沦"一句均可通。然颜延之此诗既题为咏嵇康，故何种更贴切，应注意史籍有关嵇康入山寻隐的记载。

《世说新语·栖逸》载："嵇康游于汲郡山中，遇道士孙登，遂与之

---

① 《宋本玉篇》，中国书店1983年版，第347页。

② 余迺永：《新校互注宋本广韵》，上海辞书出版社2000年版，第542页；另见周祖谟《广韵校本》上册，中华书局1960年版，第544页。

③ 朱骏声：《说文通训定声》（临啸阁影印本），武汉古籍书店1983年版，第108—109页。

游。康临去，登曰：'君才则高矣，保身之道不足。'"刘孝标注：

> 《文士传》曰："嘉平中，汲县民共入山中，见一人……自云'孙姓，登名，字公和'。康闻，乃从游三年。问其所图，终不答……将别，谓曰：'先生竟无言乎？'登乃曰：'子识火乎？生而有光，而不用其光，果然在于用光。人生有才，而不用其才，果然在于用才。故用光在乎得薪，所以保其曜；用才在乎识物，所以全其年。今子才多识寡，难乎免于今之世矣！子无多求！'康不能用。及遭吕安事，在狱为诗自责云：'昔惭下惠，今愧孙登！'"

王隐《晋书》曰："孙登即阮籍所见者也。嵇康执弟子礼而师焉。"[1]《晋书·嵇康传》亦提道：

> 康尝采药游山泽……至汲郡山中见孙登，康遂从之游。登沈默自守，无所言说。康临去，登曰："君性烈而才隽，其能免乎！"

论者或据上引材料中"遂与之游""乃从游三年"等字眼，释"洽"为融洽相处。但据《三国志·魏志·王粲传》载"时又有谯郡嵇康……好言老、庄"裴松之注：

> 《魏氏春秋》曰：初，康采药于汲郡共北山中，见隐者孙登。康欲与之言，登默然不对。逾时将去，康曰："先生竟无言乎？"登乃曰："子才多识寡，难乎免于今之世。"及遭吕安事，为诗自责曰："欲寡其过，谤议沸腾。性不伤物，频致怨憎。昔惭柳下，今愧孙登。内负宿心，外恧良朋。"
>
> 又《晋阳秋》云：康见孙登，登对之长啸，逾时不言。康辞还，

---

①余嘉锡：《世说新语笺疏》，中华书局1983年版，第650页。

曰："先生竟无言乎?"登曰："惜哉!"①

显然,嵇康见孙登,是"遂与之游"、"从游三年"甚或"执弟子礼而师焉",还是"逾时将去""逾时不言",《世说新语》刘注与《三国志》裴注所引史料相互有矛盾处。按余嘉锡所考,《世说》刘注所引多有失实附会,"康、登相见,不过一炊许时耳"。②

但值得注意的是,上述所引材料都提到孙登与嵇康临别之际一如谶语般的由衷提醒,裴注所引孙盛二书与刘注所引张骘《文士传》,尤提及嵇康最终因未听从孙登之建议而见戮的结局。由此可见,孙登对嵇康刚正不移的品格个性是深有了解的,其劝诫嵇康保身免祸更有对后者心性志向的欣赏与爱惜。这种缘于性行相投基础上的心灵契合——亦即一种一见相钦式的投契,并不局限于交游时间之短长,亦非通常所谓"融洽相处"一语可尽道。缘此,"洽"应通"詥"(谐也),作"投契"解,则"寻隐沦"不仅与上句"忤流议"构成了语言结构上严密的对仗关系,更指明嵇康乃是从品格性行的深层与外在的世俗世界格格不入,从而为全诗末二句"鸾翮有时铩,龙性谁能驯"的反诘蓄积了充分的力量。而且,倘联系"寻山"一词的含义,以及诗中上下句之间的艺术表达结构,则释"洽"为"投契",亦更合乎颜延之诗的艺术特点及此诗诗意。

三、释"寻山洽隐沦"

"寻山洽隐沦"之"寻山"一词,一般均理解为"入山"(见文首

① 陈寿撰、裴松之注:《三国志》,中华书局1959年版,第606页。
② 余氏指出:"王隐以为即嵇康所师事之孙登,与嵇、阮本集皆不合,显出附会。刘孝标引以为注,失于考核矣……魏、晋两《春秋》皆孙盛所撰,其叙康之见登,一则曰逾时将去;再则曰逾时不言。然则康、登相见,不过一炊许时耳,而张骘《文士传》谓康从游三年。久暂不同,显然乖异。盛与骘虽不知孰先孰后,然裴松之尝讥骘虚伪妄作,不可胜纪,则其书疑未可信。"余嘉锡:《世说新语笺疏》,中华书局1983年版,第651、652页。

所引）。

按陆机《招隐》之二："寻山求逸民，穷谷幽且遐。"①又宗测《答鱼复侯子响》："少有狂疾，寻山采药"（《全齐文》卷二二）②，"寻山"可作"入山"解。但更多类似用例皆有"寻隐""寻逸"之意。如：

1.（南朝陈）江总《庚寅年二月十二日游虎丘山精舍诗》：

纵棹怜回曲，寻山静见闻。每从芳杜性，须与俗人分。贝塔涵流动，花台偏领芬。蒙茏出檐桂，散漫绕窗云。情幽岂狗物，志远易惊群。何由狎鱼鸟，不愿屈玄纁。③

2.《全梁文》卷四六陶弘景《寻山志》：

倦世情之易挠，乃杖策而寻山。……至赤城兮一憩，遇王子而宿之。仰彭狷兮弗远，必长年兮可期。……曰果尔以寻山之志，馆尔以招仙之台。④

3.《全后魏文》卷二七源子恭《奏访梁亡人许周》：

若言不好荣宦，志愿嵩岭者，初届之日，即应杖策寻山，负帙沿水，而乃广寻知己，遍造执事，希荣之心已见，逃宦之志安在？⑤

4.《全后魏文》卷四一郦道元《水经注序》：

余少无寻山之趣，长违问津之性……⑥

最典型者莫如陶弘景"寻山之志"与郦道元"寻山之趣"二语，近乎"箕山之志"，显然难以解作"入山"。而且，陶氏所言"寻山之志"不仅

①金涛声点校：《陆机集》卷五，中华书局1982年版，第41页。
②严可均辑：《全上古三代秦汉三国六朝文》，中华书局1958年版，第2915页。
③逯钦立辑校：《先秦汉魏晋南北朝诗》"陈诗"卷八，中华书局1983年版，第2582页。
④严可均辑：《全上古三代秦汉三国六朝文》，中华书局1958年版，第3216—3217页。
⑤严可均辑：《全上古三代秦汉三国六朝文》，中华书局1958年版，第3649页。
⑥严可均辑：《全上古三代秦汉三国六朝文》，中华书局1958年版，第3721页。

与"倦世情"相对为言，且与"招仙之台"相联系；江总诗亦以"寻山静见闻""须与俗人分"二句互相照应，而源子恭同样以"寻山"与"逃宦之志"两相连属。亦即是说，"寻山"实即"寻隐""寻逸"，往往与"倦世""逃宦"或"悖俗"相对成文。

再从"寻山/洽/隐沦"一句句式结构看，其字面应出自陆机《招隐》之二"寻山/求/逸民"。若因此将之释为"入山"，意思直截但较单薄，不太合乎钟嵘《诗品》所说颜延之诗"体裁绮密""一句一字皆致意焉""喜用古事""经纶文雅"[1]等特点。而释"寻山"为"入山寻隐"，即综括陆机"寻山求逸民"之意而为言，则不仅与上句"立俗忤流议"对仗工整，且意蕴更显丰厚。

且看"立俗/忤/流议，寻山/恰/隐沦"二句的对仗。

流议，即流俗之议论，是一个完整的成词，颜延之《庭诰文》就有"务前公税，以远吏让，无急傍费，以息流议"，与"隐沦"相对。

立，立身、立足之意。《易·恒》："君子以立易方。"孔颖达疏："君子立身得其恒久之道，故不改易其方。方犹道也。""立俗"即立身世俗，与"寻山"之"入山寻隐"相对。

忤，即触犯。《尔雅》曰："连，逆犯也。"与之相对，"洽"应取"敆（合）"解，即"投契"之意。

合而言之，上句是说"立身世俗（不免）触犯俗世之议论"，下句接以"入山寻隐（则可）投契山中之逸民"，不仅对仗工整，且可照应全诗首二句"中散不偶世，本自餐霞人"，彰显嵇康雅好老庄，笃守箕山之志，志在素朴，葆育任逸之情的生命特质。

清人陈祚明尝批评《五君咏》"填缀求工"[2]，而张玉毂《古诗赏析》则认为颜延之此五诗"铸局炼句，已开五律之源"，其评析《嵇中散》曰："前二，以不偶世餐霞人双提。三四，顶餐霞人说。五六，顶不偶世说。

①曹旭：《诗品集注》卷中"颜延之"条，上海古籍出版社1994年版，第270页。
②陈祚明：《采菽堂古诗选》卷十六"宋一"，续修四库全书第1591册，上海古籍出版社2002年版，第130页。

后二，则就不偶世中收足餐霞人。此前二用散，后六皆整格。"①如上所述，张玉毂不吾欺也！

四、一点结语

讲论中国诗者，往往多会注意到古来诗人遣词用字的精审以及赋意抒怀的蕴藉，倘再牵及"自出己意，借事以相发明"②的微言与用典的写作传统，则诠释注解古人诗文就不能不是一件大可注意的重要工作。致力于此者，若停留于表面的语词注解，或泛泛征引史实，则往往对诗人的良苦用心及诗作艺术表达的巧妙会失之眉睫。本文所述，一例而已。

[原载《西部学刊》2015年第6期]

①张玉毂：《古诗赏析》卷十五，上海古籍出版社2000年版，第353、351页。
②《蔡宽夫诗话》载王安石语，见胡仔《苕溪渔隐丛话》后集卷二十五，人民文学出版社1962年版，第179页。

黄宗羲诗学思想的哲学色彩

　　明清之交的诗论家中，除王夫之而外应数黄宗羲的诗学思想哲学意味最浓。作为当时最杰出的学者和思想家之一，黄宗羲一生以"儒者之学，经天纬地"（《赠编修弁玉吴君墓志铭》）①的通人理想自励，其学术探索的领域极为广博。出于这一学术个性，其诗学思考的视野也极为开阔。其中，不仅有对不同时代诗人、诗作艺术成就或创作得失的评论，也有对古代诗学思想的思考和阐释，更有对明代诗学复古与新变、情与法、唐宋诗等焦点理论问题的论析。多方面、多角度的诗学批评实践引发并深化了他对"知诗"说、"诗以道性情"说等诗歌艺术本质问题的探讨，而这一致思路向，明显具有超越一般性的艺术评论而深入诗学本体论考察的性质。其次，黄宗羲通过撰著《明儒学案》《宋元学案》及各类论学文章，系统清理理学学术史的实践无疑强化了其哲学思辨的理论素养。而这一哲学思维训练的机缘不仅增强了其诗学思考的理论深度和哲学思辨性，也为其诗学探讨提供了强有力的方法论，这是一般诗论家所不具备的条件。所以，本文拟就黄宗羲诗学思考的契入视角、理论核心及方法论三个方面所体现的哲学色彩略作阐述，以尝试探求其诗、哲两重学术背景的内在勾连。

---

①陈乃乾编：《黄梨洲文集》，中华书局1959年版，第220页。

一、"知诗"说——诗学探讨中哲学视角的契入

自孟子"以意逆志"和"知人论世"说的提出,"知诗"——即对诗思或诗旨的探求成为传统诗学批评中重要的解诗方法。如明代王思任《唐诗纪事序》中所说:"善作诗者必起于知诗,善知诗者必起于知人。"①这里的"知诗"说即一明例。然而,在黄宗羲的诗学思想中,"知诗"说更带有探讨诗歌艺术本质的意味。他在《天岳禅师诗集序》中明确提出:"作诗难,知诗者尤难。"所谓"作诗"自然是就创作而言,是关乎诗歌创作论的探讨;而这里所说的"知诗",从文意看则既不是对诗思之所在的追问,也不在于一般的诗艺之评判,而更接近于对诗歌艺术本身的形上体验和哲学反思。

文章开篇提出:"当今之世,士君子不可为者有二,讲学也,诗章也。"作为学者兼诗人的黄宗羲何以会有如此奇怪的论调,原因即在于,他认为当时的一班讲学之士和诗人之流因为不知真正的"学"或"诗"之宗旨所在,导致问题重重:

> (讲学者)不知先贤之学,如百川灌海、以异而同,而依傍集注、妄生议论……诗自齐楚分途以后,学诗者以此为先河,不能究宋元诸大家之论,才晓断章,争唐争宋,特以一时为轻重高下,未尝毫发出于性情。年来虽有乡愿之诗。然则学者亦惟自验于人禽,为诗者亦惟自畅其歌哭,于世无与也。不然,刺辨纷然。时好之焰,不可向尔。此无他,两者皆以进取声名为计。②

显然,黄宗羲认为,不识先贤之学为"殊途百虑之学"(《明儒学案序》原本)者不可轻易"讲学",否则只会以霸权言论扼杀学术探讨的生

---

①转引自张伯伟:《中国古代文学批评方法研究》,中华书局2002年版,第67页。
②陈乃乾编:《黄梨洲文集》,中华书局1959年版,第371页。

态环境；而不知诗为"出于性情"者则不可轻易言诗，否则会导致诗学领域无谓论争日增，"不可为"实即不可轻为。这一观点的形成，受其学术思想影响颇深。他在《明儒学案·凡例》中指出，"大凡学有宗旨，是其人之得力处，亦是学者之入门处。……故讲学而无宗旨，即有嘉言，是无头绪之乱丝也。"①此处的"宗旨"，既指某家学说的核心内容，也指学者通过"辨章学术，考镜源流"而发明先贤之学的总体特征"如百川灌海、以异而同"——即"殊途百虑之学"。后者正是讲学之本质所在，同理，论诗也应先行明了诗歌创作的根本特征在于"出于性情"——即诗乃诗人"自畅其歌哭"的产物。可见，黄宗羲强调的是，无论讲学或作诗都应以探明对象之本质——即"知"为前提，"知"学或诗之本质成为一理论预设。这一理论预设，显然属于一种哲学视角的契入。就诗而论，所谓诗"于世无与""时好之焰，不可向尔"，也即作诗不可"以进取声名为计"，近似于西哲所说的"无目的的合目的性"。如果不"知诗"，纠缠于现实名利，就会不自觉的陷入以他人之艺术旨趣或一时好尚束缚自身艺术创作的泥淖，或"求之于古"，或"求之于一时之好尚"（《金介山诗序》），所创作的只能是"乡愿之诗"。

因此，黄宗羲这里所提出的知此（出于性情）而非彼（时好）的"知诗"说，并不是诗思或诗艺方面的问题，而是对诗歌艺术本质的思考，即探讨"世人自做自己诗，切勿莫替他人争短争长"（《范道原诗序》）的道理所在。虽然后文也将天岳禅师的诗作与谢灵运、白居易、王维、孟浩然以及明代何景明等人的诗作相比较，评析其艺术价值，对同时其他诗人的创作也有简要评论，甚至还指出钱谦益编选明诗有"去取失伦"之弊等等，但这些评论的目的和理论归结点都在于阐发"知诗"说——即知诗"出于性情"的本质特点，也就是文末所说的评诗之关键在于"作者用意"之探求。这个"用意"并不是诗人作诗的本意，而是诗人如何来看待"诗是什么"的问题。由此，我们可以肯定黄宗羲的"知诗"说实际上就是对

---

①沈芝盈点校：《明儒学案》，中华书局1985年版。

诗之本质的哲学思考和终极探讨。而这一理论视角恰可与《朱人远墓志铭》中提出的"诗之原本"说互相发明：

> 昔宋文宪以五美论诗，诗之道尽矣。余以为此学诗之法，而诗之原本反不及焉，盖欲使人之自悟也。夫人生天地之间，天道之显晦，人事之治否，事变之汙隆，物理之盛衰，吾与之推荡磨砺于其中，必有不得其平者，故昌黎言'物不得其平则鸣'，此诗之原本也。[①]

此处，"学诗之法"与"诗之原本"显然有方法和本质的不同。前者是创作之道，属于创作论；而后者则更进一层，是深层的诗歌本质论。"自悟"即理论思辨之津梁，是由创作论向本质论深层开掘的中间环节。这里，黄宗羲借用了韩愈"不平则鸣"的说法。所谓"不得其平"即诗人创作过程中内心汹涌翻腾的性情，"鸣"即发而为诗。合而论之，从创作论的角度看，"诗之原本"在于诗人之性情"不得其平而鸣"；从本体论的角度看，"诗"即诗人内心鼓荡不息而难得其平的性情之外化。所以，"诗之原本"说既指明作为黄宗羲诗学思想最高纲领的"诗以道性情"说具有诗的本体存在的哲学义涵，也从另一方面验证了"知诗"说的理论指向。而且，如果说上文"诗之道"尚是就创作之道而言的话，那么黄宗羲在《陈苇庵年伯诗序》中提出的"诗之为道，从性情而出"的说法则更近于从哲学之道的视角，将"诗道性情"提升到"诗之道"这一本体论的语义场中来展开，进一步凸显其"知诗"说这一诗学探讨视角的哲学品格。

二、"性情"论——哲学范畴的诗学化思考

由前揭"知诗"说，我们已然提及黄宗羲对"诗以道性情"这一诗学命题的深刻思考。这一命题实即古代诗论史上"诗言性情"说的另一表述

---

①陈乃乾编：《黄梨洲文集》，中华书局1959年版，第247页。

形式，其理论核心在于"性情"范畴的阐释。

"性情"范畴源于先秦哲学、伦理学领域中的人性论探讨，本由"性"和"情"两个范畴构成。如果说"性"更多指向社会性伦理和人的道德理性层面的话，那么"情"则更多指向自然伦理和人的现实感性之维。关于这两个范畴以及由此而引发的诸多哲学、伦理学问题的探讨可谓无代无之，自先秦孔孟荀庄，至玄学、理学诸大师，直至清儒，"性""情"之辨有始无终，也从一个侧面论证了中国传统文化的伦理性特征。在具体论述中，"性"和"情"往往又被组合成词，形成"性情"范畴。而"性情"在后世学者的实际理解中，有时是浑融不辨、模糊视之的，更多情况下则又偏义复指，趋向一端。

"性情"范畴虽自荀子开始被引入文艺领域，但真正产生影响的还是《毛诗序》"吟咏情性"的说法。作为集中体现儒家政治伦理倾向的《毛诗序》在肯定以"思无邪"为价值标准的"言志"诗学观的同时，也注意到"发乎情"在诗歌创作中的重要性。但是，"吟咏情性"作为"言志"的代名词，重性轻情的倾向是明显的。魏晋时期，凸显道家自然伦理思想的"缘情"说随玄风煽炽而兴起，其崇尚本真个性的重情倾向，在挑战并消解"言志"诗学观传统地位的同时又暴露出自身的偏激性。至此，以"性情"这一颇具包容面貌和模糊色彩的范畴来消弭诗学领域的"情志"之辨似成为理论发展的逻辑必然。所以，魏晋以后以"性情"论诗便以其融合重"性"和重"情"两重阐释可能性受到愈来愈多诗论家的重视和青睐。同时，因"性情"范畴本身复杂的哲学讨论背景，诗学领域中的"性情"论也由此而获得更强的理论包容性和经久的阐释普遍性。

然而诗学领域中的理论争端依然存在，"性情"范畴偏义复指的功能同样演化出重性和重情两种诗学阐释观时而激烈、时而和缓的实质性存在状态。到明代中晚期，两种诗学观的尖锐斗争重新在复古派和公安、竟陵派之间爆发，偏敬一端的理论论争一直贯穿于明清易代之际的诗学史中。正是在这一背景下，黄宗羲从清理哲学"性情"范畴入手，展开对"诗以道性情"这一诗学命题的形上思考和哲学追问，试图为此际诗学正本清源。这实际也正是黄宗羲提出"知诗"说的理论背景。

实际上，上述复古派抑或公安、竟陵都注意"性情"与诗的关系，但诗论侧重点不同，因而对"性情"的理解也不同。云间、西泠等复古派后学虽也重视独至之真情，但根本上还是认为论诗应先辨形体后考性情，而古雅体式正根基于典则和婉之意旨，所以其实质上还是强调古雅体式背后所挟带的"重性"的诗教伦理。[①]相反，公安、竟陵则一味强调"性灵"之真，"重情"倾向明显，但又忽视"性情"形式之真切与内涵之深广的统一，流于一偏在所难免。所以，黄宗羲认为，时人以"性情"论诗的总体倾向是对的，问题出在对"性情"这一古已有之且耳熟能详的范畴本身认识不清：

> "诗以道性情，夫人而能言之。然自古以来，诗之美者多矣，而知性者何其少也……故言诗者不可以不知性。夫性岂易知也……故自性说不明，后之为诗者，不过一人偶露之性情。彼知性者，则吴楚之色泽，中原之风骨，燕赵之悲歌慷慨。盈天地间，皆恻隐之流动也，而况于所自作之诗乎？"（《马雪航诗序》）[②]

"性"在这里就是指"性情"。因此，"性说不明"即不知"性情"是黄宗羲认定的诗学问题根源之所在。在黄宗羲的诗学视界中，"性情"是诗歌艺术的唯一生命基元，也是诗歌艺术的本质所在。因此，不知"性"（性情），实际上就是不知"诗"，"知诗"——"知性"——"知性情"实即同一个问题。由此，黄宗羲自然地将"知诗"问题推进到对"知性"即

---

①如云间代表人物陈子龙一方面强调"情以独至为真，文以范古为美"（《佩月堂诗稿序》），另一方面更注重"先辨形体之雅俗，然后考性情之贞邪"（《宣城蔡大美古诗序》）。蔡景康编选：《明代文论选》，人民文学出版社1993年版，第417、422页。西泠派毛先舒认为"大抵古诗以和婉为旨，以详雅为绪，以典则为其辞"，可见诗体之雅在于其内容的和婉、典则。见《诗辩坻》卷一，《清诗话续编》（一），上海古籍出版社1983年版，第23页。

②陈乃乾编：《黄梨洲文集》，中华书局1959年版，第363—364页。

"性情"范畴的思考之上，并由诗学中"性情"范畴之理解进一步上溯至哲学"性情"范畴之界定。

"诗以道性情"是黄宗羲的最高诗学纲领，然而诗所道之"性情"（黄宗羲有时又简称"情"）却是难解的。他在《黄孚先诗序》中即指出：

> 嗟乎，情盖难言之也。情者，可以贯金石、动鬼神。古之人情，与物相游而不能相舍，不但忠臣之事其君，孝子之事其亲，思妇劳人，结不可解。即风云月露，草木虫鱼，无一非真意之流通。故无溢言曼词以入章句，无诮笑柔色以资应酬，为其有之，是以似之。今人亦何情之有，情随事转，事因世变，干啼湿哭，总为肤受。即其父母兄弟，亦若败梗飞絮，适相遭于江湖之上，劳苦倦极，未尝不呼天地，疾痛惨怛，未尝不呼父母也。然而习心幻结，俄顷销亡。其发于心著于声者，未可便谓之情也。由此论之，今人之诗非不出于性情也，以无性情之可出也。……是故有孚先之性情，而后可持孚先之议论耳。不然以不及情之情与情至之情，较其离合于长吟高啸之间，以为同出于情也，窃恐似之而非矣。[①]

今人之所以"无性情之可出"，就是因为不"知"性情，从而导致论辩纷纭。黄宗羲认为，复古派实为"不及情"，即没有认识到"性情"对于诗的根本性意义，以致所创作的诗只是"溢言曼词以入章句""诮笑柔色以资应酬"。而公安、竟陵派虽重视"情"，但是对"情"的理解又偏于狭陋的"一人偶露之性情"，导致"世以公安、竟陵为解脱，则迎之而为率易为浑沦"（《金介山诗序》），脱离了诗歌创作的正轨。因此，不"知"性情，则"弘治以来，诗准盛唐，流于剽窃；公安解缚而失法，竟陵浚深而迷路"（《董巽子墓志铭》）。在他看来，"其发于心著于声者，未可便谓之情也"，这种"干啼湿哭"的"肤受"之情只是"习心幻结"

---

①陈乃乾编：《黄梨洲文集》，中华书局1959年版，第343页。

的结果，必将"俄顷销亡"。而真正的"性情"是人与物"相游"之际"真意之流通"，是"联属天地万物"而结之使之不散的"吾之精神意志"（《陆鉁俟诗序》）。也就是说，真正意义上的"性情"不仅是主体当下感性情思的直接剖白（言情），更要融入理性思考的深层意涵（达意），是个体一己之情与普遍永恒的人类情感的融合，这才是黄宗羲所肯认的"寓情托意"（《乐府广序序》）的诗所道之性情。

但要认识到这一点却并非易事，因为诗之"性情"的难解牵扯着"性情"范畴的哲学阐释史。因此，黄宗羲自然地将思考的目光进一步上溯至"性情"哲学语源的考察。众多研究著作告诉我们，黄宗羲通过系统整理宋明理学学术史已然认识到"性情"范畴在理学语境中的搅扰不清，所以他在两部学案的案语以及《孟子师说》等著作中反复对此作了清理式的论析。然而，这种哲学考察的结果是否适用于其诗学思考？回答是肯定的。他在《马雪航诗序》一文中就直接将诗、哲两重语境下的"性情"联系起来，明白透露其诗学思考的哲学特性：

> 诗以道性情，夫人而能言之，然自古以来，诗之美者多矣，而知性者何其少也。……故言诗者不可以不知性。夫性岂易知也。先儒知言性者，大略以镜为喻，百色妖露，镜体澄然，其澄然不动者为性，此以空寂言性。而吾人应物处事，如此则安，不如此则不安，若是乎有物于中，此安不安之处，乃是性也。镜是无情之物，不可为喻。又以人物同出一原，天之生物有参差，则恶亦不可不谓之性，遂以疑物者疑及于人。夫人与万物并立于天地，亦与万物各受一性。如姜桂之性辛，稼穑之性甘，鸟之性飞，兽之性走，或寒或热，或有毒无毒，古今之言性者，未有及于本草者也。故万物有万性，类同则性同，人之性则为不忍，亦犹万物所赋之专一也。物尚不与物同，而况同人于物乎。程子言性即理也，差为近之。然当其澄然在中，满腔子皆恻隐之心，无有条理可见，感之而为四端，方可言理。理即率性之为道也，宁可竟指道为性乎？晦翁以为天以阴阳五行化生万物，而理亦赋

焉，亦是兼人物而言。夫使物而率其性，则为触为啮为蠢为娄，万有
不齐，亦可谓之道乎？故自性说不明，后之为诗者，不过一人偶露之
性情。彼知性者，则吴楚之色泽，中原之风骨，燕赵之悲歌慷慨。盈
天地间，皆恻隐之流动也，而况于所自作之诗乎？[①]

这本是一篇诗序，然而黄宗羲却将笔触延展到哲学"性情"范畴的梳
理和辨析上，既可见其诗、哲两重思想的有机融会，更是其直探本源从源
头上说起的诗学本体论视角之展示。黄宗羲在文章中充分显示了作为哲学
家和哲学史家的丰厚素养，从辨析理学大师二程和朱子的性情学说入手，
申述"体则情性皆体，用则情性皆用"的"性情合一"的哲学架构。[②]由
此，他通过批判宋明理学家割裂"性""情"导致情理二分思维的错误观
念，强调"整体的人"实为感性主体与理性主体的融合无间，即一切道德
律令都只能存在于鲜活的人的感性生活之中，而非之上。而基于这一哲学
观念，他论证了诗歌作为一种"自畅其歌哭"的艺术形式，只能"出于性
情"——即创作主体鲜活而实在的现实情感，这是"知诗"者论诗的基
点。同时他又指出，"性情"不同于主体一时之情欲或单纯的感性情绪冲
动，而是有着深广内涵的、可以引发多重共鸣的心灵体验："一人之性情，
天下之治乱，皆所藏纳"（《南雷诗历题辞》）。只有认识到这一点，才是
真正的"知性"者；而只要是"知性"者，无论其诗歌创作采用何种艺术
形式、艺术技巧或艺术风格，其作品均是好诗，即"吴楚之色泽，中原之
风骨，燕赵之悲歌慷慨"都是"知性"之作。

---

①陈乃乾编：《黄梨洲文集》，中华书局1959年版，第363—364页。
②关于"性情合一"，黄宗羲在《孟子师说》卷六中指出："先儒之言性情者，大
略性是体，情是用；性是静，情是动；性是未发，情是已发。程子曰'人生而静以上，
不容说。才说性时，他已不是性也'，则性是一件悬空之物。其实孟子之言，明白显
易，因恻隐、羞恶、恭敬、是非之发，而名之为仁义礼智，离情无以见性，仁义礼智
是后起之名，故曰仁义礼智根于心。若恻隐、羞恶、恭敬、是非之先，另有源头为仁
义礼智，则当云心根于仁义礼智矣。是故'性情'二字，分析不得，此理气合一之说
也。体则情性皆体，用则情性皆用，以至动静已发未发皆然。"沈善洪、吴光主编：
《黄宗羲全集》第一册，浙江古籍出版社1985年版。

考量这一段文字，我们可以说黄宗羲既是在谈诗，也是在申述其哲学"性情"论，贯穿着对诗学问题的哲学思辨。他就是要通过对哲学"性情"范畴的界定来讨论诗学，对之作诗学化解读，既是对时人不知"性情"妄生议论的批评，更是对长久以来诗歌创作主体情感与理性之纠葛问题所作的解答。判明"性情"不可分，意在强调诗歌创作"情理不分"的思维模式，也即诗人情感形式之真切与情感内容之深刻的有机统一，进而指明诗歌艺术情感内涵的丰富性以及艺术表现的多重可能性。这种由"知诗"而"知性"，由"知性"而反求"诗以道性情"这一艺术本质规定性，即通过哲学"性情"范畴的诗学化解读来反思诗学问题，恰恰是作为学者的黄宗羲所采取的独具特色的诗学言说策略。

三、"品藻"说——哲学方法论的诗学穿越

通过对"性情"范畴诗、哲两重语境的交互解读，黄宗羲指明了诗学批评所应注意的诗歌创作艺术内容和艺术风格两个方面的特点。一是由"诗以道性情"这一艺术本质出发，作为诗歌创作根本内容的"性情"拥有丰富的内涵："诗之为道，从性情而出。性情之中，海涵地负，古人不能尽其变化，学者无从窥其隅辙。此处受病，则注目抽心，无所绝港，而从声响字脚之假借，曰此为风雅正宗，曰此为一知半解，非愚则妄矣。"（《寒邨诗稿序》）。二是为"性情"内涵之丰富所决定，"性情"表现具有形式上的多样性，即诗歌创作的艺术风格实为个性化的多样统一，不能一概而论："夫诗之道甚大，一人之性情，天下之治乱，皆所藏纳。古今志士学人之心思愿力千变万化，各有至处，不必出于一途。"这二者相互联系、相互影响。所以，在黄宗羲看来，诗歌创作内容和风格两方面所具有的丰富性，也决定着"论诗者但当辨其真伪，不当拘以家数"（《南雷诗历题辞》），即诗学批评应该采用更具宽容态度和包容性质的方法论——"品藻"说（《钱退山诗文序》）。这既是符合诗歌艺术"道性情"这一本质特点的逻辑必然，也是现实诗学论争从反面予以论证了的客观

规律。

"品藻"说见于《钱退山诗文序》一文：

> 慨自唐以前，为诗者极其性分所至，怵心刿肠，毕一生之力，春兰秋菊，各自成家，以听后世之品藻。如钟嵘之《诗品》，辨体明宗，固未尝墨守一家以为准的也。至于有宋，折衷之学始大盛。江西以汗漫广莫为唐，永嘉以腔鸣吻映为唐，即同一晚唐也，有谓其纤巧酿亡国之音，有谓其声宏还正始之响，学昆体者谓之村夫子，学郊、岛者谓之字面诗。人主出奴，谣诼繁兴，莫不以为折衷群言。然良金华玉并行而不悖，必欲铢两以定其价，为之去取，恐山川之灵气割于市师之手矣。……退山言作诗者……其于古今作者，有品藻而无折衷，盖不欲定于一家以隘诗路也。①

从文章看，黄宗羲的"品藻"说受到钟嵘《诗品》的影响，强调的是"辨体明宗"，以求"不欲定于一家以隘诗路"。这里所说的"辨体"即诗歌艺术风格的辨析及对各种风格历史传承的探究，"明宗"即诗道性情这一根本宗旨的发明。显而易见，黄宗羲这里所说的"品藻"是指通过对各类诗歌作品艺术风格的具体特征和历史传承的综合考察，阐明主体之性情实际表现的根本性和多样性。在价值取向上，"品藻"说突出的是诗歌创作具有"春兰秋菊，各自成家"的包容性特点；同时，作为一种批评模式，也强调兼容并蓄的诗学批评态度。因此，"品藻"说与前述《明儒学案·凡例》中强调讲学要发明宗旨以倡导"殊途百虑之学"的学术思想是若合符节的。而与之相对的"折衷"说，则固守某一种风格标准而对各类作品强加去取，既表现出一种单一的价值取向，又演化为诗学批评中的霸权主义，导致整个诗学领域"人主出奴，谣诼繁兴"的无序喧哗，因而为黄宗羲所摒弃。所以，"有品藻而无折衷"——即"品藻"说实已构成黄

---

①陈乃乾编：《黄梨洲文集》，中华书局1959年版，第354—355页。

宗羲关于诗歌创作和诗学批评的方法论，体现了作为批评家"开阔的视野和宏达的才识"，也为清代文学创作和文学批评兼容并蓄特色的形成奠定了基础。①

作为方法论的"品藻"说，贯穿于黄宗羲的诗学沉思之中，集中表现于对下述三个问题的辩证思考：

其一，"师古"与"师心"两种诗歌创作观的"品藻"。"师古"与"师心"作为侧重继承或倾向创新的两种创作观，本应互资取法、并行不悖。然而自明代以来，无论重视"师古"的复古派，还是强调"师心"的公安、竟陵，均割裂了相互联系而落于一偏，所以，都受到黄宗羲的批评："剿袭陈言可谓之健乎？游谈无根可谓之厚乎？"（《高元发三稿类存序》）在他看来，诗歌创作中的因与革、师古与师心应该是辩证统一的整体，"各不相蒙"（《陆鉁俟诗序》）。而且，实际创作中，"师古"的成分多一些，或是"师心"的表现重一些，其作品也各有价值，因此上述两派的根本问题在于"虽各有所得，而欲使天下之精神聚之于一途，是使诈伪百出，止留其肤受耳。"（《靳熊封诗序》）所谓"欲使天下之精神聚之于一途"，即他们违背"品藻"的方法，在二者间强分轩轾，这恰是黄宗羲所批评的"折衷"做法。所以，黄宗羲虽然在《吕胜千诗集题辞》《金介山诗序》《曹实庵先生诗序》等文章中批评双方的偏颇之处，但目的却是为讲明对待两种创作观只能采用"品藻"说这一方法论。他认为，只要诗能发诸性情，工夫（师古）的成分多一些或才力（师心）的表现多一些，都不应作为批评的重点来对待。论诗者应该按照"品藻"说的思路，以"性情"为根本理清相互关系来指导创作，"彼才力工夫者，皆性情所出，肝鬲骨髓，无不清净；嵯吟謦欬，无不高雅，何尝有二……不必出之一隅一辙也。"（《陆鉁俟诗序》）因此，无论是重于"师心"的"山翁之诗文"（《山翁禅师文集序》）、"友棠之为诗"（《姜友棠诗序》）、"吾友介山之诗"（《金介山诗序》），抑或"以工夫胜"的"（曹实庵）先生之

①邬国平：《论黄宗羲的文学观》，《复旦学报》（社会科学版）1989年第5期。

诗"(《曹实庵先生诗序》),黄宗羲均予以好评。

其二,诗歌艺术风格的"品藻"。如前所述,黄宗羲对清初云间、西泠先辨形体雅俗后考性情这一本末倒置的做法予以鲜明的批评,但这并不是说他轻视艺术风格问题。相反,黄宗羲对诗歌风格以及由此而涉及的唐宋诗之辨是有着独到见解的。在前引《钱退山诗文序》一文中,他就提出唐以前诗人的创作只是"极其性分所至",充分展示各自的艺术个性而"未尝墨守一家以为准的",所以能"春兰秋菊,各自成家"。也就是说,艺术风格的多样化展示作为诗人"性分"的集中流露,正是唐以前诗歌艺术繁盛的根本原因。而宋代以后背弃"品藻"强调"折衷",才导致诗人创作自缚于某种诗风,"定于一家以隘诗路",扼杀了自身的艺术创造性。黄宗羲认为,诗歌创作以"折衷"为指导,将各类风格强作价值高下之分是诸多问题产生的根源之所在。一是这种价值判分缺乏立论依据,不仅"即唐之诗,亦非无蹈常袭故充其肤廓而神理蔑如者""宋元各有优长",而且"唐诗之论,亦不能归一"(《张心友诗序》),即"唐诗之体不一"(《姜山启彭山诗稿序》);二是容易引发后学以固有风格为鹄的,"刻画于篇章字句之间,求其形似而已"(《沈昭子耿严草序》),导致"徒以声调之似而优之而劣之,扬子云所言伏其几袭其裳而称仲尼者也。"(《张心友诗序》)在黄宗羲看来,诗歌艺术风格的多样展示正源于主体性情之丰富以及性情表现之自得,是主体独具个性的艺术心灵创造力的外化。所以,诗学批评必须坚持"品藻"摒弃"折衷",充分肯定"吴楚之色泽""中原之风骨"抑或"燕赵之悲歌慷慨"等不同风格作品的艺术价值,以彰显多样化的艺术风格背后所体现的诗人表现自得的性情。

其三,艺术创作手法和作品表现类型的"品藻"。诗歌艺术风格的形成与诗人对艺术手法的独特运用以及作品的表现类型是联系在一起的。首先,赋比兴作为古代诗学中最重要的创作手法,受到黄宗羲的重视。他在《淇仙毛君墓志铭》中指出:

> 古之言诗者,不出赋比兴三者,诗传多析言之。其实如庖中五

味，烹饪得宜，欲举一味以名之，不可得也。后之为诗者，写情则偏于赋，咏物则偏于比，玩景则偏于兴，而诗之味也漓矣。下此则有赋而无比、兴，顾鲁莽于情者之所为也。[1]

这里，黄宗羲批评了诗传析言赋比兴的做法，认为诗歌创作应该综合运用这三种手法。但是，三种手法如同庖中五味，应该"烹饪得宜"，也就是说，三者的综合运用不是简单叠加而是有机融合。同时，诗人在实际创作中出于艺术个性可能会侧重于某一种手法而写出成功的作品，如果后人因此而认为"写情则偏于赋，咏物则偏于比，玩景则偏于兴"，拘泥于某一种创作程式，那只能是创作手法的独断论，只会导致"诗之味也漓矣"。因此，黄宗羲在这里强调应对创作手法予以"品藻"，即既要认真分辨各种手法在抒情、咏物或写景等不同方面的功能，也应充分注意不同手法之间的有机融合，更要看到同一手法也可以运用于不同表现领域。所谓"下此则有赋而无比、兴，顾鲁莽于情者之所为也"，就是说抒情既可以用"赋"，也可以用"比""兴"。一般来说，赋偏于直陈，易流于"平淡"或"率易"（《吕胜千诗集题辞》），不易表现性情内涵的丰富性，而比、兴则长于委曲，恰可弥补前者之不足。所以，黄宗羲强调创作手法的"品藻"，实际与其"性情"说是合辙的。

其次，黄宗羲也将"品藻"说运用于"兴观群怨"（《汪扶晨诗序》）这一古老诗学命题的阐释：

> 昔吾夫子以兴观群怨论诗。孔安国曰，兴，引譬连类。凡景物相感，以彼言此，皆谓之兴，后世咏怀、游览、咏物之类是也。郑康成曰，观风俗之盛衰。凡论世采风，皆谓之观，后世吊古、咏史、行旅、祖德、郊庙之类是也。孔曰，群居相切磋。群是人之相聚，后世公宴、赠答、送别之类皆是也。孔曰，怨刺上政。怨也不必专指上

---

[1] 陈乃乾编：《黄梨洲文集》，中华书局1959年版，第237页。

政，后世哀伤、挽歌、遣谪、讽谕皆是也。盖古今事物之变虽纷若，而以此四者为统宗。自毛公之六义，以风雅颂为经，以赋比兴为纬。后儒因之，比兴强分，赋有专属，及其说之不通也，则又相兼，是使性情之所融结，有鸿沟南北之所分裂矣。古之以诗名者，未有能离此四者。然其情各有至处，其意句就境中宣出者，可以兴也；言在耳目，赠寄八荒者，可以观也；善于风人答赠者，可以群也；凄庚为骚之苗裔者，可以怨也。①

"兴观群怨"说一直是被作为诗歌功能论来看待的，而黄宗羲却将之理解为诗歌作品的类型说，且与诗人性情的表现直接相连。他认为，诗人之情"各有至处"，对境感发属于兴，表现现实之思、生活感慨属于观，专门表达友朋往来之情的属于群，而传达强烈怨刺哀挽之情的则属于怨。这四者作为诗的基本类型，各有表现领域及艺术价值："古之以诗名者，未有能离此四者"。如果创作中不能按照"品藻"的方法，强分比兴，执定一途，则会造成"使性情之所融结，有鸿沟南北之所分裂矣"。可见，"品藻"说适用于联系着诗人"性情"的"兴观群怨"这四种诗歌表现类型。

具体审视黄宗羲"品藻"说这一诗学方法论的形成和运用，我们可以肯定地说，这恰是其"一本而万殊"（《明儒学案·凡例》）的哲学史观和哲学方法论在其诗学思想中的穿越或诗学转换。如果说从作为理学命题的"一本万殊"到成为哲学方法论的"一本而万殊"，体现出黄宗羲作为哲学家哲学史观的形成和哲学思想的成熟②；那么从"一本而万殊"的哲学方法论转换为"品藻"说这一诗学方法论，则更彰显了作为诗论家的黄宗羲诗学沉思之深刻以及其诗学思想哲学基调之浓厚。质言之，如果说黄宗羲"一本万殊"的哲学方法论试图凸显"心体"及"心体"表现之万

①陈乃乾编：《黄梨洲文集》，中华书局1959年版，第357—358页。
②关于黄宗羲"一本而万殊"的哲学史观和哲学方法论，详参李明友：《一本万殊——黄宗羲的哲学与哲学史观》第五、六章，人民出版社1994年版。

殊，那么作为诗学方法论的"品藻"说则着意要申明诗歌创作"性情"之本以及"性情"表现之万殊。而这一思路，无疑如同其"殊途百虑之学"对清代学术研究的影响而泽被此后诗学的发展。

[原载《文艺理论研究》2006年第2期]

上下千古，自治性情

——黄宗羲诗学思想片论

明中后叶以来，受前后七子复古派诗学的影响，诗坛普遍充斥着一股模拟剽窃的诗风，成为清初诗论家批评的重点①。作为学者的黄宗羲认为问题主要在于两个方面，一是有宋以来"折衷"之学大行其道所产生的不良后果，导致学诗者被"入主出奴"的门户家数所束缚，模唐拟宋。另一方面，部分学诗者认识到"随事摹拟"（明高启《独庵集序》）所带来的诸多弊端，提出以不学为学，以致又产生准的无依的困惑。归根结底，这二者都是因为没有正确处理好诗与学的关系所致。由此，黄宗羲正面提出了"学"通过治理诗之性情而介入诗的观念。

一

首先，黄宗羲从诗学理论批评的角度，驳斥了"折衷"之学对诗学的束缚和谬导。他在《钱退山诗文序》中指出：

> 慨自唐以前，为诗者极其性分所至，怵心刿肠，毕一生之力，春兰秋菊，各自成家，以听后世之品藻。如钟嵘之《诗品》，辨体明宗，

①详见张兵《论清初三大儒对明七子复古之风的批评》，《西北师范大学学报》1995年第5期。赵永纪《清初诗歌》一书（光明日报出版社1993年版）就清初诗人对明季诗坛空疏不学、模拟剽窃的诗风论述尤多。

固未尝墨守一家以为准的也。至于有宋，折衷之学始大盛。江西以汗漫广莫为唐，永嘉以胆鸣吻哄为唐，即同一晚唐也，有谓其纤巧酿亡国之音，有谓其声宏还正始之响，学昆体者谓之村夫子，学郊、岛者谓之字面诗。人主出奴，谣诼繁兴，莫不以为折衷群言。然良金华玉并行而不悖，必欲铢两以定其价，为之去取，恐山川之灵气割于市师之手矣。①

唐以前的诗人之所以能"各自成家"，就因为他们创作的诗歌只是诗人"极其性分所至，怵心刿肠"的产物，表现的只是一己之真性情，这也是唐诗特别是盛唐诗之所以成为中国诗歌艺术"最高范本"的原因。而有宋以来，"折衷"之学以门户、家数为标的，既抛弃了诗之根本——性情，同时变相地抹煞了诗歌艺术风格的多样化。所谓"折衷"，刘勰在《文心雕龙》中就反复提过，且将这种"兼解以俱通"（《定势》）的"折衷"之道视为一种根本的学术方法和思维方式。不过，"折衷"思维背后所潜藏的"弥纶群言"以成一家之言的终极目的恰恰构成了宋人源于学术论争而起的门派之见、家数之别。影响及诗学，则导致"入主出奴，谣诼繁兴，莫不以为折衷群言"的不良风气。门户家数成为学诗、论诗者的价值标准，"墨守一家以为准的"，自然造成了诗之根本——性情的失落。这一点，与黄宗羲同时的学者王夫之在《姜斋诗话》中也有同样的认识，"诗文立门庭……才立一门庭，则但有其局格，更无性情，更无兴会，更无思致……"。而"性情"是每一个"各自成家"的诗人"毕一生之力"所黾勉以求的艺术目标，如果所求的这一目标发生偏差，必将导致诗歌艺术的覆亡，黄宗羲认为这正是今日之诗日益衰落的根本原因：

> 古人不言诗而有诗，今人多言诗而无诗，其故何也？其所求之者非也。上者求之于景，其次求之于古，又其次求之于好尚。以花鸟为

---

①陈乃乾编：《黄梨洲文集》，中华书局1959年版，第354—355页。

骨，烟月为精神，诗思得之坝桥驴背，此求之于景者也。赠别必欲如
苏、李，酬答必欲如元、白，游山必欲如谢，饮酒必欲如陶，忧悲必
欲如杜，闲适必欲如李，此求之于古者也。世以开元、大历之格绳作
者，则迎之而为浮响，世以公安、竟陵为解脱，则迎之而为率易为浑
沦，此求之于一时之好尚也。夫以人之性情，顾使之耳目口鼻皆非我
有，徒为徇物之具，宁复有诗乎?（《金介山诗序》）①

在黄宗羲看来，今人之所以创作不出好诗，就是因为深陷于"入主出
奴"式的艺术追求，没有认识到诗之根本在于性情的传达。而其友金介山
的诗之所以不同流俗，具有他人不可及的价值，正是因为"（介山）一举
一动无非诗景诗情，从何处容其模拟，读之者知其为介山之人，知其为介
山之诗而已。昔人不欲作唐以后一语，吾谓介山直不欲作明以前一语也。"
金介山正是以"直不欲作明以前一语"的创作态度突破了"折衷"之学的
藩篱，回归性情，所以他的诗才具有"胸中欲鲁之语，无有不尽，不以博
温柔敦厚之名，而蕲世人之好"（《金介山诗序》）的艺术品格，而这正
是黄宗羲所积极肯定并予以推崇的。

至于个人性分不同而致诗作的艺术风貌有所区分，这本是诗歌艺术风
格形态发展中正常的现象。因此，对诗的艺术价值的衡定，只能以诗有没
有性情或性情表达的真不真为标准，而不能造成以风格为准的党同伐异。
宋以后的"折衷"之学恰恰偏离了性情这一根本标准，而代之以艺术风格
的讲求："江西以汗漫广莫为唐，永嘉以胭鸣吻映为唐，即同一晚唐也，
有谓其纤巧酿亡国之音，有谓其声宏还正始之响"，汗漫广莫、胭鸣吻映
或纤巧、声宏，正是宋代深明"折衷"之旨的诗学各派的不同家数，在这
里指的就是诗的不同艺术风格。由此，诗学中人以诗风为准绳，各立门
户，专讲家数，变相地强调风格上的整齐划一，从而导致诗学"定于一家
以隘诗路"的局面，这也就是黄宗羲所批评的"诗文的乡愿"（《孟子师

---

①陈乃乾编：《黄梨洲文集》，中华书局1959年版，第361页。

说》卷七）。偏离性情，本身已经意味着对诗之根本的背弃，再加上艺术形式日趋死板——整一化，诗歌如何还能保存其应有的艺术生命。

不仅如此，"折衷"之学的泛滥，更推动了作诗、学诗者空疏不学之风的散播："世风不古，今人好议论前人。四书才毕，即辨朱陆异同；今古未分，即争汉宋优劣。至于言诗，则主奴唐宋，演之而为北地、太仓、竟陵、公安。攻北地、太仓者，亦曾有北地、太仓之学问乎；攻竟陵、公安者，亦曾有竟陵、公安之才情乎。拈韵把笔，胸中空无一物。"（《范道原诗序》）应该说，黄宗羲对晚明诗学的批评是中肯的，相比较王夫之等人的激烈之辞而言[1]，也更显得宽容。而对明末清初诗学现状的批评，则可谓毫不留情且正中要害。晚明诗学已是问题多多，然尚有其值得肯定的一面，而今日诗学更连晚明一息尚存的可取之处都丧失了，"拈韵把笔，胸中空无一物"，以此为诗，诗路自然会被断送掉。从上述几个层面，黄宗羲批驳了"折衷"之学对诗学的束缚和谬导，对诗歌艺术生命的扼杀。

其次，黄宗羲从诗歌创作实际出发，对"以不学为学"的诗学方法论迷误也提出了批评。他在《曹实庵先生诗序》中指出：

> 今之为诗者，曰必为唐必为宋，规规焉俛首缩步，至不敢易一辞，出一语，纵使似之，亦不足贵。于是识者以为有所学即病，不若无所学之为得也。然学之至而后可无所学。以无所学为学，将使魏晋三唐之为高山大川者不几荡为丘陵粪壤乎。[2]

"有识者"认识到了"必为唐必为宋"的门户家数之见对诗歌创作的束缚，然而却又滑入"不若无所学之为得"的方法论迷误之中。以为诗可以不学而能，结果又产生"僻固狭陋"的症结："南方岂有诗家，南方之

---

[1]如王夫之批评复古派："如欲作李何王李门下厮养……"（《夕堂永日绪论·内编》）；朱彝尊批评创新派："公安袁无学兄弟，……竟陵钟氏、谭氏，从而甚之，专以空疏浅薄诡谲是尚，便于新学小生操奇觚者，不必读书识字，斯害有不可言者也"（《胡永叔诗序》）。二者言词激烈而近乎嘲讽。

[2]陈乃乾编：《黄梨洲文集》，中华书局1959年版，第358—359页。

无诗也，非无诗也，夫人而能为诗也。夫人而能为诗，则自信其诗，于是僻固狭陋之病，盘结胞胎，即使陶谢诏之于前，李杜王孟鞭之于后，不欲盼其帷席，是安得有诗乎？"（《安邑马乂云诗序》）这也就是说，以不学为学同样无法赋予诗歌以成存下去的希望。

<h1 style="text-align:center">二</h1>

"折衷"之学讲门户家数，导致诗歌创作领域普遍盛行模拟剽窃之风，而以不学为学又导致学诗者眼界狭窄，所作之诗空洞无物，所以都受到黄宗羲的批评："古人以辞之清浊为健弱，意之深浅为厚薄。剿袭陈言可谓之健乎？游谈无根可谓之厚乎？"（《高元发三稿类存序》）那么，诗与学到底有没有联系？又如何联系？这成为清初诗学，也是黄宗羲面临的一个亟待解决的问题。在黄宗羲看来，诗文之道离不开"学"的滋养，他在《邓禹梅刻稿序》中就提出：

> 盖自有宇宙以来，凡事无不可假，唯文章为学力才禀所成，笔才点牍，则底里上露，不能以口舌贵贱，不可以时代束缚。[1]

黄宗羲认为，为文之道"要皆自胸中流出，无比拟皮毛之迹"（《李杲堂文钞序》），即关键在创作主体一己之性情的传达。而此一主体性情既是当下心灵体验的直接涌动，也是对融结于心的既往思想情感和知识经验的二度呼唤。因此，就性情而言，它需要经典之"学"的滋养茹润，以充其内，这样性情挟学问而行，性情才会更有思想的力度和穿透力，才能动人至深，才能历久不衰，否则"复令其性情深浅无所附丽，文责谁归，是为忍人"（《姚江逸诗序》）。或许正因为黄宗羲对性情内涵的重视，以致其友刘会孟就认为他"过于作者用意"（《天岳禅师诗集序》）。而黄宗

---

[1] 陈乃乾编：《黄梨洲文集》，中华书局1959年版，第353页。

羲不以为忤，他认为"古者才人逸士，或寄傲于山川，或移情于花鸟，向使逐物而流，中藏泪然，其诗必中边枯淡。"（《吕胜千诗集题辞》）没有内涵或抽去思想支撑的情是不持久的，必将"逐物而流"，以如此之情发而为诗，诗也必然内涵空虚、意蕴干瘪，难以有隽永动人的诗味。不仅如此，黄宗羲心目中的诗更具有"史"的价值，诗可以"补史之缺"（《万履安先生诗序》），可以让后世之人凭借它"观盛衰之故"（《姚江逸诗序》）。因此，诗是离不开学的。

那么今人以学为诗的症结在何处？黄宗羲认为问题出在"学"介入诗道的方式，他在《姜友棠诗序》中指出：

> 古今之称诗者多于麻竹，然而传至于今者寡矣。传至于今，而为人所嗟叹而不能已者，益又寡矣。此无他，则为人为己之分也。盖三百篇大抵出于放尘怨女怀沙恤纬之口，直达其悲壮怨诽之气，初未尝有古人之家数存于胸中，以为如是可以悦人，如是可以传远也。……顾今之为诗者，才入雅道，便涉艺门，……纷纭胶膈，自锢其灵明，无非欲示人以可悦耳。不知昔人之所以上下千古者，用以自治其性情，非用以取法于章句也。[1]

时人受"折衷"之学的影响，将"学"狭隘地理解为学习古人的诗法家数，以此取悦于人，求得一时好尚的承认，以为这样就可以作出传之久远的好诗。黄宗羲认为这只是"为人"之"学"，只会"自锢其灵明"，是不可取的。作为诗道中的"学"，应是"为己"的，即"之所以上下千古者，用以自治其性情，非用以取法于章句也"。学的目的，就是要用"学"来充实、条理性情，即上下千古，自治性情，这就是黄宗羲对"学"与"诗"之关系的根本看法。

所谓"上下千古，自治性情"也就是他在《钱退山诗文序》中所说的

---

[1] 陈乃乾编：《黄梨洲文集》，中华书局1959年版，第362页。

"（作诗者）固当出之以性情，尤当扩之以才识，涵濡蕴蓄，更当俟之以火候，三者不至，不可以言诗"。才识充扩性情，也就是说，学问只是涵养性情的一种手段，而诗所要表现的只是经过学问涵养的性情，这是黄宗羲不同于清初其他诗论家的地方。清初不少学者也曾就此提出"读书"的问题，如虞山诗派的重要成员之一冯班在《钝吟杂录》中就提出："多读书则胸次自高"。然而"读书"，即学问的积累如何介入诗学？如果只是泛泛从主体修养的视角切入，这只是一种诗人论，没有突破既往的认识框架。黄宗羲则从诗歌创作的心理层面，即诗之本体——性情的涵咏与治理这一视角来论述学问的作用，将诗人论所说的"学"通过性情向诗的本体论转化。他在《安邑马义云诗序》中说："……乃以通方之见，架学区中，飞才甸外，即此不敢自信之心，便自诗中三昧也。昔诚斋自序，始学……忽若有悟，遂谢去前学，而后涣然自得。"作诗首先要具备"不敢自信之心"，要先从学入手，而最终又要能突出学的藩篱，"涣然自得"。从性情涵养的角度来看，学习古往今来众多诗人的诗作的过程，就是对昔日别人的情感体验进行二度体验的过程。通过这样的二度体验，主体自身的情感体验会随之而丰富，这就是学的缘由。但是，诗人的创作不是对所获得的二手情感体验的复述或模拟，而应该是在一己之心体认它的基础之上，生发新的质素，这才是目的所在，这与陆机所说的"颐情志于典坟"颇为相类。新质素的产生，既是学的结果，又不再是对既有情感体验成果的重复性表达："谓之有所学可也，谓之无所学亦可也"（《曹实庵先生诗序》）。"所学"（即既往情感体验的获得），在这里成了诗所表达的性情的基本材料，正如后来的王士祯所说："学力深，始能见性情，此一语是造微破的之论"。

［原载《四川文理学院学报》2007年第6期］

黄宗羲诗学情感论的三重价值向度

　　对于中国古代诗学史上诗歌本质观问题的探讨，我们常常不免见到有论者将之纳入"言志"或"缘情"之类的不同论述框架。当然，这一思考方式是有着悠久传统的。《毛诗序》在指出诗"吟咏情性"的本质特征的同时，也确乎包含着"情""志"之别的思想，否则陆机的"诗缘情"说就只能是无的放矢而无关大旨的一家之言，而不会成为深受后人称道的中国古代诗学思想发展史上的一大转关。但是毋庸讳言，这二者都是重视诗之情感表现的，只不过前者更看中情感所潜藏的思想力量，而后者更注重情感本身表现形式上的冲击力。因此，我们绝不能套用理性主义或感性主义这样的一对概念来作强作解人，而无视中国传统文化"情理合一"的致思方式影响下的中国诗学抒情传统的固有特征。由此反观出现于魏晋之际而在此后诗学理论中被反复提及的"诗言性情"说，这一命题较之"言志""缘情"，似乎更具有一种理论上的涵盖力和实际诠释的包容性。

　　关于"性情"范畴本身的思想涵盖力和理论影响力，非本文所能尽言。这里想说的是，以"性情"论诗，在中国古代诗学特别是明清诗学中屡见不鲜，而黄宗羲的"诗以道性情"说则独具特色。考察其诗论，"性情"作为黄宗羲确立诗歌本体论的核心范畴，关键在于这一范畴自身所包含的"真""广""深"这三重价值向度。

一、"论诗者但当辨其真伪"——真的向度

黄宗羲多次提出，判断诗歌艺术价值的标准在于诗之"真伪"。如他在《南雷诗历题辞》中提出："是故论诗者但当辨其真伪"；在《张心友诗序》中也提出："诗不当以时代而论……故当辨其真与伪耳。"①这里所谓的诗之真伪，就是情感的真伪。我们知道，诗歌艺术作为人类的一种精神活动，不同于可提供科学知识或理性认识的自然科学等认知性的精神活动，它始终只对应着人的情感的层面。当然，这并不排除诗歌"表情"功能背后所潜藏的创作主体理性思维的运作和由此产生的认知功能，甚至诗所传达的"思想性"某种程度上还是决定诗歌情感价值高低的重要标准。但是，我们必须看到黄宗羲将这些问题是安放在诗"道性情"这一大前提下的。所以，在黄宗羲看来，表达了真情感的诗才是"真诗"，好诗；反之则为"伪诗"，不好的诗。而诗歌情感的真实包含两个方面，一是情感本身的真实，二是情感表现的真实。情感本身的真实，按照黄宗羲的理解就是说诗之性情应是真情，是诗人在现实生活中尽尝人生甘苦辛酸之变的切肤之感，是主体心灵感受当下不得不如此的直接剖白。而情感表现的真实，就是创作主体个体情感的真实传达，它直接呈现为诗人创作过程中随性适分、自出机杼的"自得之精神"（《吕胜千诗集题辞》）。这两个方面，前者是关键，因为没有诗人的真情，就谈不上对真情的表现。所以，情感的真实性，构成了黄宗羲诗学"性情"论的第一重价值向度——真的向度。

黄宗羲在《黄孚先诗序》中甄别"不及情"与"情至"之情，目的是说明"不及情"之情实为"习心幻结"的结果，是不真实的，因而不是诗所言之性情。仔细分析黄宗羲所说的"不及情"实有两种情形，一种就是"习心幻结"形态的"情"："情随事转，事因世变，干啼湿哭，总为肤受。

---

①陈乃乾编：《黄梨洲文集》，中华书局1959年版，第387、347页。

即其父母兄弟，亦若败梗飞絮，适相遭于江湖之上，劳苦倦极，未尝不呼天地，疾痛惨怛，未尝不呼父母也。然而习心幻结，俄顷销亡。其发于心著于声者，未可便谓之情也。"①黄宗羲认为这种"习心"所唤发的"情"虽"发于心著于声"，但却不是诗所言之"性情"。这只是人未经心灵沉思的一种生物性情绪，没有深度，缺乏内涵。另一种则是完全的"伪情"，他在《陈苇庵年伯诗序》中认为"向令风雅不变，则诗之为道，狭隘而不及情，何以感天地而动鬼神乎"②就是针对这一点来说的。诗人所面临的现实已经不是过去那种安定隆盛的时代，而身处当下风雨飘摇、兵火恫惚的生活遭际中，如果墨守所谓的风雅精神，讲求怨而不怒，那么所言之情就失去了最起码的真实性，这是黄宗羲所坚决反对的。

与"习心""情伪"相对，黄宗羲认为真正的诗之性情乃"本心"流露，是主体当下真实情感在诗中的表现，这才是"情至"之情。所以，他提出"盖诗之为道，从性情而出。人之性情，其甘苦辛酸之变未尽，则世智所限，易容埋没，即所遇之时同，而其间有尽有不尽者，不尽者终不能与尽者较其贞脆"（《陈苇庵年伯诗序》）③。这种情之所以"真"，就因为它是诗人在现实生活中尽尝人生甘苦辛酸之变的切肤之感、孤露之情，而并非风雅意绪的模拟或复现。拥有这种认识，与他始终坚信"是故文生于情，情生于身之所历"（《四明山九题考》）有关。

黄宗羲在《南雷诗历题辞》中自述平生学诗经历，曾细述少时在南中从韩上桂，林古度等人学作诗之法，久久追摹汉魏、盛唐诗歌的声调规模，虽然偶尔也会有"一二与古人相和者"，但更多的只是"修辞琢句"，如同嚼蜡，了无余味，从而对时人所称道的"风雅意绪"生"阔略之感"。而真正让他满意的，只是那些"驴背篷底，茅店客位，酒醒梦余"之际，在"不读书之处"，"间括韵语"，"以消永漏，以破寂寥"的诗作。这些作品，"按年而读之，横身苦趣，淋漓纸上"，而自己"时有会心"。在这一

---

①陈乃乾编：《黄梨洲文集》，中华书局1959年版，第343页。
②陈乃乾编：《黄梨洲文集》，中华书局1959年版，第345页。
③陈乃乾编：《黄梨洲文集》，中华书局1959年版，第345页。

段自述中，黄宗羲深切体会到真正的好诗是不能以"风雅意绪"作为创作指导的，因为它背离了情感产生的真实性。诗所言的性情必须是诗人在生活的磨练中获得的真实情感，这样感受深、所得才真，发而为诗，诗味才浓。所以当"一友以所作示余"，"余曰：杜诗也。友逊谢不敢当。余曰：有杜诗，不知子之为诗者安在？友茫然自失。此正伪之谓也"。①所谓"子之为诗者安在"就是指友人之诗失落了一己之真情，这样的诗只能是"伪诗"，很难有艺术价值可言。这实际上也就是他在《金介山诗序》中所说的，"夫以己之性情，顾使之耳目口鼻皆非我有，徒为徇物之具，宁复有诗乎？"

　　黄宗羲高扬真情反对"情伪"的艺术追求，鲜明地反应在他对明代复古派诗学的批评之中。他在《张心友诗序》中就明确指出："诗不当以时代而论……故当辨其真与伪耳。徒以声调之似而优之而劣之，扬子云所言伏其几袭其裳而称仲尼者也"。所谓"以声调之似而优之而劣之"正是明代"折衷之学"影响下的复古诗学思潮的艺术追求，而以诗之"声调"为标的，实即对诗之真性情的叛离。这一点，黄宗羲在《景州诗集序》中即予以言明："夫诗以道性情。自高廷礼以来，主张声调，而人之性情亡矣。然使其说之足以胜天下者，亦由天下之性情汩没于纷华淟感之往来，浮而易动。声调者，浮物也，故能挟之而去。是非无性情也，其性情不过如是而止，若是者不可谓之诗人"。值得注意的是，黄宗羲在这篇文章中由"诗不当以时代而论"而隐约其辞地引发出对宋诗的回护之意。钱锺书先生认为"此节文笔，诘屈纠绕。盖黄宗羲实好宋诗，而中心有激，人言可畏，厥词遂枝"②。实际上，黄宗羲此处谈及宋诗倒不见得是直呈其"挑唐祢宋"的艺术观，而是就唐宋诗表现性情的这一视角来说的。他之所以提出"宋元各有优长"而不宜"沟而出诸于外若异域然"，是因为看到了唐诗中也还存在着"蹈常袭故充其肤廓而神理蔑如者"，即也有相当数量的"情伪"之诗。而"情真"是诗歌好坏或艺术价值高低的评判标准，

①陈乃乾编：《黄梨洲文集》，中华书局1959年版，第386—387页。

②钱锺书：《谈艺录》，中华书局1984年版，第144页。

"宋诗之佳"正在其"情真"之处。就这一点来说，只要诗作表达的情感是真实的，就是好诗，这原本是不能以时代为沟壑的。

二、"性情之中，海涵地负"——广的向度

如果只讲求性情的"真"，则容易使人将性情误认为自然情感或原生态的情感，这是有违黄宗羲原意的。所以他在强调"真"的同时，还指出性情更具有"广"的价值尺度："诗之为道，从性情而出。性情之中，海涵地负，古人不能尽其变化，学者无从窥其隅辙"（《寒邨诗稿序》）。性情作为一种情意结构，它将主体诸多方面的人生感慨纠结在一起，拥有丰富的内涵和多重意向传达的可能。套用宗白华先生对"象"的定义①，我们可以说黄宗羲所言之性情也是一个有层次，有等级，完形的，有机的，可以不断生成的创构。所谓"有层次"，黄宗羲将情切分为"不及情"之情和"情至"之情（《黄孚先诗序》），而"情至"之情中又有"一情"与"众情"（《朱人远墓志铭》）或"一时之性情"和"万古之性情"（《马雪航诗序》）的差别，一步步将性情从不真实的情和较低层次的一己之私情等情感形态中区分出来；层次之别也就意味着等级的高下之分，所以性情又是"有等级"的，"万古之性情"就是最高等级的性情；所谓"完形的"，就是指性情是一个不断生成的结构，可以通过生活、山川、人格和学问等诸多因素的融养而不断充实；而"有机的"，也就是说关涉天地万物的性情的各个组成部分构成的是一个水乳交融的、活的生命体。这样，诗之性情就具有了"广"的特征，它在面对各个不同的对象时可以在不同的层面中被激活。

"一情"和"一时之性情"大致属于同一个层次，是黄宗羲所认为的较低等级的情。"幽人离妇，羁臣孤客，私为一己之怨愤，深一情以拒众情，其辞亦能造于微"（《朱人远墓志铭》），深挚的"一情"是诗人"触

---

① 宗白华：《形上学》，《宗白华全集》第一卷，安徽教育出版社1994年版，第636页。

景感物，言乎其所不得不言"（《马雪航诗序》）的产物，是一种当下发露真实诚挚的情感，凭借它也可以作出具有一定艺术价值的诗。但是这样的诗表现的只是一己小我的情感、情绪，而易忽略对现实人生多层面情态的表现，内涵不广，意义不大，"其为性情亦末矣"（《马雪航诗序》）。在黄宗羲看来，性情是天道显晦、人事治否、事变汙隆、物理盛衰与主体之心推荡磨砺的结果（《朱人远墓志铭》），它必然包含着天道、人事、事变、物理等诸多的因素，而怨女逐臣只关注一己不平之情，获得的只是性情的某一点或某一部分——即"一偏一曲"（《马雪航诗序》），所以只是较低等级的性情。

黄宗羲所肯认的较高等级的性情，是融合了"一情""众情"，关涉天地万物，藏纳天下治乱的"万古之性情"：

> 诗以道性情，夫人而能言之，然自古以来，诗之美者多矣，而知性者何其少也。盖有一时之性情，有万古之性情。夫吴歈越唱，怨女逐臣，触景感物，言乎其所不得不言，此一时之性情也。孔子删之，以合乎"兴观群怨""思无邪"之旨，此万古之性情也。吾人诵法孔子，苟其言诗，亦必当以孔子之性情为性情，如徒逐逐于怨女逐臣，逮其天机之自露，则一偏一曲，其为性情亦末矣。（《马雪航诗序》）

关于"万古之性情"，有的学者理解为"人民性"[1]，有的学者解释为"普遍人性"并推扩为"民族气节""爱国主义精神"[2]，也有学者将之解为"儒家的理想人格和精神境界"[3]，有的学者甚至将其理解为"君君臣臣父父子子的一套封建纲常"[4]。细究黄宗羲所肯认的"万古之性情"，近乎我们常说的"普遍人性"，但决不能指实为"民族气节""爱国主义精

---

[1] 郭绍虞：《中国文学批评史》，新文艺出版社1955年版，第413页。

[2] 陈良运：《中国诗学批评史》，江西人民出版社2001年版，第509—510页。

[3] 邬国平：《论黄宗羲的文学观》，《复旦学报》（社会科学版）1989年第5期。

[4] 毛佩琪：《梨洲文论初识》，见吴光主编《黄宗羲论——国际黄宗羲学术讨论会论文集》，浙江古籍出版社1987年版，第420页。

神"。尽管他一再论及真正的诗之性情超越了"一己之不遇"的层次，而更多的表现为对整个时代人类命运的思考，实为一种悲天悯人的淑世精神①；也出于其人生责任感和经世思想，认为诗之性情要藏纳天下治乱②，表现为明道济世的人间情怀。但能否就此认定这就是"万古之性情"，尚可讨论。

他将"一时之性情"与"万古之性情"比照，是要说明二者内涵大小以及价值高低的区别。性情当此时代可以展现为当下不得不言的"愤情"，然而这只是"一时之性情"，它不具有历史理解的普遍性，因而还不是性情的全部内涵。而"万古之性情"才是完整的诗之性情。当然，黄宗羲此处将"万古之性情"与"合乎'兴观群怨思无邪'之旨"和"孔子之性情"相比附容易引起误会。因为一说"兴观群怨"容易让人联想到传统诗学的诗歌功用论。实际上，黄宗羲对"兴观群怨"的解释已然超越了诗歌功用论的意涵，而是由此仅观创作过程中主体情感的表达。他在《汪扶晨诗序》中说：

> 昔吾夫子以兴观群怨论诗。孔安国曰：兴，引譬连类，凡景物相感，以彼言此，皆谓之兴。后世咏怀、游览、咏物之类是也；郑康成曰：观风俗之盛衰，凡论世采风，皆谓之观。后世吊古、咏史、行旅、祖德、郊庙之类是也；孔曰：群居相切磋。群是人之相聚，后世公宴、赠答、送别之类皆是也；孔曰：怨刺上政。怨也不必专指上政，后世哀伤、挽歌、遣谪、讽谕皆是也。盖古今事物之变虽粉若，而以此四者为统宗……自毛公之六义，以风雅颂为经，以赋比兴为纬。后儒因之，比兴强分，赋有专属，及其说之不通也，则又相兼，

①他在《朱人远墓志铭》中就认为："人远之所以为诗者，似别有难写之情，不欲以快心出之。其所历之江山，必低徊于折戟沉沙之处，其所徇之故老，必昵于吞声失职之人。诗中忧愁怨抑之气，如听连昌宫侧老人、津阳门俚叟语，不自觉其陨涕也。嗟乎，人远悲天悯人之怀，岂为一己之不遇乎"。

②如他在《南雷诗历题辞》中提出："夫诗之道甚大，一人之性情，天下之治乱，皆所藏纳。"

是使性情之所融结，有鸿沟南北之所分裂矣。古之以诗名者，未有能离此四者。然其情各有至处，其意句就境中宣出者，可以兴也；言在耳目，赠寄八荒者，可以观也；善于风人答赠者，可以群也；凄戾为骚之苗裔者，可以怨也。

　　黄宗羲在这里将"兴观群怨"这"四情"直接理解为创作主体情感表现的四种形态，可以在诗（人之性情的物化形态）中得以不同层面的展示：它可以通过诗境直接兴发成为当下真挚可感的自然之情，也可以通过联属天地、赠寄八荒而成为可供观审的历史感慨；它既可以表现为友朋酬答之际的情感交流，也可以充分展示为个体自身穷愁苦闷时的一己愤忿之怨情。有此"四情"，诗才"可以兴""可以观""可以群""可以怨"，古往今来的诗作无一不是这"四情"的表现。黄宗羲认为这就是孔子删诗所凝结成的性情观，也是万古不易的性情观。这里值得注意的是，黄宗羲从创作论的角度解释"四情"，是要说明在具体的作品中，"四情"可以按照具体需要在某一点上表现得更突出一些，然而作为整体的诗之"性情"而言，四者却是不可剖分的。这一整体的"诗之性情"就是"万古之性情"，它的内涵是丰富的，具有多重情意传达的可能性，因而也就具有了"可兴""可观""可群""可怨"的理解的广泛性和普遍性。而且，创作主体对"四情"的选择是具体的，是不同情境下"应该如此"的运用。"万古之性情"的这两点特征恰恰与作为艺术作品内容的"普遍人性"取得了内在的一致性。艺术创作中"普遍人性"的表现，一方面是艺术作品本身普遍理解可能性的完成；另一方面也是表现了"如此相"的艺术形象背后"这样"的典型意义的实现，即当下"具体性"的展示①。

　　因此，作为黄宗羲所肯认的最高形态的诗之性情，"万古之性情"与"普遍人性"相契合，从另一层面论证了性情具有"广"的价值特性。也正因为性情具有"海涵地负"的价值品格，传达性情的诗才会具有变化不

----

①菲·巴生格著、宗白华译：《黑格尔的美学和普遍人性》，《宗白华全集》第四册，安徽教育出版社1994年版，第96—121页。

测、隔辙难窥的艺术感染力。

三、"以诗补史之阙"——深的向度

任何一个理论问题，当它被向外开掘和透视的愈开阔，其内在建构必愈深入，因为外部的开显需要深层理性力量的支撑。性情问题自先秦以来不断得以被深入探讨和多重阐释的过程，也是其内在理论建构日趋深化和复杂化的过程，这一过程不断赋予问题以深透的价值品格，这可以视为黄宗羲诗学性情论的基本价值特性。与此同时，黄宗羲论性情更直接与其"诗史观"相发明，从而昭示诗之性情深层的历史感，鲜明标示出性情具有"深"的价值尺度。

"诗史"原是杜诗学中的一个话题。自孟棨《本事诗》提出这一概念①，其"善陈时事"（宋祁《新唐书·杜甫传》）而意在"褒贬""美刺"的价值指向不仅促使它发展成为后此诗学中一个重要的诗学创作方法论范畴，而其中所含藏的"以史证诗"的解诗方法更成为历来杜诗学乃至整个传统诗学批评的重要理论问题。由宋至清，"千家注杜"的学术热忱进一步促使了"以史证诗"诗史观的确立，明清之际，"钱注杜诗"（钱谦益《杜工部集笺注》）更以此著称于世，"其通过对历史事实的钩稽考核和对诗人交游、地理职官和典章制度等方面的笺释进而阐明杜诗的本事及内容"②。然而"事事征实，不免臆测"③。针对这一问题，黄宗羲在肯定"以史证诗"的同时，提出"以诗补史之阙"：

今之称杜诗者，以为诗史，亦信然矣。然注杜者，但见以史证

---

①孟棨《本事诗·高逸第三》："杜逢禄山之难，流离陇蜀，毕陈于诗，推见至隐，殆无遗事，故当时号为诗史"。引自丁福宝辑：《历代诗话续编》上册，中华书局1983年版，第15页。

②许总：《明清杜诗学概观》，《杜诗学发微》，南京出版社1989年版，第142页。

③邓之诚：《清诗纪事初编》序，转引自《杜诗学发微》，南京出版社1989年版，第144页。

诗，未闻以诗补史之阙。虽曰诗史，史故无藉乎诗也。逮夫流极之运，东观兰台但记事功，而天地之所以不毁，名教之所以仅存者，多在亡国之人物，血心流注，朝露同晞，史于是而亡矣。犹幸野制遥传，苦语难销，此耿耿者明灭于烂纸昏墨之余，九原可作，地起泥香，庸讵知史亡而后诗作乎。是故景炎、祥兴，宋史且不为之立本纪，非指南、集杜，何由知闽广之兴废；非水云之诗，何由知亡国之惨；非白石、晞发，何由知竺国之双经，陈宜中之契阔；心史亮其苦心，黄东发之野死，宝幢志其处所，可不谓之诗史乎？元之亡也，渡海乞援之事，见于九灵之诗，而铁崖之乐府，鹤年、席帽之痛哭，犹然金版之出地也，皆非史之所能尽矣。明室之亡，分国鲛人，纪年鬼窟，较之前代干戈，久无条序，其从亡之士，章皇草泽之民，不无危苦之词。以余所见者，石斋、次野、介子、霞舟、希声、苍水、密之十余家，无关受命之笔，然故国之铿尔，不可不谓之史也。（《万履安先生诗序》）

黄宗羲认为诗史互通，既要注意史可"证诗"，也要看到史需"藉乎诗"的一面，二者互通但不对等。自古以来，关于诗与史、抑或《诗》与《春秋》的关系，有两种观点：一是孟子"《诗》亡，然后《春秋》作"（《孟子·离娄下》）；一是《淮南子》"王道缺而《诗》作，周室废、礼义坏而《春秋》作"（《淮南子·汜论训》）。二者着眼点不同，但均认同《诗》《春秋》或诗、史之间存在着内在的关联，后者更认为《诗》和《春秋》都关乎王道兴废、政治治乱。黄宗羲由此立论，明确提出"史亡而后诗作"，即当此家国沦亡时代，史可亡而凝聚着诗人易代之悲情的诗不会亡，饱蘸亡国人物心灵血泪的性情之诗则以另一种形式书写历史，故诗可以"补史之阙"，这一看法无疑是别致而深刻的。他列举宋、元、明更迭之际的三代遗民诗人的诗作，认定其"皆非史之所能尽矣"，都堪称可"补史之阙"的"诗史"。诚如严迪昌先生所言，"易代之后，新朝为'胜国'修史，必有删芟，必有其自持自定的绳衡取舍标准，于是脱漏、曲隐、篡改、瞒骗，种种手段不一而足。亡国人氏'野制遥传，苦语难销'则正是足可补其缺漏，烛其曲隐，戳穿瞒骗，败露篡改。"①遗民诗人的诗作，都是其面临存亡危急的现实处境之下痛苦的心灵剖白，其苦心孤诣之中埋藏着当时最真实的历史。虽然他们并非史家，"无关受命之笔"，他们所书写的未必会为东观兰台等正史所关注。但也正因为时代身份的特殊性，遗民们才得以摆脱今日史家"但记事功"的现实束缚而直承古史秉笔直书的创作精神。他们的诗无一不是一己之真性情的传达，而这一点真性情的逗露恰恰深蕴着对宋亡之际史实的真切描摹，实为集中展现宋亡之际民生世态的另一种形态的历史。这些诗作，既是诗，更是史，都以文笔填补了史笔不到之处。清代杜诗学大家浦起龙就指出："史家只载一时事迹，诗家直显出一时气运。诗之妙，正在史笔不到处"（《读杜心解》卷首《读杜提纲》）。这就是黄宗羲独特的"诗史观"。

黄宗羲对"诗史"的解释与其性情论是直接相联系的，这与文天祥在《〈集杜诗〉自序》中所表述的观点倒是颇为一致：

> 昔人评杜诗为诗史，盖以其咏歌之辞寓纪载之实，而抑扬褒贬之意灿然于其中，虽谓之史，可也。予所集杜诗，自余颠沛以来，世变人事，概见于此矣。是非有意于为诗者也。后之良史，尚庶几有考焉。

与"非有意于为诗者也"相应，文天祥还主张"动乎性情，自不能不诗"（《〈东海集〉序》）。他所强调的是抒发一己之情的重要性，而并不是为作诗而作诗。这种"情"的传达就是对主体自身艰难生命历程的真实写照，它可以成为后人回溯当时历史的忠实依据。这正是黄宗羲"诗非学之而致"（《南雷诗历题辞》）的最好注脚。在黄宗羲看来，诗是诗人个体生命体验（性情）的自然外露，其真实性情之中自然凝聚着历史的本真

---

① 严迪昌：《清诗史》上册，浙江古籍出版社2002年版，第217页。

面目，因而才有井底不能沉，日月不能老的不朽艺术价值。这也就告诉我们，黄宗羲所认同的诗之性情，其深层底蕴实具史的价值，是一种深沉的历史感。这样的性情无疑具有"深"的价值尺度，深埋于主体血脉之中，以此为诗，诗自然可与史互通且互补。这实际上也正是后来学者提出"诗史互证"的依据。

　　明中后叶以来，受心学鼓动，思想领域一度兴起唯情主义的浪潮。然而，唯情思潮在动摇甚至部分地摧毁旧的思想体系的同时，又带有矫枉过正的倾向，成为清初思想界反思的对象。就诗学而言，清初诗学既认识到宋儒以来以"性理"言诗导致主体情思的消解，也认识到明代士人唯情、泛情论中诗学理性精神的弥散，因此希望通过发覆古代诗学中具有兼解"折衷"色彩的性情论来展开诗学沉思，"诗道性情"或"诗以道性情"之类的命题频频出现于时人的诗学著作和文章中。然而学统谱系的差异，又导致清初学者对诗之"性情"的言说依然人言言殊，难有定论。诚如黄宗羲所言，"今之论诗者，谁不言本于性情?"（《万贞一诗序》）众语喧哗，既显现出理论界的活跃，同时暗含着对问题认识的淆乱。其关键就在于对诗之本体——"性情"范畴的实质认识不清："诗以道性情，夫人而能言之。然自古以来，诗之美者多矣，而知性者何其少也"（《马雪航诗序》）。在此背景下，黄宗羲以"真""广""深"这三重向度作为衡定诗之本体"性情"的基本价值尺度，展开对"诗"这一艺术形态本身的形上思考和哲学追问，力求为此际诗学正本清源。

［原载《兰州学刊》2008年第4期］

从"秋兴"情结看中国文学的自省精神

——读钱穆《晚学盲言》札记之一

钱穆在《谈诗》中说过,"文化定要从全部人生来讲。所以我说中国要有新文化,一定要有新文学。文学开新,是文化开新的第一步。"[1]凸显文学在文化演进中的意义,这是自近代以来诸多学者反复演说的一个话题。然与梁启超等强调借文学传导新知、开启民智,抑或鲁迅式的藉书写人生诸阴沉面相来反思国民性等视角不同,钱穆更强调中国文学作为"中国人所特有之人生妙义"的实存[2],它可以为中国人的现实人生提供一个安身立命的所在,一份深厚的精神资源。所以,钱穆每每强调文学与人生根源处的相通,强调文学即人生,人生即文学。例如,他在《晚学盲言》中多处讲到中国文学中的悲剧是表现"生活与性命相冲突"的(《性与命》《人物与事业》等),这与作为一套文学或美学知识加以建构的悲剧理论显有不同,但却直指中国人观念中所谓人之所以为人的根本道理,可以与当下人生之自省直接关联,现成自足。所以,沿着钱穆的眼光所指,我们可以看到中国文学以其强烈的现实关怀而常常表现出一份对人生的检视

①钱穆:《中国文学论集》,生活·读书·新知三联书店2002年版,第126页。

②《变与化》中讲道:"远自古诗三百首以来,中国人所特有之人生妙义,即常在诗文中显现。故不通中国之文学,即亦不知中国之人生。"钱穆:《晚学盲言》上,广西师大出版社2004年版,第39页。另如《略论中国文学》:"中国文学亦可称之为心学。……故中国古人又称文心。文心即人心,即人之性情,人之生命之所在。故亦可谓文学即人生,倘能人生而即文学,此则为人生之最高理想,最高艺术。"钱穆:《现代中国学术论衡》,生活·读书·新知三联书店2001年版,第245—246页。

与省思。从大处讲，中国文学的这份自省精神与中国文化的内倾性特点分不开；具体而言，则更受到中国人好"反求诸己"的民族个性的沾溉。

在钱穆《晚学盲言》的论述中，至少有三处谈到中国文学的这一内在特性。如果说，讲比兴传统侧重于在物我两重世界的分合比照中省察自我的生命意识（《静与减》），而析孤独意识偏重于群己关系中对自我及大群生存状态作出反思的话（《群与孤》），那么钱穆对中国传统诗文中"秋兴"情结的解说，则可谓由生命意义的深层反省渐进于凸现伦理主体道德精神的存藏意识。这三者可以说正对应着钱穆所说的人生三阶程——对物、对人、对己（心），①实际也可以说，亦即每一艺术心灵发生推演升进的三阶程。这里主要就第三点谈谈。

在《常与变》中，钱穆着意谈及中国古人之时间观与生命观的密切联系，以及中国古典诗文"以生意生机说宇宙"的独特表现。其中，有如下一段话：

> 凡中国社会四季佳日令节，各有其畅叙幽情，放浪形骸之所在，则莫不有一番宇宙论人生论哲学，乃及深厚之艺术文学心情流贯其中，实无往而不寓其赞化育而参天地之意义。……中国人于四季，尤于秋若有特殊之兴会。……春气方生，秋气渐老，自春迄秋，此固可悲。然中国人之体会于四季中之秋气者，其义犹不止此。及后读潘岳秋兴赋，杜甫秋兴诗，以及刘禹锡欧阳修之秋声赋。而尤深感于淮南缪称训"春女思，秋士悲，知物化矣"一语。农事当秋而收，有收成义，但亦有收敛义。春秋繁露亦云："人无秋气，何以立严而成功。"试观世界诸民族，在其文化演进中，有成而终无成，如埃及、巴比伦、希腊、罗马，其病乃在缺乏一番严肃收敛之秋气，不怀有一种悲

---

① 《理想与存养》中讲这实际对应着整个人类历史繁衍演进的三大历史阶程，以及每一个体自婴儿、中年到老年的人生三阶程。《晚学盲言》下，广西师大出版社2004年版，第662—663页。

凉苍老之气氛，得意向前，遂无收杀。①

钱穆讲中国文学素有"秋之兴会"情结，但又指出一般诗作多容易陷落于"悲秋"之模式，即由四时运化、时序更替所兴起的人生不常、生命不永的悲心，抑或由木叶摇落而归根所引发的临水送归、登楼怀乡之类的主题。然"其义犹不止此"，钱穆指出，发源自宋玉《九辩》的"秋兴"传统，到此后潘岳、杜甫等人的同题诗赋中更发育出"知物化"、重"收敛"的义脉。这不仅在于中国诗文常有"寓其赞化育而参天地之意义"的比兴传统，更在于中国文化"整体生命观"所赋予"秋"的独特义涵。

训"秋"有"收敛"义，钱氏引自《春秋繁露·天辨在人第四十六》：

> 人无春气，何以博爱而容众；人无秋气，何以立严而成功；人无夏气，何以盛养而乐生；人无冬气，何以哀死而恤丧。天无喜气，亦何以暖而春生育；天无怒气，亦何以清而冬杀就；天无乐气，亦何以疏阳而夏养长；天无哀气，亦何以瞠阴而冬闭藏。

关于"人无秋气，何以立严而成功"，《春秋繁露·王道通三第四十四》有所解释：

> 明王正喜以当春，正怒以当秋，正乐以当夏，正哀以当冬，上下法此，以取天之道。春气爱，秋气严，夏气乐，冬气哀；爱气以生物，严气以成功，乐气以养生，哀气以丧终，天之志也。是故春气暖者，天之所以爱而生之，秋气清者，天之所以严以成之，夏气温者，天之所以乐而养之，冬气寒者，天之所以哀而藏之。

董仲舒以"类合""数偶"论证天人合一说自有其机械性和神学目的

---

① 钱穆：《常与变》，《晚学盲言》上，广西师大出版社2004年版，第38页。

论色彩，但也确能将先秦以来儒、道、阴阳各家的思想抟成一体，辟开汉代儒学的面貌。此处即明言天地四时之气与人之喜怒哀乐气相"类合"。董氏这里融化了先秦阴阳学派、《易传》和汉初黄老道家以四时五方五行八卦相匹配的思想，提出秋主怒主严，故秋气亦可称严气，即严肃、肃杀、威严之气。大全主宰之天以此肃杀之气，清理"十端"（《官制象天》），由此成就一清朗世界。故当此秋气，万物自生检视反省和自我存藏之心。

因此，"秋之兴会"首先蕴涵着人对自身的省思。所以，钱穆讲自己读潘岳、杜甫等诗赋，"而尤深感于淮南缪称训'春女思，秋士悲，知物化矣'一语。"这从潘赋"悟时岁之遒尽兮，慨倏首而自省"（《秋兴赋》，见严可均《全上古三代秦汉三国六朝文·全晋文》卷九十），简文赋"为兴未已，升彼悬崖。临风长想，凭高俯窥。察游鱼之息涧，怜惊禽之换枝。听夜签之响殿，闻悬鱼之扣扉。将据梧於芳杜，欲留连而不归。"（萧纲《秋兴赋》，见严可均《全上古三代秦汉三国六朝文·全梁文》卷八）都可看到，其背后就是由此一玄览知化而生发的生命意识的自省。当然，这一生命省思具有心应万物、目击道存而超越当下感性实存的形上意味，是即所谓"知物化"。然而它与中国诗文中所一再阐发的万物一体、天人相应、民胞物与等概念，实际都具有"寓其赞化育而参天地之意义"的特点，亦即《庄子·齐物论》成玄英疏"夫新新变化，物物迁流，譬彼穷指，方兹交臂"的义涵，而这正是中国古代诗学中比兴传统的要义。所以，"知物化"的生命自省依然是安置于比兴大传统之内的。①

对于这一点，胡晓明先生在谈及潘岳《秋兴赋》时就曾提出过"秋的

---

①《读〈诗经〉》中曰：然诗人之言性情，不直白言之，而必托于物起于物而言之者，此中尤有深义。窃谓《诗三百》之善用比兴，正见中国古人性情之温柔敦厚。凡后人所谓万物一体、天人相应、民胞物与诸概念，为儒家所郑重阐发者，其实在古诗人之比兴中，早已透露其端倪矣。……诗情即哲理之所本，人心即天意之所在。《论语》孔子曰：知者乐水，仁者乐山。此已明白开示艺术与道德，人文与自然最高合一之妙趣矣。钱穆：《中国学术思想史论丛》卷一，安徽教育出版社2004年版，第134页。

二重性"问题："秋之第一重含义，应是以其自然生命与自然节律形态中的'飘泊''阔远''寂寥'等意味，引起叹逝、怀人等人生之感伤与生命之悲感。……秋之第二重含义，则是由大自然中宁静、明净、内敛、沉潜的特有状态，而引发人心的清明理性，唤起生命的内省与根源体验。这是从楚骚的抒情传统，转而为庄学的玄思传统。加深扩展了'秋兴'的意味。"①

诚如先生之言。然钱穆《常与变》中所说"秋兴"的第二重义涵，或许更可称为由"知物化"的生命内省而进于道德精神的涵养存藏。由上文所引可见，钱穆在此更强调"秋兴"实由生命省思而生发的自我存藏之心，即自我道德精神的涵养，此之谓"秋"的收敛义。接前述，董仲舒根据天人相类的原则，进一步指出"王者能治则义立，义立则秋气得，故王者主秋。"（《春秋繁露·五行五事第六十四》）所以，秋气亦与人世之"义"相连属，故欧阳修称之为"天地之义气"："夫秋，刑官也，于时为阴；又兵象也，于行为金，是谓天地之义气，常以肃杀而为心。"（《秋声赋》）面对此肃杀之秋气亦即"天地之义气"的检视，诗人在生命意义的反省之中油然凸现其自身伦理主体的意识——收拾精神，自作主宰。这可以从欧阳修诸人的诗赋中看到：

> 嗟乎！草木无情，有时飘零。人为动物，惟物之灵，百忧感其心，万事劳其形，有动于中，必摇其精。而况思其力之所不及，忧其智之所不能，宜其渥然丹者为槁木，黝然黑者为星星。奈何以非金石之质，欲与草木而争荣？念谁为之戕贼，亦何恨乎秋声！②

末四句中，"念谁为之戕贼"的追问直接指向"以非金石之质欲与草木而争荣"的自我，在为自己鸣不平的同时，更凸显了一个"知其不可而

①胡晓明：《中国美学与解释学札记》，《文艺理论研究》2007年第4期。
②《秋声赋》，《欧阳文忠公文集》卷十五，转引自《宋文选》下，四川大学中文系古典文学教研室选注，人民文学出版社1980年版。

为之"的伦理主体形象。这与刘禹锡"聆朔风而心动，眄天籁而神惊"之际，"吟之斐然，以寄孤愤"（《秋声赋》[①]）背后伦理精神的张扬，显有异曲同工之妙。而杜甫"关塞极天唯鸟道，江湖满地一渔翁"（《秋兴八首之七》[②]）的自况，更是此一种道德伦理精神的高度意象化。[③]应该说，这一层意义上的"秋兴"情结在中国文学中是有很强生命力的，20世纪20年代毛泽东在《沁园春·长沙》中所塑造的发问者依然可称为此一伦理形象的延续：

> 独立寒秋，湘江北去，橘子洲头。看万山红遍，层林尽染；漫江碧透，百舸争流。鹰击长空，鱼翔浅底，万类霜天竞自由。怅寥廓，问苍茫大地，谁主沉浮？

所以说，中国传统文学中的"秋兴"主题不仅有感时怀人的意旨，更有源自中国传统知识系统中"秋"之义涵所兴发的生命意义的省思，以及蕴藏其中的伦理主体的凸显和道德精神的存藏意识。

迄至今日，虽然中外已有不少学人曾对中国古典文学中的"咏秋"传统做过专门的研讨，但大多未脱"春女思，秋士悲"（《淮南子·缪称训》）之类的言说思路，着意阐发自古以来"咏秋"作品中的"悲秋"意识本身。以论著为例，日本学者小尾郊一20世纪60年代初写就的《中国文学中所表现的自然与自然观》一书，第一章第一节专门讨论魏晋文学中的"咏秋诗"，即直接以"悲秋"为其标题。[④]法国学者郁白《悲秋：古诗

---

①卞孝萱校订：《刘禹锡集》，中华书局1990年版，第17—18页。

②转引自叶嘉莹《杜甫秋兴八首集说》，河北教育出版社1997年版，第45页。

③叶嘉莹说正是杜甫将中国韵文中所表现的感情境界引向触引深思默想的意象化途径，堪称"意象化之感情"，并认为杜甫忠爱之心和用世之念不同一般人出于理性之有意而出于天性之自然。见《集说·代序》，第54页。我认为，叶氏所说"天性之自然"实近于孟子"良知"的现成义，而这恰是一种高度自觉的道德伦理精神。

④小尾郊一著，邵毅平译：《中国文学中所表现的自然与自然观》，上海古籍出版社1989年版，第26—56页。

论情》一书更明确将"悲秋"视为中国古典诗歌灵感中具有普遍性的一种"自我认同"。[①]有所不同的是，国内学者尚永亮于20世纪80年代末所写《生命在西风中骚动——中国古代文人与自然之秋的双向考察》一书，较多注意到中国古典文学"悲秋意识"中所涵纳的"人生思考"和"时代感悟"。但也始终未脱以"悲秋"来定位"秋兴"，且认为中国文人的悲秋意识最终导致其由"社会退避"走向"天人合一"式的心灵超越。[②]就此而言，钱穆的解说显然堪称独特的"这一个"。

[原载《辽东学院学报》（社会科学版）2008年第2期]

---

①郁白著，叶潇、全志刚译：《悲秋：古诗论情》"引言"，广西师范大学出版社2004年版，第8—11页。
②尚永亮：《生命在西风中骚动——中国古代文人与自然之秋的双向考察》，陕西人民教育出版社1989年版。

由"诗艺"向"诗义"的透视

——钱锺书的解诗方法

  钱锺书先生曾就庄禅思想中的"以言去言"说做过专门的诠解，也多次引述罗兰·巴特等人的"解构主义文评思想"，所以有学者据此提出："在某种意义上说，解构已成为钱锺书基本的思维特征与文本特征"。①这引起了我对钱氏思想中"诗义"是否可解、有无正解以及如何求解等问题的兴趣，这不仅关系钱锺书先生解诗的思想、方法以及学术思路等问题，也涉及当下对传统诗学命题"诗无达诂"说的再理解、适用范围以及古典诗歌研究中的解诗方法问题。

一

  "诗无达诂"素来是文学理论中一个争论很多又不易解决的问题，所以精研中西比较诗学的张隆溪先生就此指出，"钱先生关于诗义不显露亦不游移的说法，可以说是持平之论，指出了解决此问题最好的方法"。②其引以为证的主要是《谈艺录·补订297页》中如下一段文字：

    盖谓"义"不显露而亦可游移，"诂"不"通""达"而亦无定

---

  ①季进：《钱锺书与现代西学》"第二章"，上海三联书店2002年版，第102页。
  ②张隆溪：《思想的片断性和系统性》，见《走出文化的封闭圈》，生活·读书·新知三联书店2004年版，第218页。

准，如舍利珠之随人见色，如庐山之"横看成岭侧成峰"。皋文续汉代"香草美人"之绪，而宋、周、谭三氏实衍先秦"赋诗断章"之法（参观《管锥编》二三四至五页），犹禅人之"参活句"，亦即刘须溪父子所提澌也（参观第100页《补订》二）。诺瓦利斯尝言……瓦勒利现身说法，……其与当世西方显学所谓"接受美学"，"读者与作者眼界溶化"、"拆散结构主义"，亦如椎轮之于大辂焉。……古之诗人，原本性情，读者各为感触，其理在可解不可解之间。意亦"无寄托"之"诗无通故达诂"，而取禅语为喻也。窃谓倘"有寄托"之"诗无通故达诂"，可取譬于苹果之有核，则"无寄托"之"诗无通故达诂"，不妨喻为洋葱之无心矣。①

按钱氏原文中对张惠言的评价，"或揣度作者本心，或附会作词本事，不出汉以来相承说《诗》《骚》'比兴'之法"，与"说诗几如圆梦"的白香山相同。而评周济、谭献诸人更是"闻皋文之风而起者，充极加类，自在解脱"。可见，钱文本身意在批驳"无寄托"之"诗无通故达诂"说，并连带表达了对与之相类的接受美学、解构主义等文评思想的批评。所以，他虽然说诗义"不显露亦不游移"，然并非意指"其理在可解不可解之间"，或者说，他更强调的并非诗义的不可理解，而只是说轻易难解。因此，所谓"诗义不显露"只是说"诗义"是一种潜藏的状态，"亦不游移"更实指"诗义"实实在在的存在。而对读者而言，既然诗义是实存的，问题在于如何发覆或发覆出什么来才堪称"正解"。这与原文中这段引文之上的一段文字正相通：

《春秋繁露·精英》曰："诗无达诂"，《说苑·奉使》引《传》曰："诗无通故"；实兼涵两意，畅通一也，变通二也。诗之"义"不显露（inexplicit），故非到眼即晓、出指能拈；顾诗之义亦不游移，故

---

① 钱锺书：《谈艺录》（补订本），中华书局1984年版，第610—611页。

非随人异解、逐事更端。诗"故"非一见便能豁露畅"通",必索乎隐;复非各说均可迁就变"通",必主乎一。既通(dis-closure)正解,余解杜绝(closure)。①

文中,"兼涵两意"乃就"通"而言,故"诗义"难以"到眼即晓",但也非"随人异解",所以说"既通(dis-closure)正解,余解杜绝(closure)"。可见,钱文之核心观念在强调应关注"诗义"之正解,而反驳的是肯定人言言殊之合理性的随意和疏漏。

其实,钱锺书先生将"诗无达诂"说与解构主义文评思想相联系加以批评,除上文所引外尚多,这里可再举两段文字为证:一是《谈艺录》(补订本)285页所引罗兰·巴特剥玉葱之喻:"……玉葱之喻,不啻'如是我闻'。法国新文评派宗师言诵诗读书不可死在句下,执着'本文',原是'本无',犹玉葱层层剥揭,内蕴核心,了不可觅。……其破'本文'亦犹释宗密《原人论》之证人乃'五阴和合',初无自体。此又当世西方谈艺中禅机一例。祖师禅欤,野狐禅欤,抑冬瓜印子蛤蟆禅欤,姑置勿论可也。"②二是《谈艺录》(补订本)276页:"当世西方谈士有径比马拉美及时流篇什于禅家'公案'或'文字瑜珈'者……余四十年前,仅窥象征派冥契沧浪之说诗,孰意彼土比来竟进而冥契沧浪之以禅通诗哉。"③从前文所述可知,钱氏《谈艺录》(补订本)297页中论及解构主义恰是一视同仁的与常州词派"无寄托"说一样作为批判对象的,其态度已很明显。值得注意的是,上述二例中都不乏批驳色彩的以解构喻"禅机",或将之与"禅喻"说作比较。这里,我们可以再由钱先生对"以禅喻诗"说的实际评断来反观其对"解构"抑或"诗无达诂"问题的基本立场。

中国诗学受庄禅哲学影响,素有"以禅喻诗"的传统。在《谈艺录》中,钱氏称许严羽"以禅喻诗"之说,并勾勒此一命题在古代诗学中所沿

---

①钱锺书:《谈艺录》(补订本),中华书局1984年版,第600—601页。

②钱锺书:《谈艺录》(补订本),中华书局1984年版,第609页。

③钱锺书:《谈艺录》(补订本),中华书局1984年版,第596页。

循的"严羽—竟陵派—王渔洋"的说诗传统。①然钱氏始终认为禅与诗虽在思维方式上有其一致处，但"诗之神境，'不尽于言'而亦'不外于言'，禅之悟境，'言语道断'，斯其异也"。②钱氏既讲诗与庄禅哲学的相参互涉，更时时提醒二者"能同而所不同"③的实质面貌，这也与历来学者多关注庄禅哲学与中国艺术之关联处不同。针对"词章之士以语文为专门本分，托命安身，而叹恨其不足以宣心写妙者，又比比焉"的问题④，钱锺书对深溺庄禅学说以谈艺者多有批驳："余窃以为谈艺者之于禅学，犹如先王之于仁义，可以一宿遽庐，未宜久恋桑下"。⑤同时指出，诗于"悟"之后"尚须有小结裹"⑥——即"诗艺"层面的架构。由此可见，钱锺书由说明禅与诗相即而又相离两个层面之关系，表明其立场：论诗不似论参禅，禅者求虚无相之大解脱，而"诗艺"恰着意于虚象、虚境等"不显露"处开显凝塑"诗义"之世界。当然，钱氏谈艺出入西学之际，旨在证成中西某些理论之相通相即处⑦，故他将诺瓦利斯、瓦来利（里）、接受美学甚至罗兰·巴特的解构主义文评思想"捉置一处"，也只是取西学作"禅喻"之"三隅之反"（《谈艺录·序》），求见其相通处，并不表示他对这些西方文评思想的全然肯认。某种程度上或许可以说，钱氏正藉此中

①关于"以禅喻诗"，参见《谈艺录》论神韵、妙悟与参禅、王渔洋诗、竟陵诗派诸篇。

②钱锺书：《谈艺录》（补订本），中华书局1984年版，第596页。钱锺书在《管锥编》中详细辨别《易》象与《诗》象之别，意理与此相通。同时，他也明确指出，"《易·系辞》上曰：'书不尽言，言不尽意'，最切事入情。道释二氏以书与言之不能尽，乃欲并书与言而尽废之，似斩首以疗头风矣。"分别见第一册第12—15页、第二册第458页，中华书局1986年版。

③钱锺书：《谈艺录》（补订本），中华书局1984年版，第307页。

④钱锺书：《管锥编》第二册，中华书局1986年版，第408页。

⑤钱锺书：《谈艺录》（补订本），中华书局1984年版，第104页。

⑥钱锺书：《谈艺录》（补订本），中华书局1984年版，第101页。

⑦胡晓明师《陈寅恪与钱锺书：一个隐含的诗学范式之争》（《华东师范大学学报》（哲学社会科学版），1998年第1期）一文即明确指出，钱锺书"开辟了一种以语言学、心理学、哲学和艺术学配合以说诗的学术方法，代表了古代的另一个传统，即修辞、评点、谭艺的传统与西方新学的融合。"

西相参表达对随意牵扯这些"时髦理论"以解诗的批驳之意。所以，在钱锺书看来，诗（文学）非无心之洋葱，而属"有寄托"之"诗无通故达诂"。那么这也就引出另一问题，诗到底如何解？

二

按钱锺书对诗之判断，诗乃一种艺术，既不离诗人的才和学，又需化才、学入诗："诗者，艺也。艺有规则禁忌，故曰'持'也。'持其情志'，可以为诗，而未必成诗也。艺之成败，系乎才也。……虽然，有学而不能者矣，未有能而不学者也。大匠之巧，焉能不出于规矩哉。"①那么，如何"化"才、学入诗，且要做到"深藏若虚"，这就离不开诗人对"诗艺"技巧的琢磨和提炼。②所以，他讲宋诗相比唐诗而言，虽乏大判断，但正因为宋人多注意"诗艺"层面的小结裹故而宋诗能有其独到价值（《宋诗选注·序》）。由此，我们可以看到他在《谈艺录》中有如下一段近似英伽登艺术作品结构之说的"诗艺"结构论：

> 诗者，艺之取资于文字者也。文字有声，诗得之为调为律；文字
> 有义，诗得之以侔色揣称者，为象为藻，以写心宣志者，为意为情。
> 及夫调有弦外之遗音，语有言表之余味，则神韵盎然出焉。③

这里，实将诗之创作析分为"声音—形象—情意—蕴味"四个层面，这四层的关系既可视为一首好诗创作过程的层深结构，亦可看作才质利钝精粗不同的诗人之分野——即诗人因艺术修养不同在创作中融涵这四者的水平亦不同。但钱锺书又指出，作诗有"师法造化"或"功夺造化"之

①钱锺书：《谈艺录》（补订本），中华书局1984年版，第40页。
②如《谈艺录·三》批评黄公度诗和往昔"学人之诗"以及赞赏静安三十五后诗，均可见一斑，见第23、26页。
③钱锺书：《谈艺录》（补订本），中华书局1984年版，第42页。

别，且最高"诗艺"是"超技巧"的：

> 盖艺之至者，从心所欲，而不踰矩：师天写实，而犁然有当于心；师心造境，而秩然勿倍于理。……人出于天，故人之补天，即天之假手自补，天之自补，则必人巧能泯。造化之秘，与心匠之运，沆瀣融会，无分彼此。及未达者为之，执着门户家数，悬鹄以射，非应机有合。写实者固牛溲马勃，拉杂可笑，如庐多逊、胡铨钉之伦；造境者亦牛鬼蛇神，奇诞无趣，玉川、昌谷，亦未免也。[1]

前述"神韵盎然出焉"的诗，亦即此处"造化之秘，与心匠之运，沆瀣融会，无分彼此"的诗。这些诗作，并非不讲技巧却又超越于"未达者"对技巧的拘执。那么，能否辨分这种"超技巧"的技巧以及其背后的"诗思"所在，成为解诗的关键。所以，针对传统诗论好以"神韵"作掩护的模糊理论，钱锺书一方面对"神韵乃诗中最高境界"之类的说法表示认同，但也指出："故无神韵，非好诗；而只讲神韵，恐并不能成诗"。[2]显然，他对类似王渔洋之类的说诗、解诗方式是不满意的。因此，深层考察、分辨诗的"诗艺"层面——一种辞章学的进路，实为钱锺书解诗技术的重要法门。

但是我们也注意到，从钱锺书对张惠言等人的批评来看，他所着力求解的"诗义"既非作者本心，亦非诗之本事，更非游移难定的"何必不然"之论。那么，钱锺书在解诗过程中到底解读的是什么，或者说，什么才是他关注的"诗义"之正解？

关于钱锺书先生的解诗问题，过去钱仲联先生在谈及《宋诗选注》时曾指其注书好"挖脚跟"[3]，即注重发明诗人创作在构思遣辞、意象塑造

---

①钱锺书：《谈艺录》（补订本），中华书局1984年版，第60—62页。
②钱锺书：《谈艺录》（补订本），中华书局1984年版，第40页。
③参见卜志君《高山流水话知音——钱仲联谈钱锺书》，引自《不一样的记忆——与钱锺书在一起》，当代世界出版社1999年版，第40—41页。

等方面与前后诗人同类作品的关联，并认为没有充分注意对诗之古典、今典的穷源溯委而不易解得诗意所在。2006年，刘世南与刘永翔二先生又就这个问题引出一番争论。①实际上，钱氏之"挖脚跟"，正在于藉"诗艺"之分疏求解"诗义"（诗味）所在。在现当代学者中，以钱锺书对西学的了解，显然并非不了解阐释学所提出的命题。因此，他的"挖脚跟"并非求证诗之"确解"，或"以意逆志"求解作者之本意所指，亦非考证出典，其着力点更在通过析解诗作遣辞造境所展示的多重意蕴，以发见诗宣志达情之妙，追考最高"诗艺"之"从心所欲"处。

他在谈及《易》象与"诗"象之别时讲道："诗也者，有象之言，依象以成言"。故而虽有限之语词在表达诗人内心无限之情意方面有缺憾，但诗可以借助多样之"喻象"的交错迭现来呈现不同的意义层与情感之面相："说理明道而一意数喻者，所以防读者之囿于一喻而生执着也。……若夫诗中之博依繁喻，乃如四面围攻，八音交响，群轻折轴，累土为山，积渐而高，力久而入，初非乍此倏彼、斗起焱绝、后先消长代兴者，作用盖区以别矣。"②这里所谓"诗中之博依繁喻"，并不限于某一首诗歌，而适用于采择了同类喻象且有不同情意表现（诗义）的一类（组）诗歌。按钱氏所论，"象喻"本身有"两柄而多边"的特性。③这一特性正可资"用心或别"的取譬者（诗人）围绕"指同而旨异"做文章，彰显"诗艺"的魅力。这里的"取譬者"即诗人，其"取譬"手眼之高低在于其自身才、学对此前一切可资取譬之知识世界的掌握和创发程度。这也就意味着，对于诗人和诗作而言，注者挖出这些喻象以及这些喻象在不同诗人笔下的源流演变，正可使得诗人"取譬"的全部资源与其"诗义"所指两相映发，一方面展示诗人"诗艺"所在，另一方面以"烘云托月"法更好的阐明其

①刘世南《谈诗注的"挖脚跟"》，《博览群书》2006年第4期；刘永翔《注书非"挖脚跟"不可》，《文汇报》2006年7月23日"文汇学林"。

②分别见《管锥编》第一册，中华书局1984年版，第12、13—14页。

③参《管锥编》："比喻有两柄而复具多边。盖事物一而已，然非止一性一能，遂不限于一功一效。取譬者用心或别，着眼因殊，指同而旨异；故一事物之象可以孑立应多，守常处变。"见第一册，第39页。

诗思和诗作的"诗义"视界。对读者而言，"挖脚跟"式的、亦即由"诗艺"向"诗义"透视的解诗方法，所提供的并非仅为其佐证自身"一得之见"的材料，而在提请读者在诸多不同的诗之"象喻"中，品题本诗喻象的独特奇崛处及其艺术涵盖力，体味本诗的"诗艺"之妙与"诗义"（诗味）之丰厚。

这里可举一例说明。《宋诗选注》注陆游《游山西村》中"山重水复疑无路，柳暗花明又一村"一联：

> 这种景象前人也描摹过，例如王维《蓝田山石门精舍》："遥爱云木秀，初疑路不同；安知清流转，忽与前山通"；柳宗元《袁家渴记》："舟行若穷，忽又无际"；卢纶《送吉中孚归楚州》："暗入无路山，心知有花处"；耿㳠《仙山行》："花落寻无径，鸡鸣觉有村"；周晖《清波杂志》卷中载强彦文诗："远山初见疑无路，曲径徐行渐有村"；还有前面选的王安石《江上》。不过要到陆游这一联才把它写的"题无剩意"。[1]

再将钱锺书先生的这则注解与同类注解作一比较。钱仲联先生《剑南诗稿校注》在此诗的注释中引用冯振《诗词杂话》一段文字：

> 王摩诘诗云："遥爱云木秀，初疑路不同；安知清流转，忽与前山通。"白香山诗云："山下望山上，初疑不可攀；谁知中有路，盘折通岩颠。"柳子厚《袁家渴记》："舟行若穷，忽又无际。"王荆公诗云："青山缭绕疑无路，忽见千帆隐映来。"陆放翁诗云："山重水复疑无路，柳暗花明又一村。"用意俱相仿。[2]

两相对照，前者取材之广博、评断之精确，自远胜于《诗词杂话》。

---

[1]《宋诗选注》，人民文学出版社1989年版，第176—177页。
[2]钱仲联：《剑南诗稿校注》卷一，上海古籍出版社1985年版，第102—103页。

关键是，通过排比运用同类"喻象"的诗句，一方面，其"诗义"的层面已然明了，正所谓"水月镜花，固可见而不可捉，然必有此水而后月可映潭，有此镜而后花能映影"①；另一方面，由此排比对证，不同诗人在表达"诗义"上的"诗艺"之高下也自显而易见。《宋诗选注》中诸如此类的例子很多。

上述实即钱锺书在解诗问题上所强调的"正解"，即跳出"神韵""格调""意境"之类看似有解实无"正解"的说诗寠臼，在可解不可解之间，依"诗艺"提出对"诗义"（诗味）的解释，看似"诗义"集解或接受美学之文本开放结构，而实类"会议之主持人"（钱锺书与钱仲联的戏谑之语），自有其用意所在。应该说，这也是钱锺书独到的一种诗学解释学体例。

［原载《辽东学院学报》（社会科学版）2008 年第 4 期］

---

①钱锺书：《谈艺录》（补订本），中华书局 1984 年版，第 100 页。

《典论·论文》"齐气"研究略评

曹丕《论文》有"王粲长于辞赋，徐干时有齐气，然粲之匹也"之说，这句话文字上是否存在异文[①]，其含义为何，一直以来，争讼颇多。此一问题，不仅关系对徐干其人其文的评说，更影响到对曹丕"文气说"乃至汉魏之际文学思想某些层面的认识，所以，弄清这一问题有着不寻常的意义。本文试图就笔者已见的几家成说略作评析。

一

从目前所见资料来看，对"齐气"二字的训释，当以《文选》李善注所提出的"舒缓说"为最早，影响也最大。他引《汉书·地理志》中关于齐诗有"舒缓之体"的说法，认为"齐俗文体舒缓，而徐干亦有斯累"[②]。此处所谓"文体"，即罗根泽先生所提出的"体派"之体，指的就是文学风格，不同于曹丕身后研究日盛的"体类"之体（即文学体裁）。所谓"齐俗"，即受齐地风俗个性影响，"齐诗"（即齐地文学）有舒缓的特色。《文选》李善注在中国训诂学和文学批评的发展史上有着独特的地位，其

---

①关于这句话的文字，刘文典、曹道衡等先生考辨较多，本文所引与之同。《古代文学理论研究》第19辑傅刚先生文《〈典论·论文〉二题》，引新见日本《文选》残本，又提出"齐气""逸气"的问题，因未见该残本，本文暂不论及。

②李善注：《文选》，上海古籍出版社1986年版，第2270—2271页。

"征引式训诂"力求引文与作家之祖述的一致，而不同于一般的语词探源①，所以，李善的"舒缓说"可视为对"齐气"最早的研究。"文以注显，注以文传"，此说一出，后世一直沿用。

据此，郭绍虞《中国文学批评史》明确将"齐气"界定为"语气舒缓"。释"齐气"为语气的舒缓，郭注曰"此从旧说"，他所说的"旧说"即《文选》李善注。后来由他主持编选的《中国历代文论选》（以下简称《文论选》）对此作了进一步申说，《文论选》否定了刘文典先生"李注翰注并以齐俗文体舒缓释之，亦是望文生义，曲为之解尔"（《三馀札记》）的说法，而认为"李注有根据，并非望文生义"，并援引数例以说明之。

> 例一：《左传》襄公二十九年，吴公子札观周乐："吴公子札来聘见叔孙穆子……使工为之歌周南召南，曰……为之歌邶、鄘、卫，曰……为之歌王，曰……为之歌郑，曰……为之歌齐，曰：美哉！泱泱乎大风也哉。表东海者，其大公乎？国未可量也；为之歌豳，曰……"

> 例二：《汉书·薛宣朱博传》："齐部舒缓养名"（按团结出版社《诸子集成》清王先谦《汉书补注》本，"齐部"当作"齐郡"，如此，语意方通。后文所引，皆同此本）。

> 例三：王充《论衡·率性》："楚越之人处庄岳（齐街里名）之间，经历岁月，变为舒缓，风俗移也。故曰齐舒缓"。

上述三例，实际上就是对李注的进一步注解和补充，其立足点仍在"齐俗舒缓"。仔细分析这三个文例，多有令人生疑之处。例一中，对于"歌齐"一句，《文论选》的注解沿引服虔注："泱泱，舒缓深远，有太和之意"，以此来说明齐风有"泱泱"即舒缓的风格。这一说法似有不妥：其一，季札观乐的评说，原本是从内容的角度，评说风诗的不同特色，借

①王宁、李国英：《李善的〈昭明文选注〉与征引的训诂体式》，《中外文选学论集》，中华书局1998年版，第468—469页。

以指出所歌咏的风诗中体现出了"社会政治风俗的盛衰得失"①，服虔说"有太和之意"应是缘此而发。而语气是属于形式方面的东西，所以以此来证明"语气舒缓"是不恰当的。这一点，范宁的文章已予以指出②。

再者，春秋之时素有称诗言志之风，上文《左传》中的"泱泱"应与《诗经》中的"泱泱"意思相同。《诗·小雅·六北山之什·瞻彼洛矣》中有："瞻彼洛矣，维水泱泱。君子至止，福禄如茨""泱泱"即形容（维水）茫茫无际，广远开阔的图景，以泱泱之维水喻君子坦荡之心胸。这与《诗·卫风·硕人》中的"河水洋洋，北流活活"以及《诗·陈风·衡门》中的"泌之洋洋，可以乐饥"的"洋洋"是相同的，《硕人》和《衡门》中"洋洋"都有水流不竭、茫茫不尽之意。这样再联系《左传》原文中"表东海者，其大公乎？国未可量也"这两句话，以及昔日曾为霸主之一齐国的浩荡声威，服虔注中所说"深远""有太和之意"是可以理解的，但说"舒缓"就不知从何说起了。《论语·泰伯》有言，"子曰：师挚之始，《关雎》之乱，洋洋乎盈耳哉"，朱熹《四书集注》认为："洋洋，美盛意，孔子自卫返鲁而正乐，适师挚在官之初，故乐之美盛如此"。由此我们可以说"泱泱"并非指"舒缓"而言。

例二、三中，对于"齐部"（实为"齐郡"），《文论选》引唐颜师古注："言齐人之俗，其性迟缓，多自高大以养名声"，以之来证明"齐气"之"齐"即此"齐部（郡）""齐舒缓"之"齐"，这样，"齐部（郡）""齐人"的舒缓习气就一变成为举凡齐（作为地域）作家，文风就会有舒缓的风格。当然，作家的创作可能会受到所处地域某些风俗习气的浸染，但如果说文风中一定会有这一习气，这种推论缺乏必然的逻辑关联，恐怕让人难以信服。再说，在曹丕原文中，对"七子"的评价均从个人才能的长短优劣出发，而很难看出有关于作家文风与所处地域关系问题的论述。

关于曹丕的"文气说"，袁济喜《六朝美学》直接将之定位于"尚个性才思"，这是比较准确的。曹丕《论文》中"文以气为主"的这个"气"

①叶朗：《中国美学史大纲》，上海人民出版社1985年版，第50—51页。
②范宁：《魏文帝〈典论论文〉齐气解》，载《国文月刊》1948年第63期。

实指作家的才知气性（这个问题，后文将专门说明），且源自先天，"气之清浊有体，不可力强而至……虽在父兄，不能以移子弟"，这个"气"与地域应该是没有多少直接关系的。汉末魏初，受"以才取士"观念的影响，注重才知气性、屏弃门阀士庶之风盛行。缘此，曹丕此处也不大可能将作家的文风与出生地域联系在一起。曹植《与杨德祖书》中说："昔仲宣独步于汉南，孔璋应扬于河朔，伟长擅名于青土，公干振薄于海隅，德琏发迹于北魏，足下高视于上京……"也只是为了说明七子原本都是名震一方的才士，与作家文风无关。

再有徐干辞赋是否"语气舒缓"？当然，徐干辞赋流传至今不多①，无法深入考察，但我们可以用几位评论家的话作为参考。黄子云《野鸿诗的》："伟长用虚字作骨，弥觉峭劲，七子中另自成一格"（《三曹资料汇编》）。陈祚明《采淑堂古诗选》卷七："伟长诗，别能造语，匠意转掉，……故奇劲之气高迥越众"，"伟长句多转宕生下虚字，……此等句法，以极健为则……"（同上）。二者虽言诗，但借此也可窥见其辞赋风格之一斑（而且，当时本就有"赋者，古诗之流"的说法）。同时，从曹丕原意来说，此处将王、徐二人相比较，如果说徐干语气舒缓，那么王粲的文章就应该是文风劲急直露的了，但从流传下来的《登楼赋》等作品来看，文章语意哀婉，情深志长，倒是颇有舒缓之格②。由此也可证明徐干文风并非舒缓。至于柳文英先生所说，"……彼此赞好要这样不惮烦地用三章诗一说再说，这大概就是'齐俗文体舒缓'使然吧"③，关于这一点，我们只要看一看"诗三百"中大量重章迭句的用法就不难解释了。

---

①清严可均《全三国文》、陈元龙《历代赋汇》等收有残篇外，俞绍初先生《建安七子诗文钩沉》（《郑州大学学报》1987年2期）、《建安七子遗文存目考》（《许昌师专学报》1987年3期）辑有片段。

②瞿蜕园：《汉魏六朝赋选》就认为此篇"文气从容，不露筋骨"，且王粲本人也有"从容柔曼"的特点，上海古籍出版社1964年版，第58—59页。

③柳文英：《典论论文"齐气"辩》，载《江海学刊》1961年第9期。

二

可以说"文体舒缓"和"语气舒缓"的观点，还是较多地着眼于从作品风格入手，释"齐气"之"齐"为齐地，按外部环境——（作家）——作品风格的思路来讨论"齐俗"对徐干文风的影响。沿着这一思路，后来的研究者不仅有对"齐俗"的进一步考察，如汪春泓从稷下齐学发展流变的角度，较为深入地探讨了汉魏之际学术文化的发展与文学观念和创作风貌的关系，在此基础上来解说"齐气"①。此一观点，研究的角度不同一般，但汉魏易代之际，学术文化的争鸣在统治集团中，或者说在曹丕的心目中，到底有多大的影响，恐怕还有待更深层次的探讨。

更有论者着重从作家论的角度，考察创作者的个性气质。如谭家健的"气质舒缓说"，"齐人气质的特点乃是舒缓。徐干的'齐气'，看来正是指其气质而言，非关文体甚明"②。联系曹丕原文，谭说似有偏颇。原文中，"王粲长于辞赋"说的是创作方面的问题，而"徐干时有齐气"如果是说徐干其人的气质舒缓，这样的话，前后二者无可比性，那么，"然粲之匹也"的结论又如何理解？针对这一点，研究者转而倾向于从"文气"说涵盖作家、作品等诸多方面的角度，将"齐气"的解释纳入到一种总体分析当中。如涂光社等在肯定了"气质舒缓说"之后，提出"齐气是徐干作品中时而流露出来的，是作家习染和个性的表现"③。虽弥补谭说之不足，但又回到了风格舒缓论中。

其实，考察"舒缓说"发生的源头，恐怕还在于李善对《汉书》的引申和发挥，或者大胆一点说说是延续了《汉书》对《史记》的某种误读。李善注所据的材料出自《汉书·地理志》，为表述方便，现将引文抄在

① 汪春泓：《"徐干时有齐气"新解》，载《中国诗学》第5辑，南京大学出版社1997年版。
② 谭家健：《试谈曹丕的〈典论·论文〉》，载《新建设》1964年第2期。
③ 涂光社：《文气说新探》，《文史》第13辑，后收入《文心十论》，春风文艺出版社1986年版。

下面：

> 《诗·风》：齐国是也。临淄名营丘，故《齐诗》曰："子之营兮，遭我乎猱之间兮"。又曰："俟我于著乎而。"此亦其舒缓之体也。吴札闻《齐》之歌，曰："泱泱乎，大风也哉！其太公乎，国未可量也。"
>
> 故其俗弥侈，织作冰纨绮绣纯丽之物，号为冠带衣履天下。初，太公治齐，修道术，尊贤智，赏有功，故至今其士多好经术，矜功名，舒缓阔达而足智。其失夸奢朋党，言与行缪，虚诈不情，急之则离散，缓之则放纵。

《汉书》沿引《史记》颇多，《史记·齐世家》中也有一段文字可与此相参照：

> 太史公曰……其民阔达多匿知，其天性也。以太公之圣，建国本，恒公之盛，修善政，以为诸侯会盟，称伯，不亦宜乎？洋洋哉，固大国之风也！

这两段引文中，须注意的是"阔达多匿知（智）"与"舒缓阔达而足智"二句，这可以说是《史记》和《汉书》对齐地民风的核心评价。两书在"齐人阔达""多智"的观点上是一致的，所不同的是后者多加了"舒缓"二字。至于如何便是"舒缓"，从《汉书》引文的上下文来看，很大程度上是因为班固由齐桓史事而生发的对齐人"虚诈不情""缓之则放纵"的感叹。《史记》中多有齐士重经国之术，好"奇伟俶傥之策"（《鲁仲连驺阳列传》），"好持高节"（同上），好"著书言治乱之事，以干事主"（《孟轲淳于髡慎到驺奭荀卿列传》）等风气，故而在言语、文辞上或多或少带有"闳大不经"（同上）、"迂大而闳辩"（同上）的特点，这与"阔达多智""好经术""矜功名"是相符的，但要说"舒缓"，怕有肤廓之感。

由此，我们可以说，《汉书》对《史记》存在着某种程度的误读，而这种误读则直接促发了"舒缓说"的产生。

三

在"文体""语气"以及"气质"舒缓说之外，研究者又多方发掘材料，提出了诸多观点，且方法各异。既有从版本校勘的角度来辨析异文问题，如"高气说"；又有从文字学的角度考察"齐"的义指，如"庄肃之气说"和"俗气说"；还有结合齐地域文化的特色所作的进一步探讨，如"夸诞失实之风说"等。

其中，出现较早的有20世纪40年代范宁的高气说。郭绍虞《中国文学批评史》曹丕一节有一小注："近范宁《魏文帝〈典论论文〉齐气解》载国文月刊63期，谓齐气乃高气之误，亦颇有理"。然范说并不能令人信服。范文在详加考论、仔细推衍的基础上否定了"语气舒缓"说，认为诸家的工作为一"捕风捉影的工作"。首先，他对李善的注作了清楚的析解，先引用数例说明李注"文体舒缓"即"语气舒缓"，进而证明"语气舒缓——齐俗——徐干"三者之间并无一逻辑的必然。在此基础上，他认为"齐气"乃"高气"之误，证据有四：一是徐坚《初学记》卷二十一引魏文帝《典论》云：'王粲长于辞赋，徐干时有高气'；二是"齐气"一辞"他书不经见"，而"高气"一辞，数见不鲜；三是"高""齐"二字形近易讹；四是《中论》序、明陆友仁跋等对徐干人品志行的褒赞可以佐证徐干其人"高气远迈"（《朱子语类辑略》卷八）。至于何谓"高气"？他认为，所谓"高气"是一种韧性的反抗精神。

我们认真分析范说，发现问题有四：一是范说所引的文字是否可靠。按徐坚《初学记》引文作"徐干时有逸气"，非"高气"①。范文所引是引文有误，还是另有所本，二者都存在着一个引文是否可靠的问题。二是断

---

① 《初学记》第三册，卷二十一、文章条、事对目、"粲匹华文"一则，中华书局1962年版，第511页。

定"齐气"为"高气"之误的证据不够充分。他所据徐坚的引文，怎么能证明不会也是一种"形近易讹"呢？这一点柳文英先生在文章中就认为徐坚《初学记》晚于《文选》，故不及《文选》"齐"字可靠。证据四中的材料毕竟也只是一种推测。三是释"高气"为一种韧性的反抗精神，恐怕不太好说得通。曹丕作为权力主宰者的代表，能容忍臣子心怀"韧性的反抗精神"，而且还著文予以褒扬，这于情于理都说不通。四是范先生的"高气"说明显带有褒赞的意思，这与曹丕原文的句意有出入。

至上世纪60年代，又出现了志洋的"庄肃之气说"。他否定了范宁先生以"齐"字为"高"字之误的说法，引《说文通训定声》对"齐"能解释，认为"齐气"可解释为"庄肃之气"①。这与范说的第三个问题是一样的。此外，还有李华年的"夸诞失实之风说"。他认为，"齐气者，言齐多文人说客，为文进说，有夸诞失实之风"，并认为舒缓"实指人之仪态，不关文体"②。这一说法，似嫌证据不足。

80年代初，黄小令据《淮南子·原道训》与《汉书·食货志》中的"齐民"之"齐"训为"平""等"，而断言"齐气"即齐一之气、平平之气，或近于今日常说的"俗气"，倡言"俗气说"③。这一解释似嫌牵强。从原文看，曹丕认为"斯七子者，咸以自骋骥骤于千里，仰齐足而并驰"，对七子各自的文章成就皆予以褒赞，且徐干在当时士人中亦有高名，所以，"俗气说"恐难以成立。关于这一点，曹道衡先生的文章④已有评析。他在分析了李注及今人（黄小令）的论点后，认为徐干赋流传至今不多，无法知其面貌，故只能从"文如其人"的角度，依据其人品推断其文品。这可以看出，曹先生是将"齐气"作为一种文学风格来看的，他认为可以

①志洋：《释"齐气"》，载《光明日报》，1960年11月20日。转引自涂光社先生文。

②李华年：《魏文帝〈典论·论文〉齐气说》，《社会科学战线》1978年第3期。转引自涂光社先生文，查当期杂志，并无此文，疑涂文有误。

③黄小令：《典论论文中的'齐气'一解》，载《文学评论》1982年第6期。

④曹道衡：《典论·论文"齐气"试释》，原发表于《文学评论》1983年第5期，后收入《中古文学史论文集》，上海古籍出版社1986年版。

《礼记·乐记》中提及的"齐"来解释"齐气"之"齐"。

> 肆直而慈爱者,宜歌'商';温良而能断者,宜歌'齐'。夫歌者,直己而陈德,动己而天地应焉,四时和焉,星晨理焉,万物育焉。故'商'者,五帝之遗声也,商人志之,故谓之'商';'齐'者,三代之遗声也,齐人志之,故谓之'齐'。明乎'商'之诗者,临事而屡断;明乎'齐'之诗者,见利而让也。

这一观点与曹丕原文的句意语气恐有未合。原文中的"然粲之匹也"的"然"带有转折的意味,即带有"不及"的意思①。按曹丕此句,实为一种互文用法,即王粲、徐干皆长于辞赋,但又各有不足,于王粲则因"惜其体弱,不足以起其文"(《与吴质书》)而有"文秀而质羸"的缺憾,而徐干则短于"时有齐气"。以"三代之遗声"来释"齐",显有揄扬之意,《礼记·乐记》就看"清庙之瑟,朱弦而清越,一唱而三叹,有遗音者矣"(同上)的赞叹。按建安时代的作家皆比较推崇上古之风,尽管曹丕也反对"贵远贱近""向声背实"的做法,但对三代两汉经典之作尤其是接近"三代之遗声"的作品,不可能持贬斥的态度。

此外,有的研究者着力从作家心理特质的角度来分析"齐气",如认为"'有箕山之志'和'时有齐气',所指实一,皆谓徐干的精神生活中那种清高、典重的特点在创作中有所反映……所谓'齐气'的'气'……只不过是借齐人精神生活现象的共性来说明徐干内心世界的特点罢了"②。其实,在《与吴质书》中,曹丕对徐干的人品褒扬有加,对其《中论》也认为是"辞义典雅"的,所以,不大可能在此处以其"清高典重"的个性为嫌。与此观点相类,有的学者提出应释"齐"为"中",认为此处的

---

①也有论者认为此处的"然"是不完全内动词,并无转折的意思。考察曹丕本意,他认为"文非一体,鲜能备善",因二人各有长短,王、徐二人皆长于辞赋,又各有缺憾。所以,此"然"还是有转折的意思的。

②陈植锷:《曹丕"文气"说刍议》,载《文学遗产》1981年第4期。

"齐气"指徐干的个性"通脱不够"，引起曹丕语有微词①。对于这一点，正如前面所说，此处对二人的比较，立足点在文章，而非作家个性气质。也有的学者提出"'徐干时有齐气'句是与'王粲长于辞赋'句相比，言王粲时并不是论其风格，而是论其创作心理机制在写作辞赋方面呈极佳状态，论徐干'齐气'也应当是这方面的评价，才能随后得出'然粲之匹也'的结论"②。这一说法似显理想化，难以成立。

四

综观以上各家对"齐气"的探讨，大致有三种进路：一是从"齐地""齐俗"入手，探讨地域文化（包括风俗个性和学术文化等）对作家作品的影响；二是从版本校勘的角度，考究文字文句，以期有所发现，但年代久远，古籍版本的可靠程度辨析甚难，以至存疑颇多；三是从文字学的角度，结合作家、作品和当时的文学思想、文学观念等的发展实际，就"齐"或"齐气"作为成词在中古（汉魏六朝）时代的具体含义展开研究。

研究"齐气"，其目的还在于解说"文气"。关于曹丕所说的"文气"，研究者多矣，既有详加分类的不同辨说，也有对这一概念内涵外延无谓的扩大，不少情况下都存在着一个问题，即有发自曹丕而又超越曹丕，离开《论文》来谈"文气说"的倾向。当今不少研究者都倾向于将"文气"理解为作家的个性气质，但联系原文和当日社会思想实际，我们只能将"文气"定位于作家的才知气性（这一点，郭绍虞、朱东润、方孝岳等先生的批评史中都明确将"文气"定位于"才气"）。

曹丕的时代，引气入文已经标识着文学自觉时代的到来，曹丕的一个重要理论贡献就是跳出传统的文学功用论，而着力于作家论的工作，倡言"气"——才性的重要性。建安时期，征战连年，社会思想界在孕育着魏

①吴孟复：《曹丕"文气"说浅析》，引自《建安文学研究文集》，黄山书社1984年版，第216页。

②刘朝谦：《〈典论·论文〉新论》，载《四川师范大学学报》1988年第3期。

晋玄学思想胎萌的同时，儒家事功的思想也凝结出了"治平尚德行，有事赏功能"（《论吏士行能令》，建安八年）的价值观念，而曹魏军事集团的"唯才是举"的思想，更直接对整个建安世风产生了不可磨灭的影响，而且，才性论又是时值此时逐步发展成为社会主流思潮的玄学理论的关键问题，曹丕身处统治高层，可以推想其思想深处才性论占据着何等地位。曹丕引气入文的立论基础离不开两汉以来"血气论"的发展，所谓"才力居中，肇自血气"（《文心雕龙·体性》），可见"文之气"源于"人之气"，但又不仅仅等同于人的血气或生命之气，曹丕的"文气"更多地注入了才性论的因子。我们知道，曹丕的"文气说"得益于王充的"元气论"不少，而王充就指出了才性的差别，"天禀元气，人受元精，岂为古今者差杀哉？优者为高，明者为上……"（《论衡·超奇》）。我们再看曹丕同时或稍后的一些观点，都会看到对作家才性的重视。陆机《文赋》："余每观才士之所作"（唐大圆《文赋注》指出"文之能否，视乎其才，不仅在学问"），"辞程才以效技"。刘勰《文心雕龙·神思》："酌礼以富才""我才之多少，将与风云而并趋矣。方其搦翰，气倍辞前""人之禀才，迟速异分"。钟嵘《诗品序》："有谢灵运才高词盛""方今皇上，资生知之上才""蛛今所录……预此宗流者，便称才子"等等，可见当时社会对"才"的看中，对人的"才气""才情"的宣扬。

从理论渊源和时代风气等方面，我们都可以看出才性论对曹丕的影响。所以，曹丕所说的"气"，就作家论，主指才性；反映到文学作品，即指源于才情的气格。气格何谓？皎然说"语与兴趋，势逐情起，不由作意，气格自高"（《诗式》），刘熙载则认为"建安名家之赋，气格遒上，意绪绵邈，骚人清秋，此种尚延一线"（《艺概·赋概》）。气格不同于风格，它是"梗概而多气"的建安审美理想中的重要内容。曹丕所称说的"公干有逸气"（《与吴质书》），"孔融体气高妙"也就是源于其不凡才性的气格。

对于"齐气"，我认为应该是缘于徐干其人阔达典重，而文章则有"齐平之气"。"齐"字素来训为"平"。《说文》："齐，麦出穗上平也，象形。段注："从二者，象地形有高下也。麦随地之高下为高下，似不齐而实齐。参差其上者，盖明其不齐而齐也。引申为凡齐，等之意。"清郝懿行《尔雅义疏·释言》："齐者，平也，等也，皆也，同也，又整齐也，五者实一义，皆无长短高下之差，故为中也。"可以看出，"齐"的本义中有平直这一层意思。

所谓"齐平"，即端直之气。张衡《西京赋》就有"廛里端直，甍宇齐平"。曹丕的意思是说徐干的文章骨气虽遒而略有端直之气，但不及刘桢奔逸不羁；情感深挚，而用语稍带平直之气，不如王粲哀婉动人。曹丕对徐干"时有齐气"的微词就是因为徐干的文章文风较为"平直"，情感的表露不够直白感人，不如王粲"长于辞赋""竟为侈丽闳衍之词"（刘歆《七略》）。从王粲流传下来的辞赋来看，不仅文辞美丽，用语华艳，而且表情直露，读之感人。曹丕本就主张"诗赋欲丽"，推崇丽辞美文，尤其是"志深而笔长"的抒情小赋也是当时的审美风尚，所以，对徐干情深语实的作品有所不满也是可以理解的，但又说"然粲之匹也"，即对二人总体的文学成就予以同等评价。所谓"文非一体，鲜能备善"，曹丕对以王、徐二人为代表的不同文风还是持包容态度的，而这种兼容并蓄的作风是符合曹魏集团的价值取向的。

关于徐干的文风是否平直？一方面，我们可以从其本人"怀文抱质，恬淡寡欲"（曹丕《与吴质书》）的个性气质上推知一二；另一方面，后世对其高洁品行、平直文风似一直有一共识，谢灵运《拟魏太子邺中集诗序》就认为："徐干，少无宦情，有箕颍之心事，故仕世多素辞。"（《三曹资料汇编》）胡应麟《诗薮·外编·卷一》："干著《中论》盛传，较诸魏晋浮华，良有异者。"（同上）这一评语，既可见魏晋推尚浮华、竞为侈丽的时风，又显示出对徐干文章成为"时代不和谐音"的礼赞之情。引其诗为例，《答刘桢诗》："我思一何笃，其愁如三春。虽路在咫尺，难涉如九关。"寥寥数语，明白如话地传达出了内心中对友人无限思念、忧心满怀的心灵世界。钟惺《古诗归》卷七就评曰"质甚"（同上），这虽然不是直接评说其赋，但由诗之一管似也可窥其为文之一斑了。

　　从文学思想史的角度来看，汉魏六朝是一个文学观念、文学思想发生了极大变革的时代，不少理论范畴都经历了一次重塑，而这些理论范畴的革新恰恰又反过来印证了这场文学大变革。所以，通过研究类似于"齐气"的这样的一些问题，或许能抉发出一点深层次的问题来。

　　［原载《古代文学理论研究》（第二十一辑），华东师范大学出版社

2003 年版］

《文章精义》作者考质疑

在中国传统的文章学著作中，《文章精义》一书虽篇制短小，但明清以来不仅见载于多家书目，且时受学人称引（见188页注①）。20世纪以来，不少学者先后都对是书文论思想有所讨论，虽立论褒贬不一，但多以作者为南宋末年李耆卿（名涂，号性学），未见有人对此提出什么疑议。①而20世纪五十年代末，负责校点《文章精义》的王利器先生也曾据北图藏明刻本跋尾文字认为作者为李涂，并对此以及是书成书等问题略有交代。②但因北图藏本跋尾文字本身有残阙，90年代以后，陈杏珍、王树林、马茂军三位学者先后就该书作者及版本问题专文予以考辨，推翻元代以下各类相关文献所载作者为"李涂"的说法，引证元程文海（字钜夫）《雪楼集》所载《故国子助教李性学墓碑》一文及与之相关史料，推断《文章

---

① 笔者所见如青木正儿：《中国文学概说》第二章、第六章，隋树森译，重庆出版社1982年版，第32—33、173—174页；罗根泽：《中国文学批评史》（三）第十一章，上海古籍出版社1984年版，第257—258页；程千帆、吴新雷：《两宋文学史》第九章，上海古籍出版社1991年版，第497—498页；钱锺书：《管锥编》第二册，中华书局1979年版；张毅：《宋代文学思想史》第六章，中华书局1995年版，第266—268页；另有闵泽平：《〈文章精义〉的文章观》，《湖北三峡学院学报》2000年第6期。

② 王利器（笔名刘明辉）校点："中国古典文学理论批评专著选辑"《文则·文章精义》合刊本，"校点后记"，人民文学出版社1962年版，第84页。是书版本，另参考商务印书馆四库全书出版工作委员会编《文津阁四库全书》（以下简称"文津四库"）本，1486册，商务印书馆2006年版，第539—549页。

精义》的作者李涂系"李淦"误刻。①然细检有关材料，发现三文的考辨及结论实存在不少疑点。本文就此略作考述，以就教方家。

一、《文章精义》作者问题的提出

有关《文章精义》一书作者问题的讨论，笔者寓目所及，应自清四库馆臣起。疑问的出现，在于收入"四库全书"的《文章精义》文本系自《永乐大典》辑出，而此辑本又无关于作者生平资料的记载。《四库全书总目提要》（以下简称《提要》）卷一九五"集部·诗文评类"著录此书，题署"李耆卿撰《文章精义》一卷"，目下注曰"永乐大典本"，并作提要：

> 是书世无传本，诸家书目亦皆不载，惟永乐大典有之，但题曰李耆卿撰，而不著时代，亦不知耆卿何许人。考焦竑《经籍志》有李涂《文章精义》二卷，书名及李姓皆与此本相合，则耆卿或涂之字欤？载籍无征，其为一为二，盖莫之详矣。其论文多原本六经，不屑屑于声律章句，而于工拙繁简之间、源流得失之辨，皆一一如别黑白，具有鉴裁。其言苏氏之文不离乎纵横，程氏之文不离乎训诂，持平之论，破除洛蜀之门户，尤南宋人所不肯言。又世传韩文如潮、苏文如海，及春蚕作茧之说，皆惯用而昧其出处，今检核斯语，亦具见是书。盖其初本为世所传诵，故遗文剩语口授至今，嗣以卷帙寥寥，易于散佚，沉晦者遂数百年。今逢圣代，右文得以复见于世，亦其名言至理有不可磨灭者欤。②

---

①三文分别为陈杏珍：《〈文章精义〉考辨》（《北京图书馆馆刊》1994年3/4期）、王树林：《〈文章精义〉作者考辨》（《文学遗产》2000年第6期）、马茂军：《〈文章精义〉考》（《华南师范大学学报》2005年第6期）。

②永瑢等：《四库全书总目》，中华书局1965年版，第1789页。

　　四库馆臣这里虽指出"不知耆卿何许人"，但在列入"诗文评类存目"的明黄洪宪编《玉堂日钞》的提要中又明确将之与陈骙同列为"宋"人："是编钞撮宋陈骙《文则》、李耆卿《文章精义》、明何良俊《论文》、王世贞《艺苑卮言》、吴讷《文章辨体》五家之言，共为一书。"可见，《提要》接受了此前学界关于是书作者的一般看法，只是不能确定此"李耆卿"是否即明焦竑所著录之"李涂"。

　　大致与四库同时的官修《续文献通考》、《续通志》都延续了《提要》的说法。《续文献通考》卷一百九十八"经籍考五十八·集·总集下·诗文评"将之列于蔡梦弼《草堂诗话》与《竹庄诗话》之间，题曰："《文章精义》一卷。旧题李耆卿撰。耆卿里贯无考。臣等谨案，焦竑《经籍志》有李涂《文章精义》二卷，书名及撰人之姓均与此本合，耆卿疑即涂之字云。"①《续通志》卷一百六十三"艺文略·文类第十二下·文史"列之于宋吴子良《荆溪林下偶谈》与宋周密《浩然斋雅谈》之间，题曰："文章精义一卷，宋李耆卿撰"②。此后，邵懿辰为补《四库提要》之未备，著《增订四库简明目录标注》，卷二十"集部·诗文评类"著录李书："《文章精义》一卷。宋李耆卿撰。原文久佚，今从永乐大典录出。格致丛书本。"而后其子邵章补注此书，于【附录】中收录了时人周星诒的一条记录"见《水东日记》"，并于【续录】中记录了所见的"琳琅秘室丛书本、活字本、文学津梁本"。③

　　周星诒提示的这一线索极为重要。《提要》认为"是书世无传本"，然叶盛《水东日记》卷二十三"李性学文章精义"条却记述了《文章精义》一书明代以来永乐大典辑本之外的另一种传本。这种版本不仅有跋，且跋中提及是书作者相关信息：

---

　　①《续文献通考》（二），浙江古籍出版社2000年二版，第4363页。

　　②《续通志》（一），浙江古籍出版社2000年二版，第4235页。

　　③邵懿辰、邵章：《增订四库简明目录标注》，上海古籍出版社1979年新一版，第934页。

临川李性学《古今文章精义》，仅百条，门人益都于钦止至顺中跋云二百八条，岂刻者之误欤？后又有署云《文章作法绪论》，凡十一条，宋玄僖语也。卷末又有论述，其云："袁清容文长于应制，欧阳原功文未离赋体"，未见切当。不知何人所评，岂亦出玄僖也。览者详之。①

叶盛所述"门人益都于钦止至顺中跋"，这在20世纪50年代末王利器先生校点《文章精义》所据的北图藏明刻本末可以见到：

……先生姓李名涂，字耆卿；性学，当代名公钜卿扁其斋居之号□□□□，朱子门人之门人也。后仕至国子助教。卒于官。学生益都于钦止□□书于卷末。②

很显然，叶盛所据版本与北图所藏明刻本即便不是同一版本，至少也属同一版本系统。正是这一版本系统的跋尾，提供了"李耆卿"的姓名、字号、任官等信息，由书跋之人亦可大略推考其生活于宋末元初、该书成书于元至顺年间（详见后文讨论）。实际上，目前所见自来有关《文章精义》作者及成书大略的直接记载很少，而明清以来称引、著录其作者、年代、书名甚至卷数相互间也多有出入。但据笔者考察，目前所见明清以来提及、著录《文章精义》一书的四十五个例证中，所据版本应不出上述有"跋尾"本和《大典》本这两大版本系统之外，属大典本系统的一般题署"宋李耆卿"，属有"跋尾"本系统的则一般题署"宋"或"元""李涂"

①叶盛：《水东日记》，"元明史料笔记丛刊"，中华书局1980年版，第230页。
②《文则·文章精义》，人民文学出版社1962年版，第82页。

或"李性学"。①也可以说，自《文章精义》问世近700年来，几乎没有人见过题

①据笔者考察，明清以来称引、著录《文章精义》题署作者为"李涂"者共计19例。其中，只题"李涂"者11例：明王世贞《弇州山人四部稿》卷一百四十四《艺苑卮言》一；袁黄《游艺塾文规》卷一；李栻所辑《困学纂言》卷五；周子文《艺薮谈宗》卷四；郭良翰所辑《问奇类林》卷十七；吴永之所编《三续百川学海》己集卷十七；焦竑《国史经籍志》卷五；清钱谦益《牧斋初学集》卷第八十三"《读南丰集》"（参见《绛云楼题跋》"南丰集"条）；朱彝尊《曝书亭集》卷三十三"《答胡司臬书》"以及《经义考》卷二百九十六"通说二·说经中"；田同之《西圃文说》卷三；钱大昕《元史艺文志》卷四"集类·文史类"。题"宋李涂"3例：清李元度《天岳山馆文钞》卷二十六"《古文话序》"；孙立《中国文学批评文献学》"第五章·五·文章学文献"（广东人民出版社2000年版，第294页）；《日本国现藏和刻本中国诗文评类文献书目》（据孙立《中国文学批评文献学》"附录一"）。题"元李涂"5例：明梅纯所编《艺海汇函》（据《中国古籍善本书目·丛部》"汇编丛书（一）"著录，上海古籍出版社1990年版，第149页）；张榘所编《艺林》（据《中国古籍善本书目·集部》卷二十九"诗文评类"著录，上海古籍出版社1998年版，第1864页）；黄虞稷《千顷堂书目》集部卷三十二"文史类"；清倪灿《补辽金元艺文志》；马瀛《吟香仙馆书目》卷四"集部诗文评类"。题署"李耆卿"者共计13例。其中，只题"李耆卿"者5例：明杨慎《升庵诗话》卷五"李耆卿评文"（参见《丹铅总录》卷十八"诗话类"、《丹铅摘录》卷十一、《升庵集》卷五十二）以及《丹铅总录》卷十一"史籍类·五代史学史记"；清吴伟业《〈苏长公文集〉（明刻本）卷首》（据曾枣庄《苏轼研究史》转引，江苏教育出版社2001年版，第309页）；章学诚《文史通义》卷五"内篇五·古文公式"；萧墨《经史管窥》（据俞樾《茶香室丛钞》卷八引）；雒竹筠遗稿、李新干编补《元史艺文志辑本》卷第二十"集部十·诗文评类"（北京燕山出版社1999年版，第511、515页）。题"宋李耆卿"6例：清《四库全书总目》卷一百九十五"集部四十八·诗文评类一"（参见《四库全书简明目录》卷二十、《续文献通考》卷一百九十八、《续通志》卷一百六十三、邵懿辰、邵章《增订四库简明目录标注》）；《清史稿》卷一四八"志一百二十三·艺文四·诗文评类"；缪全孙《艺风堂文续集》卷四；丁仁《八千卷楼书目》卷二十"集部"；《中国丛书综录》集部"诗文评类"（上海古籍出版社1962年版，第1575页）；青木正儿《中国文学概说》（另见罗根泽、程千帆、钱锺书、张毅等先生书）。题"元李耆卿"2例：清杜春生跋某"旧写本"（据傅增湘《藏园群书经眼录》卷十九"集部八"引，中华书局1983年版，第1587—1588页）；劳格《读书杂识》卷十二。而题署"李性学"者共计5例。其中，题"李性学"者2例：明叶盛《水东日记》卷二十三"李性学文章精义"；日人斋藤拙堂《拙堂文话》（据詹锳《文心雕龙义证》卷七"章句第三十四"引，上海古籍出版社1989年版）。题"元李性学"3例：明曾鼎辑《文式》三编；高儒《百川书志》卷十八"集部七·文史"）；清钱谦益《绛云楼书目》卷三"文说类"。此外，只提及书名未及作者姓名者6例：明吴讷《文章辨体》卷四十七"碑·表忠观碑苏子瞻"）；唐顺之《荆川稗编》卷七十七"文艺六·文·文章杂论·下"；晁瑮《晁氏宝文堂书目》"文集"及"子杂"二类；朱睦㮮《万卷堂书目》卷四"杂文"类；清王之绩《铁立文起》前编卷九；陈揆《稽瑞楼书目》。另有存疑2例提及作者为"李淦"。

署作者为"李淦"的版本，甚至也没有出现关于此书作者可能是"李淦"的明确疑议。当然，这里须提及仅有的、也是很可怀疑的三个例外。

其一，明祝允明《祝子罪知录》卷八。文中将李淦与着《古文关键》之吕祖谦、《文章正宗》之真德秀、《迂斋标注崇文古诀》之楼昉、《文章轨范》之谢枋得并列为"近人选辑之缪者"①。从文意看，此"李淦"指的似乎应该是当日堪与上述诸书并列的《文章精义》的作者，但这里的"李淦"究系"李涂"之误、还是祝氏所见另有所本，无从确定。

其二，清杨绍和《楹书隅录》卷五著录"元本苍崖先生《金石例》十卷，附钞本，附录一卷，二册"的提要。其中提道："……末有钞叶十余纸。首列伯常先生《金石八例》，次题《文章精义》，国子助教临川李淦耆卿述。而标题曰别卷附录，自是从他书写入"②。这是笔者所见唯一将"李淦"与"耆卿"（李涂字）相连的例子，但此处杨氏所见只是《金石例》转录的手抄材料，其可靠性很可怀疑。因此，同样很难确定原抄写者确有所据还是抄录有误。

其三，即当代学者雒竹筠著、李新干编补的《元史艺文志辑本》。此书在著录"《文章精义》一卷，李耆卿撰"之后，又另列"《性学李先生古今文章精义》，一卷，李淦撰"，这是明确著录作者为"李淦"的唯一一例。然雒书所列后者实即《中国古籍善本书目》所著录的北图藏明刻本③，与前述王利器先生所见系同一版本。既然是同一个本子，《中国古籍善本书目》何以著录此书作者为"李淦"？考虑到《中国古籍善本书目·集部》的编著完成在陈杏珍女士《〈文章精义〉考辨》（《北京图书馆馆刊》1994年3/4期）一文发表数年之后，而陈曾任北图善本特藏部副研究馆员（经询国图，现已去世），因此，《善本书目》此处的著录完全有可能是受后者考辨文章的影响。

---

① 《续修四库全书》（以下简称《续修四库》）子部第1122册，上海古籍出版社1996年版。

② 《续修四库》史部第926册，上海古籍出版社1996年版。

③ 由雒书此条下之注可知："《中善》29，11上著录明刻本"，第515页。后者参见《中国古籍善本书目》（集部·下），上海古籍出版社1998年版，第1883页。

　　所以，仅有的这三个具有很大疑问的例外并不能确定明清以来有人见过题署"李淦"的版本。而与此相对照，明清以来提及《文章精义》者大多以是书作者为李涂、李耆卿或李性学。尤其值得一提的是，不仅世称"多世所未见之本"①的清马瀛《吟香仙馆书目》明确著录"元板《文章精义》。元李涂撰"，而且清代另外两位曾见过今人考辨"李涂"系"李淦"之误主要论据（程文海《故国子助教李性学墓碑》一文等）的著名学者劳格和钱大昕，也同样明确题署作者为"李涂"，甚至连疑议也未表示。劳格《读书杂识》卷十二一方面题录"元《文章精义》，李耆卿撰。《大典》本"，并附录《千顷堂书目》《水东日记》关于是书作者的记载，同时也提示出《程雪楼集》二十《故国子助教李性学墓碑》这一材料，但并未据后者提出是书作者是否系元李淦的任何疑议："元李涂《文章精义》二卷。《千顷堂书目》文史类：临川人，官国子助教，益都于钦笔授。《水东日记》二十：临川李性学《古今文章精义》，仅百条，门人益都于钦止至顺中跋云二百八条，岂刻者之误欤？后又有署云《文章作法绪论》，凡十一条，宋玄僖语也。卷末又有论述，其云：'袁清容文长于应制，欧阳原功文未离赋体'，未见切当。不知何人所评，岂亦出玄僖也？览者详之。《程雪楼集》二十《故国子助教李性学墓碑》。《大典》本，李耆卿不著时代，不知何许人。或涂字耆卿欤？宋玄禧即庸庵。有序。"②而素被民初一代学者誉为清代文史考据学代表的钱大昕，不仅见过《水东日记》和《雪楼集》③，还专门考辨过元代确有其人的"李淦"的一篇碑文（见本文第二节）。那么，如果《文章精义》作者李涂确系"李淦"之误，他何以从未提及，甚至连疑议都未曾表示。我们知道，钱大昕在其补修之《元史艺文

---

　　①《吟香仙馆书目·旧山楼书目》"潘景郑序"，上海古籍出版社2005年版。马瀛，字二槎，清道光辛巳副贡，以嗜书闻名一时，所著《吟香仙馆藏书目》录书近千种，其中不乏罕见孤本。

　　②《续修四库》子部第1163册，上海古籍出版社1996年版。

　　③参见《潜研堂文集》卷三十《跋水东日记》和卷三十一《跋雪楼集》二文。《嘉定钱大昕先生全集》（九），陈文和点校，江苏古籍出版社1997年版，第518页、第529—530页。

志》中多于不经见之书、无高名之人或有疑议之书名人名下加以小注，如与李涂之书同列于"文史类"的"魏道明《鼎新诗话》"下注："易州人，安国军节度史。金"；"陈绎曾《文说》一卷，《文筌》八卷，《古文矜式》二卷"下注："字伯敷，处州人，国子助教"；"陈朴《尺牍筌蹄》三卷"注："或作陈俓"；"《吴礼部诗话》二卷"注："师道"；"高若虎《渤海诗话》"注："字仲容，安福人"；"韦安居《梅涧诗话》三卷"注："湖州人"。等等。①以钱氏之精审而对"李涂"并无特别标示，可见其对《文章精义》作者"李涂"之名并无怀疑。

我们似乎不应该忽略乾嘉学者在文史考据问题上的意见，尽管这是一种看似没有意见的意见。

因此，如果说"涂"系"淦"之误，那么近700年来似从未有人确切见到过作者题署为"李淦"的版本，甚至也从未有人提出是书作者或为"李淦"的疑议。那么，难道说《文章精义》一书自元代于钦刊刻起作者之名即已出现讹误，或者说所谓正确的版本（题署"李淦"者）几乎没有流传？虽说默证之法可信度值得怀疑，但至少提醒我们不应忽略文史考据的重要原则——"孤证不为定论"。

二、当代三篇考证文章核心论据的疑点

前面提到，《四库提要》的疑问起于未见另一版本系统的"跋尾"，所疑也尚限于"李耆卿"与"李涂"是否即同一人的问题。至20世纪90年代，陈杏珍女士著文详细考辨是书作者问题。她以所见北图藏《文章精义》明刻本"跋尾"文字中提及作者名字"李涂"的"涂"字涣漫不清，疑为"淦"，引证元初程文海（钜夫）《雪楼集》卷二十所载《故国子助教李性学墓碑》一文，由文中"天子立征性学，至则以为国子助教"以及"性学名淦，建昌南城人"两则文字，与"跋尾"所述李耆卿之名号、任

---

① 《元史艺文志》卷四"集类·文史类"，《嘉定钱大昕先生全集》（五），田汉云点校，江苏古籍出版社1997年版，第80页。

官，以及《水东日记》等所载者卿里籍"临川"相合，推断《文章精义》的作者李涂即程文所述之"李淦"，"涂"系"淦"误刻，并以《元史·叶李传》所载扬州路学正李淦上书言叶李罪愆事、周密《癸辛杂识续集》等相类记载为辅证。2000年和2005年，王树林、马茂军两位教授又先后分别撰文考证是书作者问题，王、马二文虽均未提及陈文，但二者论定《文章精义》作者系元人李淦所引据的主要论据（如程文海所撰李淦墓铭、《元史》"叶李""僧格"等传、周密《癸辛杂识续集》等）均与陈文相同，论证更细密些而已。需要指出的是，不仅陈、王、马三文论定"李涂"系"李淦"之误最核心的论据——即程文海所撰《墓碑》及北图藏本跋尾——本身存在问题，而且如果将二者相互印证的话，都可见其中实有诸多与史实不符之处。

先说程文海所撰"李淦"《墓碑》与史实不符处。兹将原文抄录如下：

至元二十三年，余以侍御史行御史台事，被旨求贤江南。过扬州，会故人为提刑按察使曰："郡庠有李性学先生，识之乎？"曰："未也。"极道其问学文章。余固愿见，使三往，不见，连骑诣之，终不遇。自是性学之名职职胸怀间，遂历两浙江东，西得士二十三人，献之天子，天子尽用之，布诸中外，愈恨不得李性学先生。还台，性学适长明道书院，得与论议，穷日夜，谈经博达精粹，超诣独见，《易》《诗》数百家可坐析立辨也。为文闳密深厚，类永嘉叶适，又博通星官历翁浮屠道士百家之言，私独念曰："苟入侍，必与俱。"一日，忽持一卷书诣台，言僧格必误国，累数千言。众大惊，以闻。未几，僧格果败。天子立征性学，至则以为国子助教。学者数百人，凡经指授，莫不充充然，相庆以为得师。公卿贵人皆折节愿与交，名动京师。已而，竟以疾卒。无子弟亲戚以治丧，无赢钱财以给丧。今江浙等处行中书省左丞吴君某与三数知己，以礼葬京城西南三十里卢沟桥之南吴君某园中。皇庆二年夏，吴君自江南还，怃然谓余曰："嗟夫性学，不幸客死，今若干年矣。吾虽去京师，往来余怀也。吾惧死者日益远，知者日益寡，不有识焉。卢沟之丘且夷矣。知性学莫若君，君其为文，吾将砻石刻诸墓。性学庶几不朽矣。卢沟，南北使客之冲，千载之下岂无贤者哀而酹之也！"呜呼！始终哉，吴君乎。夫吴君，位丞弼，名天下，非待假托附丽以闻今显后，而惓惓焉一穷士死生之际，亦可少愧天下轻薄之为交者。且性学数千里外孤生，虽甚贤，不见斥于人，顾已幸，又何望得此于人哉！吴君可谓知友道矣，可谓义人矣。性学之贤，从可知己。性学名澄，建昌南城人，世为诗书家。其人魁大，少饮酒，一食能尽肉数斤。善谈论，达政治。不娶，不知有男女事。或端坐至旦，奇士也。平生著作颇富，闻河中知府田衍多得而藏之，惜已死，不及出而行于世。卒以某年某月某日，葬以某年月日，得年若干。铭曰：于嗟乎性学！知足以知圣贤而学则闷矣，气足以怵公卿而言足征矣，行足以信友朋而没获宁矣，而年不永、位不称、丘首不克正，命也夫！命也夫！①

按《墓碑》所述：程文海至元二十三年奉旨江南求贤，慕性学之名三访而未遇，"还台，性学适长明道书院，得与论议……一日，忽持一卷书诣台，言僧格必误国，累数千言。众大惊，以闻。未几，僧格果败。天子立征性学，至则以为国子助教。"揆诸史文，《元史》卷十六"世祖本纪十三"载：

二十八年……戊申，扬州路学正李澄上言："人皆知桑哥（笔者按：即僧格。）用群小之罪，而不知尚书右丞叶李妄举桑哥之罪，宜斩叶李以谢天下。"有旨驿召澄诣京师，澄至而李卒，除澄江阴路教

---

① 《雪楼集》卷二十，文津四库第1206册。

授，以旌直言。①

可见，李淦被征系因至元二十八年秋桑格败后上书言叶李举荐桑格之罪愆事，其言桑格之祸国应在至元二十六年程文海上疏参劾桑格前②，此与史实不合一；李淦上书之时官任扬州路学正而非明道书院山长，此二不合；后李淦"以旌直言"于二十九年初除官江阴路教授，并非如程文所述"立征"为国子助教，此三不合。三个疑点，陈、王、马三文都未能作出可信的解释。

陈、王二文并未特别注意李淦二十八年上书时究系明道书院山长还是扬州路学正的官职问题。马文则据《庙学典礼》卷五所载"明道书院设山长二员"一语，推测李淦此时系兼职。覆考《庙学典礼》卷五《行台监察举呈正录山长减员》系当日江东道宣慰司的奏札，札中讲到"卑职到湖广省，闻知本省管下儒学正录书院山长各设一员，访闻江浙江西等处多有滥设员数不能一一具呈，略举建康一路府学除教授外见设学正三员，学录二员，明道书院设山长二员……"等语，文后更奏曰"学正山长既历一考之上例升府州教授、学录教谕亦得以次转补宜从都省定额，各处儒学学正录

---

①诸多史料与此记载相类，如周密《癸辛杂识续集》卷上"叶李"、卷下"李性学"；《元史》卷一百七十三《崔彧传》《叶李传》；明胡粹中《元史续编》卷四；明陈邦瞻《元史纪事本末》卷一；明冯琦、冯瑗编《经济类编》卷九十一"人事类三"；明朱瞻基《五伦书》卷十七"君道十六"；明王宗沐《宋元资治通鉴》卷五十五"元纪三"；清徐干学《通鉴后编》卷一百五十七；清尤侗《看鉴偶评》卷五；清徐文靖《管城硕记》卷二十"史类三"；《续通志》卷四百八十六"列传元四十"；清傅恒《御批通鉴辑览》卷九十六；清曾廉《元书》卷五十五；清汪辉祖《元史本证》卷二十二证误二十二"叶李传"；清焦循《雕菰集》卷八辩论"叶李论"；清毕沅《续资治通鉴》卷一百九十；清叶沄《纲鉴会编》卷九十五；清赵翼《廿二史札记》卷二十九；清陈衍辑《元诗纪事》卷四等。

②《元史》卷一百七十二《程钜夫传》载，程文海至元二十三年奉诏求贤江南还朝之后，"仍还行台"，至元二十六年，因权相桑格（亦作桑哥或僧格）专权而入朝上疏，触怒桑格，被羁留于京师并奏请杀之，凡六奏，帝皆不许，后还行台。可见，李淦言"僧格必误国"以至"众大惊"应在至元二十六年程文海上疏前，而李淦被征入京则在至元二十八年秋之后。

书院山长每处存设一员，多者革去，额外不许滥设"。①可见，当日江浙学官之设惟恐安排不下众多冗员，不太可能让李淦身兼二职。而且，明道书院在建康（即南京）城内，而扬州路学则在路治扬州（参《元史》卷五十九"志第十一·地理二·扬州路"、《元史》卷九十一"志第四十一上·百官七·江西等处行中书省"等），二者地理相隔，李淦又如何可能兼官两地？

其次，李淦上书后除官江阴路儒学教授问题。陈文未做解释，王文则认为李淦此次入京授官江阴路教授，"后又诏入京师为国子助教"，但到底何时没有说明，也没有任何佐证。马文则认为李淦至元二十八年秋入京，至次年初"以旌直言"除官江阴路教授；又引元苏天爵《元文类》卷二十七所收署名李淦的《平江路学祭器记》一文，推断李淦二十九年十又二月望之前曾转平江路教授，三十年赴大都就任国子助教："平江路学大成殿祭器者，教授李淦、方文豹所造也。……初至元二十有九年十有二月望，淦祗事顾兹器非度，明年考朱文公释奠菜礼改为之。十有一月方君来，明年皆方君为之。元贞元年十月竣事，首尾凡三年鸠工。更学正凡五人……"②。

据钱大昕《潜研堂金石文跋尾》卷十八：

> 《平江路学祭器碑》元贞元年十月
>
> 右《平江路学祭器碑》。在苏州府学仪门壁间。盱江李淦撰，严陵方文豹书。两人皆儒学教授。李以至元廿九年十二月到任。明年，以祭器非度，考朱文公《释奠》《释菜礼》文创为之。其年十一月，方亦到，同任斯事。元贞元年十月始成，首尾凡三年。今文庙库所存至元癸巳象尊及铜豆，俱刻李姓名。元贞元年铜爵、铜簠、铜豆俱刻两人姓名，与《碑》合。淦以扬州路学正上书，请斩叶李。驿召诣京

---

① 王颋点校：《庙学典礼（外二种）》，"元代史料丛刊"，浙江古籍出版社1992年版。另见文津四库本第649册。

② 《元文类》，文津四库第1371册。

师，授江阴路教授，以旌直言。见《元史·叶李传》，当在至元二十九年。据此碑，淦为平江路教授，非江阴也。淦字性学。[1]

另据清李铭皖、谭均培修，冯桂芬纂《同治苏州府志》卷五十四"职官三·苏州府儒学"：

> 李淦，至元二十九年任，有传。旧志列方文豹下，云元贞初任。案：淦《平江路儒学祭器记》云，至元二十有九年十有二月望，淦祗事顾兹非度，明年考朱文公释奠释菜礼改为之。十有一月，方君来，明年偕方君为之。元贞元年十月竣事，首尾凡三年云云。而传云，元贞初改平江教授者盖误以造祭器竣事之年月为到任之年月也。旧志沿传误，今特改正，并改列方前，乃与淦记合。潜研堂金石文跋尾亦尝言之，道光志未曾检及耳。……
>
> 方文豹，严州人，至元三十年任。

以及卷七十三"名臣六·苏州府学"引《苏学景贤录》：

> 李淦字性学，盱江人。先任扬州路学正，奏尚书右丞叶李举桑哥之罪，元贞初改平江路教授。淦考宋儒朱熹释奠释菜礼，制金缶竹木祭器一千七百有四。至后任教职，方文豹至，淦犹与之僇力竣工，作记刻石以去。[2]

可见，这个"盱江李淦"[3]，因上书言叶李事于至元二十九年（1292）

---

① 《嘉定钱大昕先生全集》（六），田汉云点校，江苏古籍出版社1997年版，第492页。

② 《同治苏州府志》，第二册，第517页，第三册，第29页，"中国地方志集成·江苏府县志辑"，江苏古籍出版社1991年版。

③ 程文海《墓碑》文载李淦里籍"建昌南城"，而盱江"在（建昌）府城东。一名建昌江"（《读史方舆纪要》卷八十六"建昌府"），二者相合。

任官平江路学儒学教授，至元贞元年（1295）十月仍在任。因此，马文由《祭器记》一文认定李淦至元三十年入京任官国子助教，完全只是一种推测（而且即便推测李淦元贞元年后入京仍存在问题，见下文所述），其目的显然仍在于牵合程文海《墓碑》与北图藏本跋尾所载李耆卿任官国子助教事。但实际上，考察这两则材料可以发现，不仅北图藏本跋尾文字本身与史实尚有差异，且将二者联系考察更有相互矛盾处。

三、北图藏《文章精义》明刻本"跋尾"与程文海《墓碑》一文的相互矛盾

关于北图（今国图）所藏《文章精义》明刻本的跋尾文字，陈杏珍女士与王利器先生所引略有不同。从陈文"本书文字需作认真校勘……笔者试将北图藏明刻本与四库本相较"等论述看，作者似并未见过王利器先生的校点本——后者正是将北图本与文津四库本相校。现将王校本引文抄录如下，另将陈氏引文不同处用方括号"【】"标出：

> 人皆曰文章天下之公器，然必具眼目【，】识见高者，而后能语其精义之精。予十八九时，从性学先生学，每读书讲究义理之暇，则论古今文章。予资质鲁钝，恐其遗忘，故随笔之于简帙，凡二百□八条（王文原按："百"下原残缺一字，今此书仅存一百一条，此云"二百□八条"，不知何故。），于是表其书之首【，】曰《性学李先生古今文章精义》，藏于家者四十余年，未尝出以示人。至顺三年冬十又二月，阅所蓄故书，得于箧笥中。临文兴悦，手不忍置。因念与其独善一身，孰若兼善天下，遂绣【绣】诸梓，与士大夫共之。如此，则不独不泯先生学力之所到，亦可以为学【陈文"为学"二字为"□□"】者识见之一助云。先生姓李【，】名淦【陈文"淦"为"□"】，字耆卿；性学，当代【陈文"代"为"□"】名公钜【巨】卿扁其斋【，】居之号□□□□，朱子门人之门人也。后仕至国子助

教。卒于官【陈文"于官"二字为"□□"】。学生益都于钦止□□书于卷末。①

四处标点，最后一处当以王校本为是，其余三处则两可。"繡和【绣】""鉅和【巨】"系繁简异文。陈文所录阙文比王校本多，最关键的一处即作者的名字，王校本定为"涂"，但陈文指出"李性学之名已缺掉几笔，残字很像'涂'，但却不能断定是'涂'"。王、陈均以跋尾"于钦止"系元人"于钦（字思容）"姓名之衍文。

考诸文献，元至顺年间，于钦止、于钦皆实有其人。

元苏天爵《滋溪文稿》卷二十九《题补正水经后》载："至顺三年春，予为江南行台御史，汇水经将板行之，适奉诏录囚湖北，七月归，至岳阳，与郡教授于钦止览观山川，钦止言洞庭西北为华容，而县尹杨舟方校水经，念其文多讹阙，予因以补正示之，今所刻者是也。"②可知，当日（至顺三年）有一岳阳教授于钦止。关于这个于钦止的生平大略，因未见史料记载，已难考知，但从下文所引《于钦传》可知此人与"至顺四年卒"的于钦肯定不是同一人。

但是，如果跋尾文字系元于钦所作，则这段文字也有讹误处。考《新元史》卷一八九《于钦传》（参见《元史》卷三十二《文宗本纪》、元柳贯《待制集》卷十一《于思容墓志铭》③等）载：

> 于钦，字思容，宁海文登人。……父世杰，有学行，宋平，慨然曰："中原礼乐尽在江南，吾将往观之。"遂徙家于平江。钦少力学，有才名。集贤大学士高贯、浙江行省平章高防皆荐之，征为国子助教。擢山东廉访司照磨。丁母忧。服除，授翰林国史院编修官，三迁

---

①关于北图（今国图）所藏《文章精义》明刻本，王树林教授文中提到"曾两度查询皆未得见"。笔者也曾两次网上咨询过国图相关部门，除机读书目中有民国石印本及文渊四库本外未见其他。故本文所引"跋尾"，以陈、王二先生引文为据。

②《滋溪文稿》，文津四库第1218册。

③《待制集》，文津四库第1214册。

为江南行台监察御史，改詹事院长史，就拜监察御史。……天历元
年，钦与同僚撒里不花、锁南班、张士宏上言……帝嘉纳之。迁中书
左司都事，改御史台都事。钦据经守律，不务刻深，忌者因其骤进，
造蜚语构之。遂除同知寿福院总管府事。未几，复拜兵部侍郎。至顺
四年卒，年五十。撰《齐乘》十卷，传于世。

由传文知于钦系宁海文登人，文登古属齐郡，元初属益都路宁海州，
至元九年（1272），直隶都省山东宁海州。这与跋尾所记"益都于钦"相
符，"止"似为衍文（也可能非衍文，而与后二阙文相连属）。但传文载于
钦卒于至顺四年（1333），年五十，则于钦应生于至元二十年（即1283
年）。若依跋尾所记"余十八九时从性学先生学"，则于钦就学李性学应在
1301—1302年左右。《文章精义》为于钦就学性学时所笔录，若跋尾系于
钦至顺三年（1332）所作，则"藏于家者四十余年"一语不能成立。当
然，这有两种可能性解释：其一，于钦十八九就学性学，"四十余年"之
"四"或为"三"之误；其二，"余十八九"之"十"或系"才"之误，即
于钦就学性学在1291—1292年左右。但是，若依这两种可能性解释，则跋
尾内容与程文海的《墓碑》一文矛盾。

首先，依《墓碑》所述，则于钦"十八九"时李淦应已然"以疾卒"，
不可能就学于李淦。

按诸程文，李淦于桑格败后言叶李罪愆事而除官国子助教（或如王、
马二文所述先官江阴路教授，后转国子助教），时间约在至元二十九年或
三十年（1292或1293年）。李淦至京后，"学者数百人，凡经指授，莫不充
充然，相庆以为得师。公卿贵人皆折节愿与交，名动京师。已而，竟以疾
卒。无子弟亲戚以治丧，无赢钱财以给丧。今江浙等处行中书省左丞吴君
某与三数知己，以礼葬京城西南三十里卢沟桥之南吴君某园中。皇庆二年
夏，吴君自江南还，怆然谓余曰：'嗟夫性学，不幸客死，今若干年矣。
吾虽去京师，往来余怀也。吾惧死者日益远，知者日益寡，不有识焉。卢
沟之丘且夷矣。'"这段文字中有两处时间值得注意，一是李淦亡故的时

间，一是皇庆二年。皇庆二年（1313）夏，"吴君"说性学"不幸客死今若干年矣"而且"卢沟之丘且夷矣"，可见这个可表示多亦可表示少的程度副词"若干"此处应该表示多，即李淦亡故距离皇庆二年已有很多年，"丘且夷矣"的意思近于通常所说之"墓木拱矣"。再联系前文所述李淦至京后"已而，竟以疾卒"，"已而"一词本身表示的时间即"不久"的意思，一般表示数月，"竟"更有强调这个"已而"的意味。因此，李淦亡故的时间离其至京师的时间应该不会太久。考虑到程文海着此文至少是在皇庆二年（1313）之后——即程文乃是对李淦被召入京二十年之后的追忆，那么"已而"所指的时间最长也不应超过一二年或二三年。如此，则李淦不可能迟至于钦"十八九时"（1301—1302）尚在世，因为这个时间离李淦入京已有十年之久，不合"已而竟以疾卒"之说。

实际上，如果考虑前引《平江路学祭器记》一文的内容，则程文所述李淦入京任官时间与之显然已是矛盾。而且，即便假定李淦于元贞年间（1295—1297）自平江路学教授转任国子助教，李淦亡故时间仍在于钦就学时间之前。

其次，若于钦"才八九"时就学性学，则不仅与于钦生平不合，且"跋尾"所述也不合乎当日髫龄学童学制内容。

如果说于钦从性学学"才八九时"，即1291—1292年。按柳贯《待制集》卷十一《于思容墓志铭》所载，于钦父世杰宋亡后"侨家吴中三十年"，"钦少学于吴"，吴中即苏州。那么，若李淦已入京为国子助教，则于钦根本不可能以髫龄童稚远游入京就学性学；若李淦仍长明道书院，或任扬州路学正，或任江阴路教授，或任平江路学教授，就地理而论，于钦有就学性学的可能，但所述学习内容又明显不合乎当日学童求学的常规。跋尾述《文章精义》一书乃于钦对性学当日"读书讲究义理之暇，则论古今文章"的笔记。考之元人程端礼记述元代家塾教学程序的《程氏家塾读书分年日程》，当日教学最忌讳"失序无本，欲速不达"（《读书分年日程式》），因而讲论"古今文章"至少也是十五岁以后的修习内容①，所以李性学不可能对年才八九龄的于钦"论古今文章"。而且，《文章精义》一书品评先秦至唐宋名家文之源流得失、相互间之利钝精粗，这些内容若非已有相当古文根基之青少年，而仅凭一髫龄学童，不要说理解，笔记成文恐怕也是相当困难的。

另外尚有一推想。按程氏《墓碑》撰写当在皇庆二年夏之后，据《元史·程钜夫传》，钜夫于皇庆三年②以病乞归，"不允，命尚医给药物，官其子大本郊祀署令，以便侍养。时令近臣抚视……请益坚，特授光禄大夫，赐上尊，命廷臣以下饮饯于齐化门外，给驿南还，敕行省及有司常加存问。居三年而卒，年七十。"可见程文海晚年不仅特受恩遇，且与其时之僚属也时有往还。另据《新元史》卷一八九《于钦传》（参见元柳贯《待制集》卷十一《于思容墓志铭》）载，于钦少有才名且早入仕途，曾先后"征为国子助教""擢山东廉访司照磨""授翰林国史院编修官，三迁为江南行台监察御史，改詹事院长史，就拜监察御史"。因此，程文海去世之前，完全有可能曾与于钦同朝为官。如果于钦曾就学性学，谊属师长辈的程文海对这位昔日好友之门生应不会陌生，那么程氏《墓碑》述李淦卒后"无子弟亲戚以治丧"、赖"今江浙等处行中书省左丞吴君某与三数知己"葬之，二者岂不有矛盾？

因此，如果"跋尾"文字确系元于钦所撰，则文中"四十余年"之"四"应系"三"之讹，而于钦所就学之"李性学"也就很难说与程氏《墓碑》中之李淦为同一人。

四、从李涂与李淦的字号可见二者非同一人

实际上，从前引钱大昕《潜研堂金石文跋尾》卷十八和《同治苏州府

---

① 程端礼撰：《程氏家塾读书分年日程》卷一、二，姜汉椿校注，黄山书社1992年版。

② "皇庆"为元仁宗年号，二年后即改元延祐，故此处疑为"延祐"三年。

志》已可看到，上书言叶李罪愆事的"盱江李淦"，字性学。这就是说，程文海《墓碑》载"性学名淦，建昌南城人，世为诗书家"一句中，"淦"是名，而"性学"是其"字"。

这从古代墓铭文字的通例上亦可得到证明。古人所撰墓铭，一般会交代逝者之姓名字号、任官履历等，其中姓名和字必然会交代，而号则未必。查考程文海《雪楼集》为时人所撰之"墓铭"大都如此，以记载李淦《墓碑》的"卷二十"为例，该卷存录墓铭文十余篇，除方外之人和妇人，均列墓主之名、字，而号则或书或否。如《彭城郡刘文靖公神道碑铭》："公讳景石，字文瑞，章丘人"；《罗垚墓志铭》："垚字奕高，娶严氏"；《元都水监罗府君神道碑铭》："罗侯……侯讳璧，字仲玉"；《自观先生王君墓碣》："幻孙，字季稚，是为自观先生"；《静山处士陈君墓志铭》："饶之安仁有隐君子曰陈恢叟……恢叟讳应洪，自号静山居士"；《吴君载墓志铭》："昼子，字君载"；《周仲芳墓志铭》："周氏……七世孙曰桂芳，字仲芳"；《故同知处州路总管府事袁府君神道碑铭》："君讳洪，字季源"；《许幾先墓碣》："君讳开，字幾先"。因此，《墓碑》一文中"性学"正是李淦的字，而非号。

另外还有两则材料亦可佐证"性学"为李淦之字。一是元牟巘《陵阳集》卷十五《题徐容斋荐稿》所载："……廉问浙西士之贤者多所论荐，尤留意学校，举学官二人焉以示劝，江西李淦性学、西秦张横仲实是也"。[①]据厉鹗《东城杂记》卷上《城东倡和序》："张仲实，名横，号菊存"。"江西李淦性学、西秦张横仲实"系并称，既然仲实为张横字，那么"性学"十之八九即李淦字。另一例见明宋濂《文宪集》卷三十《溟涬生赞有序》："余自幼即见长老谈溟涬生事，近见李淦性学及戚光子实所造文……"。[②]戚光于元天历、至顺年间曾纂辑《集庆续志》《南唐书音释》等，字子实，因此相并题之"李淦性学"的"性学"应该也是李淦的字。

而前引《文章精义》的"跋尾"说得很清楚，"李涂（字耆卿）"号

---

① 《陵阳集》，文津四库第1192册。

② 《文宪集》，文津四库第1228册。

"性学"。因此，从李涂与李淦的字号可见二者并非同一人。

另外，古人名、字往往义有相关，我们也可借此看看李涂与李淦的名与字是否有这种关联。据《故训汇纂》，"淦"，"沉也"，有沉没（如"淦瀯"）、沉浸义①；而"性"则有天性、生性之义（《荀子·正名》：生之所以然者谓之性）。"性学"即有生来好学的意思，与"淦"之"沉"义可通。而号曰"性学"的李涂之"涂"，《尔雅·释天》曰："十二月为涂"。涂字"耆卿"，"耆"，年长硕德之称；"卿"，古有"卿月"之说，《尚书·洪范》："王省惟岁，卿士惟月，师尹惟日。"孔传："卿士各有所掌，如月之有别"；孔颖达疏曰："卿士分居列位，惟如月也"，正与"十二月为涂"之"涂"相关联。至于李涂之号与李淦之字恰同为"性学"，这在古人的姓名字号中也非鲜见。如为人熟知的唐代诗人李商隐，字义山；而宋代亦有名李义山者，字伯高②。因此可以确定，《文章精义》之作者李涂与《墓碑》之李淦并非同一人，前者号"性学"，而后者字"性学"。

总体上看，《墓碑》之李淦与"跋尾"之李耆卿，看似相合的信息仅三点：名号中的"性学"，所任官职"国子助教"，以及里籍"建昌南城"或曰"临川"。第一点考辨如上。至于后二点，首先《墓碑》载李淦任官"国子助教"问题很可怀疑。这只是一个"孤证"，如前文所述，有关李淦其人的其他史料文献均未提及此点。当然，从碑文可见程文海与李淦交谊非一般可比，应有可信度。但是，撰写此碑文时，程文海已年近七十，且所述系对20年前往事的回忆，极有可能是记忆有误。其次，关于李耆卿的里籍问题。目下所见四十五例史料中，叶盛、杨慎、高儒、钱谦益、黄虞稷、倪灿等均提及李耆卿之里籍"临川"。如陈、王、马三文所考，"临川"确与《墓碑》所述之"建昌南城"相合。从此数例著录内容看，所据文本均应属于有"跋尾"之版本系统，但今本"跋尾"并无李耆卿之里籍问题。如果有，极有可能是今本跋尾"斋居之号□□□□"的空缺四字处

---

① 《说文》段注曰："淦者，浸淫随理之意"，与"性"更见相通处。见宗邦福、陈世铙、萧海波主编：《故训汇纂》，商务印书馆2003年版，第1276页。

② 吉常宏、吉发涵：《古人名字解诂》，语文出版社2003年版，第82页。

原有关于里籍的记载。若确系如此，则叶、杨等诸家所见之"跋尾"应无阙文，那么他们题署作者为"李涂"或"李耆卿"也就应属可信。如此，则陈、王、马三文的考证以"跋尾"有阙文、"李涂"之"涂"一定是"淦"误刻的结论就难以成立。可能的解释就是，明代早期传刻是书者将二人混淆，误题此"临川"二字，后世沿袭。退一步说，即便李淦确曾任官国子助教，而李涂也确系临川人，即二者里籍相同，任官相同，但字号的差异仍可证明二者非同一人。

综上所述，在没有更为可靠例证的情况下，若想以程文海《墓碑》一文所提供的材料来推翻700年来有关《文章精义》一书作者系"李涂"的各类记载，不仅证据不足且所据不尽可信。文史考据应遵循"有所阙疑"的科学态度和"孤证不为定论"的原则，就像钱锺书先生所说的，"单文孤证，好事者无妨撮合；切理餍心，则犹有待焉。"①因此本文以为，在未有确凿证据之前，有关该书作者似应仍以"李涂"为是；至于年代问题，据于钦"跋尾"文字看，李涂入元曾任官，而是书又系于钦笔录于至元年间、刊于至顺初年，故应著录为"元代"。

[原载《中国典籍与文化论丛》第11辑，凤凰出版社2009年版]

---

① 《管锥编》第二册，中华书局1979年版，第581—585页。

现代学术视野中的"考据之学"

——从梁启超晚年的治学转向与学术关怀说起

自有学者开始有意识地从清儒学术中发掘具有"科学精神"的研究法，到"考据"成为当下学术研究中依然并仍将具有较强支配力的一种研究进路，时间刚好贯穿了一个20世纪。不论是从方法论研究的视角出发，还是就学术史反思的需要来看，中国古典学术中的"考据传统"如何在现代学者的关注、思考和实践中得以延续、更生和转化，都应该是可堪注意的一个问题。而要切入这个话题，梁启超和胡适无疑均是上好人选。不仅仅因为他们都曾对"学术研究方法"的问题作过经久思考，也在于他们同是比较早的研究清学之"科学精神"的学者。而本文之所以选择以梁启超晚年学术（1920—1929）为例，一方面自是认为梁启超关注上述问题较胡适要早、其游走于晚清及五四两代学者之间的学术历程更丰富，另一方面也是对他自己所说的"启超之在思想界，其破坏力确不小，而建设则未有闻"[①]这一大胆而又不乏几分怪异的自我评价的好奇。毕竟印象中的梁启超不仅"破坏力"不小，"建设"亦不小。

一、"开出一派新考证学"

1929年1月19日，一代学术巨子梁启超因病辞世。嗣后未及一月，他

---

① 梁启超：《清代学术概论》，上海古籍出版社1998年版，第89页。

的学生张荫麟（1905—1942，字素痴，广东东莞人）撰文纪念，文中对梁启超欧游归国之后的文化反思及学术成绩多有褒赞，但也留下了一点批评："关于学术史者，《先秦政治史》及《墨子学案》《老子哲学》等书，推崇比附阐发及宣传之意味多，吾人未能以忠实正确许之。"①文章对此并未作阐发，但以学生作文纪念本师而未加回护，则既可见素痴之直率，亦可知任公晚年学术中存在的问题未可忽视。13年后，张荫麟又力促其友张其昀（1901—1985，字晓峰，浙江鄞县人）刊布所撰《梁任公别录》并为之作跋，在跋中再次提及任公晚年学术之失：

> 以言学术，世人于任公，毁誉参半。任公于学，所造最深者唯史。而学人之疵之者亦在是。以谓其考据之作，非稗贩东人，则错误纷出，几于无一篇无可议者。实则任公所贡献于史者，全不在考据。任公才大工疏，事繁骛博，最不宜于考据。晚事考据者，徇风气之累也。虽然，考据史学也。非史学之难，而史才实难。任公在"新汉学"兴起以前所撰记事之巨篇，若《春秋战国载记》，若《欧洲战役史论》，元气磅礴，锐思驰骤，奔砖走石，飞眉舞色，使人一展卷不复能自休者，置之世界历史著作之林，以质而不以量言，若吉朋，麦可莱，格林，威尔斯辈，皆瞠乎后矣。②

其实梁启超生前即已出现指摘其考据或"稗贩东人"、或"错误百出"的发难，20年代讲学东南大学时更因此遭受诸多冷语及蜚议。③作为弟子

---

①素痴（张荫麟）：《近代中国学术史上之梁任公先生》，原载1929年2月11日《大公报》，转引自夏晓虹编《追忆梁启超》，中国广播电视出版社1997年版，第108页。

②张荫麟：《跋〈梁任公别录〉》，原载1941年11月《思想与时代》4期，转引自《追忆梁启超》，中国广播电视出版社1997年版，第139页。关于张其昀此书刊布事见《梁任公别录》"小引"，参见《追忆梁启超》，第126页。

③此系黄伯易《忆东南大学讲学时期的梁启超》一文回忆，由此可见一斑。此文原载《文史资料选辑》第94辑（文史资料出版社1984年版），参见《追忆梁启超》，中国广播电视出版社1997年版，第322—325页。

的张荫麟对此应该也很清楚，所以他以守为攻首先指出，任公之学术性格和学术趣味本属"才大工疏，事繁骛博"一类，根本不适宜做考据，而其之所以"晚事考据者"，完全是受当日学界风习的负面影响。也就是说，梁任公晚年学术最主要的失误，并不在考据的具体内容，而是根本上对自身学术性格判断失当，以致误落"考索"之途——就像余英时笔下的那个戴东原一样，以原本属于"多独断之学"之"高明者"的品格、作风，走进了"尚考琐之功"之"沉潜者"的行列。其次，张荫麟又指出，做考据有史学（即考据的知识技术层面）不难，难的是有史才——即涉笔成文、组辞谋篇的文章之才，而任公所长恰在于那种难得的史才——任公做考据之前所撰"记事之巨篇"可证。张文由此二点得出结论，任公对史学的贡献"全不在考据"一途。很明显，张荫麟这篇不露声色且有守有攻的"跋"是有意要替乃师晚年考据之失作辩解。然而，如果考察梁启超晚年的学术兴趣和治学趋向，我们自可发现张荫麟的这番辩解其实在很大程度上可能恰有违任公之原意，或者说辨非所辨。

梁启超晚年的考据文字到底有着怎样的失误，以及他本人是"狐狸"型还是"刺猬"型学者，其实未必那么重要，关键是其晚年倾向于做考据研究，到底是"徇风气之累"，还是有意为之以求开学术新貌？这关涉到20世纪初期学术风向的转变，影响学术史深远，值得注意。

1923年1月9日，梁启超在东南大学国学研究会讲演《治国学的两条大路》。就中提出国学研究有两大路向，一是文献的学问，一是德性的学问。在解释第一条路向的时候，他指出这"便是近人所讲的'整理国故'这部分事业。这部分事业最浩博最繁难而且最有趣的，便是历史。"从文中所提"近人所讲的'整理国故'"这样的字眼，很容易让我们联想到胡适——中国现代学术史上"整理国故"运动的中坚人物。加上梁启超又素来示人一种"流质易变"的思想性格，以及"感应敏速"、"对于各种不同的思想学术极能吸收最善发挥"[①]的治学特点，因此我们往往也容易就此

---

① 梁漱溟：《纪念梁任公先生》，原载1943年1月《扫荡报》，转引自《追忆梁启超》，中国广播电视出版社1997年版，第260页。

认为梁启超20年代后提倡"整理国故"是受到胡适的影响，从而对张荫麟关于梁启超晚年从事考据是"徇风气之累"的观点产生认同和理解。但是，如果我们注意到梁启超在谈及"整理国故"的具体研究方法时所提出的那个"号召"——"我们应该开出一派'新考证学'，这片大殖民地很够我们受用咧"，就会发现，他讲"整理国故"原是要引出这个"新考证学"概念的，而文中所谈做国学研究第一个路向——"文献的学问"——的三个标准其实也正是对此而言的。

梁启超此处提出的这个"新考证学"——张荫麟文中称之为"新汉学"，乍看起来和他一直以来予以表彰的、颇具科学精神的清儒"考据"之学差不多，也似乎和胡适反复宣讲提倡的中国数千年来、尤其是近三百年来"古典学术和史学家治学的方法，诸如'考据学''考证学'等等"（《胡适口述自传》）很接近。但是，一个"新"字，则透露了梁启超对作为一种现代学术研究方法的"考据"与"清学正统派之考证学"之间实际已有了明确的区分意识。这么说，并非有意深文周纳、强作诠解。因为就在这句话之前，他在谈及旧学整理时曾明确讲道："前清'乾嘉诸老'也曾努力做过一番，有名的清学正统派之考证学便是。但依我看来，还早得很哩。他们的工作，算是经学方面做得最多，史学子学方面便差得远，佛学方面却完全没有动手呢。况且我们现在做这种工作，眼光又和先辈不同，所凭借的资料也比先辈们为多"[1]。可见，对于熟谙有清一代学术史的梁启超而言，乾嘉考证学无论在学术视野、治学范围还是研究资料建设方面均有较大不足，所以他相信此下从事"整理国故"不但能"续清儒未竟之业"，而且能实现类似陈寅恪所说的"较乾嘉诸老更上一层"（《与妹书》），其缘由便在于今人有着与前贤不同的"眼光"。梁启超一生思想多变，很大程度上就在于他对学术思想变迁风向的敏感和判定。因此，他所说的这种不同以往的"眼光"，实指涉一种对"新"的学术品格、学术风向、学术范式的自觉，它可以使得今日的学者在拓展研究领域、拓宽材料

---

①梁启超：《治国学的两条大路》，原载《时事新报·学灯》1923年1月23日，《饮冰室合集·文集之三十九》（第5册），中华书局1989年版，第110—113页。

来源上超越前贤。所以，梁启超所提出的"新考证学"之"新"，实隐含着其对新旧两种学术范式、研究方法的反思。

思想文化学者殷海光曾说过，"从事思想工作者，对于语言符号所代表的意义流动之情况，必须有高度之警觉"。[①]对于像梁启超这样思想敏锐且注重文字修辞的学者而言，这份"警觉"恐怕就可以用"必然"来描述了。因为，当进一步追索梁启超提出"新考证学"——亦即区分新旧考据之学意识的产生——的历程，我们发现，不仅提出清儒考据之学具有科学精神的发明权并非像胡适所说的那样属于他本人[②]，甚而正相反——谊属后学的胡适之所以关注清学、研究戴东原，进而挑起"整理国故"的大旗，在很大程度上原是受到梁启超的启发（至少也可以说是互有启发）的；而且也可以明白，梁启超晚年治学对"考据"的重视，实潜藏着他对"考据之学"如何具有"现代"学术品格问题的深沉思考。"开出一派新考证学"原非一句虚语。

二、"新考证学"之思

这里可以梁启超学术史研究的三部名著为例，略为勾画其有关"新考证学"问题思考的历史线索，以考察其晚年治学趋向转变的由来。

梁启超自1902年3月至9月在《新民丛报》上连续刊布《论中国学术思想变迁之大势》，1904年9至12月又续刊第八章"近世之学术"，是为中

---

①贺照田编：《殷海光书信集》，《致徐复观》（1953年9月26日），上海三联书店2005年版，第14页。

②胡适晚年在谈到杜威思想对他的影响时提道："他也帮助了我对我国近千年来——尤其近三百年来——古典学术和史学家治学的方法，诸如'考据学''考证学'等等。[这些传统的治学方法]我把它们英译为 evidential investigation（有证据的探讨），也就是很据证据的探讨，[无征不信]。在那个时候，很少人（甚至根本没有人）曾想到现代的科学法则和我国古代的考据学、考证学，在方法上有其相通之处。我是第一个说这句话的人；我之所以能说出这话来，实得之于杜威有关思想的理论。"唐德刚译注：《胡适口述自传》，华东师范大学出版社1993年版，第97页。

国现代以来以"崭新的学术史写作模式"①出现的开风气之作。全书"总论"部分在批评当日囿于传统和倾向西化两种不良学术倾向后即提出，"夫我界既如此其博大而深赜也，他界复如此其灿烂而蓬勃也，非竭数十年之力，于彼乎，于此乎，一一撷其实，咀其华，融会而贯通焉，则虽欲歌舞之，乌从而歌舞之？……吾姑就吾所见及之一二，杂写之以为吾将来研究此学之息壤，流布之以为吾同志研究此学者之筚路蓝缕。"梁启超并没有明确提出"整理"这样的字眼，但呼吁要将旧有学术思想"一一撷其实，咀其华，融会而贯通焉"，已明白表见其"整理"旧学的一番学术祈向。而且，虽说梁启超此期思想中尚未脱来自万木草堂借讲明学术流变以批判旧学、革除依附精神的遗绪，但同时他也注意到了"自善其国者"不可不对本国"所以立之特质""淬厉之而增长之"的必要性，开始着意强调对国族自身文化特质的思考和发扬。所以，尽管他这一时期对"本朝考据学之支离破碎，汩没性灵"依旧"排斥不遗余力"，但仍然十分肯定清儒"以实事求是为学鹄，颇饶有科学的精神"的治学方法。

然而，梁启超对于自己1904年发出的"今日欲使外学之真精神普及于祖国，则当转输之任者，必邃于国学"②的号召，最终因为10年的政治簸荡而未能作出更多切实的思考。但不可否认的是，其基本思路和研究范式却对比他年轻近20岁的胡适产生了浓厚影响，甚而成为胡适日后学术路向

①夏晓虹：《中国学术史上的垂范之作——读梁启超〈论中国学术思想变迁之大势〉》，原载《天津社会科学》2001年第5期。引自《阅读梁启超》，生活·读书·新知三联书店2006年版，第257页。

②梁启超：《论中国学术思想变迁之大势》，上海世纪出版集团2006年版，第2页、第3页、第92—93页、第110页。

的重要诱因——这从胡适30年代的自述中是可以得到确切印证的。①

十多年后，梁启超却政从学，接续并拓展了此前未竟的学术思考。1920年10月，欧游归国之后的梁启超一方面刊布此前一年所写的《欧游新影录》，集中表达其有关中西文化反思的新成果；另一方面即发表《清代学术概论》，进一步围绕"善疑、求真、创获"的"科学精神"，详述有清一代学术之源流本末，同时殷殷期望：

> 将来必有一派学者焉，用最新的科学方法，将旧学分科整治，撷其粹，存其真，续清儒未竟之绪，而益加以精严，使后之学者既节省精力，而亦不坠其先业；世界人之治"中华国学"者，亦得有藉焉。②

---

①胡适《四十自述》"在上海（一）"（原载1931年《新月》3卷7号）中就讲道："我个人受了梁先生无穷的恩惠。现在追想起来，有两点最分明。第一是他的《新民说》，第二是他的《中国学术思想变迁之大势》。……《中国学术思想变迁之大势》也给我开辟了一个新世界，使我知道《四书》《五经》之外中国还有学术思想。梁先生分中国学术思想史为七个时代……我们现在看这个分段，也许不能满意。……但在二十五年前，这是第一次用历史眼光来整理中国旧学术思想，第一次给我们一个'学术史'的见解。所以我最爱读这篇文章。不幸梁先生做了几章之后，忽然停止了，使我大失所望。甲辰以后，我在《新民丛报》上见他续作此篇，我高兴极了。但我读了这篇长文，终感觉不少大失望。……这一部学术思想史中间阙了三个最要紧的部分，使我眼巴巴的望了几年。我在失望的时期，自己忽发野心，心想：'我将来若能替梁任公先生补作这几章阙了的中国学术思想史，岂不是很光荣的事业？'我越想越高兴，虽然不敢告诉人，却真打定注意做这件事了。这一点野心便是我后来做《中国哲学史》的种子。"另外，胡适1919年11月发表《新思潮的意义》，题目之下列出"研究问题，输入学理，整理国故，再造文明"，所提四点与梁启超的思路是很接近的。而他自1919年11月至1921年4月，在《北京大学月刊》分三次（5、7、9期）发表的《清代汉学家的科学方法》（即《清代学者的治学方法》）与《新思潮的意义》虽皆为批驳毛子水《国故和科学的精神》（1919《新潮》1卷5号），但思想渊源还是可以追溯到梁启超《近世之学术》一文的。分别见欧阳哲生编：《胡适文集》第一册页71—74、第二册页551、页282—304，北京大学出版社1998年版。

②梁启超：《清代学术概论》，上海古籍出版社1998年版，第107页。

很显然，所谓"用最新的科学方法，将旧学分科整治，撷其粹，存其真"，既是梁启超为此期治学自定的方向，也正是同期并稍后胡适等人"整理国故"的基本思路①。

值得注意的是，从1902—1904年的《论中国学术思想变迁之大势》到1920年的《清代学术概论》，虽然梁启超强调"整理"旧学的思路并没有改变，但关注重心却是有变化的。这种变化，倒不仅仅在于研讨范围的缩小——亦即从纵论"数千年学术思想界"（《论中国学术思想变迁之大势·总论》）到"记述""有清一代学术"（《清代学术概论·自序》），而更在于梁启超对清学中"最新的科学方法"（亦即"考证学"）的关注和更为细致的讨论与反思，这从他对戴震的态度由泛泛而论到强调"故苟无戴震，则清学能否卓然自树立，盖未可知也"的变化以及对"正统派"之"朴学"的十大特色和多方面"效果"的专门讨论②可见一斑。因此，他所说的"续清儒未竟之绪，而益加以精严"，就不仅仅是对"整理国故"而言，更针对清儒之研究法而发。

1924年初，他在此前一年年底已撰《戴东原生日二百年纪念会缘起》《戴东原先生传》的基础上，紧接着又作了《戴东原哲学》《戴东原著述纂校书目考》等，专门表彰乾嘉巨子戴东原的学术和思想。同时，刊布《中国近三百年学术史》，进一步表示要将清代学者整理旧学的总成绩"略分门类择要叙述，且评论其价值。我个人对于继续整理的意见，也顺带发表一二。"③这里提到的"个人对于继续整理的意见"的表述颇值得注意。这一表述从文意来看实际可以说包含着两个部分，即一是对清儒用"科学方

---

①如胡适1926年7月曾讲道："我们所提倡的'整理国故'，重在'整理'（两）个字。……是用无成见的态度，精密的科学方法，去寻求那已往的文化变迁沿革的条理线索，去组成局部的或全部的中国文化史"。见《研究所国学门第四次恳亲会纪事》，《北京大学国学门月刊》第1卷第1号。转引自陈以爱：《中国现代学术研究机构的兴起——以北大研究所国学门为中心的探讨》，江西教育出版社2002年版，第187页。

②梁启超：《清代学术概论》，上海古籍出版社1998年版，第34页、第47—48页。

③梁启超：《中国近三百年学术史》，《饮冰室合集·专集之七十五》（第10册），中华书局1989年版，第176页。

法"整理旧学的反思，二是个人有关运用传自清儒的"科学方法"来整理
旧学的思考，而这两点当中其实又隐含了梁启超学术思考的再一次递进。
对此，我们可以再将《清代学术概论》和《中国近三百年学术史》所论述
的内容作一简单比较。如果说前者更注重从纵贯的视角描述清学"生住异
灭"的"流转相"，那么后者则更多的是从不同的专题角度契入清学，既
讲激励清学产生的诸因素、清学发展变迁与政治的关联，也讲清学前后两
期不同的学术流派、学术人物、学术思想和学术成果。在《清代学术概
论》中，论及乾嘉学术与晚清今文学的比重大致相当，为全书主体，均相
当于论清前期学术部分的两倍；而到《中国近三百年学术史》中，已难觅
论及晚清今文学的内容，而讨论清前期学术与乾嘉学术（后者即"清代学
者整理旧学之总成绩"，稍及嘉道以下受乾嘉影响的部分）在全书中所占
的比重几近九成，且论乾嘉学术的篇幅还要略多些。

从这个不乏粗略的比较中可以看出，梁启超从开始有意识地探讨清儒
极具"科学精神"的研究法，到深入思考最能代表这种研究法的清儒"正
统派之考证学"，进而形成"个人对于继续整理的意见"——亦即"新考
证学"的内容，他实际是在对乾嘉"考据"之学的学理反思中，逐渐形成
其有关"新考证学"的思路的。与其这一学术思考路向逐步清晰和延伸相
对应，1920年以后的梁启超不仅在其著述和讲演中频频谈起当日学界已逐
步展开的"整理国故"运动，而且在其生命最后十年中努力将其对"新考
证学"问题的思考投入"整理国故"的实践当中。①

因此说，梁启超晚年提倡"整理国故"、介入考据之学的学术趋向，

①梁启超后期的著作可以说是笼罩在其"整理国故"思考之中的，他的一些友朋、
学生的回忆文章也多指出这一点。如伍庄《梁任公先生行状》（《梁新会》，中国宪政
党驻美国总支部印送，1929年3月版）一文即指出："近年以科学方法整理国故，著述
日多，学者仰之如泰山北斗。"杨鸿烈《回忆梁启超先生》（《广东文史资料》第8辑，
广东省政协文史资料研究委员会，1963年6月版）也提道："我当时由昆明考取北京高
等师范学校（后来升格为师范大学）的史地部，又转入英语部，课余在北京《晨报副
刊》发表了一些响应梁氏的'整理国故'号召的文章。当时梁氏住在清华学校……我
考入清华国学研究院后，成为他的正式学生。"分别见《追忆梁启超》，中国广播电视
出版社1997年版，第6页、第281页。

原是有着高度自觉的治学选择，而并非盲目趋新、不明就里的"循风气之累"。尽管我们可以说，梁启超20年代以后谈及"整理国故"问题时又常见胡适思想的某些影子。①

三、作为一种现代学术的"新考证学"

从梁启超晚年的治学转向来看，这既可以说是借整理旧有学术来发见传统文化中可资借鉴的思想资源、以扭转当日过热的西化思潮和对"科学"的盲目追慕心态，也可以说是通过反思乾嘉乃至整个中国古典学术的治学方法来探索中国现代学术如何才能真正具备"现代"品格的发展之路。毕竟他始终相信："凡欲一种学术之发达，其第一要件，在先有精良之研究法。清代考证学，顾、阎、胡、惠、戴诸师，实辟出一新途径，俾人人共循。贤者识大，不贤识小，皆可勉焉。"②然而，他对于自己所提出的"新考证学"却并未专门作出多少具体的诠解，比较集中的表述大致体现在《治国学的两条大路》《中国历史研究法（补编）》等作品中。若将这些看似并不太"系统"的思想片段"捉至一处"（钱锺书语），其"新考证学"约略具有以下四个方面的特质或表现。

其一，贵专与求通相结合。

---

①胡适自1919年11月，至1921年4月，在《北京大学月刊》分三次发表《清代汉学家的科学方法》（后改题《清代学者的治学方法》），1921年7月又在南京讲演《研究国故的方法》等。其中讲整理古文献的方法，为梁启超1922年的演讲《治国学的两条大路》所吸取。另王森然《梁启超评传》中也提到梁启超在章士钊"长邦教"时（章1924年4—5月间以及1924年7月至1925年11月间曾两度出任段祺瑞政府教育总长），曾与之谈创设国学院之计划，并准备编著《国学丛书》、编辑近代学术文编及国学海外文编、编制大辞书、校理古籍、重编佛藏等事宜（《近代名家评传（初集）》，生活·读书·新知三联书店1998年版，第101页）。对此，钱基博《现代中国文学史》也有相同记载（上海书店出版社2004年版，第315—316页）。就梁的设想来看，与胡适1923年1月发表的《〈国学季刊〉发刊宣言》中所提对古籍的三大整理方式（"索引式""结帐式""专史式"）都是很接近的。

②梁启超：《清代学术概论》，上海古籍出版社1998年版，第28页。

"学贵精不贵博",原是梁启超所推重的乾嘉学人戴震的话①,他将"精"和"博"前分别加了一个"专"字、"杂"字,变成了"贵专精不贵杂博"②,看似差不多,但实际却更突出强调"专"而反对"杂"——即强调学术研究的专门化问题。早在1904年撰写《近世之学术》时,梁启超就指出清儒治学之"科学精神"除表现为"实事求是"外,"更辅以分业的组织":

> 所谓分业的组织何也?生机家言,谓社会愈进于文明,则专业愈趋于细密。此不徒生计界为然也,学界亦然。挽近实学益昌,而学者亦益以专门为贵,分科之中,又分科焉。硕儒大师,往往终身专执一科以名其家。盖昔之学者,其所研究博而浅,今之学者,其所研究狭而深。……本朝汉学家之治经,亦有类于是,……夫本朝考据学之支离破碎,汩没性灵,此吾侪十年来所排斥不遗余力者也。虽然,平心论之,其研究之方法,实有不能不指为学界进化之一征兆者。至其方法何以不用诸开而用诸闭,不用诸实而用之虚,不用诸新而用诸陈,则别有种种原因焉。③

尽管梁启超曾批评这种学问的专门化导致乾嘉考据之学研究范围"甚拘迂",最终流为一种"虚"学,但仍肯定这种"窄而深"的研究趋向不仅有益于形成"为学问而学问"的"学者社会",而且认为,这也正是现代学术走出经学"迷魅"的必然道路。④就此而言,他与马克斯·韦伯的

①段玉裁编:《戴东原先生年谱》,《戴震文集》附录,中华书局1980年版,第248页。

②梁启超:《中国历史研究法(补编)》:"凡做史学的人,必先有一种觉悟,曰贵专精不贵杂博。"《饮冰室合集·专集之九十九》(第12册),中华书局1989年版,第17页。

③梁启超:《论中国学术思想变迁之大势》,上海世纪出版集团2006年版,第92—93页。

④梁启超:《清代学术概论》,上海古籍出版社1998年版,第70页、第47—48页、第14页。

观点很相像。韦伯即指出，现代学术之确立的一个重要标志即专业的分化或称专业化，这种专业化不仅可以为专业工作者提供一套确切可靠的作业方法，更可以培养其对"学问"的"个人体验"、奇特的陶醉感和热情（Leidenschaft）①。今天的学者对韦伯的观点早已很熟悉，因而梁启超的上述看法在今天看来似乎已是不言而喻的事实，但在百年前的中国确是很有前瞻眼光的。

正因为看到乾嘉之学在走上这种"分业的组织"之路以后日益滋生出一种"拘迂"之弊，所以梁启超又提出现代学术走专深研究之路一定要与"求通"意识相结合，以免因专门化导致研究范围过于狭窄进而走上"见树不见林"的学弊：

> 好一固然是求学的主要法门。但容易发生一种毛病，这毛病我替他起个名叫做"显微镜生活"。镜里头的事物看得纤悉周备，镜以一外却完全不见。这样子做学问，也常常会判断错误。所以我们虽然专门一种学问，却切不要忘却别门学问和这门学问的关系；在本门中，也常要注意各方面相互之关系。这些关系，有许多在表面上看不出来的，我们要用锐利眼光去求得他。能常常注意关系，才可以成通学。②
>
> 一面做显微镜式的工作，不要忘了做飞机式的工作。一面做飞机式的工作，亦不要忘了做显微镜式的工作。实际上，单有鸟瞰，没有解剖，不能有圆满的结果。单有解剖，没有鸟瞰，亦不能得良好的路径。二者不可偏废。③

---

①马克斯·韦伯：《学术与政治》，《韦伯作品集》（Ⅰ），广西师范大学出版社2004年版，第161—163页。

②梁启超：《治国学的两条大路》，《饮冰室合集·文集之三十九》（第5册），中华书局1989年版，第113—114页。

③梁启超：《中国历史研究法（补编）》，《饮冰室合集·专集之九十九》（第12册），中华书局1989年版，第12页。

其二，求真与求博相联系。

求真是梁启超一再予以表彰的清儒考证学重实事求是的"科学精神"。对此，他在1904年所写的《近世之学术》中归纳为四种表现，《清代学术概论》中又表述为学术研究的"六步法"①。但似乎都不及1922年8月20日在南通为科学社年会讲演的《科学精神与东西文化》中发挥得更透彻圆融。就中讲道："科学精神是什么？我姑从最广义解释：'有系统之真知识，叫做科学；可以教人求得有系统之真知识的方法，叫做科学精神。'"结合这个定义，他对求真知识作了细致的界定：

> 我们想对于一件事物的性质得有真知灼见，很是不容易；要钻在这件事物里头去研究，要绕着这件事物周围去研究，要跳在这件事物高头去研究，种种分析研究结果，才把这件事物的属性大略研究出来，算是从许多相类似容易混淆的个体中，发现每个个体的特征。换一个方向，把许多同有这种特征的事物，归成一类，许多类归成一部，许多部归成一组，如是综合研究的结果，算是从许多各自分离的个体中发现出他们相互间的普遍性。经过这种种工夫，才许你开口说"某件事物的性质是怎么样"。这便是科学第一件主要精神。

求真，固然是指了解一个事物的真相。但这所谓的真相，若非深究其内、外多重复杂关联则不易判断，或者说，即便有所判断也只是一种部分的、表层的真相。所以上文提出"要钻在这件事物里头去研究，要绕着这件事物周围去研究，要跳在这件事物高头去研究"这一多维立体的探查方式。而之所以要如此，梁启超认为这是知识内在的复杂性和系统性所决定的：

> 知识不但是求知道一件一件事物便了，还要知道这件事物和那件

---

①分别见梁启超：《论中国学术思想变迁之大势》，上海世纪出版集团2006年版，第92页；梁启超：《清代学术概论》，上海古籍出版社1998年版，第45—46页。

事物的关系；否则零头断片的知识全没有用处。知道事物和事物相互关系，而因此推彼，得从所已知求出所未知，叫做有系统的知识。……科学家以许多有证据的事实为基础，逐层看出他们的因果关系，发明种种含有必然性或含有极强盖然性的原则；好象拿许多结实麻绳织组成一张网。这网愈织愈大，渐渐的函盖到这一组知识的全部，便成了一门科学。这是科学第二件主要精神。[1]

尽管梁启超随后就此文中提到的"因果律"适用范围问题做了反思[2]，但强调知识与知识间关联、不知关联则非真知识的思想并没有改变。因此，他在讲到"新考证学"研究要注意求真的同时，又提出此一点须顾及"求博"意识：

我们要明白一件事物的真相，不能靠单文孤证便下武断。所以要将同类或有关系的事情网罗起来贯串比较，愈多愈妙。比方做生物学的人，采集各种标本，愈多愈妙。我们可以用统计的精神作大量观察。我们可以先立出若干种"假定"，然后不断的搜罗资料，来测验这"假定"是否正确。若能善用这些法门，真如韩昌黎说的"牛溲马勃，败鼓之皮，兼收并蓄，待用无遗。"许多前人认为无用的资料，我们都可以把他废物利用了。[3]

所谓"要将同类或有关系的事情网罗起来贯串比较"，亦即"用统计的精神作大量观察"：

①梁启超：《科学精神与东西文化》，《饮冰室合集·文集之三十九》（第5册），中华书局1989年版，第3页、第4页、第5—6页。
②梁启超：《研究文化史的几个重要问题》，《饮冰室合集·文集之四十》（第5册），中华书局1989年版，第2—5页。
③梁启超：《治国学的两条大路》，《饮冰室合集·文集之三十九》（第5册），中华书局1989年版，第113页。

欲知历史真相，决不能单看台面上几个大人物几桩大事件便算完结，最要的是看出全个社会的活动变化。全个社会的活动变化，要集积起来比较一番才能看见。往往有很小的事，平常人绝不注意者，一旦把他同类的全搜集起来，分别部居一研究，便可以发现出极新奇的现象而且发明出极有价值的原则。①

可见，"求博"不仅可以拓宽史料的观察视野，从而为最终确证"求真"的可靠性服务，同时也是拓展"求真"的广度与深度所不可或缺的基础。

其三、敢于质疑与多闻阙疑并行相济。

"善疑"精神，是梁启超从清儒身上发现的重要品质，也是其"求真"的必然，"创获"的前提和基础。与此同时，"朴学""孤证不为定说"的治学特点②，则又鲜明表见清儒同时具有"多闻阙疑"的审慎态度。然而，这两种品格在清儒那里往往并不出现在同一语境之下。如果不避化约主义的嫌疑略作分疏的话，我们似乎可以说乾嘉考证学诸儒更倾向于"多闻阙疑"，而清前期学者和晚清今文学派更能凸显"敢于质疑"的精神。毕竟，"敢于质疑"的背后往往会牵连某种"祛魅"意识的理性化运作，而乾嘉学人崇古守经、注重师法的治学趋向更容易形成一种谨慎而不乏几分小心翼翼的治学风格。当然，这不排除乾嘉学人在师法之争以及过重的智识自信驱遣下的"轻信好异、妄改古书之弊"③。

深受晚清今文学思想影响的梁启超当然很清楚今文学派自身学风的弊端，其批评乃师康有为时就指出，"有为以好博好异之故，往往不惜抹杀证据或曲解证据，以犯科学家之大忌，此其所短也"④。因此，他一方面

①梁启超：《历史统计学》，《饮冰室合集·文集之三十九》（第5册），中华书局1989年版，第70页。

②梁启超：《清代学术概论》，上海古籍出版社1998年版，第47页。

③关于乾嘉学人崇古守经以及妄改古书两方面的弊病，分别参见漆永祥《乾嘉考据学研究》，中国社会科学出版社1998年12月，第301—304页、第309—314页。

④梁启超：《清代学术概论》，上海古籍出版社1998年版，第78页。

指出"新考证学"应"敢于质疑",对于"文献部分的学问"中那些"以讹传讹失其真相者","总要用很谨严的态度,仔细别择,把许多伪书和伪事剔去,把前人的误解修正,才可以看出真面目来。"①另一方面,又指出要保有一份多闻阙疑的严谨和慎重,力戒"理性的狂妄"(哈耶克语,与本杰明·史华慈所说"浮士德式的冲力"相近):

> 忠实的史家对于过去事实,十之八九应取存疑的态度。即现代事实,亦大部分应当特别审慎,民国十五年来的事实,算是很容易知道了。但要事事都下断案,我自己就常无把握,即如最近湖北的战事,吴佩孚在汉口,究竟如何措施?为什么失汉阳,为什么失武胜关?若不谨慎,遽下断案,或陷于完全错误,亦未可知。又如同学之间,彼此互作传记,要把各人的真性格描写出来,尚不容易;何况古人,何况古代事实呢?所以历史事实,因为种种关系,绝对确实性很难求得的时候,便应采取怀疑态度,或将多方面的异同详略罗列出来。从前司马光作《资治通鉴》,同时就作考异,或并列各说,或推重一家。这是很好的方法。②

其四、从"知识"转向"智识"。

是即常谓"转识成智"。梁启超在《科学精神与东西文化》的讲演中,曾细分"科学精神"的三层指向:"求真知识""求有系统的真知识"和"可以教人的知识"。在解释第三层"可以教人的知识"时,提出了"智识"的问题:

> 凡学问有一个要件,要能"传与其人"。人类文化所以能成立,

---

①梁启超:《治国学的两条大路》,《饮冰室合集·文集之三十九》(第5册),中华书局1989年版,第113页。

②梁启超:《中国历史研究法(补编)》,《饮冰室合集·专集之九十九》(第12册),中华书局1989年版,第16页。

全由于一人的智识能传给多数人，一代的智识能传给次代。我费了很大的工夫得一种新智识，把他传给别人，别人费比较小的工夫承受我的智识之全部或一部，同时腾出别的工夫又去发明新智识，如此教学相长递相传授，文化内容自然一日一日的扩大。倘若智识不可以教人，无论这项智识怎样的精深博大，也等于"人亡政息"，于社会文化绝无影响。①

说"智识"是能"传与其人"的知识，那么不免疑问，知识难道还有"可传""不可传"之分？揣摩后面的几句话可以明白，所谓"可传"的知识乃是一种活的求知智慧，"可传""不可传"之别乃在"授人以渔"与"授人以鱼"之分。从这个意义上讲，"智识"近于一种生命智慧和学术颖悟。

梁启超提出"知识"与"智识"之分，是否系研究佛教唯识学而起，还是来自欧游之际对大战后西方知识界"精神饥荒"的观感②，这暂且不说。关键是，他提出了解决清儒考据学"拘迂"之弊的重要方向，即"新考证学"不仅在研究范围、研究方式上对前者有拓展，更在于其研究精神上有转化——用科学方法"将这学术界无尽藏的富源开发出来，不独对得起先人，而且可以替世界人类恢复许多公共产业"③。这种继往开来的文化意识，恰是其"新考证学"最值得珍视的思想遗产。因为，这份对文化的关怀弥补了纯粹知识生产时代对知识之意义问题的自我反诘和追问。

---

①梁启超：《科学精神与东西文化》，《饮冰室合集·文集之三十九》（第5册），中华书局1989年版，第6—7页。

②关于梁启超欧游之后的文化反思，可参见耿云志《五四以后梁启超关于中国文化建设的思考——以重新解读〈欧游心影录〉为中心》李喜所《剖析梁启超晚年的思想走向——以〈欧游心影录〉为中心》等文。见李喜所编：《梁启超与近代中国社会文化》，天津古籍出版社2005年版。

③梁启超：《治国学的两条大路》，《饮冰室合集·文集之三十九》（第5册），中华书局1989年版，第111页。

四、一点补充及结语

本文开始讲到张荫麟一文还曾提到另一个问题，即他用任公"史才"之长来替其考据之失作辩解。这恰对梁启超晚年学术成果在其一生学术中的地位有所忽略。

梁任公很会写文章，不仅报章文，学术文也一样，这是素来为学界所公认的事实。而张氏以"史才"凌越"史学"之上当然也并非无根之辞——唐史家刘知几就曾感慨"夫史才之难，其难甚矣"[①]。然而就后世学者而言，他们大多更看重的其实还是刘知几所说的"才学识"三者不可偏废的主张[②]，而并不刻意突出、甚至降低"史才"在三者中的地位。梁启超即是一个鲜明的代表。1926年10月至1927年5月，梁启超在清华讲授《中国历史研究法（补编）》，此演讲后由其学生周传儒、姚名达笔记整理成书于30年代刊布。该书"总论"第二章专讲"史家的四长"，即史德、史学、史识、史才。尽管他讲"史才"是"要做出的历史让人看了明了，读了感动"不可或缺的因素，但与其他"三长"之重要性相比，他仍然将之列为最末一点：

> 至于这几种长处的排列法，各人主张不同：子元以才为先，学次之，识又次之；实斋又添德于才学识之后。今将次第稍为变更一下，先史德，次史学，又次史识，最后才说到史才。[③]

①刘知几撰、浦起龙释：《史通通释》卷九"内篇·核才第三十一"，上海古籍出版社1978年版，第249页。

②《新唐书》卷一四五·列传第五十七："子玄领国史且三十年，官虽徙，职常如旧。礼部尚书郑惟忠尝问：'自古文士多，史才少，何耶？'对曰：'史有三长：才、学、识。世罕兼之，故史者少。夫有学无才，犹愚贾操金，不能殖货；有才无学，犹巧匠无楩柟斧斤，弗能成室。善恶必书，使骄君贼臣知惧，此为无可加者。'时以为笃论。"清章学诚后在刘知几"三长"说的基础上加入"史德"，是为"四长"说。

③梁启超：《中国历史研究法（补编）》，《饮冰室合集·文集之九十九》（第12册），中华书局1989年版，第13—24页。

或许是因为其本人富有"史才"①，亦或许其他，但有一点可以肯定——梁启超并不特别重视"史才"在史学研究中的重要性。

因此，张荫麟强调评价任公晚年学术不能以其"史学"之疏而掩其"史才"之长，这话不错。但若断然以为其晚年学术之成绩"全不在考据"，那就不仅忽略了梁启超晚年倾向考据之学以求扭转学风、深究传统的事实，同时也无异于釜底抽薪，将一生自认学问欲很强、到晚年也自信"还有些学问"②的梁任公晚年的学术成果置于极为尴尬的境地——自己的学生说自己做的学问不行。这么说，并非有意妄加附会猜度。毕竟，60年后的我们怎么来理解张荫麟的这番辩解，极有可能在当时就有人会这么来看。而其实，梁启超晚年在"新考证学"思路下的学术实践和学术成果，恰是对其前期学术的重要拓展——尤其是在史学领域。

这里可以其作为"文化史之一部"的"文学史"研究（实际亦可称为"诗学"研究）为例。从1920年归国到1929年去世，期间所作除《翻译文学与佛典》（1921）、《陶渊明》（1922年冬）、《中国之美文及其历史》（1924）、《〈桃花扇〉注》（1925年7—8月）、《辛稼轩先生年谱》（1928年9—10月）这些篇制较大的作品外，一些篇幅不大的如《跋四卷本稼轩词》《跋稼轩集外词》《静春词跋》《记兰畹集》《记时贤本事曲子集》《吴梦窗年齿与姜石帚》等也多具考据性质。而那些看似与考据关系不大的名篇，如《晚清两大家诗钞题辞》（1920）、《中国韵文里头所表现的情感》（1922年3月）、《情圣杜甫》（1922年5月）、《屈原研究》（1922年11月）等，也

①陈平原在"中国需要什么样的新史学研讨会"上的发言中即提到这一点。杨念群、黄兴涛、毛丹主编《新史学：多学科对话的图景》（下）附录"中国需要什么样的新史学研讨会会议录音整理"，中国人民大学出版社2003年版。

②梁实秋《记梁任公先生的一次演讲》一文回忆，梁启超1922年在清华学校演讲《中国韵文里表现的情感》，开场白只有两句，前一句是"启超没有什么学问——"，紧接着的后一句是"可是也有一点喽!"。可见梁启超对学问的自信。参见《追忆梁启超》，中国广播电视出版社1997年版，第310—311页。另外，梁启超在1921年所写的《外交欤? 内政欤?》中也说道："我的学问兴味、政治兴味都甚浓，两样比较，学问兴味更为浓些。我常常梦想能够在稍为清明点子的政治之下，容我专作学者生涯。"《饮冰室合集·文集之三十七》（第4册），中华书局1989年版，第59页。

多有考据内容。譬如他希望杜甫"这位情圣的精神"能"有一部分注入现代青年文学家的脑里头"①，却离不开对杜诗之"史实"层面的追述；讲"屈原作品里头体现出他的人格"②，却要从其作品考索开始讲起；讲陶渊明的独特个性，必得结合"时代心理"的发明来展开③。特别是《中国韵文里头所表现的情感》，虽一方面讲"凡文学家多半寄物托兴，我们读好的作品原不必逐首逐句比附他的身世和事实"、不少纯文学性的作品多有难以解释的"神秘性"的美（如李义山诗），但又借考述几首稼轩词、《钗头凤》、《桃花扇》的本事来讲中国韵文的"表情法"④。而其"当为我国学术史上与人印象最深之纪念物"⑤的《辛稼轩先生年谱》更完全可以当作一部稼轩词编年史来看，直接启发了日后邓广铭做《稼轩词编年》。尽管梁启超晚年的这些诗学考据作品，与同时代的考据大师王国维的作品面貌不太一样⑥，与此后胡适的考证性作品差异也很大，但无疑可从中寻绎其"新考证学"的治学思路。

因此说，对于梁启超人生最后10年（1920—1929）的学术研究偏爱考据之学、重视"整理国故"的事实，以及其考据研究中的某些失误，其实原本毋庸讳言。因为，他在深入反思清儒考证学基础上试图"开出一派新考证学"的思想本身更值得我们重视，而他后期的这一学术思路对20世纪学术史已然产生的影响也更值得探究。毕竟，这些更可以视为20世纪学者

①梁启超：《情圣杜甫》，《饮冰室合集·文集之三十八》（第5册），中华书局1989年版，第50页。

②梁启超：《屈原研究》，《饮冰室合集·文集之三十九》（第5册），中华书局1989年版，第67页。

③梁启超：《陶渊明》，《饮冰室合集·专集之九十六》（第12册），中华书局1989年版，第1—21页。

④梁启超：《中国韵文里头所表现的情感》，《饮冰室合集·文集之三十七》（第4册），中华书局1989年版，第70—140页。

⑤素痴：《近代中国学术史上之梁任公先生》，见《追忆梁启超》，中国广播电视出版社1997年版，第108页。

⑥如梁启超的学生周传儒《史学大师梁启超与王国维》一文即用"尊德性"与"道问学"二分的描述方式将他与王国维区隔开。原载《社会科学战线》1981年第1期，参见《追忆梁启超》，第383—384页。

有意"较乾嘉诸老更上一层"(陈寅恪《与妹书》)的原初语境,尽管这已是学界半个多世纪前即有学者提出但却一直不为人所重的一个话题①。

[原载《淮阴师范学院学报》(哲学社会科学版)2009年第1期]

①古史地理学家童书业1946年12月13日即在上海《益世报·史苑》上发表《新汉学与新宋学》,后人对"新宋学"多有关注,而"新汉学"则一直不太受人重视。此文后收入《童书业史籍考证论集》(下),中华书局2005年版,第777—780页。

钱穆与陈寅恪

——以相互间的学术评价为中心

在 20 世纪中国学术史上，陈寅恪（1890—1969）与钱穆（1895—1990）虽同以史家名世，且曾共事于北大、西南联大，亦可称不乏交往的朋友，但从钱穆在公开场合对"陈寅恪学术"的回避、引而未发的批评以及私下对陈寅恪文章的"酷评"，明确可见二人在"解释历史"还是"重建信史"、讲求史观引导还是侧重史料考据、纵贯的看历史还是看历史的横断面、大学教育重专门学问研讨还是重史学知识普及等一系列问题上存在较大分歧。这种分歧的存在，某种程度上来说也印证了 20 世纪前半叶学术史上"新汉学"与"新宋学"起伏消长的一些内在消息。

一、《师友杂忆》对"陈寅恪学术"的回避

钱穆以平实而雅洁的文笔追述其七十年间的师友往事，留下了一册兼有文章意趣和史学价值的《师友杂忆》，且明白告诉世人"苟以研寻中国现代社会史之目光视之，亦未尝不足添一客观之旁证"①。实际来看，钱穆著此书虽系追忆师友杂事，但多有月旦当日学界人物之举，如对汤锡予、蒙文通学术的推重，对张荫麟、雷海宗等的好评，对胡适、傅斯年的不无微辞，对熊十力的批评等。因此，某种程度上来说，这部《师友杂

---

① 钱穆：《八十忆双亲·师友杂忆》"序"，生活·读书·新知三联书店 1998 年版，第 44 页。

忆》亦可视为20世纪前中叶学术史的剪影。

然而，《杂忆》一书虽记述钱穆与陈寅恪交往诸多片断（计有七八次之多，时间自30年代初至40年代末），但多为日常生活中之一般人情往来，如双方结交缘由、北大任教时双方任课情况、抗战中之相遇相交，以及建国前夕钱就何去何从问题访陈未果等，但真正语及陈寅恪学术的文字很少。间接相关的，只有1944年钱穆在陈寅恪因目疾至成都休养期间因病而未能与之作一学术交流而引以为憾的一段记述：

> 余初撰《神会》一文时，陈寅恪亦因目疾偕其夫人迁来成都休养，余虽常与晤面，但因两人俱在病中，亦未克与之讨论及此。迄今以为憾。①

关于《坛经》作者问题的争论曾是30年代学界的一桩公案。1944年冬，钱穆撰《神会与坛经》一长文，批驳胡适"神会是《坛经》作者"之说。而陈寅恪早年即以精研佛教典籍而闻名学界，1932年更发表《禅宗六祖传法偈之分析》一文，跳出版本文献考证之争，由偈文的文学修辞一针见血地指出，所谓新禅宗（唐世曹溪顿派）不仅"教义宗风溯源于先代，即文词故实亦莫不掇拾前修之余绪，而此半通不通之偈文，是其一例也"。②有如此知识背景的近邻可作学术对谈却未能与其一谈，难怪钱穆要说"迄今以为憾"。虽说二者讨论《坛经》问题的视角、思考的成果并不相同，但既以未能倾谈为憾，则钱穆应对陈寅恪此一方面的成就表示赞赏。此外，再见不到钱穆谈及陈寅恪学术的文字。

不过，钱穆在书中倒是两次提及陈寅恪对自己的学术赞誉：一是陈寅恪对钱穆《先秦诸子系年》的好评。钱陈之交，始于1931年夏，源自与钱

①钱穆：《八十忆双亲·师友杂忆》，生活·读书·新知三联书店1998年版，第254页。

②陈寅恪：《禅宗六祖传法偈之分析》，《金明馆丛稿二编》，生活·读书·新知三联书店2001年版，第191页。

穆同赴北大任教的汤用彤的绍介[1]。然而，在陈、钱二人未正式结识之前，已先有过一次文字之交。1930年秋，时年36岁的钱穆因顾颉刚之荐入北平燕京大学任教。该年冬，历时七年之久的《先秦诸子系年》成稿。适值清华大学编"清华丛书"，顾颉刚介绍钱穆此书参与审查。后虽未获通过，但当时参与审查的陈寅恪却对此书大有好感：

> 列席审查者三人，一芝生，主张此书当改变体裁便人阅读。一陈寅恪，私告人，自王静安后未见此等著作矣。闻者乃以告余。[2]

王国维乃近世学人中极受陈寅恪推赞之人。认为钱穆《系年》可追步王静安，陈寅恪此一评价不可谓不高。实际上，除《杂忆》所载这一情节外，30年代的陈寅恪曾在多种场合表示对《系年》一书的称道。如朱自清日记载，陈寅恪于1933年4月在叶公超晚宴上"谈钱宾四《诸子系年》稿"，"谓作教本最佳，其中前人诸说皆经提要收入，而新见亦多。最重要者说明《史记·六国表》但据《秦记》，不可信。《竹书纪年》系魏史，与秦之不通于上国者不同。诸子与《纪年》合，而《史记》年代多误。谓纵横之说，以为当较晚于《史记》所载，此一大发明。寅恪云更可以据楚文楚二主名及《过秦论》中秦孝公之事证之。"另据杨树达《积微翁回忆录》可知，1934年5月16日，杨树达出席清华历史系研究生姚薇元口试会。会后，陈对杨"言钱宾四（穆）《诸子系年》极精湛。时代全据《纪年》订

---

[1]《师友杂忆》载："余又因锡予获交于陈寅恪。锡予寅恪乃出国留学前清华同学。寅恪进城来锡予家，常在余所居前院书斋中聚谈。寅恪在清华，其寓所门上下午常悬休息敬谢来客一牌，相值颇不易。余本穿长袍，寅恪亦常穿长袍。冬季加披一棉袍或皮袍，或一马褂，或一长背心，不穿西式外套，余亦效之。"钱穆：《八十忆双亲·师友杂忆》，生活·读书·新知三联书店1998年版，第180页。

[2] 钱穆：《八十忆双亲·师友杂忆》，生活·读书·新知三联书店1998年版，第160页。

《史记》之误，心得极多，至可佩服。"①从这些材料可见，陈寅恪对钱穆早年的诸子研究尤其是其中考订材料的方法甚是赞扬。

另一处是陈寅恪对《国史大纲·引论》的肯定。《杂忆》载，1939年3月，参加中央研究院评议会的张晓峰于会后探访其时卜居宜良的钱穆，转告陈寅恪对《国史大纲·引论》的称道：

> 《国史大纲》稿既成，写一引论载之报端，一时议者哄然。……张其昀晓峰来昆明出席中央研究院评议会，晤及陈寅恪。寅恪告彼近日此间报端有一篇大文章，君必一读。晓峰问，何题。乃曰，钱某《国史大纲》引论。晓峰遂于会后来宜良，宿山中一宵，告余寅恪所言。后此书印出，余特函寅恪，恐书中多误，幸直告。寅恪答书，惟恨书中所引未详出处，难以遍检。余意作一教科书，宜力求简净，惜篇幅，所引材料多略去出处，今乃无可补矣，亦一憾也。②

文中所提陈寅恪的回函，遍检三联版《陈寅恪集·书信集》及台湾联经版《钱宾四先生全集》皆未见。不过，由陈寅恪回函称"惟恨书中所引未详出处，难以遍检"来看，陈关注史料的考辨与钱处置材料的"简净"已然逗露二者治史思路的某些差异。

很是令人奇怪的是，我们在《杂忆》中几不可见钱穆评断陈寅恪学术之文字。如前所述，此书对当日学界学人学术多有评述，却独独未着笔当时交往尚多且名誉一时的陈寅恪之学术，这其中应有些缘故。

---

①分别见朱乔森编：《朱自清全集》第9卷，江苏教育出版社1998年版，第202页；杨树达：《积微翁回忆录·积微居诗文钞》，上海古籍出版社1986年版，第82页。参见桑兵《晚清民国的国学研究》，上海古籍出版社2001年版，第165页。

②钱穆：《八十忆双亲·师友杂忆》，生活·读书·新知三联书店1998年版，第228页。

二、钱穆对陈寅恪文章的"酷评"

钱穆在《师友杂忆》中虽回避了"陈寅恪学术"这一话题，但在写作《杂忆》一书（1977年冬至1982年秋）十数年前，却曾对陈寅恪作过一个近乎严酷的评价，其中即透露了某些钱穆不便公开明言的与陈寅恪学术思想的分歧。1960年5月21日，钱穆致函时在美国求学的高足余英时[①]，谈对其文章的意见。信的后一半论及近代学者之文章，其中就包括对陈寅恪文章的"酷评"。

钱穆在信中讲道："论学文字极宜着意修饰"。由此，逐一论及章太炎、梁任公（启超）、陈援庵（垣）、王静庵（国维）、陈寅恪、胡适之诸公文章之得失利弊所在。如讲太炎之文"最有轨辙，言无虚发，绝不枝蔓，但坦然直下，不故意曲折摇曳"，缺憾在"多用僻字古字"；讲任公，其于论学内容多有疏忽，但文字如长江大河，一气之下；讲援庵，文章朴直无华，语语在题，不矜才使气；静庵之文，精洁胜于梁，显朗胜于章，唯病在"不尽不实"；论适之文，清朗且精劲有力，无芜词，只是多尖刻处。很有意思的是，对以上诸公均褒多于刺，惟对寅恪则下语严苛：

> 又如陈寅恪，则文不如王，冗沓而多枝节，每一篇若能删去其十之三四方可成诵，且多临深为高，故作摇曳，此大非论学文字所宜。

联系后文"……弟文之芜累枝节，牵缠反复，颇近陈君"云云，容易让人认为钱穆是因余氏文章多陈寅恪味道，故有意刺多于褒，以示训导之意。但是，此处明确说是就近人论学文字著论，且即便余氏文章因学步陈寅恪而染有后者文章之缺憾，也应明白点出陈寅恪文章之优劣二端，何以十贬而无一褒，有失公允若此。

---

①余英时：《钱穆与中国文化》附录一，上海远东出版社1994年版，第227—232页。以下引文同此，不另加注。

当然，紧接在此段文字后，钱穆也提及陈寅恪《论再生缘》一文有"回环往复之情味"。但是，他仍明确认为，用后者此种文字"施于讨论《再生缘》《红楼梦》一类，不失为绝妙之文，而移以为严正之学术论文"则"体各有当，殊觉不适"。明眼人一望可知，钱穆赞陈寅恪惟一《论再生缘》而已，而又将此文置于"严正之学术论文"之外。那么言下之意就只能是陈寅恪无一篇可称道之"严正学术论文"。而且，钱穆将"讨论《再生缘》《红楼梦》一类"的文章与"严正之学术论文"区隔开，这里所说的"严正之学术论文"应是指史学研究而言，那么也就意味着钱穆不仅不能认同陈寅恪以考据见长的史学文字，同时连陈寅恪独善其手的"以诗文、小说证史"的思路也一并予以否定了。若再联系前文对章梁诸公的评断，也多有显诸公之长而着意对应批点陈寅恪之意，则钱穆对陈寅恪学术的大体评断已很明白。尽管钱穆在下文也注意提及，"穆此条只论文字，不论内容，弟谅不致误会"。但是，若再看该书简后文"未有深于学而不长于文者"一语，这就更不免让人感到，倡言"论学文字极宜着意修饰"的钱宾四并非无意间思绪不周以致前后论调不一，而更多的是因为书简文字的私密性，以及与言说对象关系的非同一般，而表露的对陈寅恪学术的真实评价，至少也是在潜意识中即对陈寅恪之学术思想、治学路数怀有明确的不认同感。

今日看来，钱穆的上述评断，不免严酷了些，且远比20世纪30年代胡适及80年代钱锺书对陈寅恪"文章写得不高明"的模糊评价更明确，[①]且更带有"辨章学术"的味道。

其实正如有学者所指出的，在民国以来的学术界中，陈寅恪素以其超越新派与旧派、主流派与非主流派以及今文与古文、汉学与宋学等诸多学术论争的立场，而成为能够被各派共同欣赏的少数学者之一。[②]陈寅恪和

---

①胡适与钱锺书的评语，参见汪荣祖《史家陈寅恪传》附录三"胡适与陈寅恪"，北京大学出版社2005年版，第229页。

②参见桑兵《晚清民国的国学研究》"第七章、陈寅恪与中国近代史研究"，上海古籍出版社2001年版，第161—191页。

钱穆虽非挚友知音，但对著《先秦诸子系年》的钱穆不乏认同之感。就钱穆而言，30年代初他以《系年》一书申请列入"清华丛书"虽未能通过审查，但来自身为清华国学院四大导师之一、北京大学研究所国学门导师、中研院研究员陈寅恪的推重，对当时尚寂寂无名的他无疑有知遇之情。因此，于公于私，即便过了"从心所欲不逾矩"年纪的钱穆仍不便公开对陈寅恪治学思路的批评，而只是在与最亲近的学生的书信中表明自己的真实观点。

三、压在《师友杂忆》纸背的故事

若细看《杂忆》，有两处记载其实已隐含钱穆对陈寅恪的间接评价。一处是谈到30年代初关于通史课的讲授问题时，一处是谈到关于蒙文通被解聘后谁来授课的问题时。

钱穆自1931年夏入北京大学历史系，教授中国上古史和秦汉史二课，另有选修课中国近三百年学术史。1932年，国民政府通令中国通史为大学必修课，北大遂分聘北平史学界"治史有专精者，分门别类，于各时代中分别讲授"，钱穆也分占一席。他在课堂上明告诸生，通史有数人分讲不能"有一条线通贯而下"。"乃有人谓，通史一课固不当分别由多人担任，但求一人独任，事也非易。或由钱某任其前半部，陈寅恪任其后半部，由彼两人合任，乃庶有当。余谓，余自问一人可独任全部，不待与别人分认。"1933年秋，北大遂聘钱穆独任中国通史一课。①以陈寅恪当日之学术声望，而钱穆明言"不待"与其分任一课，这般绝决自信的口吻固然显示出盛年的钱穆不迷信权威、自求树立的心态，但也很难说没有对陈寅恪治史思路的不以为然。比较陈寅恪1931年5月在《国立清华大学二十周年纪念特刊》的发表《吾国学术之现状及清华之职责》②一文与钱穆1936年9

①钱穆：《八十忆双亲·师友杂忆》，生活·读书·新知三联书店1998年版，第171页。

②陈寅恪：《金明馆丛稿二编》，生活·读书·新知三联书店2001年版，第361页。

月所写《略论治史方法》①一文，二者对于当日研治通史问题显有很大的思想分歧。

1933年暑假，蒙文通自河南大学来北大历史系任教。不久，文学院院长胡适访钱穆，谈蒙文通上课，"学生有不懂其语者"，因而将不续聘。钱曰，"文通所任，乃魏晋南北朝及隋唐两时期之断代史。余敢言，以余所知，果文通离职，至少在三年内，当物色不到一继任人选。其他余无可言。"②此番话显然表明了钱穆对陈寅恪某种引而未发的评断。

考察蒙文通先生的学术行年，蒙氏1927年撰成成名作《古史甄微》，研讨"三皇五帝"体系的形成和演变，30年代初陆续写成《犬戎东侵考》《秦为戎族考》《赤狄、白狄东侵考》《古代民族迁徙考》等有关先秦戎狄少数民族考证诸文。1933年任教北大历史系还开有"周秦民族与思想"一课。可见，虽然蒙文通一生治学也堪称通儒之学，但当时的用力方向却显然偏重先秦史。

而与此同时，陈寅恪自1931年即开始在清华大学历史系开设"魏晋南北朝史专题研究"和"隋唐五代史专题研究"，或称"晋至唐文化史"课程③，且一生以此一段史学研究最为世人称道。谊属晚辈且精研魏晋南北朝史的周一良先生在回忆文章中即谈到，30年代就读燕京研究院时，听同学盛赞陈寅恪先生魏晋隋唐史学方面的造诣，遂旁听陈先生课而感受深刻："……陈先生讲课之所以使我们这些外校的学生特别倾服，应有其原因。……陈先生谈问题总讲出个道理来，亦即不仅细致周密地考证出某事之'然'，而且常常讲出其'所以然'，听起来就有深度，说服力更强。""陈先生善于因小见大，在魏晋南北朝史研究方面虽没有写出像《隋唐制度渊源略论稿》和《唐代政治史述论稿》那样综观全局、建立框架的论

①钱穆：《中国历史研究法》"附录"，生活·读书·新知三联书店2001年版，第152—153页。

②钱穆：《八十忆双亲·师友杂忆》，生活·读书·新知三联书店1998年版，第179页。

③参见蒋天枢：《陈寅恪先生编年事辑》，上海古籍出版社1997年版，第75、80、93等页。

著，但除经济方面而外许多重要方面的大问题都接触到了"而且，周一良还指出，自30年代以来，现代史学界研究魏晋南北朝史的很多专家学者均出陈氏门下或受其学术沾溉。①可见，如果说20世纪30年代初研治晋至唐史的人选，陈寅恪应是首屈一指的。某种程度上甚至可以说，陈寅恪也是中国现代魏晋南北朝史断代研究的早期开创者。而且，陈寅恪自回国任教清华后，虽一直以佛经译本比较研究、蒙古源流研究等极为专深偏僻的学问见称于世，但同时也以博学著称，且自1930年开始已发表多篇探讨晋至唐史方面的论文，如《三国志曹冲华佗传与印度故事》（1930年6月）、《李唐氏族之推测》（1931年8月）、《莲花色尼出家因缘跋》（1932年1月）、《支愍度学说考》（1933年1月）等，仅1933年夏到1934年夏一年间，就有《李唐氏族之推测后记》《天师道与滨海地域之关系》《四声三问》等享誉至今的著述问世。

再说，当日北京各大学对教员校外兼课虽有相关规定，但很多名教授常可数校兼课，陈寅恪更是自1926年起便兼任北大研究所国学门导师，1928年又受聘兼任佛经翻译文学课，后改为蒙古源流研究。所以，钱穆说若蒙文通离任则聘不到继任教员，显然不是出于当日清华、北大教学管理方面的考虑。因为蒙文通走后，北大历史系"隋唐史"课程，正是聘陈寅恪兼任（"魏晋南北朝史"邀钱穆而被拒）。虽说后来"上堂仅盈月，寅恪即辞去不再来。谓其体弱……"，"于是此课遂临时请多人分授"，②但若说蒙离任则无人可继任，而且是面对熟悉中古一段学术史的胡适说这番话，显然只能说钱穆并不认同陈寅恪在此领域的工作。不仅当日不认同，40余年之后追记上述这番话时仍是如此，因为《杂忆》载这番话的上下文丝毫未见钱穆对昔日说法的改变或补充性的"解释"。

---

①周一良：《纪念陈寅恪先生》，张杰、杨燕丽选编：《追忆陈寅恪》，社会科学文献出版社1999年版，第159、161页。

②钱穆：《八十忆双亲·师友杂忆》，生活·读书·新知三联书店1998年版，第179页。

四、重建信史、史料考据与陈寅恪的文化关怀

回到前文所述钱穆致余英时函中对陈寅恪文章的批评，主要有两点：一是"冗沓而多枝节"且不"可诵"；二是"临深为高，故作摇曳"。前者实际上是对陈寅恪文多考据而有所不满，后者则涉及二人治史重专深还是重博通的不同。这里先说前者。

钱穆由传统文章学观点，突出"可诵"以批评陈寅恪文多考据原也自然，时至今日也仍不失鉴戒意义。但以此论陈寅恪的文章，似未认识到陈寅恪"讲宋学，做汉学"的学术路数背后所蕴涵的现代学术观念及其深层的文化关怀。①

今人论陈寅恪大多注意到他本人论著中对宋人史著长编考异之法以及六朝"合本子注之义"的服膺和提倡，而清人"毋惮旁搜，庶成信史"（徐乾学《修史条议》）的治史信条对其确也深有影响。不过，陈寅恪的"旁搜"史料，并不陷于清儒"罗列事项之同类者，为比较的研究，而求得其公则"的繁复举证、表层归纳②，而更着意于对史料本身的考辨纠谬、对勘互证以"定其时""明其地""悉其人"，破伪存信。这在其著述中有鲜明体现。

《元白诗笺证稿》辨"七月七日长生殿"玄宗与玉环相会之地点"长生殿"，先引《旧唐书》《唐会要》证"长生殿"前身为祀神之"集灵殿"，接以《唐诗纪事》论白居易以"长生殿"为寝殿之误，继而再引《通鉴》

---

① "讲宋学，做汉学"系汪荣祖教授转述钱锺书对陈寅恪治学方法的评价。见桑兵《晚清民国的国学研究》第七章"注32"，上海古籍出版社2001年版，第187页。

② 梁启超《清代学术概论》讲清人治学的"科学方法"，归纳为六条：一曰注意，即发现问题；二曰虚己，即澄汰先见；三曰立说，即假定论题；四曰搜证，即广集证据；五曰断案，即由归纳而定谳；六曰推论，即推扩论点，求三隅之反。一言以蔽之："清儒之治学，纯用归纳法，纯用科学精神"。从论题的设定，到结论的获得，最关键的即在于搜集证据，排比归纳证据。上海古籍出版社1998年版，分别见第47、46、62页。

（《资治通鉴》，本书通用简称）胡注指出，"唐代宫中长生殿虽为寝殿，独华清宫之长生殿为祀神之斋宫"，由此得出结论，乐天之失并不在不知旧俗，而在于"未入翰林""不谙国家典故"遂致失言。[①]《三国志曹冲华佗传与佛教故事》一文处理涉及曹冲的史料，先引《三国志·魏志》和叶适《习学记言》肯定"曹冲称象"实有其事的正面记载，然后据清人何焯、劭晋涵等人著述辨定上述史料之不可信，再引北魏《杂宝藏经》所载"称象"故事，同时考辨《杂宝藏经》的撰作时代、背景及适用范围问题，最后论证出"称象"故事缘出佛经，而后流播中土，"遂附会为仓舒之事"。[②]可以看出，陈寅恪一方面力求破除传统史书叙事对历史文化记忆的人为构建和误导，同时又不惮繁琐细碎之讥详密考论历史的真实面相，看似矛盾而实则目光锐利、用心良苦。所以，他一再提醒学生证定史料的"有"和"无"——特别是后者——在史学研究中的重要性。[③]其晚年的工作助手黄萱女士曾回忆道，"陈先生说，我们看材料，需了解材料存在多少问题，已解决的有多少，未解决有多少，新发现的有多少，由此一步一步地往前研究，便可以不走或少走弯路……他指出，做文章所用的材料，必须先甄别是真是假。有时候假中有真，真中有假，要注意筛选。"[④]

陈寅恪特为关注史料考据的治史特点，不仅体现在著述中，也延续在其课堂教学中，给学生留下深刻的印象。季羡林《回忆陈寅恪先生》一文就提道："寅恪先生讲课，同他写文章一样，先把必要的材料写在黑板上，然后再根据材料进行解释、考证、分析、综合，对地名和人名更是特别注意。他的分析细入毫发，如剥蕉叶，愈剥愈细愈剥愈深，然而一本实事求是的精神，不武断，不夸大，不歪曲，不断章取义。……这种学风，同后

---

①陈寅恪：《元白诗笺证稿》，生活·读书·新知三联书店2001年版，第41—43页。

②陈寅恪：《寒柳堂集》，生活·读书·新知三联书店2001年版，第176—181页。

③罗香林：《回忆陈寅恪师》，蒋天枢：《陈寅恪先生编年事辑》，上海古籍出版社1997年版，第249页。

④黄萱：《怀念陈寅恪教授——在十四年工作中的点滴回忆》，张杰、杨燕丽选编：《追忆陈寅恪》，社会科学文献出版社1999年版，第33页。

来滋害流毒的"以论代史"的学风，相差不可以道里计。"①

因此，通过对杂多史料的纠谬、对勘，将研究对象置于过往社会生活和历史时空一切复杂关系中，紧扣"时""地""人"三要素来追溯并重建一个确然可见、可感的历史当下，并由考察不同史料牵连广引出的多重问题来深入史料所指涉的历史深层的盘根错节，这些都的的可见陈寅恪"做汉学"对重建信史的追求，而贯穿其中的实为一种强烈的历史去魅精神和现代科学理性。或许正是这种着意于史料考辨的治史思路，导致其文章易示人以牵缠、芜蔓的印象，所以钱穆的批评并非无的放矢。

但其实，细读陈寅恪的文章，我们又分明可以从他对多重史料的引证考辨、对历史本身内在复杂性的解析中，最终获得某种豁然省悟式的关乎文化脉动的"史识"性判断。陈寅恪的学生罗香林就指出，"陈师对历史研究，常说：最重要的就是要根据史籍或其他资料以证明史实，认识史实，对该史实而有新的理解，或新的看法，这就是史学与史识的发现。"②如前述《三国志曹冲华佗传与佛教故事》，陈寅恪破除传统史书叙事对历史文化记忆的某种人为构建和误导的同时，目的却在指出佛教来华后对中土社会快速而有力的冲击，同时顺带批点了比较民俗文学研究中存在的问题。而《莲花色尼出家因缘跋》一文考证莲花色尼出家之"七种咒誓恶报"何以误为"六种"，《支愍度学说考》一文排比考论支愍度事迹、著述，考证文字的背后，则是中外两种不同文化传统在相互照面之际由冲突而相融之历史走向的"大判断"。此类论述不一而足，多是由一看似不起眼的材料切入，而层层递进，转证一涉及文化血脉与历史转关之大论题，看似芜累枝蔓，实有其清晰、细密的内在逻辑。所以，有学者称陈寅恪的

---

①此外如梁嘉彬先生《陈寅恪师二三事》一文亦谈道："寅师授课，恒闭目而思，端坐而讲，奋笔而书，所举史料详记卷数页数，反复论证，数满黑板，所论者皆关宏旨，绝无游词，每堂皆自己立说，非好奇立异，目的实只在求真。"分别见张杰、杨燕丽选编：《追忆陈寅恪》，社会科学文献出版社1999年版，第123、112页。

②罗香林：《回忆陈寅恪师》，蒋天枢：《陈寅恪先生编年事辑》，上海古籍出版社1997年版，第249页。

史料考据真正达到了一种"尺幅千里的考证学境界"①，实非溢美之辞。

陈寅恪一生不参与政治，但这丝毫不意味着他对政治、文化，乃至社会生活的漠然。恰恰相反，陈寅恪是一个很敏感的学者——一个近乎足不出户但却对现实政治文化和社会生活中的变动十分敏感的书斋中人。如1954年3月直至1964年夏完成的《柳如是别传》（原题《钱柳因缘诗释证稿》），更"藉以察出当时政治（夷夏）道德（气节）之真实情况，盖有深意存焉。绝非消闲风趣之行动也。"②当然，本文无意也无力于解析陈寅恪诗中之暗语密码进而推测其当时的政治意向，而只是想说陈寅恪从来就不是一个肯认知识研讨之唯一性的学者，而是有着强烈现实关怀、并由此关怀来选择学术话题的学者。就像他1942年3月为学生朱延丰之书作序时所说："考自古世局之转移，往往起于前人一时学术趋向之细微。迨至后来，遂若惊雷破柱，怒涛振海之不可御遏。"③毕竟，"'续命河汾'之向往"——即一种深沉的文化关怀——才是其"往来心目中之要事"。④所以，陈寅恪通过史料考据以"重建信史"的思路，不仅与带有相对主义的历史虚无论色彩的"古史辨"派之疑古乃至当下的新历史主义不同，即与当日傅斯年及史语所为代表的"考订派"或称"新历史考据派"也有不同。他的史料考据或称"做汉学"的治史方法背后，潜藏着一种重义理、重文化大义的"宋学精神"，在运用现代科学理性的同时又富有一种人文主义的情怀，表现为一种在史料中寻史识的"新汉学"思路⑤——这或许

---

①汪荣祖：《史家陈寅恪传》，北京大学出版社2005年版，第85页。

②吴宓：《吴宓日记》1961年9月1日，《陈寅恪先生编年事辑》，上海古籍出版社1997年版，第177页。

③陈寅恪：《朱延丰突厥通考序》，《寒柳堂集》，生活·读书·新知三联书店2001年版，第163页。

④蒋天枢：《陈寅恪先生传》，《陈寅恪先生编年事辑》，上海古籍出版社1997年版，第234页。

⑤童书业：《新汉学与新宋学》，《童书业史籍考证论集》（下），中华书局2005年版，第777—780页。

才是他自己所说"较乾嘉诸老更上一层"①的真正含义。

五、解释历史与钱穆的治史求通

钱穆对陈寅恪的另一批评是指其文章"多临深为高，故作摇曳"，实即不满其重专深的治学思路。以钱穆之眼光，当然不会不清楚专深与博通在学术研究中相互依存的关联，也不至于看不出陈寅恪著述背后思接千古的秘奥深蕴。因此，他对陈寅恪的这一批评，一方面可能与传统史学的"才、学、识"之争有关，另一方面更有当时史学界史料学派和史观学派学术分歧的影响。

自唐代史家刘知几提出治史"才"（撰述技巧）、"学"（知识累积）、"识"（判断与断案）兼得之重要与困难这一悖论以后，尤强调"史才"之难（《史通》卷九"核才第三十一"），历代史家也对此常有感慨。钱穆在给余英时的信中反复交代的就是史学文章的写作问题，甚至到20世纪70年代出版《中国史学名著》后与严耕望通信时也依旧关注学术文章的写作问题。②。今天我们读钱穆的文章，尤其是将之与陈寅恪的文章对读，一个非常直观的印象就是，钱穆的文章流畅显豁，陈寅恪的文章则哽咽多转折。说白一点，钱文好转述史料，而陈文多直接引证。转述相对直接引证而言，写成的文章自然"简净"（此系钱穆致陈寅恪函所作的自我评价③）得多。陈寅恪的著作不仅多直接引证史料，同时还伴有对史料的考辨察查，所以这样也就自然使得其文章不仅不够"简净"反而更显"专深"了。这应该是其招致钱穆批评的一个原因。但是，潜藏在这番文章写作技巧之辨的背后，更有二人当时对所谓"史观"问题的不同思考。

①陈寅恪：《与妹书》，见《陈寅恪集·书信集》，生活·读书·新知三联书店2001年版，第1页。

②严耕望：《钱穆宾四先生与我》，《治史三书》，辽宁教育出版社2006年版，第295页。

③钱穆：《八十忆双亲·师友杂忆》，生活·读书·新知三联书店1998年版，第228页。

今人论钱穆虽多讲其破汉宋门户的基本学术理念，然而钱穆治史在兼采汉宋的基础上始终更强调"不知宋学，则无以平汉宋之是非"①。因而，与陈寅恪"讲宋学，做汉学"不同，钱穆虽以《先秦诸子系年》这样的考据之作登上中国现代学术的舞台，但他对当日主流史学界以傅斯年和史语所为代表、专注于史料整理和考订的"科学派"（亦称"考订派"）始终深为不满。而且，这种不满牵带他因1948年中央研究院院士评选未能入选而产生的心理隔阂一直保持到老（严耕望：《钱穆宾四先生与我》）。

在写于30年代上半叶、出版于1939年的《国史大纲·引论》中，钱穆不仅批评了"考订派""史学即史料学"的主张，同时也明确强调历史资料与历史知识的不同：

> "历史知识"与"历史资料"不同。我民族国家已往全部之活动，是为历史。其经记载流传以迄于今者，只可谓是历史的材料，而非吾侪今日所需历史的知识。材料累积而愈多，知识则与时以俱新。历史知识，随时变迁，应与当身现代种种问题，有亲切之联络。历史知识，贵能鉴古而知今。至于历史材料，则为前人所记录，前人不知后事，故其所记，未必一一有当于后人之所欲知。然后人欲求历史知识，必从前人所传史料中觅取。若蔑弃前人史料而空谈史识，则所谓"史"者非史，而所谓"识"者无识，生乎今而臆古，无当于"鉴于古而知今"之任也。②

他并不否认史料的重要性，但更强调要从史料中觅取史识，二者有手段和目的之别。就此而论，他与陈寅恪的主张相近，而不同于"考订派"——尽管钱穆对后者治史方法或有误解。然而钱穆又提出，"时代既变，

---

① 钱穆：《中国近三百年学术史》"自序"："治近代学术者当自何始？曰，必始于宋。何以当始于宋？曰：近世揭橥汉学之名以与宋学敌，不知宋学，则无以平汉宋之是非。"商务印书馆1997年版，第2页。

② 钱穆：《国史大纲》（修订本），商务印书馆1991年版，第1—4页。

古代所留之史料，非经一番解释，即不得成为吾人之知识"①；且"历史知识，随时变迁"，"我们今天所需要的历史知识，与从前人所需要的可以有不同。我们需要获得适合于我们自己时代所要求的知识。"因此，钱穆并不像陈寅恪那样借由考订、整理史料来寻史识，而是认为当下史学的要务即在于重新解释、"翻新"历史，以讲明适合当下需要的历史知识："我们须得自己有新研究，把研究所得来撰写新历史，来贡献我们自己这个新社会。这是我们所需要的史学。当知历史诚然是一往不返，但同时历史也可以随时翻新。""历史是可以随时翻新改写的，而且也需要随时翻新改写的。"②

如何解释、"翻新"历史以提供新的历史知识？钱穆想说的是，要研究并撰写"简单而扼要"的"自尚书以来下至通志一类之一种新通史"，而这种"新通史"又需具备两个条件：一是"必能将我国家民族已往文化演进之真相，明白示人，为一般有志认识中国已往政治、社会、文化、思想种种演变者所必要之知识"，二是"能于旧史统贯中映照出现中国种种复杂难解之问题，为一般有志革新现实者所必备之参考"。③显然，在钱穆所说的两点中有一个共同的观念——即关注文化之"演进"与旧史之"统贯"，按照今人的话来说，即寻求一种对于已有历史的纵贯的宏观照察，系观衢路而非照隅隙。

在钱穆强调不断重新解释历史的背后，我们隐然可见克罗齐名言"一切历史都是当代史"的影子。这固然确证了史家的当下关怀和史学研究中排除先见的困难，但就当日之史学而言，这种解释、"翻新"历史的著史方法，显然很难做到陈寅恪所说的对众多史料作"有统系与不涉附会之整理"④。陈寅恪1931年5月在《国立清华大学二十周年纪念特刊》发表

①钱穆：《关于夏曾佑〈中国古代史〉的讨论·敬答海云先生》，转引自陈勇：《钱穆传》，人民出版社2001年版，第174页。

②钱穆：《中国历史研究法》，生活·读书·新知三联书店2001年版，第13、15页。

③钱穆：《国史大纲》，商务印书馆1991年版，第8页。

④陈寅恪：《金明馆丛稿二编》，生活·读书·新知三联书店2001年版，第361页。

《吾国学术之现状及清华之职责》一文指出：

> 近年中国古代及近代史料发见虽多，而具有统系与不涉附会之整理，尤待今后之努力。今日全国大学未必有人焉，能授本国通史，或一代专史，而胜任愉快者。

对此，钱穆于1936年9月撰写《略论治史方法》一文，明确表述了与陈寅恪不同的看法：

> 治史而言系统，固非易事。然若谓历史只是一件件零碎事情之积叠，别无系统可求，则尤属非是。或谓国史尚在逐步整理中，遽言系统，未免过早。今日急务，端当致力于新材料之搜罗，与旧材料之考订，至于理论系统，暂可置为缓图。此说亦可商。历史范围过广，苟非先立一研寻之目标，以为探讨之准绳，则史料尽如一堆流水账，将见其搜之不胜搜……将终无系统可言。
>
> ············
>
> 窃谓治史者当先务大体，先注意于全时期之各方面，而不必为某一时期某些特项问题而耗尽全部之精力，以偏见概全史。当于全史之各方面，从大体上融会贯通，然后其所见之系统，乃为较近实际。其所持之见解，乃得较符真实。而其对于史料之搜罗与考订，亦有规辙，不致如游魂之无归。治古史本求通今，苟能于史乘有通识，始能对当身时务有贡献，如是乃为史学之真贡献。[1]

很显然，钱穆所说的"亦可商"针对的正是类似陈寅恪上述一文提出的治史思路。后者更强调由考订史料进而寻绎史识、把捉历史的整体走向；而钱穆则倾向于"先务大体"——"先立一研寻之目标"，"以为探讨

---

[1] 钱穆：《中国历史研究法》"附录"，生活·读书·新知三联书店2001年版，第152—153页。

之准绳"，对史料作有系统的整理。毕竟"历史范围过广"，史料也确是"搜之不胜搜"的，钱穆这话也是有道理的。但实际上，任何史家在驾驭史料之先未尝没有某种前在的史观，历史研究最终追求的还是一种"有系统"的知识。就此而言，钱穆与陈寅恪应该是一致的。只不过，陈寅恪始终对"先务大体"的整理方法是否能做到"不涉附会"保持警惕，故终其一生很少涉足于此。钱穆则不然，他一生以通人之学自期。1941年4月28日，他在成都江苏省同乡会讲演"我所提倡的一种读书方法"时就讲道："现在人太注意专门学问，要做专家。事实上，通人之学尤其重要。做通人的读书方法，要读全书，不可割裂破碎，只注意某一方面……"①。这种"通人之学"的理想，显然也成就了今天钱穆作为本世纪难得一见的"通四部之学"的"通儒"形象。但是，钱穆过于看重这种"通"，或者说急于要打破当时占据史学主流的"考订派"之"不通"，又使得他不自觉地夸大了史观的重要性，从而陷入陈寅恪曾批评的"新派"史学研究者的行列。

六、观照历史的两种进路与史学教育的思考分歧

紧接《吾国学术之现状及清华之职责》一文之后，陈寅恪在"晋至唐文化史"课程的开讲辞中明确提出了对其时研究文化史新旧二派的批评：旧派"失之滞"，"只有死材料而没有解释。读后不能使人了解人民精神生活与社会制度的关系"。而新派"失之诬"，"新派书有解释，看上去似很有条理，然甚危险。他们以外国的社会科学理论解释中国的材料。此种理论，不过是假设的理论。……是由研究西洋历史、政治、社会的材料，归纳而得的结论"②。从其对新旧二派的批评来看，他更反感新派。陈寅恪素非守旧之人，30年代初为冯友兰《中国哲学史》作"审查报告"即强调："其真能于思想上自成系统，有所创获者，必须一方面吸收输入外来

①严耕望：《治史三书》，辽宁教育出版社2006年版，第266页。
②蒋天枢：《陈寅恪先生编年事辑》，上海古籍出版社1997年版，第222页。

之学说，一方面不忘本来民族之地位。"并认为这是"二千年吾民族与他民族思想接触之所昭示者也"。①在《吾国学术之现状及清华之职责》中更明确指出，"盖今世治学以世界为范围，重在知彼，绝非闭户造车之比。"②但是，对于用某些"以外国的社会科学理论解释中国的材料"的史观派，陈寅恪则极力反对。因为，这些史观派"解释"历史的治史进路，多少带有一种用异域之刀解剥中华之史难免的"不尽不实"之弊。

我们注意到，钱穆在《国史大纲》"引论"中也提出所谓"近世史学"的三派——"传统派"（亦可谓"记诵派"）、"革新派"（亦可谓"宣传派"）和"科学派"（亦可谓"考订派"，实指以傅斯年和史语所为代表的"新考据派"）。他认为"传统派"和"科学派"的问题在于"二派之治史，同于缺乏系统，无意义，乃同为一种书本文字之学，与当身现实无预"，这与陈寅恪所批评的旧派正相同。而他所说的"革新派"，则"急于求知识，而怠于问材料。其甚者，对于二、三千年来积存之历史材料，亦以革新现实之态度对付之，几若谓此汗牛充栋者，曾无一顾盼之价值矣"，这实即陈寅恪所说的"新派"，亦即以胡适为代表的"整理国故"运动。三派之中，钱穆虽均予以批评、指斥其弊端所在，但相对而言更欣赏"革新派"："惟"革新"一派，其治史为有意义，能具系统，能努力使史学与当身现实相结合，能求把握全史，能时时注意及于自己民族国家已往文化成绩之评价。故革新派之治史，其言论意见，多能不胫而走，风靡全国。今国人对于国史稍有观感，皆出数十年中此派史学之赐"。③所以有论者就此指出，钱穆此后对于"新史学"的理想即"以记诵、考订派之功夫，而达宣传革新派之目的"④。但这种调和汉宋的努力只能说是钱穆的一种修辞。在实际治史历程中，钱穆虽也强调"仍当于客观中求实证，通览全史

①陈寅恪：《冯友兰中国哲学史下册审查报告》，见《金明馆丛稿二编》，生活·读书·新知三联书店2001年版，第284—285页。

②陈寅恪：《吾国学术之现状及清华之职责》，见《金明馆丛稿二编》，生活·读书·新知三联书店2001年版，第362页。

③钱穆：《国史大纲》，商务印书馆1991年版，第3—4页。

④陈勇：《钱穆传》，人民出版社2001年版，第184—187页。

而觅取其动态"，①但实际却更偏向社会科学化史观的树立——近乎陈寅恪所批评的"新派"，侧重运用一些引进的社会科学方法来治史，强调通史教育与史学教育的普及化问题。

在上引《略论治史方法》一文中，钱穆即讲道：治史当"先务大体"，"当于全史之各方面，从大体上融会贯通"。这一强调"从其历史演变上着眼，而寻究其渊源宗旨所在"②、对历史作全程贯通考察的"通史"思路，本身并不为错，但是看历史若仅有纵向考察而无横切面的细究则显有不足。

就观照历史的进路而言，陈寅恪曾批评过"不知以纵贯之眼光"而"断断致辩于其横切方面""缺乏史学之通识"的研究③，也多次在授课中提醒通史意识的重要性，但若再联系他在1932年秋"晋至唐文化史"课程开讲中所指出的，则陈寅恪在如何观照历史的问题上似乎更关注"横切面"：

> 本课程讲论晋至唐这一历史时期的精神生活与物质生活之关系。精神生活包括思想、哲学、宗教、艺术、文学等；物质环境包括政治、经济、社会组织等。在讲论中，绝不轻易讲因果关系，而更着重条件。④

讲因果关系，是讲"为什么"的问题；而讲"条件"，则关注的是"有什么、是什么"的问题。后者实侧重对历史作横切面的考察，由这一断面切入历史本身的广度、多样性和丰富的可能性，在一个多元立体的历史空间中重建信史脉络；而前者则注重贯通古今式的照察，关注问题某种

---

①钱穆：《国史大纲》，商务印书馆1991年版，第11页。

②钱穆：《八十忆双亲·师友杂忆》，生活·读书·新知三联书店1998年版，第52页。

③陈寅恪：《冯友兰中国哲学史上册审查报告》，见《金明馆丛稿二编》，生活·读书·新知三联书店2001年版，第280页。

④蒋天枢：《陈寅恪先生编年事辑》，上海古籍出版社1997年版，第80页。

确定的状态或某种固定的本质。

由于观照历史进路的不同，也导致钱穆与陈寅恪谈及史学教育问题时注重博通与侧意专深的差异——尽管钱穆不乏专深研究，而陈寅恪专深的背后也始终有博通在。不过，后者显然更强调大学研究的精深特质，而前者则更注重历史知识的普及化问题。这从他们授课特点及对夏曾佑《中学历史教科书》的态度可见一斑。

1935年9月，陈寅恪在"晋至唐史"一课的开讲中指出，"本课程虽属通史性质，也不能全讲。如果各方面都讲一点，则类似高中讲法，不宜于大学。"关于学习方法，"就是要看原书，要从原书中的具体史实，经过认真细致、实事求是的研究，得出自己的结论"①。以其《晋南北朝史备课笔记》为例，笔记共列12个专题，既有史料考辨专题，也有史实问题的专门考辨，涉及晋至南北朝之政治、民族关系、文化制度、民众生活等多方面，但又均以专题研讨的形式出现。可见陈寅恪所开设的通史类课程，完全是按照一种培养专业研究人员的思路来展开的。而其"唐史专题研究"课，更采用的是今天各大学研究生教育已较为普遍的Seminar（音译为习明纳，意译为讨论课）的形式——"此课在开课之初，先讲述材料之种类，问题之性质，及研究方法等数小时，其后再由学生就其兴趣能力之所在，选定题目分别指导，令其自动研究。学期或学年终了时，缴呈论文一篇，即作为此课成绩，不另行考试。"②

另外，在谈到"从中可得到最低限度的常识"类的必读书时，陈寅恪认为夏曾佑《中国古代史》最好，但又指出，"其书出版已三十年，不必再加批评"。记录这番话的蒋天枢先生在此处有一按语：先生意谓此书已过时。③

与陈寅恪相对照，钱穆晚年回忆30年代教授通史一课编写讲义时则写

---

①这是陈寅恪1932年在同一课程中提出的要求，至1935年应大体相同。见蒋天枢：《陈寅恪先生编年事辑》，上海古籍出版社1997年版，第222页。
②蒋天枢：《陈寅恪先生编年事辑》，上海古籍出版社1997年版，第150页。
③蒋天枢：《陈寅恪先生编年事辑》，上海古籍出版社1997年版，第94页。

道，"必求一本全部史实，彼此相关，上下相顾，……制度经济，文治武功，莫不择取历代之精要，阐其演变之相承……上自太古，下及清末，兼罗并包，成一大体"①。这种追求"通"和"全"的概要式教学，在当时也属较为普遍。如雷海宗在1936年10月发表的《对于大学历史课程的一点意见》一文中就强调："历史系本科的目的是要给学生基本的知识，叫他们明了历史是怎么一回事，叫他们将来到中学教书时能教得出来，叫他们将来要入研究院或独自作高深的研究时，能预先对史学园地的路线大略清楚，不致只认识一两条偏僻的小径。"②

对于夏曾佑《中国古代史》，钱穆表现出与陈寅恪极为相反的态度。他于1913年任教无锡四小时即读到夏书，"读之甚勤"，自感"得益甚大"。及至30年代任教北京时，"每常举夏氏书为言。抗战时，受重庆国立编译馆之托审订是书以图重印，后因钱校正繁多而未果，以致钱穆后悔不迭——"素重此书"却因自己之故而导致此书不能广为流传。③

两相对照，陈寅恪的课程明显偏向专深研讨，抑或可称研究型；钱穆的教学更重视普及教育而要称教学型了。当然，有关大学教育到底是该侧重"宽口径"还是讲求"高深学问"至今仍有争论，所以本文也并不认为二者学识高下有别，而只是想指出他们对此问题的不同思考。

　　附　记：

　　这篇文章原写于2007年9月初，最初设想的文章题目叫《钱穆与陈寅恪——以治史思路的考察为中心》，关注点在中国现代史学研究中的学术范式问题。后发现论题不易把握，遂改为现题。且因文字较长，只好分为两部分，另拟题目分别刊于《博览群书》2008年第1和第3期。文章虽然已经发表了，可总觉得原本一体的文章一分为二，

①钱穆：《八十忆双亲·师友杂忆》，生活·读书·新知三联书店1998年版，第172页。

②引自桑兵《晚清民国的国学研究》，上海古籍出版社2001年版，第83—84页。

③钱穆：《八十忆双亲·师友杂忆》，生活·读书·新知三联书店1998年版，第89—90页。

思路不够连贯，所以收入本书时还是决定把二文合到一起。

这篇文章写完后，又就岑仲勉对陈寅恪的学术批评写了一篇文字，问题不同，但思路一贯。实即源自余英时先生《论戴震与章学诚——清代中期学术思想史研究》一书所带来的启发——讨论学人的学术思想，无论采用历史的脉络还是逻辑的结构，都可能不若"从思想的交集处说起"来得更直接、立体，而且这种对思想交集的关注，还可引出其背后不同的学术范式，进而由此折射一个时期学术思想史的某个面相。

除了余先生的这本书，另外一个启发的来源，就是若干年前胡晓明师的一篇文章——《陈寅恪与钱锺书：一个隐含的诗学范式之争》。所以我写这两篇文字就因此有了这样的一点个人思考：即倘说钱锺书与陈寅恪之分歧在文史两种学科特性之辩驳，钱穆论陈寅恪为治史方法上义理或考据之欹重，则岑仲勉对陈寅恪之批评，实标志现代文史考据之学内部文献考据与历史考据两条进路的分野。尽管我们今天从陈寅恪本人的文字中很少能找到直接相关的正面回应，治现代学术思想史者也未见有多少对此类问题的特别关注，但我想，勾陈这些或隐或显的"学术争论"或许可以带出更多的问题来。

当然就本文而言，在中国现代史学（乃至学术）史上，钱穆先生和陈寅恪先生无疑均可谓以汉宋并重为基本治学精神的学者，但在各自讨论问题的法式上，于义理和考据又确有欹轻欹重之别。因此，尽管这篇文章于二氏兼容汉宋一点上说明很少，然这一基本着眼点还是不敢忘怀的。

作者补记

岑仲勉对陈寅恪之学术批评及其内在问题

20世纪学术史上，撇开特殊年代之弦箭文章不论，出于学术讨论心态或公开或私下对陈寅恪学术有所批评者并不在少数。其声名卓著者，即有张尔田（1874—1945）、朱希祖（1879—1944）、岑仲勉（1886—1961）、胡适（1891—1962）、郭沫若（1892—1978）、钱穆（1895—1990）、钱锺书（1910—1998）等人。然若论公开批评最力者，恐莫过于岑仲勉，且集中于隋唐史这一同让二者享有令名的学术领域之中。

学术同行之间互有批评本属平常。一般来说，如果排除学科间的隔膜，则知识领域、学术风格越接近，讨论同类问题的深入及精细程度越高，产生分歧的可能性也越大，其中所蕴含的学术再生性也越强。岑仲勉对陈寅恪之批评正可作如是看。岑陈二氏不仅均于西北边疆史地、中外交通史、中西文化交流史、隋唐史等多有著述，且都掌握多种文字、擅用"对音"对史料作历史比较语言学之考求，在治学风格上更同属精擅"考据之学"者。因而，倘就治学领域及整体学术风格而言，二者极具对话性。而实际上，岑仲勉对陈寅恪有关——"牛李党争"与中唐政治、文化，"进士科"之崛起与唐代文人、文学——等诸多问题的批评和讨论，不仅在很多细节上弥补、修正了陈寅恪的某些思考罅隙及论述不周备处，其所提出的"李德裕无党"、进士科人员选用与"关中本位政策"说之反思等史学问题，也直指陈寅恪关健论据之可议处，成为后此学者进一步思考与研究的重要缘助。

　　然而问题尚不局限于此。从学术史研究的视角来看，学人之间的思想交锋往往会有两种情形，一种主要表现为具体学术观点之分歧，如朱希祖对陈寅恪李唐氏族之研究的批评①、张尔田对其李商隐《无题》诗系年释证的指摘②、郭沫若对其《论再生缘》的讨论③等；另一种则更多含有整体学术思考方向、学科知识背景乃至生存感受之差异，如钱锺书对其诗史释证思路的批驳④，钱穆对其治史思路与论学风格的批评⑤等。表面上看，岑仲勉对陈寅恪之批评似属于前者，而究其实，则为学术个性及方法进路之差异。二者虽同属治"考据之学"者，均以扎实细密的史料辨证著称，但各自研究进路实际并不相同。辨析其差异可以发现，倘说钱锺书与陈寅恪之分歧在文史两种学科特性之辩驳，钱穆论陈寅恪为治史方法上义理或考据之欹重，则岑仲勉对陈寅恪之批评，实标志现代文史考据之学内部文献

---

　　①朱希祖：《驳李唐为胡姓说》，原载1936年《东方杂志》33卷15号；《再驳李唐氏族出于李初古拔及赵郡说》，原载1937年《东方杂志》34卷9号。见周文玖选编：《朱希祖文存》，上海古籍出版社2006年版，第225—252、253—260页。

　　②据蒋天枢《陈寅恪先生传》载，"一九三六年二月十日，在'晋南北朝史'课堂上，同学中有以二月三日《北平晨报》上所刊张尔田《与吴雨生论陈寅恪〈李德裕归葬辩证〉书》为问者。先生为剖析如次：'孟劬先生（张尔田）为义山专家，然其为此说殊属勉强，实难成立。今不拟答辩，免得使张先生生气。而且与本文论证文饶归葬主旨关系不大。'"蒋天枢：《陈寅恪先生编年事辑》（增订本），上海古籍出版社1997年版，第223—224页。

　　③自1961年5月至1961年10月，郭沫若在《光明日报》连续发表《〈再生缘〉前十七卷和它的作者陈端生》（5月4日）、《再谈〈再生缘〉的作者陈端生》（6月8日）、《陈云贞〈寄外书〉之谜》（6月29日）、《序〈再生缘〉前十七卷校订本》（8月7日）、《有关陈端生的讨论二三事》（10月5日）、《关于陈云贞〈寄外书〉的一项新资料》（10月22日）等六篇文章，1962年1月2日又在《羊城晚报》发表《读了〈绘声阁续稿〉与〈雕菰楼集〉》一文，考论《再生缘》作者、版本诸问题，对陈寅恪之考证多有驳论。见郭沫若：《郭沫若古典文学论文集》，上海古籍出版社1985年版，第854—973页。另参陆键东：《陈寅恪的最后二十年》，生活·读书·新知三联书店1995版，第89—93页。

　　④参见胡晓明师《陈寅恪与钱锺书：一个隐含的诗学范式之争》，《华东师范大学学报》（哲学社会科学版）1998年第1期。

　　⑤参见拙文《钱穆论陈寅恪：一场并未公开的学术论争》，《博览群书》2008年第3期；《陈寅恪与钱穆史学思想之分歧》，《博览群书》2008年第6期。

考据与历史考据两条进路的分野。尽管岑仲勉对陈寅恪这番"批评"并未得到后者的正面回应，也并未受到现代学者的太多关注，但却是了解岑、陈二公学术"异同"乃至20世纪文史考据之学内部分野的重要事件。

一、《隋唐史》集矢于陈寅恪

《隋唐史》集矢于陈寅恪，傅乐成曾称之曰"批评甚力，为陈书刊布以来所仅见"[1]。倘就问题涉及面而言，此一评语至今恐仍不为过。辨析二者具体历史观点的不同，自是后来学者已然注意到的用功方向[2]。但追寻二者论证思路的构成则可发现，岑陈二氏学术思想及方法方面实存在较大差异，值得深长思之。

1948年7—8月间，岑仲勉离开任职达11年之久的中研院史语所（1937年7月—1948年8月），南下广州，就任中山大学文学院历史系教授，先后担任《蒙古初期史》《唐代石刻文选读》《两汉西域学》《隋唐五代史》等课程。《隋唐史》一书，即由其授课讲义整理而成。初为油印讲义，编定于1950年，后以《隋唐史讲义》为名由高等教育部印发各高校作参考资料，1957年12月始由高等教育出版社正式出版发行。该书初版时，出版社

---

①傅乐成：《陈寅恪岑仲勉对唐代政治史不同见解之比较研究》，《中国史论集》，学生书局1985年版，第57页。

②迄今为止，学界有关岑陈二公隋唐史研究之不同观点专门予以比较研究者，已见二文，观点稍有不同。傅乐成《陈寅恪岑仲勉对唐代政治史不同见解之比较研究》（《中国史论集》，第57—63页）一文，从"一李唐先世之籍贯""二武曌以后将相是否分途""三唐室是否压抑山东旧族"三个方面，辨析二者观点之分歧。名为比较，实为陈论张本。宋社洪《试析岑仲勉〈隋唐史〉对陈寅恪隋唐史研究的批评》（《福建师范大学学报》2008年第2期）一文，亦提出三点作讨论，"一关陇集团问题""二、隋唐制度渊源问题""三牛李党争问题及其他"，其"余论"部分另略述二氏分歧之由及各自优劣所在。宋文指出，岑陈二氏都承继乾嘉实证学风，"在研究方法上并没有本质的区别"；其分歧的原因，主要在二者"在编撰目的和体例上选择了不同的方向"——有"专"与"通"之别，故而岑著考证细密但乏贯穿主线，陈著立说宏通偶有文献失检，两者既有互补余地，亦为后来学术提出新问题。相对而言，宋文辨析较细，但"余论"仍未出50年代贺昌群、金毓黻等人意见范围。详见后文讨论。

曾有一"出版说明"：

> 本书是广州中山大学岑仲勉教授根据几年来讲授隋唐史的讲义整理编成。隋史共十九节，唐史共六十八节，并有图十四幅（笔者按：今中华书局本只有图十三幅）。

> 全书用文言文，便于同学习读古代文言史料；涉及到隋唐两代经济、文化、社会、政治史的各个方面，在叙述各种问题时，尽可能上溯其起源，下探其流变；对于隋唐的中外关系，亦堪注意。

> 本书材料丰富，注尤多精辟，考据异同，辨别真伪，对各家意见不同的，有剖析，也有自己的见地。……

这段简介性文字有两处值得注意：其一，其书重考辨、多辩驳的特点；其二，岑著讨论问题的方式——"尽可能上溯其起源，下探其流变"。这里先说前者，后一问题下文再说。

许冠三论陈寅恪之史学成就，认为其对新史学之贡献"首推史料扩充"，为学尚"喜聚异同宁繁毋简"。[1]然就岑著《隋唐史》来看，实可谓有过之而无不及。岑著对其所讨论的问题——哪怕一细小问题，也广搜各种原始史料及后人相关研究成果，细作排比考订，可谓涸泽而渔、不厌其详，深得清儒"无征不信"之旨。正因为此，其书或在正文或在注释中对各家短长不免多有析论辨订。[2]岑著这种撰述思路，在并时诸家唐史论著中可谓少见。1955年他在谈及《府兵制度研究》编写体例时，曾引述苏联学者帕夫林诺夫谈教学大纲编写问题的观点："某一问题不管其章节顺序

---

①许冠三：《新史学九十年》，岳麓书社2003年版，第260—261页。第八章篇题即"陈寅恪：喜聚异同宁繁毋简"，可见一斑。

②譬如"隋史"第十七节"三伐高丽"，史料引证之外，先在正文引述金毓黻《东北通史》对隋炀致败之因的分析并略作补充后，又在注释中列举黄元起《论中国历史上的民族战争》（1953年6月河南《新史学通讯》）对隋失败缘由，以及赵俪生、高昭《中国农民战争史论文集》对隋之"三伐"之必然性的分析，再加以讨论辨析，一如今人之驳论文章。岑仲勉：《隋唐史》，中华书局1982年版，第66—71页。

如何，都必须包括祖国学者对此问题的贡献，以及唯心论观点与唯物论观点对比问题是如何表现出来的"，然后指出：

> 略察近年编写的作风，似乎并未充分展开批评。这固由一些人要保存自己的威信，不惯接受，然亦我国为贤者讳的旧传统思想依然存在之故。而且，专提个人意见，不广征博引，是否恰得正鹄，常有问题；姑舍此不论，为要使读者出钱少费时少而获得像多读几本书不须另行参考的利益，尤其是使读者或可借此作进一步研究之引线，也应该像帕夫林诺夫所说的那样来处理问题。①

此处所述"我国为贤者讳的旧传统思想"，正是其40年代所撰《唐方镇年表正补》中已然予以批评的问题②。就岑仲勉而言，其一生治学极反感此类"为贤者讳"的学术乡愿，尝言"讨论与友谊，应截然划分为两事也"③，故其平生与并时学者多有批评往还。如1935年2月与向达关于《〈佛游天竺记〉考释》一书的论辩，1947年12月与李嘉言围绕《贾岛年谱》的论辩等等。因此，尽管《隋唐史》"考据异同、辨别真伪"的例子很多，广泛涉及对蓝文征、缪凤林等诸多学人之批评讨论，但其批评显非出于党派意气抑或文人固态，而究属一种纯正学术之探讨应无可疑。

然而可以指出的是，尽管岑著以"宁繁毋简"而对"各家意见不同的"均有所批评和讨论，但全书攻驳最多者则属陈寅恪。初读之下，往往会让人以为此书专为论检陈氏之失而作，以致金毓黻于20世纪50年代初

①岑仲勉：《府兵制度研究·前言》，《唐史余渖（外一种）》，中华书局2004年版，第281—282页。

②岑仲勉《唐方镇年表正补》一文即指出，"吾国学术界流传一错误观念，迄于今莫能廓清，致为文化进步之大碍，则所谓'为贤者讳是也。'……盖古今中外，都无十分完全之书，其声誉愈高，愈易得人之信受，辨正之旨，非抑彼以自高，亦期学术日臻于完满而已。"原载《历史语言研究所集刊》第十五本，商务印书馆1948年版，第315页。

③岑仲勉：《〈贾岛诗注〉与〈贾岛年谱〉》，原载1947年12月《学原》1卷8期，见《岑仲勉史学论文集·贾岛诗注与贾岛年谱》，第305页。

读岑著，即留下"若岑氏则有意与陈氏为难，处处与之立异"的印象①。

《隋唐史》分隋史十九节，唐史六十八节，批驳陈寅恪者，涉及隋史三节，唐史二十一节，后者比重几占唐史专题篇目三分之一。总计二者，约有七、八十处（详见本文末附表），多就陈寅恪"唐史三书"（《隋唐制度渊源略论稿》《唐代政治史述论稿》《元白诗笺证稿》）之具体论点而发，主要集中于牛李党争与中唐政制、李唐氏族及"关中本位政策"、府兵制及隋唐典制渊源等三大问题。应该指出的是，这三大问题其实际涵盖面已然涉及隋唐时期政治、军事、文化、经济、社会生活等史学研究的诸多侧面，堪称具有主导思路性质的唐史研究课题。因而某种程度上来说，岑仲勉与陈寅恪在这些问题上的分歧，也就意味着二者隋唐史研究整体思路和学术关注点的差异；或者说，论析二者有关此三问题的具体意见分歧，其实亦可视为讨论二者隋唐史研究乃至整体治学思路之差异的重要视角。当然，相比较来看，三大问题中，牛李党争、"关陇集团"（"关中本位政策"说）相对府兵制问题而言，更属一种带有"历史解释框架"性的问题，且现代唐史学界以陈寅恪的观点最为代表②。所以，岑仲勉与陈寅恪在此二问题上的分歧更值得重视。

那么，如果将上述分歧与岑仲勉撰著《隋唐史》之前的学术历程相联系，则可发现如下四方面问题：

第一，早在1937年撰写《唐集质疑》时，岑仲勉本赞同陈寅恪关于李唐皇室压制山东甲族大姓之说，至《隋唐史》又转而认为陈说"于论难通"；

第二，岑仲勉上述观点的转变与其坚信并着意辩解"李德裕无党"说密切相关；

第三，岑仲勉"李德裕无党"说的关注重点在李德裕其人之人格、功

①金毓黻：《静晤室日记》（第十册），1956年6月21日，辽沈出版社1993年版，第7174页。

②参见胡戟、张弓、李斌城、葛承雍主编：《二十世纪唐研究》，"关陇集团""朋党之争""府兵"诸条目，中国社会科学出版社2002年版，第25—27、66—69、120—125页。

业，与陈寅恪所关注者在有唐一代政局、文化之转移不同；

第四，其关注重点的不同，其实正因为研究思路及学术方法存有内在差异。而时人以岑仲勉缺乏陈寅恪式的"大判断"来评点其唐史研究，其实恰忽略了陈寅恪从史料考据逼出"大判断"的运思特征，从而实际落入以"理论阐释"来指责史料考据的窠臼，与此相应的也抹杀了岑仲勉文献考辨的研究思路及学术意义。

二、"李德裕无党"说

"唐室累代其初对于山东旧族本持压抑政策"[①]，本是陈寅恪早在1931年所发表之《李唐氏族之推测》（原刊1931年《历史语言研究所集刊》3本1分）中已明言，后在《唐代政治史述论稿》中一再予以申说的论断。《推测》一文在谈到太宗朝敕撰《氏族志》时即指出："盖重修晋书所以尊扬皇室，证明先世之渊源。敕撰氏族志，虽言以此当时之弊俗，实则专为摧抑中原甲姓之工具。"[②]陈文发表后，以其所论李唐先氏出于胡族一点，曾遭致当日史学界名流朱希祖的批评，朱氏先后撰有《驳李唐为胡姓说》（原载1936年《东方杂志》33卷15号）、《再驳李唐氏族出于李初古拔及赵郡说》（原载1937年《东方杂志》34卷9号）二文，对陈寅恪之观点予以辨论。而陈寅恪复撰《李唐氏族之推测后记》（原载1933年《历史语言研究所集刊》3本4分）、《三论李唐氏族问题》（原载1935年《历史语言研究所集刊》5本2分）二文予以回应。对上述诸文以及陈氏观点，岑仲勉自不会陌生。

1937年冬，岑仲勉随史语所南迁长沙后不久写成《唐集质疑》（后刊1947年《历史语言研究所集刊》第9本）。其"韩愈河南河阳人"条有云："元魏以来，崔、卢、李、郑，山东甲族，太宗崛起，虽尝有意扫荡（旧

---

①陈寅恪：《唐代政治史述论稿》，生活·读书·新知三联书店1957年版，第77页。

②陈寅恪：《金明馆丛稿二编》，生活·读书·新知三联书店2001年版，第332页。

书六五)，而门户之见，卒莫划除。"由紧接其后所述"唐人游宦，往往随地占居……然必举其望而不举其居者，固以别宗支，尤以显门阀也"①一语，可知前提"门户之见"之"门户"实即后文之"门第"。故"有意扫荡"一语，可见其对陈寅恪观点本持赞同态度。然而到《隋唐史》中却发生一百八十度的转变：

> 然太、高两朝之意，无非禁其贩鬻婚姻，未尝妨其发展，陈寅恪乃谓："对于中原甲姓，压抑摧毁，其事创始于太宗，为李唐帝室传统之政略。"(《李唐氏族之推测》)然陈氏又谓李唐为赵郡冒牌(见前一节)，果如此说，则太宗乃推(笔者按：应为摧)抑其冒牌之族，于论难通，则不如缪凤林所辨："崇尚门第之习，初未因是而衰，唐宰相三百六十九人，崔氏十房独有二十三人，则压抑摧毁云云，似亦未可概论。"(《通史纲要》三册一八八页)立论更为明达。②

正如傅乐成评岑氏此语所指出，一方面，李唐皇室对山东甲族的摧抑政策，"其目的只在压低山东旧家之声望，增强皇室之地位；非谓视之共工驩兜，投之四裔而不与同中国也"，另一方面，"太宗摧抑山东旧家为一事，其政策收效不宏为另一事，两者不能混为一谈，尤不能以唐代宰相出身山东旧家者甚多证明太宗并未压抑山东旧家也"③。所以，岑仲勉的这番批评显然不足以服人。至于说何以太宗会摧抑其"冒牌之族"，这一点陈寅恪原文已提示——既然李唐皇室先世系谱本出于伪造，在其时特重门第的风气之下，鼎革之后自不能再自乱世系、改回郡望，同时为增重帝室声望计，亦只能摧压包括赵郡李氏在内的所有山东甲姓。故而，认为陈寅恪的观点"于论难通"亦难成立。实际上，《唐集质疑》所述太宗对旧家

①岑仲勉：《唐人行第录(外三种)》，上海古籍出版社1962年版，第437页。
②岑仲勉：《隋唐史》，中华书局1982年版，第122—123页。
③傅乐成：《陈寅恪岑仲勉对唐代政治史不同见解之比较研究》，《中国史论集》，学生书局1985年版，第62—63页。

"虽尝有意扫荡，门户之见，卒莫划除"一句，其实已经指明，对于政策制定者的唐太宗而言，"门户之见，卒莫划除"只是一种事与愿违而已，其"有意扫荡"之初衷原是显而易见的。

那么，《隋唐史》何以又自违前言？这似乎不得不提到《推测》一文论旨之所在。陈文末尾提道："对于中原甲姓，压抑摧毁，其事创始于太宗，而高宗继述之，遂成李唐帝室传统之政略。魏晋以来门第之政治社会制度风气，以是而渐次颓坏毁灭，实古今世局转移升降枢机之所在，其事之影响于当时及后世者至深且久。"①世所熟知，陈寅恪之史学研究最重"种族及文化二问题"，他曾明言"此二问题实李唐一代史事关键之所在"。而魏晋以下世家大族所维系的"政治社会制度风气"的衰落，正是其所关注的最主要的"文化"问题。本于其"近真实而供鉴戒"之治史宗旨②，陈寅恪遂有此后"唐史三书"之造作。其中，中唐党争问题，正是其此后唐史研究的一个重要关注点。

李唐一代，太宗所创始的对山东甲姓之抑制政策，直接导致此后高宗武后朝进士出身的新兴阶层崛起与维系旧日礼法门风的甲姓旧家之间形成对立。尽管陈寅恪也曾指出，"两种新旧不同之士大夫阶级空间时间既非绝对隔离，自不能无传染熏习之事"，但是，"两者分野之界画要必于其社会历史背景求之，然后唐代士大夫最大党派如牛李诸党之如何构成，以及其与内廷阉寺之党派互相勾结利用之隐微本末，始可以豁然通解"。可见，陈寅恪对李唐氏族之考辨以及"关中本位政策"说的背后，直接牵涉到近世有关"牛李党争"问题的那一大判断——亦即发自大儒沈曾植而详尽推阐于陈寅恪的那个命题——"唐时牛李两党以科第而分，牛党重科举，李党重门第"。所谓牛李党争，是指中晚唐时期分别以牛僧孺、李宗闵和以李德裕为领袖的两大集团间的政治纷争。一般以为，这场纷争起于宪宗元

①陈寅恪：《李唐氏族之推测》，《金明馆丛稿二编》，生活·读书·新知三联书店2001年版，第334页。

②陈寅恪：《唐代政治史述论稿》，生活·读书·新知三联书店1957年版，第1、129页。

和三年（808）制策案，终于宣宗三年（849）李德裕之贬死崖州，贯穿宪、穆、敬、文、武、宣六朝，长达四十余年。旧日史书如《旧唐书·李宗闵传》《通鉴·唐纪》等均从牛、李等人私门恩怨立论，而近人沈曾植始提出"科举门第之争"的问题。陈寅恪正是在沈氏说法基础上，进一步提出"牛李两党之对立，其根本在两晋、北朝以来山东士族与唐高宗、武则天之后由进士词科进用之新阶级两者互不相容……"，①即从"科举与门第之争"推扩为"山东旧族"与"新兴阶级"两大社会政治力量间的角逐，成为后此学人解释中晚唐政局、文化等问题的一个重要思考框架。

正是在这个问题上，岑仲勉恰持有不同意见。他自40年代以来则一直坚持"李德裕无党"说，故而其之所以自违前言，很大程度上亦正因为此。《隋唐史》第四十五节"牛李之李指宗闵（宋祁说）李德裕无党（范摅、玉泉子、裴廷裕及孙甫说）"，集中辨及"牛李党争"问题，并针对陈寅恪的观点细述其"李德裕无党"的结论。文分三点：一，李德裕无党；二，通鉴丧失公正立场——赞同僧儒放弃维州；三，吉甫何以被谤。其对陈寅恪的批评主要集中于第一要点——当然三个要点本为一整体。其中，岑仲勉提到四个应予注意的问题：

1."元和以后，标举'牛李'一词，牛指僧儒，自无待论，'李'则相沿以为指目德裕，或且推及其父吉甫，此应辩明者一。"

2."德裕与僧儒不协，益令人误信德裕确树党与僧儒为敌，此应辩明者二。"

3."牛党对德裕父子多怨词，在现存晚唐史料中，渗杂不少，此宜辩明者三。"

4."更有以为僧儒、德裕分树两党，各自有其阶级分野者，如沈曾植谓'唐时牛李两党以科第而分，牛党重科举，李党重门第'，此或一时不经意之言。近年陈寅恪从而推阐之，然其论实经不起分析，此宜辩明者四。"

---

①陈寅恪：《唐代政治史述论稿》，生活·读书·新知三联书店1957年版，第86、87页。

岑氏对陈寅恪的批评集中于第四点展开。首先，陈寅恪曾提出，代宗、德宗之世崔祐甫代常衮当国对待进士一途的不同选用态度，适为此后李德裕与牛党争执之先声："是前日常、崔之异同，即后来牛李之争执，读史者不可不知其一贯之联系也。"①而岑仲勉则从估算当日进士人数"平均每年绝不能超过三十"入手，指出即便假定任何时期可能在仕途之进士数目为六百，但仍然"大大供不应求"。他因此提出，用是否"重科举"来判分牛李之别是不恰当的——"是知任何人执政，均无全用辞科或完全排除非辞科之可能"。

其次，陈寅恪在"科举与门第之争"的基础上又提出，牛李之争，实为以文词浮薄之士所构成的"新兴阶级"，与以经术、礼法为门风的"山东旧族"两大社会政治力量间的角逐。对此，岑仲勉列举多例以证其非。如李德裕以"淮南使相之公子"何以反娶一"不知其氏族所兴"、"不生朱门"之刘氏为妻，"岂非德裕已门风废替与新兴阶级同流耶？"；李德裕当政之际曾一再奖拔孤寒之士，此与"李党重门第岂不相违？"等等。而对陈寅恪所指为新阶级、或为"旧习门风轮替殆尽"转与新兴阶级同流诸人，岑仲勉又一一辨说，如谓李珏初举明经显为北朝经术之继承，而史载杨嗣复之父於陵居朝三十余年始终不失其正，则所谓李、杨等人"家学衰落""门风废替"显难成立；又谓杜牧虽浪漫而不免浮薄，与两唐书载其祖杜佑以妾为妻、不守闺门礼法看似"家世风习"，但据《元和姓纂》可知杜佑一门本为胜流士族，故杜牧不过出自旧门而特为浪漫耳，"何曾必在新兴？"

再次，对于陈寅恪所说新旧两大"阶级"互不相容但也"不能无传染熏习之事"，岑仲勉更持50年代初特有的阶级对立的两分思维，视之为一种"'团团转'之论证方法"："近世论阶级烙印，并不容易脱换，今所谓'两阶级'既绝无釐然界限，究属新兴抑属旧族，可以任意安排，执'既自可牛……亦自可李'之游移态度，或更谓'牛李两党既产生于同一时

①陈寅恪：《唐代政治史述论稿》，生活·读书·新知三联书店1957年版，第89页。

间，而地域又相错杂，则其互受影响，自不能免，但此为少数之特例，非原则之大概也，故互受影响一事，可以不论'，不了了之。"

最后，岑仲勉又采用书中所引缪凤林辨崔氏一族在唐宰相中比例的统计法，列两表，分别统计所谓"牛党"23人及"李党"8人各自的家族出身及科举状况，然后指出，"牛党多金壬（笔者按：金壬即奸人、小人之意），稍持正者即嫉之，故反对牛党者可能是中立派，不必定是'李党'，此一点，《述论稿》似乎分别不清。"同时更提出，"质言之，从古史中寻出一种系统，固现在读史者之渴望，然其结果须由客观归纳得来。中唐以后，除非就选举法根本改革，任何人执政都不能离开进士，无论旧族、寒门，同争取进士出身，寒门而新兴，亦复崇尚门第，因之，沈氏'牛党重科举，李党重门第'之原则，微特不适于二三流分子，甚至最重要之党魁，亦须列诸例外。是所谓'原则'，已等于有名无实。如斯之'系统论'，直蒙马虎皮而已。"①

从以上所征引岑氏对陈寅恪的批评可以看出，陈寅恪在沈曾植原有观点基础上"推阐"而出的所谓"山东旧族"与"进士科新兴阶级"的对立，实际是从当日两大社会阶层之构结、斗争及其对社会文化之影响的角度，提出了一个重新审视唐代历史及文化走向的大判断。而岑仲勉依照50年代通行的"阶级对立"思路，不仅误解了陈寅恪原本指谓社会阶层的"阶级"概念，也使得其顺理成章地否定了陈寅恪有关两大"阶级"内部关联之复杂性（或曰流动性）的解说，并进而排斥了其整套思路②，从而将问题化约为以"科举""门第"之别来辨牛李党争。由此一层化约，则其最后采用统计法，分析两大阶层人员是否出身旧家抑或进士，也就很容易的找到了陈寅恪立论的罅隙和不周备处，从而确立其"李德裕无党"说。

① 《隋唐史》（下），中华书局1982年版，第420—422、425页。
② 《隋唐史》其他各节对陈寅恪的批评，如"隋史"第十九节，"唐史"第一节、第五节、第六节、第十八节、第五十三节、第六十二节等，岑仲勉都多从反驳陈寅恪"两大阶级"说入手来展开讨论。

而此节后二要点"二，通鉴丧失公正立场——赞同僧儒放弃维州""三，吉甫何以被谤"，一在以维州事为例辨李德裕无党但有执政策略，以求扫除《通鉴》立于牛党立场批评李德裕玩弄党派阴谋的偏见；一在辨后世史书有关元和三年制策案引发党争的议论，强调此一误解实因牛党因不能指斥阉寺而转攻李吉甫所造成。其论证核心，均在辩解所谓"李德裕无党"说。

三、"辩诬"还是"历史解释"？

其实，早在《隋唐史》写作之前，岑仲勉即已不点名地对陈寅恪有所批评，并提出"李德裕实无党"的话题。

1947年12月，岑仲勉撰文论评李嘉言《贾岛年谱》一书，其中提道：

> 李氏又惑于近人趋时之说，因言：'贾岛既非出自山东旧门之李党，又屡举进士不中，未能列入新兴阶级之牛党，故徒出入牛李而终为两党所俱不收……'与前人之悼李商隐，完全同一口气。……但李德裕实无党……①

所谓"山东旧门之李党"、"新兴阶级之牛党"的说法，正来自陈寅恪，如上所举；而所谓"前人之悼李商隐"，也是陈寅恪《唐代政治史述

---

①岑仲勉：《〈贾岛诗注〉与〈贾岛年谱〉》，原刊1947年12月《学原》1卷8期，《岑仲勉史学论文集》，中华书局1990年版，第283页。

论稿·中篇》所述。①显然，岑氏此说正隐驳陈寅恪。②

考察岑仲勉此前的著述还可发现，其"李德裕无党"这一观点，早在其初稿于三十年代末至四十年代前期的《论李德裕无党及司马光修〈唐纪〉之怀挟私见》，《唐人行第录·王十八》，《唐史余沈·牛李问题》等文札中，都已有较为清晰、集中的论述。而其对李德裕其人的关注则时间更早，他在1936年2月即已撰成《李德裕〈会昌伐叛集〉编证上》（刊1937年中山大学《史学专刊》第2卷第1期）。如果将上述诸文连贯来看，尽管岑仲勉自40年代以后对"李德裕无党"这个结论的认识可谓坚定，但其关注李德裕、昌言"李德裕无党"，其真正落脚点并不像陈寅恪那样在有唐一代之政局、文化，而更多在李德裕其人之人格与功业。

前揭《隋唐史》"第四十五节"引论部分即提道：

> 邪正不辨，敌我不分，最是人心之大患，牛僧孺、李宗闵结党蠹国，贿赂公行，一般无行文人，鼓其如簧之舌，播弄是非，颠倒黑白，遂令千百年后之正人君子，犹被其蒙蔽而不自觉，是不可不大声疾呼，函加以廓清、辨正也。"③

正如贺昌群50年代末批评《隋唐史》所指出的，"这部书不分篇，不分章，这样作为一代通史的这部《隋唐史》，轻重便无所统率；并且，节

---

①陈寅恪指出："至于李商隐之出自新兴阶级，本应始终属于牛党，方合当时社会阶级之道德，乃忽结婚李党之王氏，以图仕进。不仅牛党目以放利背恩，恐李党亦鄙其轻薄无操。斯义山所以虽秉负绝代之才，复经出入李牛之党，而终于锦瑟年华惘然梦觉者欤？此五十载词人之凄凉身世固极可哀伤，而数百年社会之压迫气流尤为可畏者也。"《唐代政治史述论稿》，第93页。

②故李嘉言在其答辩文章中即指出，"拙《谱》又用陈寅恪先生之说，以为贾岛不属牛李任何一党，坎壈终身。此不过余推测之言，故仅附见注中。岑君谓余'惑于近人趋时之说'，似对余所本者亦有微辞，则非余之所能知矣。"李嘉言：《为贾岛事答岑仲勉先生》（通讯），原载《学原》二卷一期，66页，1948。今收入《岑仲勉史学论文集》，中华书局1990年版，第303页。

③《隋唐史》（下），中华书局1982年版，第417页。

与节之间多不相联系，甚至每节之中段与段之间不相联系，看不出一代历史发展的线索来"。①正因为"节与节之间多不相联系"（就其实际而言，说缺乏整体线索可以，但并非每一节相互间都不相联系），故全书各节往往多独立成篇，因而每节前的"引论"文字正是此节主旨之所在。所以，这段话也正是其辨"牛李党争"、强调"李德裕无党"根本的问题关注点所在——廓清李德裕其人之人格及功业。而这一观念其实早在其1936年编撰《李德裕〈会昌伐叛集〉编证上》一文中已有流露。此文长达3500字左右的小序，正是岑仲勉讨论李德裕其人之始。

需要指出的是，虽然岑仲勉1936年学术研究之重点已逐渐由西北史地考订及边疆民族史研究转向隋唐史，但其时因受牟润孙提示正着手《元和姓纂》校雠及相关氏族谱牒文献研究。所以，尽管《李德裕〈会昌伐叛集〉编证上》一文辑录李德裕文87篇，并加注释606个，"涉及文章史实背景、人名地名、版本校注等"②，但其关注点并不在李德裕与中唐宣武二宗朝政之关系，而主要目的在整理中晚唐时期唐王朝解决回鹘等边疆少数民族问题的史料，适为前期边疆民族史研究的后续，尚非"隋唐史"研

---

①贺昌群：《读〈隋唐史〉》，《贺昌群文集》（第三卷），商务印书馆2003年版，第526页。《贺昌群文集》编者在此文下有附注，指出"本文根据抄本整理，发表时间不详"。但从贺文标题下列"岑仲勉著，1957年高等教育出版社出版"字样，以及文末所说"希望著者和读者指正"，可知贺文应发表于岑书正式出版（1957年）以后，岑仲勉先生去世（1961年）之前。

②傅璇琮、周建国校笺：《李德裕文集校笺·凡例》，河北教育出版社2000年版，第1页。

究计划之内容①。

然阅读李德裕文集的同时，岑仲勉也深为李德裕此人"横披诬谤"而鸣其不平。一如《编证》一文序末所说，"余读公集，叹千年以还，公之功罪，犹无平心痛快之论，故附发之"。此处所说，显然正与《隋唐史》"第四十五节"引论文字同一口吻。因此，正是出于为李德裕之人格、功业廓除诬谤、恢复名誉的目的，序文在简述李德裕"以不世之材，入相武宗"而"外破回鹘，内削叛藩"之功业后，着重就时人及后世史家对他的谤毁予以辩解。如论杜牧等，"大中而后，牧固阿附敏中、墀、铉等，此数人者排公最力，忘旧日之恩知，阶新贵以倖进，牧言反复又如此，夫昔日誉公者今诋之，假牧以数年，安见今之誉僧孺、墀者，不将毁僧孺、墀耶，其言不足为信史，明矣。"又引旧书一七五《安王溶传》指出，"明言安王之死，事由士良，而《溶传》必插'李德裕秉政'一语者，盖唐代史官，党同伐异，有恶皆归，故造此疑词以为诬诋。"再考辨托名白居易的伪诗《李德裕相公贬崖州》三首之非，并指出"更有伎俩鬼域，捏造他人文字以施其攻击者"。更批评新旧唐书对李德裕的评说，"都不原公之迹而故作非难之论也"。最后，特别借论析宣宗罪德裕之诏指出，"余故谓宣宗以不得泄恨于武宗者泄之于公，公所以必贬死也。崔铉、敏中辈，犹是希时主之旨，报私门之忿，杜牧则觇机倖进，助为狂吠，又其下焉者也。"②

可见，尽管此文尚未明确提出"李德裕无党"的问题，但岑仲勉在这

---

①岑仲勉1937年1月3日致函陈垣曰："月前建生兄属为中大专刊五期撰稿，适校《姓纂》，未暇分功，曾许以去春所编《会昌伐叛集编证》……。"《陈垣往来书信集》，第584—585页。《李德裕会昌伐叛集编证·编证略例》（上）也指出："本编之主旨，求为破平回鹘作一纪事本末看，且期与后修之史作顺序的比较"；《李德裕会昌伐叛集编证·序》也提道："我国地大而偏立，域外情状，知者甚希，国际交往，在昔庙廊之士，恒弗措意，故无论某一时代，欲于史传文集中，观其应付策略，本末具见，足为后人鉴法者，殆绝无而仅有。后学者奉此一帙，可作基本文读，可作经世书读，又可作唐代外交史读，易为今言，则曰唐会昌年蓝皮书亦可也"。《岑仲勉史学论文集》，中华书局1990年版，第349、342页。

②岑仲勉：《李德裕会昌伐叛集编证》（上），《岑仲勉史学论文集》，中华书局1990年版，第343—346页。

篇长达3500字的序文中所作的主要工作，即为历史上的李德裕"辩诬"，为其形象廓清阴霾、还其原本。而这一思路，一直贯穿于其初稿于三十年代末至四十年代前期的《论李德裕无党及司马光修〈唐纪〉之怀挟私见》《唐人行第录·王十八》《唐史余渖·牛李问题》以及《〈玉溪生年谱〉平质》等著作中，直至《隋唐史》"第四十五节"第一要点中前三个"应辩明者"。

其中，《论李德裕无党及司马光修〈唐纪〉之怀挟私见》一文最具代表性。据岑氏弟子兼文集整理者陈达超先生所述，此文"是先生在两个时期内断断续续撰述的，泰半写于三十年代末，弱半撰于五十年代初，尚未缀合完篇。文章赞扬李德裕的主要观点，已散见其《隋唐史》一书中。今次我把该文的若干段落合并，加以整理完篇发表……供读者更详尽地了解先生所持观点全貌"①。可见，文章虽写于两个时期，但"赞扬李德裕"实为其主旨所在。所以，此文题目虽涉"司马光修唐纪之怀挟私见"，但所论只是《通鉴》居牛党立场以指责李吉甫、德裕父子这唯一"一个问题"，亦即文末所说：

> 总之，不联系实际而贻误国家大计，结党营私而妒功忌能，是牛党最坏的写照。司马光不但不指斥其罪，反而多方替他们掩护，德裕不能受降，牛党却可兵取（据《通鉴》二四四，惊是牛党。②），立论这样偏私，其弊不单止误宋，且将误后世。③

全文从剖析世传"牛李党争"之缘起"元和三年制策案"始，引证牛党皇甫湜《皇甫持正集》所载策文，证明牛僧孺、李宗闵元和三年策文矛头所指本为宦官而非李吉甫；又引《旧唐书·李宗闵传》指出，牛党执政

①陈达超：《岑仲勉史学论文集·前言》，中华书局1990年版，第1页。
②笔者按：此指大中三年（849）十月，西川节度使杜惊奏取维州事。
③岑仲勉：《论李德裕无党及司马光修〈唐纪〉之怀挟私见》，《岑仲勉史学论文集》，中华书局1990年版，第475页。

后因惧宦人之势而设法遮掩前此策文之指，恰值长庆元年李宗闵因李德裕、元稹等告发其婿苏巢科场舞弊而被贬官，以致怨恨李德裕。由此断定，后世史书实移花接木，将《旧唐书·李宗闵传》中原用以指称牛僧孺与李宗闵的"牛李"附会为牛与李吉甫、德裕父子；复将牛（李宗闵属牛党）李（吉甫父子）素有嫌怨之源头移至元和三年制策案，从而造成所谓"牛李党争"之说。文章又引述范摅《云溪友议》、无名氏《玉泉子》、裴廷裕《东观奏记》等史料，以及王应麟《困学纪闻》、王夫之《读通鉴论》等史论文字，详论李德裕之为人与其功业，批评《通鉴》"怀挟私见，丧失了史家的公正立场"①。

中国史学固有"不虚美，不隐恶"的传统，但同时亦强调"寓鉴戒于史"。《通鉴》一书，世称"冠绝古今之作"②，很大程度上亦正因为此，故此书自不可能只有一"科学家的意图"，而免不了有"接近法官而非科学家"的意图③。如果岑仲勉就此立论，从史学书写的"意识形态性"来批评《通鉴》，自然亦不失为一种历史解释模式。但实际上，此文所说"史家的公正立场"只是就《通鉴》是否肯定李德裕其人及其功业而言，显然并非后现代史学思考的体现。亦即是说，其主要目的仍在论"李德裕无党"，以及为李德裕"辩诬"。

四、两种不同的研究思路

前面提到，陈寅恪对"牛李党争"的分析，目的在提出一个重新审视有唐一代历史及文化走向的大判断。这一判断，倘按陈寅恪的说法，更注意对一种"通性之真实"的提炼和锻造，不乏某种深具"史识"的文化想

①岑仲勉：《论李德裕无党及司马光修〈唐纪〉之怀挟私见》，《岑仲勉史学论文集》，中华书局1990年版，第472页。

②金毓黻：《中国史学史》，河北教育出版社2003年版，第208页。

③法国学者雷蒙·阿隆即指出，历史学家的意图更接近于法官而不是科学家；他甚而认为光有科学家的意图是不够的。参见保罗·利柯著、王建华译：《法国史学对史学理论的贡献》，上海社会科学院出版社1992年版，第34页。

象和历史推断。而岑仲勉的关注点在为李德裕"辩诬",故始终更偏向"个性之真实"的考订——如"党争"说的来源、历来史书记载中的误解和讹误、牛李党人私门恩怨始末之考察等等,因而也就相对忽略了对"通性之真实"的整体思考。应该说,"牛李党争"的存在,并不以德裕是否有意树党为前提,其公然与牛党对立,自然也就形成了"党争"之局;而陈寅恪所列举诸人之家世、科举出身诚然有与史实并不完全榫卯毕合者,但就各人政治行为与其家世或科举背景之关系的主流来看,仍不脱陈说之基本"规律"。因此,贺昌群即指出:

> 武则天排除唐宗室旧臣,树立扶持自己新朝的政治集团,唐代的党争遂开始剧烈,故后来的牛、李党争,并非突如其来。但本书第四十五节"牛、李之李指李宗闵,李德裕无党",虽然有这样一个标题,却全没有触及到唐代朋党之争的实质。分析唐代党争,应当从隋唐史,特别是科举制度建立后的发展上去考察其社会经济和政治背景的渊源关系。若斤斤于统治阶级内部小集团彼此间由于一时的利害恩怨而引起的小是小非,把问题局限在细节的考据上,有时虽然也有用处,但却不能解决朋党之争的实质问题,给读者以明确的历史线索。①

应该指出,贺文对岑著"看不出一代历史发展的线索来"的批评确符合实情。但是,这种刻意带着一种"社会历史发展的客观规律"的眼光来看历史的观点,无疑又落入了陈寅恪30年代即已批评过的那种文化史研究"新派"的窠臼——"新派书有解释,看上去似很有条理,然甚危险。他们以外国的社会科学理论解释中国的材料。此种理论,不过是假设的理

---

①贺昌群:《读〈隋唐史〉》,《贺昌群文集》(第三卷),商务印书馆2003年版,第529页。

论。……是由研究西洋历史、政治、社会的材料，归纳而得的结论"。①所以，贺文将"细节的考据"与"一代历史发展的线索"相对列，显然是以"理论阐释"的视角来看"史料考据"，故而所重视的是陈寅恪的"大判断"，而非其"由考据推断出'大判断'"这一治学思路本身，所以也就自然的忽略了岑仲勉文献考辨的方法，以及其与陈寅恪史料考据的真正差异之所在。

实际上，从岑仲勉与陈寅恪有关中唐牛李党争问题的考论来看，正因为岑仲勉之关注点始终在"个性之真实"方面，着意于文献史料的追查考订，故而在不少地方恰又指出了陈寅恪考证中一些思考的罅隙和具体文献取证方面的缺漏。例如《唐集质疑·上赵昌尚书启》即订正陈寅恪《李德裕贬死年月及归葬传说辨证》文中所考范摅《云溪友议》所载"广州赵尚书"之赵昌"四年"移荆南节度使，实为"三年"之误②；《隋唐史》复辨订陈文"附记"所考李德裕自撰"刘氏志"之刘氏非德裕妾而实为其妻③；《隋唐史》又考订陈寅恪论白居易父母"舅甥为婚"说之非④等。而前揭岑仲勉所提李德裕对进士科人员的任用、对孤寒之士的奖掖，以及牛党并不一定非出自旧族等等问题，确实也在很大程度上都能指出陈寅恪论点未尽周备之处。特别是统计法的采用：

> 《述论稿》云：'宣宗朝政事事与武宗朝相反，进士科之好恶崇抑乃其一端'；（八五页）按事多相反，则诚有之，必谓武宗朝抑进士，却未尽然。武宗用相九人（连崔珙），进士居其六，宣宗用相十八人，

---

① 蒋天枢：《陈寅恪先生编年事辑》（增订本），上海古籍出版社1997年版，第222页。

② 岑仲勉《唐集质疑》："李德裕贬死年月辨证，四年昌移荆南，四年，三年之讹。"《唐人行第录（外三种）》，第413页。陈文见《金明馆丛稿二编》，生活·读书·新知三联书店2001年版，第17页。

③ 岑仲勉：《隋唐史》（下），第四十五节注释11，中华书局1982年版，第433—434页。

④ 岑仲勉：《隋唐史》（下）第四十五节注释22，中华书局1982年版，第436页。

进士居十六（白敏中、卢商、崔元式、韦琮、马植、周墀、崔铉、魏扶、崔龟从、令狐绹、魏謩、裴休、崔慎由、萧邺、刘瑑、蒋伸。非进士者为郑朗、夏侯孜），不过九分之六与九分之八之比耳。且武宗在位年数，不及宣宗之半，是亦比较时所应注意者。①

这一统计法，在岑仲勉之后很长一段时间内成为学界辩论唐代朋党之争、"关陇集团"之演变乃至相关问题的重要方法②。因此，倘就"朋党之争"问题本身而言，"李德裕无党"说完全可以构成反思"牛李党争"及中晚唐政局问题的重要参照。

正因为此，陈寅恪更关注"通性真实"的提炼，与岑仲勉更着意于"个性真实"的严格筛查，恰可谓考据方法本身的两种不同延展方向，有研究思路的不同与学术兴趣的差异，但不能简单的予以学术价值高低的判别。亦即是说，岑仲勉与陈寅恪上述学术思考的差异，并不能简单的用"细节考据"与"历史演进大判断考察"这样的视角予以价值上的判分（当然岑著确也存在"支离"之弊），而更应关注二者面对史料以及史料取用的不同思路，由此看其同为"考据学"学者具体考据方法的不同。

五、金毓黻对岑仲勉与陈寅恪治史风格的比较

就岑仲勉与陈寅恪治史风格之比较而言，金毓黻于20世纪50年代曾提出所谓"专""通"之别的观点。然而，如果联系《隋唐史·编撰简言》

①岑仲勉：《隋唐史》（下）第四十五节注释29"小结"，中华书局1982年版，第439页。

②日本学者渡边孝于20世纪90年代所撰《牛李党争研究的现状与展望》一文中就提出，文宗至宣宗朝中央官吏的人员构成分析，包括姻亲关系的牛李党人详细的出身地望分析……都是今后研究必须努力的问题。参见胡戟等主编《二十世纪唐研究》"朋党之争"条，第69页。另，黄永年对陈寅恪"关陇集团"说的驳论，更充分利用统计法，辨析唐初所谓"关陇集团人物"的籍贯、任职等，详见黄永年：《六至九世纪中国政治史》"第二章、关陇集团始末"，上海书店出版社2004年版，第68—76页。

所述"断代史"的做法，以及陈寅恪30年代对"通史"撰著的看法，则拈出"专""通"这样的字眼来判别岑陈考据方法之差异，其实未必恰切。准确的说，岑、陈之别更多的表现为文献考据思路与历史考证思路的不同。

1956年6月，史学家金毓黻（1887—1962）首次读到由高等教育部印发各高校作参考资料的《隋唐史讲义》时，曾在其日记中谈到与上述贺昌群先生相近的看法，并将岑仲勉与陈寅恪之治学略做比较，留下了今天讨论岑、陈二公学术之异同最早的一笔记载。初读之下，金毓黻即对岑著与陈寅恪相近的精擅史料考据的学术风格留下深刻印象。他在日记中记述道：

> 6月9日：岑氏治史盖用陈寅恪先生之法，于极细微处亦一字不苟
> ⋯⋯
>
> 6月17日：岑著有一种长处，凡涉及考证者皆能深入，其于一般人不甚经意之处，往往作深入的探究，读岑著可多得运用史料之方法。盖岑氏治史系与陈寅恪先生一派，为偏于专而短于通之史学家。①

然而随着阅读的深入，金氏很快即注意到《隋唐史》对陈寅恪的批评，以及岑陈二人治学思路上的差异。其6月19日日记载：

> 细检岑著《隋唐史》有关唐代之重要问题，多与陈寅恪著《唐代政治史述论》意见相反，如论府兵制及进士科等问题，皆与陈氏不

---

① 金毓黻：《静晤室日记》（第十册），辽沈出版社1993年版，第7159页、7168—7169页。金毓黻《静晤室日记》这则比较材料，系笔者所见现代学者对岑仲勉与陈寅恪之学术予以比较研究的最早记载。前揭蔡鸿生教授《康乐园"二老"》（收入《学境》一书）一文、谢泳先生《金毓黻对陈寅恪的评价》一文均有提及，特此说明。谢文见张杰、杨燕丽选编：《追忆陈寅恪》，社会科学文献出版社1999年版，第400—402页。

同。岑君亦能旁征博引，证明陈氏所论之不尽确当，可见其善于读书。余因向未治此段历史，对于史料尚不熟悉，更谈不到大量占有史料，但终觉陈氏立论多从大处着眼，就此一节论之，似胜岑氏一着。余昨言陈氏亦如岑氏，偏于专而短于通，可谓一言不智，唐突名贤。①

6月21日日记更有"若岑氏则有意与陈氏为难，处处与之立异"一语：

岑氏论府兵之制，不仅与陈寅恪氏之说不同，且亦不同于唐人之说。……""唐高宗、武后两世屡幸洛阳，或驻留甚久，其原因非一；然为漕运之艰，意在就食，当亦重要原因之一。岑氏举关中岁丰、洛阳岁歉之时，皇帝亦幸洛阳。诚有其事，然不能举此一二例外之事为反驳之论。研史应于通中求专，若滞于小事细节，而谓历史上及其显然之事为不必然，则其失必多。窃谓岑氏治史或未免于此病。……近来作家往往胸中先持一成见，曲引古籍以证成其说，合则引用不惮其烦，不合则避而不谈，违史家实事求是之旨，吾所不取。窃谓陈氏治唐史最能通贯，且引证以明之，是以绩效炳然，诚近来史家之杰。然常有不信唐人之说，而独申己见，如所谓关中本位政策，余不敢信以为然，犹待考辨而后定。不过其治史方法，尚近乎实事求是，未可遽加非难。若岑氏则有意与陈氏为难，处处与之立异，所引诸证亦能穷原竟委，为陈氏注意所未及；但不能贯通前后，以求其大端所在，失之其细已甚，恐不足服陈氏之心。总之陈、岑二氏有一共同之点，即不甚（信）唐、宋人诸巨作，而引琐闻杂记及叶水心等泛论不衷之言，以驳斥接近第一手史料之作风，尚待考虑其是否正确。②（笔者

①金毓黻：《静晤室日记》（第十册），1956年6月19日，辽沈出版社1993年版，第7170—7171页。

②金毓黻：《静晤室日记》（第十册），1956年6月21日，辽沈出版社1993年版，第7173—7174页。

按：着重号系笔者所加）

6月22日记复卜孝萱函，则不仅对岑陈学术作比较，更将二者与当日同类撰著作对照：

> 现世以治隋、唐史名家者，前推陈寅恪、岑仲勉二氏，皆能殚见洽闻。而陈氏尤为通博，所著《隋唐制度渊源略论》《唐代政治史述论》最为独出冠时，不识足下曾取而读之否耶？岑氏有《隋唐史讲义》，供各大学参考，尚未公开发行。其立论往往与陈氏异趣，但因其中交叉之处甚多，亦有互相发明印证之益，其可尚者，在能博而不在其能通也。近来尚钺编著《中国历史纲要》最为有声，关于隋、唐之政治制度部分，大抵以陈氏之说为主。但有一节，陈、岑二氏书中皆于生产经济尚未触及，尚著则并此二者而贯通之，即为后来居上之显徵。至于杨志玖论著之《隋、唐、五代史》虽出版较晚，声名亦不如陈、岑、尚三氏之昭昭在人耳目，但此为新生力量不可忽视之一种。此书着墨不多，但能扼要叙述，凡前人可取之结论咸能网罗在内，实不愧为一部提纲挈领之作。……如陈、岑二氏于新理论尚未能全部接受，即为其美中不足之一，杨著虽晚出，但于理论一端则差胜。[1]

尽管此时的金毓黻尚未正式研读陈氏二"稿"（《隋唐制度渊源略论

---

[1]金毓黻：《静晤室日记》（第十册），1956年6月22日，辽沈出版社1993年版，第7174—7175页。

稿》与《唐代政治史述论稿》）^①，但以其早年治史学史而获得的学术敏感，对岑著求"专"而陈著尚"通"的学术特点作出了实事求是的区别。虽然金毓黻对岑著评价并不算高，但仍指出其"亦能旁征博引，证明陈氏所论之不尽确当""能殚见洽闻""往往与陈氏异趣，但因其中交叉之处甚多，亦有互相发明印证之益"等可称道之处。

值得注意的是，从金毓黻日记中的这些比较来看，在他眼中，岑、陈二氏著作倘与后来采用"新理论"的尚钺、杨志玖等人著作相比，仍不免偏向于"专"——其复卞孝萱函所提到的"美中不足"显然正指此而言。从这个角度上来说，他所说的"通"，其实更接近于贺昌群为《隋唐史》所撰书评中所强调的那种"通"：即按照"辩证唯物主义哲学观"来"揭示社会历史发展的规律"，理出"一代历史发展的线索"^②。这一点，或许与马克思主义社会史观已然占据此时史学界之主流有关，以致金毓黻这样浸染"考据之学"多年者也不免受其影响^③。那么，这也就意味着，用"专通之别"来判分岑仲勉与陈寅恪之治学思路是否恰切，仍是需要斟酌的问题。

---

①据《日记》载，金氏正式阅读《唐代政治史述论稿》在1956年6月23日，至25日结束，后接阅《隋唐制度源源略论稿》，至7月2日全部结束。参见《静晤室日记》（第十册），第7177、7182、7191页。其6月24日日记尤记述道，"往在四川，值陈氏《隋唐制度渊源略论》《唐代政治史述论》二书出版，诚知其佳，但只购藏而未一读，实缘当日专治宋、辽、金史，未暇及此故也。岁月荏苒，不觉已过十有四年，直至今日始知取读，惟有相知根晚而已。古人有相距咫尺而未尝谋面者，有卒然相遇而交臂失之者，余于陈君，无乃类似。微闻陈君现在广州中山大学授读，以患目疾已不能自亲书卷，尝由他人代诵，是则其精力已减于往昔，可惜也。"参见《静晤室日记》（第十册），辽沈出版社1993年版，第7179页。

②贺昌群：《读〈隋唐史〉》，《贺昌群文集》（第三卷），商务印书馆2003年版，第526页。

③金毓黻在《静晤室日记·前言》中曾有自述："余之研史，实由清儒。清代惠、戴诸贤，树考证、校雠之风，以实事求是为归。实为学域辟一新机。用其法治经治史，无不顺如流水。且以考证学治经，即等于治史。古之经籍，悉为史裁，如欲究明古史，舍群经其莫由。余用其法以治诸史，其途出于考证，一如清代之经生，所获虽鲜，究非甚误。"

六、断代史编撰中的"通"与通史讲授的专题化

本文开头所提1957年高等教育出版社为《隋唐史》一书所作"出版说明"中即讲到，岑著讨论问题的方式——"尽可能上溯其起源，下探其流变"。应该说，这一特点运用到全书每一节基本上都是合适的。岑仲勉在《编撰简言》中即提道：

> 通史讲授，多浑括全朝，然有利亦有弊，其结果往往抹煞多少时间性。本篇编次，有时序或重点可循者，仍按后先叙述，不特求与通史避复，亦以补其所略。……历朝制度、名物，每更一姓，虽必有所易，然易者其名，不易者其实。甚至外族侵入，仍有相联之迹（如唐府兵与元怯薛，特勤与台吉，莫离与贝勒等），故每论到典章、文物，非徒略溯其始，抑且终论其变，求类乎通史之"通"，不锢于断代史之"断"。

中国史学素有"原始要终"的学术传统，岑仲勉自幼谙熟尤具这一学术特点的"三通"[1]，所以，尽管此书"编撰目的，即在向"专门化"之途径转进"，但重视对每一问题的源流本末予以通盘考察的倾向仍是很鲜明的——"每一问题，恒胪列众说，可解决者加以断论，未可解决者暂行存疑""非徒略溯其始，抑且终论其变"[2]。如书中对隋唐官制（隋史第二；唐史第五、五十三节）；隋唐时期突厥、吐蕃等外族与中土之关系（隋史第四至七、十二至十四；唐史第二、三、八、二十六、三十至三十二、四十七至四十八、五十二节）均予以专题考论；再如论隋之政治（隋

---

[1] 岑仲勉《〈杜佑年谱〉补正》（1948）回忆道："先君留心经世之学，旧政书如《三通》等，皆丹黄并下。小子志学之岁，文义稍通，窃尝摩挲手泽而未有得也。"《岑仲勉史学论文集》，中华书局1990年版，第306页。

[2]《隋唐史·编撰简言》，中华书局1982年版，第1—2页。

史第一、三、十、十一节）、经济（隋史第十八节）、文化（隋史第十五、十六节）等。唐史六十八节，更广泛讨论到政治、经济、文化、宗教、外交等不同专题，仅经济一项，即先后分细分题目讨论到漕运（第十一节）、马政（第三十三节）、均田制（第三十六、三十七节）、租庸调制（第三十八、三十九节）、户口问题（第四十节）、中唐以后理财言论及方法（第四十一节）、钱币及矿治（第四十二节）、庄田（第四十三节）、手工业及物产（第五十七节）、市虚及商务（第五十八节）等。可以说，全书所列隋史十九节、唐史六十八节实可谓八十七专题，大体依时代为序，详细论列隋唐二代政治、经济、文化甚至水利、学术、历法、艺术、服饰、社会风习、民间俗语等各方面问题，称之包罗万象毫不为过。而且，每一问题之论述，也确可谓"求类乎通史之'通'"。

表面上看，这种"通史"撰著法与陈寅恪很相像。陈寅恪自30年代前期即开始讲授"晋至唐文化史"课程，他曾自述该课程要旨："本课程是通史性质，虽名为'晋至唐'，实际所讲的，在晋前也讲到三国，唐后也讲到五代。因为一个朝代的历史不能以朝代为始终。"就此而言，这与岑仲勉的思路没有什么不同，《隋唐史》论府兵制也会讲到隋唐以前（唐史第二十节）、讲均田制也注意对北魏部分（唐史第三十六节）、讲唐末黄巢革命也会注意到延续至五代十国时期之沙陀部问题（唐史第五十二节）。

同时，陈寅恪又提道："本课程虽属通史性质，也不能全讲。如果各方面都讲一点，则类似高中讲法，不宜于大学。"①对照其《晋南北朝史备课笔记》所列11个专题——自作家门事（笔者按：课程相关阅读史料）、葛洪论晋之代魏、《通鉴》（笔者按：言其修撰条例及价值）、封建、徙民事、胡貌、五胡、胡书之碣、蜀薛、东晋初中洲人与吴人之关系、北魏之汉化、北齐之鲜卑化；《晋南北朝隋唐史研究备课笔记》所列24专题；《两晋南北朝史（高等学校交流讲义）》所设19个节目（笔者按：万绳楠据其本人1947—1948年在清华大学历史研究所的听课笔记整理之《陈寅恪魏晋

---

① 蒋天枢：《陈寅恪先生编年事辑》（增订本），上海古籍出版社1997年版，第93页。

南北朝史讲演录》更设立为21篇）；以及《唐史讲义》19个问题①，似乎与岑仲勉分"专题"撰通史的做法也差不多。

但是，如果注意到陈寅恪"通史"课程具体讲授内容的安排和关注点，则与岑仲勉可谓大相径庭。陈寅恪在1932年秋"晋至唐文化史"开讲辞中谈到：

> 本课程讲论晋至唐这一历史时期的精神生活与物质生活之关系。精神生活包括思想、哲学、宗教、艺术、文学等；物质环境包括政治、经济、社会组织等。在讲论中，绝不轻易讲因果关系，而更着重条件。②

很显然，讲"因果关系"，即讲"为什么"的问题，不仅要推源溯流，更会将"因"与"果"视为一种确定不移的关联；而讲"条件"，则关注的是"有什么、是什么"的问题，即考察某一历史事件发生前后的多侧面和多种可能诱发因素。因此，前者往往容易将历史视为一种遵循某种内在规律渐次迁变的过程，关注点在这种看似动态变化而实为静态延展的迁变过程本身的考察。而后者更多将历史视为一种充满未知色彩的人类过往活动的时间流程，即所能确定的只是这一时间流程本身，而人类曾经的一系列活动却充满诸多未知因素，故而其关注点在特定历史时段之横切面的多样性和丰富的可能性，努力在一个多元立体的历史空间中观察问题发生的多样脉络及主次关系。

对于上述两种"观看"历史的方式，梁启超1923年在南京金陵大学第一中学所作讲演，即《研究文化史的几个重要问题》（对于旧著《中国历

---

①以上三份材料均见《陈寅恪集·讲义及杂稿》生活·读书·新知三联书店2002年版，第15—416页。据编者附识文字可知，所列标题不少系编者所加。其实，参照这几份来看，所包含的内容，有些尚未单独予以标出。另万绳楠整理：《陈寅恪魏晋南北朝史讲演录》，黄山书社1987年版。

②蒋天枢：《陈寅恪先生编年事辑》（增订本），上海古籍出版社1997年版，第80页。

史研究法》之修补及修正）一文中曾有分析：

> 因果律也叫做"必然的法则"。（科学上还有所谓"盖然的法则"，不过"必然性"稍弱耳，本质仍相同。）"必然"与"自由"，是两极端，既必然便没有自由，既自由便没有必然。我们既承认历史为人类自由意志的创造品，当然不能又认他受因果必然法则的支配，其理甚明。……

所以历史现象，最多只能说是"互缘"，不能说是因果。互缘怎么解呢？谓互相为缘。佛典上常说的譬喻，"相待如交芦"，这件事和那件事有不断的联带关系，你靠我、我靠你才能成立。就在这种关系状态之下，前波后波，衔接动荡，便成一个广大渊深的文化史海。我们做史学的人，只要专从这方面看出历史的"动相"和"不共相"。倘若拿"静"的"共"的因果律来凿四方眼，那可糟了。①

正因为强调历史现象多为"互缘"关系，所以梁启超指出历史研究应充分注意考察历史现象的多侧面、多角度和多层次：

> 要钻在这件事物里头去研究，要绕着这件事物周围去研究，要跳在这件事物高头去研究，种种分析研究结果，才把这件事物的属性大略研究出来，算是从许多相类似容易混淆的个体中，发现每个个体的特征。换一个方向，把许多同有这种特征的事物，归成一类，许多类归成一部，许多部归成一组，如是综合研究的结果，算是从许多各自分离的个体中发现出他们相互间的普遍性。②

---

① 梁启超：《研究文化史的几个重要问题》，《饮冰室合集·文集之四十》（第5册），中华书局1989年版，第3、4页。
② 梁启超：《科学精神与东西文化》，《饮冰室合集·文集之三十九》（第5册），中华书局1989年版，第3—4页。

应该说，这种深入历史深层复杂性研究的方法，在梁启超本人晚年的研究中似乎并未来得及做更多的实践，而正是陈寅恪真正将之落实到现实的治史过程中。比较岑仲勉与陈寅恪的唐史研究，《隋唐史》更近于倾向因果关系研究的前者，而陈寅恪的"通史"课程则近于后者。二者都可谓强调"通"，但岑仲勉追考各问题源流始末的"通"恰较多忽略了问题与问题之间的联系；而陈寅恪往往则是透过某一个问题，从各类庞杂史料的考订排比中追寻其不同侧面之间以及与其他问题相互间复杂多变的关系，并由这种关系中透视一段历史走向。譬如岑仲勉对唐代官制有着极为深细的考察，《隋唐史》对隋唐官制也多有论述，但是他所关注的是唐代官制的"历史流变"和各种官制术语的"复杂构成"等，即考察的是一种较具稳定性质史实的迁变问题；而陈寅恪《元白诗中俸料钱问题》一文，则通过元白诗中所提官俸数字与史籍所载相比证，指出中晚唐以后官制中俸料问题中透显的某些"个别问题"——地方官吏之俸料不仅与史籍所载不同且远高于中央官吏之上，从而为了解唐代官制系统提出了另一视角：

> 凡关于中央政府官吏之俸料，史籍所载额数，与乐天诗文所言者无不相合。独至地方官吏，（京兆府县官吏，史籍虽附系于京官之后，其实亦地方官吏也。）则史籍所载，与乐天诗文所言者，多不相合。且乐天诗文所言之数，悉较史籍所载定额为多。据此可以推知唐代中晚以后，地方官吏除法定俸料之外，其他不载于法令，而可以认为正当之收入者，为数远在中央官吏之上。……又内外官吏同一时间，同一官职，而俸料亦因人因地而互异……

陈寅恪同时指出，元稹所述"今日俸钱过十万"的《遣悲怀诗》是否确定作于贬谪江陵其间，以及所说"十万"是否系夸张之词，固然可视为"一假设"，但由此诗以及白居易诸诗和并时史籍所载可以看到，上述地方官吏俸料与史籍不合且高于中央官吏则实为一"通性之真实"的历史存在：

故考史者不可但依官书纸面之记载，遽尔断定官吏俸料之实数。只可随时随地随人随事，偶有特别之记载，因而得以依据证实之。若欲获一全部系统之知识，殊非易事。①

所谓"随时随地随人随事"，即充分考虑历史现象发生、发展的"或然性"、个别性和内在复杂性，以此考察历史的"动相"和"不共相"。史籍所载唐人官制固然为一基本考察线索，但其官制具体实施的"真相"，却可以通过其时任官之人的实际收入这一视角来考察，亦即通过"官制"问题的不同侧面来讨论。这在陈寅恪的通史讲授中同样有体现。如其"魏晋南北朝史"课程，其主要讲授内容为魏晋嬗代之际司马氏与曹氏两大社会政治集团之斗争与盛衰衍变②，但从前揭《晋南北朝史备课笔记》所列11个专题可见，胡汉关系亦成为其讲授上述内容的一个视角。

两相比较，岑仲勉断代史撰著强调的"通"，其实缺少的恰是陈寅恪这种关注"动相"和"不共相"的特点，所以他对某一具体问题源流演变的揭示可谓清晰，但问题与问题间的深层关联和复杂纠缠关系关注不多。而陈寅恪"通史"讲授的"专题化"，则关注到诸多历史"动相"和"不共相"深层复杂关系的发覆，但其对个别"史实"问题的论析往往容易存在某些罅隙，特别是强调问题与问题间关系的时候，可能不免某些牵合之处。这里可以岑仲勉批评陈寅恪有关隋唐帝王数幸东都以就食的考论为例，略作比较。

《隋唐制度源源略论稿·七·财政》在谈及隋唐经济制度之变化时指出，"夫帝王之由长安迁居洛阳，除别有政治及娱乐等原因，如隋炀帝、武则天等兹不论外，其中尚有一主因为本章所欲论者，即经济供给之原因

---

① 陈寅恪：《元白诗笺证稿》，生活·读书·新知三联书店2001年版，第76—78页。

② 唐筼、黄萱：《两晋南北朝史听课笔记片段》，《陈寅恪集·讲义及杂稿》，生活·读书·新知三联书店2011年版，第469页。

是也"。文中引《隋书·高祖纪》所载隋文帝杨坚于开皇十四年（594）八月关中大旱时曾就食东都，《通鉴·唐纪》载景龙三年（709）关中饥荒时群臣劝中宗驾幸东都，以及《旧唐书·裴耀卿传》载玄宗开元二十一年（733）因秋冻伤稼、京城谷贵而将幸东都前与裴氏论西京财用供给问题等为例，指出：

> 自隋唐以降，关中之地若值天灾，农产品不足以供给长安帝王宫卫及百官俸食之需时，则帝王往往移幸洛阳，俟关中农产丰收，然后复还长安。①

而《隋唐史》第十节"高、玄二宗频幸东都及武后长期留居之问题"，则从炀帝一生留居洛阳之时间超过长安，唐太宗三幸洛阳均非为就食入手，复据史料记载分别列表排比高宗一代七幸东都，以及玄宗五幸洛阳之时间、居留时间及主要目的。从而指出，"隋、唐时关中经济供给，有时确处于窘乏状态，固不自误。……然高宗以后之幸洛，有时实与隋炀无异，非统出于经济动机"②。应该说，岑仲勉所举确可谓直指陈说未尽周备处。陈寅恪以就食为数代帝王幸洛之主因，然正如岑仲勉所考，高宗、玄宗之幸洛多数情况下恰非主要出于经济考虑。

不过值得注意的是，岑仲勉上述所考无疑对陈寅恪论据之缺漏有补备，但着重点却在指出唐代"关中供给不足"产生的原因，故援引自战国、汉武以来解决关中水利问题的有益经验，指出高宗、玄宗等未能充分"认真开发"关中西北部以致"关中供给不足"的史实。而陈寅恪上述所论背后，实牵涉唐代财政经济制度之重要问题——河西地方化亦即和籴制之来源问题。和籴，原是北魏孝明帝时期官府出资向百姓公平购买粮食，"积为边备"（《魏书·食货志》）的一种财政手段。入唐以后，始为西北地区弥补供给不足的一种财政应急策略，后逐渐演化为官府强加于民的经

---

① 陈寅恪：《隋唐制度源源略论稿》，中华书局1963年版，第146—148页。
② 岑仲勉《隋唐史》（上），中华书局1982年版，第147页。

济盘剥方式①。陈寅恪认为，唐开元中施行和籴本限于西北一隅，后逐渐推扩到关内，是即唐代地方化经济制度走向中央集权制度的一个侧面。不仅如此，此一问题又可谓玄宗朝积极经略西北边疆之重要事例。而这些，又都关系到唐初以来"关中本位政策"的确立与发展这一唐史解释"大判断"。亦即是说，陈寅恪上述对帝王游幸的考证，以及有关唐代各项制度源流、经济、政治、军事、天灾等诸多问题的考订，均围绕其"关陇集团"之缔结这一关系隋唐历史变化的"大判断"而发。

因此，尽管《隋唐史》第十节末考论自战国以来至唐代"关中西北开发"的可能性②，紧接此节之后的第十一节亦专论"隋唐之漕运"，补充论述上节已然涉及的唐代经济制度之发展演变等问题。但很显然，其与陈寅恪对唐代经济制度的"专题"考证相比，后者所涉及的面或者说考证的触角，是多向延展的，且互为关联，牵一发而动全身；而前者则更多偏向一种线性历时考察。故而，岑仲勉对陈寅恪有关唐代帝王"就食"东都说的订正虽合乎史实，确可补正后者以帝王幸洛为据论唐代财政经济关注点转移说之不足，但这充其量仍只涉及陈氏证成其总论断诸多触角中的一个方面，并无损于其"大判断"本身。这就如同傅斯年为董作宾《殷历谱》所作序中所说，"辩难之词，先于解悟，支节之异，必成争论也"，"大凡巨著鸿编，其枝叶扶疏，牵涉者多。事涉古史，经籍中资料如何取材，学人亦未能齐一见地。故世之能评此书者，在乎先观其大，引一书，征一事，若以为不惬意焉，固无碍乎体系之确立也"。③

然而即便如此，岑仲勉专注文献考证的思路仍然有不可忽略的意义。因为，陈寅恪上述这种通过考证来缔结某一历史论断"结构"的思路，很大程度上恰存在他自己所批评的、亦是岑仲勉所反对的那种"系统论"问题。正是出于这一根本治史思路的差异，导致二者考据方法以及问题分

---

①如《新唐书·食货志三》载："宪宗即位之初，有司以岁丰熟，请畿内和籴。当时府县配户督限，甚于赋税，号为和籴，其实害民。"

②岑仲勉《隋唐史》（上），中华书局1982年版，第151页。

③傅斯年：《史料论略及其他》，辽宁教育出版社1997年版，第55页。

析、论证的关注点多有不同。

七、"追讨史源"与"从史实中寻史识"

前面提到，陈寅恪在《元白诗中俸料钱问题》即指出"若欲获一全部系统之知识，殊非易事"[①]。其1931年5月所发表之《吾国学术之现状及清华之职责》一文也提道："近年中国古代及近代史料发见虽多，而具有统系与不涉附会之整理，犹待今后之努力。今日全国大学未必有人焉，能授本国通史，或一代专史，而能胜任愉快者。"[②]熟悉其治学思路的赵元任亦曾回忆，"第二年（笔者按：1926）到了清华，四个研究教授除了梁任公注意政治方面一点，其他王静安、寅恪跟我都喜欢搞音韵训诂之类问题。寅恪总说你不把基本的材料搞清楚了，就急着要论微言大义，所得的结论还是不可靠的。"[③]可见，强调史料整理，反对史学研究的"系统"论，应该可以说是陈寅恪治史的一贯思路。但从上述其有关唐代经济制度的考论来看，又分明透出一种"系统论"的倾向。

而岑仲勉《隋唐史》在列表指出陈寅恪有关"门第与科举"分析得不周备后，恰又批评：

> 质言之，从古史中寻出一种系统，固现在读史者之渴望，然其结果须由客观归纳得来。中唐以后，除非就选举法根本改革，任何人执政都不能离开进士，无论旧族、寒门，同争取进士出身，寒门而新兴，亦复崇尚门第，因之，沈氏"牛党重科举，李党重门第"之原则，微特不适于二三流分子，甚至最重要之党魁，亦须列诸例外。是

---

①陈寅恪：《元白诗笺证稿》，生活·读书·新知三联书店2001年版，第77页。

②陈寅恪：《吾国学术之现状及清华之职责》，《金明馆丛稿二编》，生活·读书·新知三联书店2001年版，第361页。

③赵元任：《忆寅恪》，转引自张杰、杨燕丽选编：《追忆陈寅恪》，社会科学文献出版社1999年版，第22页；另见蒋天枢：《陈寅恪先生编年事辑》（增订本），上海古籍出版社1997年版，第62页。

所谓"原则"，已等于有名无实。如斯之"系统论"，直蒙马虎皮而已。①

可见，在岑仲勉看来，陈寅恪有关"门第与科举"问题的考论中正存在一种"系统论"的倾向；而他之所以一再坚守"李德裕无党"说，并据以批驳陈寅恪的诸多分析，显然也正与此有关。就此而言，陈寅恪的史学研究似乎不免存在某种"悖论"：即一方面强调以史料整理为治史首要原则，但另一方面又并不以之为最终目的。《隋唐制度渊源略论稿》和《唐代政治史述论稿》中处处可见其构设唐史解释"系统"的努力；而其1935年6月评阅刘钟明毕业论文之评语中，更早已将是否有"系统结论"作为一条评审依据②；至50年代"元白诗证史"课上谈及"诗"的史料价值时也曾指出，"唐人孟棨有本事诗，宋人计有功亦有唐诗纪事，但无系统无组织。本事诗只说到一个人，一件事，一首首各自为诗。即使是某人之年谱附诗，也不过把某一个人之事记下来而已，对于整个历史关系而言则远不够。"③这些显然可见其基本治史立场。亦可以说，陈寅恪强调史料整理的背后，时时有一"系统"思考的影子。那么，何以陈寅恪会如此？何以岑仲勉又极力反对这种"系统"构架的治史思路？

考察陈寅恪与岑仲勉之前的史学研究可以看到，上述问题、分歧的出现，很大程度上可以说正涉及岑仲勉所提到的"归纳"问题，亦即20世纪20年代史学研究中关于"归纳法"的反思。可以说，自清儒以来，"归纳法"应用最为普遍，无论是古书研读通例的探讨，训字考音方法的类例等，均离不开"归纳"④。所以，梁启超小结清儒治学方法之"特色可指

①岑仲勉：《隋唐史》（下），中华书局1982年版，第425页。

②陈寅恪：《刘钟明大学毕业论文有关云南之唐诗文评语》，《陈寅恪集·讲义及杂稿》，生活·读书·新知三联书店2011年版，第458页。

③唐筼：《元白诗证史第一讲听课笔记片段》，《陈寅恪集·讲义及杂稿》，生活·读书·新知三联书店2011年版，第483页。

④有关清儒对归纳法的实践，参见漆永祥：《乾嘉考据学研究》第三章第二节"古书通例归纳法的客观化与规律化"，第88—98页。

者"，除强调搜证之重要，"孤证不为定论"，"专治一业"等特点之外，复明确提出"最喜罗列事项之同类者，为比较的研究，而求得其公则"[1]一条。而这种归纳的方法，因其注重实证的色彩与民国以后逐渐外来的经验主义研究方法相汇合，成为一种极具"科学色彩"的学术方法。然而这一方法运用于历史研究中存在的问题，也逐渐被注意到。前提梁启超1923年所作《研究文化史的几个重要问题》中即将之作为当下研究的第一问题予以提出：

第一、史学应用归纳研究法的最大效率如何？

现代所谓科学，人人都知道是从归纳研究法产生出来。我们要建设新史学，自然也离不了走这条路。所以我旧著《中国历史研究法》极力提倡这一点；最近所讲演《历史统计学》等篇，也是这一路精神。但我们须知道，这种研究法的效率是有限制的。简单说：整理史料要用归纳法，自然毫无疑义；若说用归纳法就能知道"历史其物"，这却太不成问题了。归纳法最大的工作是求"共相"，把许多事物相异的属性别去，相同的属性抽出，各归各类，以规定该事物之内容及行历何如。这种力法应用到史学，却是绝对不可能。为什么呢？因为历史现象只是"一躺过"，自古及今，从没有同铸一型的史迹。这又为什么呢？因为史迹是人类自由意志的反影；而各人自由意志之内容，绝对不会从同。所以史家的工作，和自然科学家正相反，专务求"不共相"。倘若把许多史迹相异的属性别去，专抽出那相同的属性，结果便将史的精魂剥夺净尽了。因此，我想：归纳研究法之在史学界，其效率只到整理史料而止。不能更进一步。然则把许多"不共相"堆叠起来，怎么能成为一种有组织的学问？我们常说历史是整个的，又作何解呢？你根问到这一点吗？依我看：什有九要从直觉得来，不是什么归纳演绎的问题。这是历史哲学里头的最大关键，我现

---

[1]梁启超：《清代学术概论·十三·朴学》，上海古籍出版社1998年版，第47页。

在还没有研究成熟，等将来再发表意见罢。①

在梁启超看来，"归纳法"的最大特点在于寻求"共相"，然历史研究所应注意的却在某些"不共相"，即特定时空下"史实"，而非那些所谓的"普遍性的历史发展规律"之类。因而，"归纳法"对于历史研究而言，"效率只到整理史料而止"。但是，历史研究又并不应以研究"不共相"为鹄的，所以梁启超又强调应将诸多"不共相"联系成"一种有组织的学问"。

实际上，历史研究以"史实"追究为基础，借用黑格尔《小逻辑》所分"归纳推论"的三层次②，"史实"亦可分为三类：即"普遍史实"（如"人总是要死的"）、"特殊史实"（如"梁启超已于上世纪前期去世"）和"个别史实"（如"梁启超于1929年1月19日因病辞世"）。历史研究中运用"归纳法"，即意味着要通过对"个别史实"的归纳推论出某种"特殊史实"，进而得出某种"普遍事实"。然诚如梁启超所指出的，这一思路存在以共相掩殊相的弊端（这正是后现代史学所批评的）。

至于突破上述僵局，梁启超又认为这在目前似乎是难以做出解答的问题。作为中国现代史学革命的巨子，梁启超的这一思想困惑无疑是有普遍性的。或许正因为此，岑仲勉遵守梁启超所说"归纳法之在史学界，其效率只到整理史料而止。不能更进一步"，始终强调史实的追查离不开史料证据的整理、"归纳"——即通过考察、比较各类史料记载及其来源，以切入历史之"真相"。这在其"李德裕无党"说的搜证过程中有明显体现。

前揭《李德裕〈会昌伐叛集〉编证上》一文小序中虽提及诸家诬谤李德裕的不实之词，但对新旧唐书所论"党争说"本身，只是指出"唐代史官，党同伐异，有恶皆归，故造此疑词以为诬诋"，抑或"旧史氏……吾

①梁启超：《研究文化史的几个重要问题》，《饮冰室合集·文集之四十》（第5册），中华书局1989年版，第1—2页。
②黑格尔：《小逻辑》"第三篇概念论·反思的推论"，商务印书馆1980年版，第367—369页。

所不满者，都不原公之迹而故作非难之论也"；对于托名于白居易的三首伪诗，也只是泛泛指出其"更有伎俩鬼蜮，捏造他人文字以施其攻击者"①。

而至初稿于30年代末的《唐人行第录·王十八》中，在辨及《李文饶别集》四所收《奉送相公十八丈镇扬州诗》非李德裕之作时则提道："李诗不特题伪，诗亦伪，与白居易吊崖州三绝同一捏造伎俩也……李诗底本虽未知原出何处，然南宋初计有功已采入，相信传自唐末，牛党期以此污德裕也。牛党诋李，无所不用其极，奈何读史者忽不加察长为金壬所蒙耶！"②显然，《编证》虽提及托名白居易的三首伪诗，但丝毫未及"牛党诋李"之说。而此文则已然注意到白居易伪诗与托名德裕之作均被《唐诗纪事》采录，且认定其出于唐末，系牛党污蔑德裕之一部。

若再对照写作于40年代前期之《唐史余沈·牛李问题》，以及《隋唐史》第四十五节第一点辨"李德裕无党"所提出的"此宜辨明者三"则可以看出，岑仲勉最终得出"李德裕无党"这一结论的重要搜证及立论思路即"唐末史实湮坠，不得不取材私志、野乘，而此等文章多出于牛党文人之手，积非成是，史家已无复审择之可能"③。此处所谓"出于牛党文人之手""史家已无复审择之可能"，与上文泛言"唐代史官，党同伐异"这两个结论之间，显然隐含着岑仲勉史学研究方法上的一层转折。后者乃对史料本身而言，而前者则指向对史料来源的辨析——亦即一种史源学思考的眼光。尽管从《编证》（1936）一文到《唐史余沈》的撰著不过数年时间，但这数年恰是岑仲勉"史源学"思考逐步成熟的时期（详见第一章所论）。所以，在岑仲勉这一时期的著述中，我们还可以发现其考论牛僧孺、李德裕各自家世、生平等方面问题的篇章，如1937年8月完成的《贞石证

---

①岑仲勉：《李德裕会昌伐叛集编证》（上），《岑仲勉史学论文集》，中华书局1990年版，第344页。

②岑仲勉：《唐人行第录（外三种）》，上海古籍出版社1962年版，第16页。

③岑仲勉：《唐史余沈》，中华书局2004年版，第145页。另参见《隋唐史》（下），中华书局1982年版，第420页；《论李德裕无党及司马光修〈唐纪〉之怀挟私见》，《岑仲勉史学论文集》，中华书局1990年版，第463页。

史》（刊1939《集刊》8本4分）所收"陇西牛氏之祖""赞皇公"二篇[①]；1937年冬写成的《唐集质疑》（刊1947年《历史语言研究所集刊》第9本）所收录"上赵昌尚书启""送相公十八丈镇扬州诗""姚合与李德裕及其系属"等篇[②]。

可见，通过对史料记载本身的详尽查考来探寻历史真相，正是岑仲勉治史的基本法则，亦可谓史学研究的一般准则。中国现代史学的开山人物梁启超即指出，"资料少既苦其枯竭，苦其罣漏，资料多又苦其漫漶，苦其抵牾。加以知人论世，非灼有见其时代背景，则不能察其人在历史上所占地位为何等，然由今视昔，影象本已不真，据今日之环境及思想以推论昔人，尤最易陷于时代错误。"[③]相比较来说，岑仲勉治史精擅之点，恰在梁启超所谓"资料多又苦其漫漶，苦其抵牾"问题的解决上，即擅于在不断扩充史料考察范围中追考史料来源，进而通过史源断定来裁决史料记载之"是非"，最终判定史实。一如其《考订学与全史》文中所述："近人有谓考订之学无关全史者，然考订史之部分者有之，考订一史之全体者亦有之。吾人读书，常发见若干资料之间，或且同史之内，互为矛盾者，如曰阙疑，则不可胜阙，如曰择善，则究何适从？是知整理全史之功，要不能离考订而独立也。"[④]所以，岑仲勉治史求"通"，往往更多是就史料考察而言，即用追讨史源的方法来考证史料记载的源流本末。

然而，岑仲勉这一史料考据思路，恰忽略了他本人曾经予以赞赏过的、《直斋书录解题》中的一段话：

---

①岑仲勉：《金石证史》，《金石证论丛》，上海古籍出版社1981年版，第109—110页、192页。

②岑仲勉：《唐人行第录（外三种）》，上海古籍出版社1962年版，第413页、469—470页、471页。

③梁启超：《中国近三百年学术史》，《饮冰室合集·专集之七十五》，中华书局1989年版，第334页。

④岑仲勉：《续贞石证史》，《金石论丛》，上海古籍出版社1981年版，第201—202页。

> 邃古以来，人之生世多矣，而仅见于简册者几何，器物之用于人亦多矣，而仅存于今世者几何，乃以其姓字、名物之偶同而实焉，余尝窃笑之，惟其附会之过，并与其详洽者皆不足取信矣。①

陈振孙所述，正与陈寅恪的一段话不谋而合。陈寅恪在1935年"晋至唐史"开讲辞中即提到，史料并不是追寻史实的唯一来源。故而他在谈及史学研究所应关注的"材料"问题时，除基本史部典籍、新出史料之外，还特别讲道：

> 更有进者，研究历史，要特别注意古人的言论和行事。……言，如诗文等，研究其为什么发此言，与当时社会生活、社会制度有什么关系。……事，即行，行动，研究其行动与当时制度的关系。……要研究其制度的施行，研究制度对当时行动的影响，和当时人行动对于制度的影响。

记录这番话的卞伯耕先生特意加一按语："先生指出注意研究制度的实际施行情况，此点至为重要。因为写在纸上的东西不一定就是现实的东西。研究制度史不能只看条文，必须考察条文在实际生活中的作用。"②很显然，这里所说"制度施行"问题的考察，正是此后《白香山新乐府笺证》讨论"唐世翰林与六典之关系"一节的由来③，亦是前揭《元白诗中俸料钱问题》所展示的研究思路。而此处所提到的问题，实即强调史料考订固然重要，但这并非研究历史、追寻史实的唯一途径。

尽管中国自古以来乙部之学发达，历代官私史籍不绝如缕，但是经历水火虫蠹以及人为改造，后人所能见到的"历史"永远只能是依史籍所传

①岑仲勉：《四库提要古器物铭非金石录辨》，《金石论丛》，上海古籍出版社1981年版，第12页。
②蒋天枢：《陈寅恪先生编年事辑》，上海古籍出版社1997年版，第97页。
③陈寅恪：《元白诗笺证稿》，生活·读书·新知三联书店2001年版，第136页。另见《清华学报》十四卷二期单行本，第13页。

且并不一定真确的"历史"。陈寅恪30年代初在为冯友兰书所作审读报告中即指出：

> 吾人今日可依据之材料，仅为当时所遗存最小之一部，欲借此残余断片，以窥侧其全部结构，必须备艺术家欣赏古代绘画雕刻之眼光及精神，然后古人立说之用意与对象，始可以真了解。所谓真了解者，必神游冥想，与立说之古人，处于同一境界，而时于其持论所以不得不如是之苦心孤诣，表一种之同情，始能批评其学说之是非得失，而无隔阂肤廓之论。①

正因为史料本身永远谈不上"完备"，所以史学研究中就不能缺少"艺术家欣赏古代绘画雕刻之眼光及精神"——即历史推断不可或缺。用陈寅恪自己的话来说，即"由个性之真实求取通性之真实"——"在史中求史识"②。然而又因为这种"通性之真实""史识"必须经历一番"同情之了解"，所以，如何获得这种"同情之了解"殊为重要。正是从这个角度来说，陈寅恪强调真正的"史实"——"史识"，仅仅依靠史料、亦即满足于史料记载本身是不够的，而必须通过不同史料之释证、补正、参证（《王静安先生遗书序》）来"还原"人群生活不同方面的内部以及相互间的复杂关系，从而获得一种"同情之了解"的基本研究语境。抑或正因为此，陈寅恪治史虽也关注史料，也不乏史源追查，但更强调史料背后"历史世界"的考察——比较《元白诗笺证稿·长恨歌》考证记载杨妃入

---

① 陈寅恪：《冯友兰中国哲学史上册审查报告》，《金明馆丛稿二编》，生活·读书·新知三联书店2001年版，第279页。

② 俞大维《怀念陈寅恪先生》："在讲寅恪先生治国学以前，我们先要了解他研究国学的重点及目的。他研究的重点是历史。目的是在历史中寻求历史的教训。他常说：'在史中求史识'。"张杰、杨燕丽编：《追忆陈寅恪》，社会科学文献出版社1999年版，第4页。

宫问题史料的渊源关系①，以及《唐史余渖》对武惠妃世系以及对杨妃诸兄问题的考证②，即可明了陈寅恪史源追考的特点及与岑仲勉的不同。就此而言，前述梁启超所提出的问题，即如何把"不共相"的史实堆叠为一门有组织的学问，到陈寅恪这里似乎获得了某种解答。

因此，如果就岑仲勉与陈寅恪之史料考据异同作一初步分别，则岑仲勉更注重"史源追考"，信守类似陈垣所说的"史源不清，浊流靡已"③的治史信条，强调对史料来源的源流本末以及其主从轻重关系予以详细考察；而陈寅恪则更强调史料背后的"史识"，即通过对史料记载之"史实"作多层面、多角度透视，"还原"一个有关某段历史的网状全景和发展线索。就此而言，岑仲勉的史料考据更偏重于文献学眼光的考察，而陈寅恪则可谓着重发展了"考据学中的史学体系"④。质言之，一偏重文献考据，一偏重历史考据。这可以视为二者治学方法上的基本差异。宋人严羽《沧浪诗话》论李杜诗学有云，"李、杜二公，正不当优劣。太白有一二妙处，子美不能道；子美有一二妙处，太白不能作。"此语或许正可施诸陈、岑二公之考据方法。

[原载《社会科学论坛》2012年第3期]

①陈寅恪：《元白诗笺证稿》，生活·读书·新知三联书店2001年版，第14—20页。

②岑仲勉：《唐史余渖》，中华书局2004年版，第101、106—108页。

③陈垣：《雍乾间奉天主教之宗室》，《陈垣学术论文集》（第一集），中华书局1980年版，第165页。

④"考据学中的史学体系"一语，采自罗志田先生《新宋学与民初考据史学》一文（《近代史研究》1998年第1期）。本文意指一种历史考据，而非历史文献考据的治学倾向。

附表：《隋唐史》对陈寅恪学术观点的批评①

编号	章节	批评指向	陈说所在	岑著页码
1	隋史9节	驳隋大兴城建造有资于西域艺术之流传说	《略论稿》62—81	30
2	16节	论华夷音乐之别	《略论稿》120、《笺证稿》136(今本149)	64注4
3	19节	驳"关中本位政策"	《述论稿》15、51	87
4	唐史1节	驳李唐先世出赵郡李氏	《述论稿》11、12	95
5	5节	驳唐代将相文武殊途	《述论稿》48—49	120注3
6	6节	驳太宗压制中原甲姓之政策	《李唐氏族之推测》	122—124
7	10节	驳隋唐帝王幸洛与天灾之关系	《略论稿》146—147	146
8	13节	驳武后早年为尼	史语所集刊五本二分143(《武曌与佛教》)	162注2
9	17节	驳古文运动起于萧颖士、李华等之说	《笺证稿》137(今本149—150)	185注2
10		隐驳推重韩愈之论	《论韩愈与唐代小说》	186注5

①说明：1.本表所列，以《隋唐史》文中夹注或文末注释单列者为一条。书名后所标即页码。2.本文所用《隋唐史》为中华书局1982年5月新一版二册本；岑书所指页码，陈著《隋唐制度渊源略论稿》(中华书局，1963年5月新一版)、《唐代政治史述论稿》(生活·读书·新知三联书店，1957年2月)与之相同，《元白诗笺证稿》(生活·读书·新知三联书店2001年版)略有不同，今按岑书原标页码录入，另将今本页码附后(即"今本")。

编号	章节	批评指向	陈说所在	岑著页码
11		驳关中本位政策,宰相之任用	《述论稿》18—19	187【194注1】
12		驳高宗偏重进士科	《述论稿》19	188【195注5】
13	18节	驳高宗武后时新学旧学之分	《述论稿》83	189【195注11】
14		同上		190【196注12】
15		驳明经、进士为阶级划分依据	《述论稿》83	193【196注14】
16		驳唐府兵"兵农合一"说	《略论稿》134、140	202【210注2】
17		补正"郡守农隙教试阅非当日实情"	《略论稿》133	203【210注4】
18		引证府兵为鲜卑兵制	《略论稿》131	203【210注5】
19	20节	驳宇文泰汉化政策之来源	《略论稿》126	205【211注11】
20		驳"六户中等以上"行文	《略论稿》132	205【211注13】
21		同17	《略论稿》124	206【211注14】
22		驳"丁兵"考	《略论稿》137	207—208【211注17】

编号	章节	批评指向	陈说所在	岑著页码
23		驳隋"兵农合一"说	《略论稿》139	208【211注20】
24		驳陈对《北史》所载开皇三年令文之解释	同上	209【注22】
25		同23	同上	209【211注23】
26		驳隋兵制"禁卫军化"说	同上	209—210【212注25】
27		驳陈误引通典文	《述论稿》153	215【223注9】
28	21节	驳"兵农合一"	《述论稿》153	217【223注14】
29		驳隋唐兵制承北齐说及隋唐"兵农合一"说	《略论稿》2、138	220【225注25、26】
30	24节	驳李白先世胡族考	李太白氏族之疑问	251—252注3
31	27节	驳安史叛军之族系	《述论稿》29—35	269【274注7】
32		引证安史叛乱之缘由	《述论稿》34	270【274—275注8】
33	28节	驳安史败后与中央之对抗	《述论稿》19	281
34		隐驳陈论唐室经济命脉说	《述论稿》20、154	284

编号	章节	批评指向	陈说所在	岑著页码
35	33节	唐回马价	《笺证稿》244—245（今本266—267）	314—315
36		韩愈之论王叔文与刘禹锡《子刘子自传》之主旨	《述论稿》97	333【337注4】
37	40节	驳安史乱后唐室经济命脉在东南八道	《述论稿》20	378【391注27】
38		驳和籴出西北说	《略论稿》141	384【391注34】
39		同上	《略论稿》148—150	384—385【391注35、36、37】
40		同上	《略论稿》151	385【392注38】
41		驳开远为安远说	《笺证稿》217（今本236）	387【392注40】
42		驳西北富庶说	《略论稿》153	387—388【392注41】
43	45节	驳党争始于元和	《述论稿》94—95	419【433注1】
44		驳牛李之分为阶级之分		420
45		引证辨《玉泉子》不可信说	《述论稿》73	420【433注7】
46		驳党争源于崔常之别说	《述论稿》89	420【433注8】

编号	章节	批评指向	陈说所在	岑著页码
47		驳旧族重门风说	《述论稿》77—78	421【433注9】
48		引证郑覃女故事	《述论稿》79	421【433注10】
49		驳刘氏为李德裕妾说	史语所集刊五本二分（《李德裕贬死年月及归葬传说辨证》）	421【433注11】
50		驳旧门破落与新阶级结合说	《述论稿》87	421【434注12】
51		驳"李党重门第"	《述论稿》79—80	421【434注14】
52		驳杜牧为新阶级说	《述论稿》92—94	422【434注15】
53		驳新旧阶级之关联说	《述论稿》91	422【435注16】
54		同上	《述论稿》86—87	422【435注17】
55		驳牛李非此即彼说	《述论稿》	422【435注18】
56		驳阶级士族与新阶级之两分	《述论稿》87—89	422【435注19】
57		驳白居易之不孝说	《述论稿》91	424【436注21】
58		驳白居易父母甥舅为婚说	《笺证稿》292—303（今本317—330）	424【436注22】

编号	章节	批评指向	陈说所在	岑著页码
59		驳李德裕鄙薄白氏	《述论稿》91、《笺证稿》302（今本325）	424【437注23】
60		李德裕之用白敏中可见白氏非牛党	同58	424【437注24】
61		萧俛不主用兵非出党争	《述论稿》100	424【438注25】
62		驳武宗朝抑进士说	《述论稿》85	425【439注29】
63		驳牛党反对用兵藩镇说	《述论稿》97	428【440注39】
64		李德裕入相非有仇士良推荐	《述论稿》120	429【442注47】
65		驳《顺宗实录》之修改源于所载永贞内禅一节	《笺证稿》236（今本257）	431【442注49】
66		驳元和三年制策诋斥李吉甫	《述论稿》102	431【443注51】
67		驳《李相国论事集》出于牛党以诋李吉甫说	《述论稿》99	432【443注53】
68		驳九寺系统之隶属问题	《略论稿》98—99	556
69	53节	驳文武分途	《述论稿》48—49	557
70		补六典说	《笺证稿》184（今本200）	558

编号	章节	批评指向	陈说所在	岑著页码
71		同上	《略论稿》82	559
72		驳唐制承北齐说	《略论稿》1—2	563
73	55节	以官俸制度屡有变革驳俸料钱随时随地不同说	《元白诗中俸料钱问题》	564、567注1
74	62节	驳旧族新学之分	《述论稿》83	643
75		隐驳唐代小说与古文之关系	笺证稿(今本2—3)	646
76	67节	驳驳乐天父母甥舅为婚说	《笺证稿》300（今本325）	688【683注1】
77		驳唐代社会重婚宦说	《笺证稿》106（今本116）	681【683注2】
78		驳德宪之世与懿僖之时词科进士之风习不同	《笺证稿》84(今本92)	681【683注3】

中国古代思想世界的内在架构及其现代启示

——本杰明·史华慈的一个学术思考

> 有的人喜爱中国，有的人厌恨中国。我尊敬她。
>
> ——本杰明·史华慈

在20世纪美国的中国学研究领域，本杰明·史华慈素以其思想的深邃性和思考的前瞻性而深受学界称道。如果像他自己所说早些时候的研究尚不脱几分外缘因素考虑的话，那么20世纪60年代以后，史华慈则更多是作为一个思想者，将其学术思考搁置于"全人类力图理解自身生存的宏大框架"之中来展开的①。他所关注并为之努力的并不是一种纯粹知识建构或学术累积的工作，而是秉持着一种真正的"智性真诚"（马克斯·韦伯语），直面现代社会人类所面临的价值危机和精神荒漠，在对古老中国思想世界的观照中，将思考的视线投注在人类思想通向未来的关节点上。

从1947年进入哈佛、发表第一篇专业学术论文——《中国共产主义运

---

① 2000年5月，普赖斯在《美国历史学会通讯》（第5期）上即撰文指出，史华慈将中国古代的诸多洞见、伟大发现以及各种争论搁置于全人类力图理解自身生存的宏大框架之中，这可是雄心勃勃的努力。相类似的评价，如法国学者列维1988年3月发表的《古代中国的思想世界》书评（英国《中国季刊》）、保罗·柯文和默尔·戈德曼为其主编的《穿越文化的思想》（1990）一书撰写的引言。分别见朱政惠：《史华慈学谱》，上海辞书出版社2006年版，第220页、203页、207页。另如旅美学者林同奇教授《他给我们留下了什么——史华慈史学思想初探》一文，见许纪霖、宋宏编：《史华慈论中国》，新星出版社2006年版，第256页。

动中的马克思主义学说》算起，到去世前一个月（1999年10月）发表《中国与当今千禧年——太阳底下的新鲜事》这最后一篇论文，史华慈在其52年的学术研究生涯中始终未减对中国和中国文化问题的高度兴趣，并不断做出极具启示意义的理论探讨。多年的中国研究使他坚信，中国和中国文化中所埋藏的思想资源足以成为透视、反思当下人类思想困境的"智库"，正如他自己所说的，"过去的历史传统以扭曲的和片断的形态生存于今日社会之中，并不表现为一种'不合时宜'的传统主义（traditionalism），而是成为了智慧的源泉。"①因此，如何发掘中国这座"智库"——发现中国传统思想文化中可以作为重建今日思想和社会秩序之缘助的现代价值，正是史华慈孜孜以求的一个学术研究进路。

作为一个思想型的学者，史华慈无疑注意到了20世纪以来人类文化思想所遭遇的一个重要事实，即"全球化"进程的日益加剧和"多元文化时代"的到来。然而，现实世界政治、经济和文化领域中诸多不平等和差异现象的存在，又不免让人怀疑这一套话语背后潜在的意识形态建构。那么，真正的"全球化"和理想的"多元文化社会"应该是怎样的一种文化图景，无疑是对此问题持高度反思视角的学人所不能忘怀、也是无法回避的。这也正是史华慈力图有所回答的问题。尽管直到晚年，他依然感到这个棘手的问题"可能我们这一代解决不了"②，但这并不意味他对此持悲观态度。实际上，在其多年以来对中国思想的独特个性和文化内层的思考中，他所着意掘发的古代中国多元而有序的思想型构及其中所蕴含的现代精神要素，正是他对上述问题所作的富有启示意义的回答。

---

①本杰明·史华慈著，程刚译、刘东校：《古代中国的思想世界》，江苏人民出版社2004年版，第97页。

②刘梦溪：《现代性与跨文化沟通——史华慈教授访谈录》（1999），《史华慈论中国》，新星出版社2006年版，第223页。

一、围绕"一个韦伯式问题"的思考

史华慈本人是一个典型的文化多元思想论者。从50年代研究当代中国政治提出中国共产主义的独创性问题，到60年代自觉运用比较的方法介入地方思想史的研究，史华慈在偏离并反思"西方冲击论"的同时，也逐步形成了他对"现代性的复杂性"的深刻理解。这同时也促使他认识到，"文化本身不可能是个封闭的体系"①。在他看来，已有的各类现代性方案并不具有唯一性，也不可能一揽子解决问题，更不会是西方或非西方历史的终结。所谓"现代性的复杂性"的一个重要前提，即首先肯定不同文明文化传统存在的合理性、平等性和独特性。而不同文化传统在相互照面之际，在由矛盾、冲突所构设的张力间寻求沟通、对话进而推动各自不同的发展，正是"复杂现代性"的内在要求。②正如他在1996年4月参加费正清中心成立40周年纪念会的发言中所指出的，今天的人们都喜欢谈论"全球主义""地球村意识"，但"全球主义"是必须从非常个体的研究开始的。没有任何一种超级的结构可凌驾在不同文化之上。"全球主义"恰恰要求各种文化的理论，尽可能地发展自己，同时交叉、互动出更普遍的意义来。历史不会因此终结，而是变得更复杂、更有意义了。③因此可以说，

①史华慈：《研究中国思想史的一些方法问题》，《史华慈论中国》，新星出版社2006年版，第19页。

②史华慈在其1982年1月11日致函《跨学科历史杂志》编辑时就指出，提"复杂的现代性"也许是合适的，"现代性"所涉及的，是思想和行为的很多不同说法，而其中很多问题的内部之间也有丰富的张力。1993年，他在《Daedalus》夏季号发表《文化、现代性和民族主义——进一步的反思》一文。论文指出，所要反复强调的一点是，现代性并不是西方或非西方的历史的终结，在与其他文化的交流过程中，许多相分离的现代的方面的"转变"确实已经全球化了；即使导致现代性的问题意识还没有得到解决，无论西方还是其他文化地区。在现代性和所有过去文化的经验之间，我们也没有看到任何已经呈现的结论。分别见《史华慈学谱》，上海辞书出版社2006年版，第184、210页。

③《史华慈学谱》，上海辞书出版社2006年版，第211页。

在多元文化共存、对话、互动的基础上趋向"全球化",正是史华慈对此问题的基本思虑方向。

然而,现实世界与史华慈的构想显然差异甚大。晚年的史华慈最忧心忡忡的问题莫过于目下那种"单向度的、偏颇的和贫乏的全球主义意识形态"①。他在其临终前两篇最为重要的学术论文之一《全球主义意识形态与比较文化研究》中指出,这一意识形态"它大体认为人类命运是一种直线的决定论式和进步式的历史或演化过程;更特别的是,它假设这种进步的原动力完全在于科技革新和理性化的经济增长。用韦伯(MaxWeber)的话来说,这增长的机制可称之为集中人类所有主要身心能量于工具理性化的大业"②。究其实,充斥这种意识形态的正是一种历史进步主义和工具理性化的"现代化"一元论,或传统与现代二分的"现代性"二元论思维③,其结果就是他在《中国与当今千禧年主义——太阳底下的新鲜事》一文中所指斥的那种无法遏抑的物质主义和消费主义,以及由此带来的人类精神世界的日益真空化问题。

这正是一个韦伯式的问题。韦伯将"理性化"(合理化)作为现代性的核心,肯定人的自主性,高扬人类理性的力量。这当然解放了人自身对一切"迷魅"的依赖,推动了现实社会物质经济层面的发展;但与此同时,"理性化"不仅一方面造就了人类的"理性的狂妄"———一种哈耶克所说的"致命的自负"或史华慈所说的"浮士德冲力",另一方面又将人

---

① 《全球主义意识形态与比较文化研究》,《史华慈论中国》,新星出版社2006年版,第123页。

② 《全球主义意识形态与比较文化研究》,《史华慈论中国》,新星出版社2006年版,第118页。

③ 1999年2月,史华慈在接受刘梦溪教授的访谈中指出,"现在的全球化太偏颇,完全偏倚于经济和技术方面。如果我们能把文化带进来,就会平衡一些。……我不认为全球化就意味着放弃过去的各种文化传统,我们可以让全球化更加多面化,丰富多彩。"(《现代性与跨文化沟通——史华慈教授访谈录》,《史华慈论中国》,新星出版社2006年版,第212页)这不仅仅是对目下那种一元论的文化现代性方案的批评,同时也潜在地指向一元论所赖以寄生的工具理性化的"经济和技术"等领域。某种程度上来说,后者正是问题产生的根源所在。

安放到了无法遏抑的物欲的牢笼之中，且无法自拔。这些，正是现代社会人类所不得不面对的"纵欲与虚无之间的轮替交迭"的深深困惑。[1]

早在20世纪70年代，史华慈就撰文批评过近代西方日益弥漫的"化约主义"的思维模式。上述问题某种程度上来说，正是他所批评的那种"化约主义"思潮进一步恶化的后果。他在1973年所写的《论中国思想中不存在化约主义》一文中指出，西方社会自近代以来滋生并蔓延着一种"化约主义"思想。这种观点认为宇宙的所有多样性都能化约为一种"物质"，甚至进而化约为"某些基本物理属性"——延续性的实体、基本粒子或"能量"。这样，实在的多样性及其多种特征就会被解释为由基本粒子组成的结构的表象。从认识论角度看，它常将经验世界化简为感官材料[2]。显然，支撑这种"化约主义"思想的正是西方近代以来愈演愈烈的唯科学主义理念和工具理性化趋势[3]。这一趋势最大的成果，就是将价值理性——解释一切存在的普遍的终极之源——划归个人的主体性认识框架之内，转而肯定依照工具理性所确立的"价值无涉"（价值中立）原则的普世性。这样一来，人类价值世界自然出现了两种结果：一种是相对主义引导的无序的价值多元，诸神并立走向诸神冲突；另一种则是由"绝对自由主义"引导的价值一元论，一种充满意识形态色彩的、也是虚空的"多元文化"论调。

史华慈正是带着上述问题介入中国思想内在架构及其文化观念的研究的。不过，与韦伯式的悲观主义不同——正如林毓生先生指出的，史华慈

---

①钱永祥：《纵欲与虚无之上——现代情境里的政治伦理》，生活·读书·新知三联书店2002年版，第91—92页。

②《史华慈论中国》，新星出版社2006年版，第29页。

③就像W.C·丹皮尔《科学史》所说，这种对科学的信仰，让人们认为人类及其周围世界"一样服从相同的物理定律与过程"，"而观察、归纳、演绎与实验的科学方法，不但可应用于纯科学的题材，而且在人类思想与行动的各种不同领域里差不多都可应用"。这种唯科学主义，无疑强化了人文社会学科研究领域中的工具理性化趋势。转引自（美）郭颖颐著，雷颐译：《中国现代思想中的唯科学主义》，江苏人民出版社1990年版，第17页。而史华慈的信念则是，"我不崇拜科学，我认为把自然科学的模式应用到人文学科是错误的。"《史华慈论中国》，新星出版社2006年版，第208页。

殷切希望并敦促世人重估人类一切人文资源对于回应当下和面对未来的意义及用处①。在谈到重估人类的人文资源问题时，史华慈针对亨廷顿的"文明冲突论"指出：

> 是否果真如此，那将取决于我们的文化观念。有的观念会导致未来冲突，但也有些观念能帮助我们更加了解过去和现在各种不同的、丰富多彩的人类经验，而这种经验正是和前述的人类问题相关的。之所以要对人类丰富各异的集体经验有透彻的了解和欣赏，并不在于这些从原始到文明的不同文化可以解决所有人类生存的困惑，而是因为它们全都一直在致力解决这些困惑，这就使我们能接触到这种持续进行中的交流互动，从而把我们从目前单向度的、偏颇的和贫乏的全球主义意识形态中解放出来。②

如杜维明先生所说，"他（亨廷顿）的文明冲突论背后的预设就是西方和西方之外的不可相容"，其背后的理路是"相信西方所代表的模式是将来唯一的模式"。③而史华慈则从不认为文化的不可沟通，更不接受将西化作为唯一的现代性方案④。那么，什么样的文化观念"能帮助我们更加了解过去和现在各种不同的、丰富多彩的人类经验"而不会"导致未来冲突"，或者说可以消解"化约主义"的、一元论的唯理性思维模式？史华慈强调指出，正是中国思想中的那种"较宽松、较薄弱和较复杂的'文化整体'概念"，或者说那种"非化约"的思维模式。在他看来，类似中国

①《史华慈〈中国与当今千禧年主义〉导言》，《史华慈论中国》，新星出版社2006年版，第250页。

②《全球主义意识形态与比较文化研究》，《史华慈论中国》，新星出版社2006年版，第123页。

③杜维明：《儒家与自由主义——和杜维明教授的对话》，《儒家与自由主义》，生活·读书·新知三联书店2001年版，第16—17页。

④史华慈1987年6月在中国台湾"中央研究院"近代史研究所的讲演中即明确指出，"21世纪的现代化无论是何种特色，它绝不只是西化"。《研究中国思想史的一些方法问题》，《史华慈论中国》，新星出版社2006年版，第23页。

这样的社会的特征是"他们持续具有共同的、主导的文化指向",但"这些共同的指向并不形成一个界限分明的整体,亦不能阻止整体内的'高等'文化之间、或'高等'文化与流行文化之间出现紧张关系,更不会防止重大历史转折的出现。由于高度自觉的个人和团体对于文本有不同解释,它们甚至会导致复杂和相异的知识传统的衍生。"可见,史华慈在中国"非化约"思想模式中所看到的,既是一种以"文化指向"为"主导原则"的世界——这种原则保证了文化自身的发展导向或提供了某种秩序性,但同时又是一种开放的、多元的、不断在对话中得到诠释和丰富的思想空间。因此,持这种"文化整体"概念的文化观念,才能真正介入比较文化研究,克服"跨文化观念迻译的困难""文化限制和时间限制的问题",最终理解文化间的差异问题①;也只有持这种文化观念,才有可能秉持"非化约"思维,就"跨越文化的、普遍的人类关怀"所包括的那些人的基本问题②,达成某种理解或形成共识性思考。

需要指出的是,认识到中国思想世界中"非化约的"、多元而有序的内在架构——即一种"文化整体"概念引导的思想型构、且正是有助于避免"文明冲突"、构设真正的"全球化"图景的理想"智库"——这一点,并非史华慈晚年的"豁然醒悟",而是贯穿其数十年研究中国和中国文化历程中的"通见"。或者说,这正是他数十年来一直努力开掘的、在中国古代思想世界中埋藏很深的、一个影响久远的思想脉络。稍稍回溯史华慈的著述可以发现,早在50年代所写的《儒家思想的几个极点》(1959)一文中,史华慈就批评过西方学者将中国传统"描绘为被无数代'学者—官

---

① 《全球主义意识形态与比较文化研究》,《史华慈论中国》,新星出版社2006年版,第124—125页。

② 史华慈指出,"我们想到的问题包括:人际(包括团体间的)关系这永恒之谜;生死爱欲等人生大事;人际间的权力关系与身份认同的问题;还有人和外在自然环境关系这无法穷究的课题。这包括了生存之道,对各种自然现象的工具性和直观探索,对世界神圣、优美和令人怖惧或敬畏本质的思考,以及对想像和仪式作用的探究。"《全球主义意识形态与比较文化研究》,《史华慈论中国》,新星出版社2006年版,第122页。

员们'乏味的全然接受的一堆老一套的习字帖式的格言"的做法,而肯定在这一传统中"可以找到取舍的多样化",并强调指出"要传达在这样一个传统中可以发现的汹涌的内部生命的某种感受"①。60年代,在《寻求富强:严复与西方》一书中,史华慈再次指明,"中国文化"显然不是像某些头脑简单的文化人类学学派所想象的那样一个完整的整体,而是一个由许多有争议的、甚至互相矛盾的方面组成的综合体。这都可以看出,在史华慈心目中,中国传统不但是一个活的传统,而且是一个"庞大的、变动不居的、疑窦丛生的人类实践区域"②,是一个不能"化约"、也是"非化约"的思想世界。因此,揭示这一思想世界的内在架构和现实价值,正是他一贯的学术思路和矻矻以求的问题,就像他自己所说的,"至少在现在,检讨中国思想的域内和域外有些什么,可能与回答之所以如此的原因一样重要"③。

二、中国思想的"非化约"模式与多元脉络

集中而细致地阐发中国思想世界"非化约"的、多元而有序的内在架构的,正是《古代中国的思想世界》一书的重要内容。在这部影响深远的著述中,史华慈通过分析中国古代思想中不同学派内部"传人"对"始祖"之"通见"的创造性解释以及在此基础上不同学派之间围绕古老传统的"文化趋向"的相互辩驳而形成的不同层面的"问题丛",生动细致地描绘出了古代中国思想世界内部围绕"文化趋向"——"多元"对话、在创造与驳难中形成诸多"问题意识",进而不断推进、丰富"文化趋向"的复杂而生动的文化图景。在全书"导言"中,史华慈明白指出:

与某些文化人类学家不同,思想史家必须对所有那些为整个文化提供

① 《史华慈论中国》,新星出版社2006年版,第57—58页。

② 史华慈著,叶凤美译:《寻求富强:严复与西方》,江苏人民出版社1990年版,第2—3页。

③ 史华慈《论中国思想中不存在化约主义》,《史华慈论中国》,新星出版社2006年版,第42页。

了超时间的、超问题情境的"关键答案"（keys），提供了导致得出"西方文化是x，中国文化是y"之类鲁莽的、全球性命题答案的一切努力保持着深刻的怀疑。和希腊古代思想一样，中国古代思想对古代文明的那些问题也不会提供单一的反响。从轴心期时代这些文明的共同文化取向之中所兴起的并非是单声道的反响，而是得到相当程度认同的问题情境。当人们从整个文化取向的层面下降到问题情境的层面上时，跨文化的比较就会变得极其激动人心和富于启发性。真理往往存在于精细的差别之中，而不是存在于对于x文化和y文化的全球性概括之中。尽管人类还存在着由各种更大的文化取向所造出的迄今未受质疑的差距，但在这个层面上，人们又再次找到了建立普遍人类话语的可能希望。①

正是跨越了一般文化人类学的"化约"做法，由"整个文化取向的层面下降到问题情境的层面"，史华慈发掘了中国思想对于那些普世性的人类问题"多元"共存的经久思考以及复杂细微的"问题意识"，从而"彰显中国文化内部的多样性和它的张力"②。

我们注意到，史华慈在论析中国思想的内在架构时，始终强调与"某些文化人类学"的看法相区别。在他看来，正是这些学者常常"把文化视为建基于一些固定主导原则上的紧密、封闭和高度整合的系统"③。对此，史华慈指出：

> 我们已经处在指望告诉我们中国思想的不变本质的大量著作与论文的包围之中。无疑存在着中国思想的一般性特点。人们一定能够找出历时与共时两个维度中的许多不同的思想流派共同具有的观点和论题；中国思想中也一定有一些处于支配性的思想潮流。也有一些其他文化中发现的思想模式，我们无法在中国文化中发现，或者只是很少

---

①本杰明·史华慈：《古代中国的思想世界》，江苏人民出版社2004年版，第13页。

②田浩（HoytClevelandTillman）著，罗新慈译：《史华慈小传》，《开放时代》2001年第5期。

③《史华慈论中国》，新星出版社2006年版，第123页。

地存在于中国文化中。但，我个人的信念是，现在西方的中国思想研究者所面临的主要任务不是要沉思于那不变的本质，而应当去找寻中国思想的广度、多样性及其问题。①

表面上看，史华慈一方面突出中国思想内部"非化约"的一般特征，与此同时又批评"化约主义"的思考模式，这里似乎存在着一种悖论。对此，史华慈指出，"作为对自己的辩护，我只能强调，这里所关心的是缺少（并非完全的）一种特定的思想模式的含义，而不是对中国思想中某种不变的肯定的本质作出界定"②。这实际上包含着史华慈两个方面的考虑：

其一，史华慈这里批评的是某些运用"知识社会学"和结构人类学来研究思想史的方法。

作为一个以思想史研究为基点的思想型学者，史华慈强调，"思想史的中心课题就是人类对于他们本身所处的'环境'（situation）的'意识反应'（consciousresponses）"③。即思想史应该深入人类"意识"与"环境"复杂互动的"问题情境"中，去关注那些带有"具体"普遍性的、活的人类思想。而不是像"某些文化人类学学派"的做法那样，过于相信科学和理性（工具理性）的力量，在思想史研究中"化简"人类思想、观念——将问题简单化，将思想概念化，将复杂生动的问题意识网络化约为一些抽象、死板的概念框架。特别是对于那些运用"结构分析"来研究思想史的结构人类学视角，史华慈并不认同他们视思想史为一种"完整的格式塔"，"总是作为整体而兴起"，"在变动中，事物被分成部分，然后又被拼合成整体"④之类的观点，因此，他多次明确批评用某些确定不易的"无意识

---

① 《史华慈论中国》，新星出版社 2006 年版，第 28 页。

② 史华慈：《论中国思想中不存在化约主义》，《史华慈论中国》，新星出版社 2006 年版，第 28 页。

③ 《关于中国思想史的初步考察》（1976），《史华慈论中国》，新星出版社 2006 年版，第 4 页。

④ 本杰明·史华慈：《古代中国的思想世界》，江苏人民出版社 2004 年版，第 203 页。

结构"——即心理学的方法——来解释文化发展的做法，就像批评李约瑟论析中国"有机主义"的思维那样。

与此同时，这些文化人类学家往往又受到"知识社会学"的影响——如史华慈所指出的，"他们研究思想史，不是强调它的内涵，而是将思想活动本身当作是一种社会历史现象，所以思想总是被当作社会力量或心理结构的反射，而思想内涵本身并无意义。因此，在这个前提下，大家就很容易含糊笼统地归结到东方如何，西方如何。"①史华慈认为，"古代中国思想世界"并不只是"古代中国现实世界"的某种投影，而更多的是在一种"有限的自由"②之内，在接受古老"文化趋向"的某些限制的同时又对"文化趋向"本身作出了多样的且具有创造性的诠释。因此，他的研究并不集中于某种看似确定不变的"文化趋向"，而是围绕"文化趋向"展开的众多复杂多样的"问题意识"："总而言之，我们在本书中处理的不仅是文化趋向，还包括决定性地塑造着文化趋向的进化过程的思想史"③。

就史华慈所批评的"结构人类学"和"知识社会学"的某些方法来看，其背后无疑都存在着"化约主义"的一元论的思维模式。史华慈批评这二者处理中国思想带有方枘圆凿的弊端，实际也正说明，中国思想"非化约"模式的背后正是一种多元共存的思想格局。

其二，史华慈同时指出，研究缺乏"化约主义"思想模式的中国思想型构对于纠正西方"化约主义"有着极高的现实价值。

————————

①史华慈：《研究中国思想史的一些方法问题》，《史华慈论中国》，新星出版社2006年版，第20页。

②史华慈在《关于中国思想史的若干初步考察》（1976）一文中强调，"人类对于他们所处的环境所产生的意识反应，并不仅仅就是整个历史环境的结果"，所以思想史研究要关注"一些有限的自由——即在人的意识反应中，他们一些有限的创造力"，同时指出，"确定人的意识反应并非完全处于被决定的状态以后，我们要进一步提出一个更大胆的假设，即人对其环境的意识反应是构成变迁的环境之中的动因之一"。分别见《史华慈论中国》，第8—9页。关于史华慈与曼海姆"知识社会学"理论的分歧，参见陈少明《穿越理解的双重屏障——论史华慈的思想史观》，《史华慈论中国》，新星出版社2006年版，第359—361页。

③本杰明·史华慈：《古代中国的思想世界》，江苏人民出版社2004年版，第9页。

史华慈指出中国思想"非化约"模式的直接目的，就是要说明中国思想从很早的时候起（甲骨文和《诗》《书》的时代），即因此而存在着一种多元的内在格局——"在神圣生活与世俗生活的两个层面，多样的世界都以其多样的形式为人们所接受"，同时"或许也已经有迹象表明中国文化正向一种叫做内在的宇宙秩序的观念发展。然而从一开始，这种内在的宇宙秩序就倾向于主张而非约减自然世界和文化世界的多样化"[1]。所以，中国古代既有"倾向于用内在的无所不包的秩序来解释世界"的儒家，也有"代表多元主义宇宙"并极力抗拒儒家的墨子。即便是带有几分"化约色彩"的五行学说，也不排除"五种元素以其多样性与各种各样的性质相联系"。此外，关于老子思想"唯心"或"唯物"两个层面的展示以及后世对此的争论，张载、王夫之、戴震对于中国"气"论哲学"多样性"内涵的多元阐释，荀子、王充至现代牟宗三等对"天意宇宙论"的多样驳难，以及中国民间文化、宗教领域中的"非化约"思想等等。这些都充分说明，中国古代思想内部经常存在着各种张力——一种"问题性"或"问题结构"，或称为"富有成果的含混性"，这构成了一种富有张力的多元格局。这些，显然是西方思想界要纠正"化约主义"一元论思维应该高度关注的有益经验。

这里需要指出，史华慈上述思路中始终隐含着一个问题，即中国思想型构中的多元脉络是如何避免无序化的？因为，仅仅指出中国"非化约"思想模式内部多元共存显然是不够的，也是似是而非的。这就像C.W.沃特森所说的，"多元文化主义当其作为一个术语来识别和分析多元社会的特征时，它最多是一个具有启示意义的概念，用以检验在不同国家那些适当的公开了个人和群体从政府和社会寻求资源的对比性利益的情况的真实性"。也就是说，这种"要求我们所有人具有对差异的接受能力、对变革的开放心态、追求平等的激情和在其他人的生疏感面前承认熟悉的自我的

---

[1] 本杰明·史华慈：《古代中国的思想世界》，江苏人民出版社2004年版，第33页。

能力"的，"作为我们遵照行事的一种原则的多元文化主义"①，显然只是仅具有参照意义的乌托邦式的"理想型"或概念意义上的"世界政府"模型，而并非史华慈所认同的、真正能体现"复杂的现代性"的内在要求的思想型构。尽管说他在其整个学术思考中，并不缺乏这种"理想型"分析方法的运用。②所以，史华慈在提到中国思想之所以形成这种"非化约"模式的两个"尝试性解释"——即中国宇宙发生论的繁殖喻象和现实社会—政治秩序的官僚制暗喻时，也注意到了中国思想内部并不仅仅只是一种多元格局，还存在着一种"将多样化分门别类"的秩序感。③这种秩序感，确保了中国"非化约"思维模式下形成的实是一种多元而有序的思想型构——这正是应对当下社会—政治和文化秩序危机极为重要的思想资源。

①C.W.沃特森著，叶兴艺译：《多元文化主义》，吉林人民出版社2005年版，第11、119页。

②林毓生：《史华慈思想史学的意义》，《史华慈论中国》，新星出版社2006年版，第244—245页。

③史华慈指出："如果我的这个论断是正确的，有人就会进而思考之所以如此的原因。沉思这一问题会把我们拉得太远，这里我要提示的是两个尝试性解释中的一个。人们已经注意到，古代中国关于世界的看法以繁殖的喻象为主导。中国的宇宙发生论的主流图像是"生"（engendering）。繁殖的图像使人们转而注意这样的思想，即：先在的存有（apre-existentfullnessofbeing）和发出（emanation），而不是"作"或"造"。以这一图像为主流是否与早期中国的宗教倾向的主要形式—祖先崇拜有关呢？天地生万物以及人的世界的观念当然提供了在祖先和自然界中的神奇力量在这两个领域之间的理想结合。这表明这些力量中孕育着世界的全部多样性。""另一个解释指向中国文化中很早就出现的按官僚原则组织起来的无所不包的社会—政治秩序。对现实的官僚式的观点并不试图化约人类社会和文化的多样性，它所作的是努力将多样的现实分门别类，并建立常规使能够从一个中心来管理它们——这个中心在儒学中是一种精神力量的源泉。严格说来，孔子在《论语》中指为道的规范性的社会角色不是纯粹的中心化的官僚体制，然而它却被看成一个总体的系统，其中每一事物皆沿着它合适的轨迹移动，从而在广义上也是官僚式的。正是这个观点投射到宇宙论（cosmos）上才能产生李约瑟教授挚爱的"有机主义"观，同时也才能削弱古希腊化约论的产生背后的那种专著。"《史华慈论中国》，新星出版社2006年版，第41页。

三、中国思想型构中的秩序感

需要说明，史华慈的思想史研究一直有一个基本预设，即"文化是一种未经决定的、不稳定的、相当松散的整体。它对于来自外部的各种影响和未来的种种可能是完全敞开的"。因此，他认为研究者应该从"文化趋向"（culturalorientations①，史华慈又称之为"主控文化导向"，或译为文化导向、文化指向）入手。所谓"文化趋向"，是文化传统内部自原始时代已逐渐形成的，在"由'古人的意见和生活规矩'所构成的不言自明的假设"②的基础上，经过不断诠释和争论所形成并发展了的总体文化导向。与一些文化人类学派将中国文化视为一个"全面的有机整体"、视内部各层为"同一种文化的不同版本"③不同，史华慈强调指出，"文化趋向"一方面为此后文化思想的探讨提供了某些方向性的指引，但又并非死板的律条。它不但不会限制内部的对话和争论，反而由不断的驳难、反思中形成的"问题意识"（problematique）而得以推动其自身的丰富和扩展。

正如全书的《跋》中所述：

> 对于将注意力集中于这些高等文化文本上的做法，更为基本的辩护词是：在漫长的历史中，它们所反映的思想模式，对于统治阶层的文化的进化，乃至于对于民间文化的进化，都产生了深刻的影响——无论这种影响是直接的还是间接的。与之相关的个人和团体并没有简

①在《古代中国的思想世界》一书中，"culturalorientations"被译为"文化取向"。实际上，"orientation"一词的用法中，既可译为"取向"，亦可译为"趋向"。"取向"带有一种选择的定向意味，是静态的；而"趋向"则指一种表现出某种趋势的运动或发展的方向，带有动态的色彩。本文倾向"文化趋向"或"文化导向"之类的译法。当然，考虑到引文的忠实性问题，有些地方并未作严格统一。

②本杰明·史华慈：《古代中国的思想世界》，江苏人民出版社2004年版，第8—9页

③本杰明·史华慈：《古代中国的思想世界》，江苏人民出版社2004年版，第420—421页。

单地阐述某种事先给定的文化"规则"。它们对更为古老的文化取向进行了反思和推敲，哪怕他们仍然受到这些取向的制约。因此，他们所遗留给后代的，并不是一种静态的、有机整合过的"整体"文化，而是一种以探索为基础的问题意识，探索者身处于文化内部，而对文化提出了问题，进行了探索。恰是因为高层文化与民间文化并不只是一种预先存在的文化整体的两种"平行"版本，人们才能够谈论在漫长的历史中两者之间动态的、复杂的、令人烦恼的，而且从来也没有完全得到解决的相互作用关系。①

显然，与文化人类学认为文化导向持续不变不同，史华慈指出，文化导向作为一种引导方向比较灵活，但又并不形成"一个静止的完全整合的封闭的系统"②。特别是对于中国这个"诠释学的文明"——一个"传统和现代之间没有绝对断裂的文明"，史华慈相信其思想传统内部存在着"共同的文化取向"，正是"在这个大而共同的文化取向前提下，产生出许多具体的问题"③。显然，史华慈所关注的并不仅仅是"文化趋向"。在他看来，中国总体的"文化取向"，正体现在身处高层文化的不同学派围绕学派"通见"（vision）的创造性阐释以及不同学派围绕某些普世性的人类思想问题对话驳难所形成的"问题意识"中。

从史华慈对"通见"的阐释来看，某种程度上来说与"文化趋向"有相近之处。"通见"实际上侧重指某一学派内部源自学派"始祖"思想所逐渐形成的、代表大多数成员共通的观点和立场。犹如学派内部的一种小范围的"文化趋向"，"通见"在不同学者那里会得到不同的诠释并因此展

---

① 本杰明·史华慈：《古代中国的思想世界》，江苏人民出版社2004年版，第425页。

② 《史华慈论中国》，新星出版社2006年版，第197—200页。

③ 《史华慈论中国》，新星出版社2006年版，第21页。

开辩论，形成学派内的"问题丛"或"问题意识"。①就像孔子门徒对于孔子之"通见"的接受那样：

> 在这里，我根据大多数可以找见的古代文本材料，对孔子的某些门徒提供了有选择性的印象主义式的勾勒。他们中的大多数人都是因为孔子投射出的通见而被吸引到孔子周围的，而且毫无疑问，大多数人希望吸收这一通见。然而，每一位门徒又不可避免地从他自己的特殊视角去看（通见的）整体。这些视角通常采取了僵硬而夸张的形式，特别当它们最终在再传门徒中又以极其复杂的方式与既得利益关联起来之后更是如此。通见因而转变为一种问题意识（problematiques），然而在某种意义上，还继续保持着它作为一个完整通见的地位，并且召唤着每一种创新的阐释性的努力。②

显然，儒家学派内部自孔子死后"儒"分为八③，到战国时期思孟学派与荀子一系并立，宋明时期理学与心学相互攻讦，乃至整个儒家思想史上"内圣"与"外王"两个系统之间的对话与共存，始终围绕着对孔子"通见"的诠释而不断的在分歧中推进对儒学自身多项理论命题的理解。

①译者在《译后记》中提出，"vision"译为"通见"——"指某个学派大部分成员共通的总体观点与立场，代表了学派的总体特性，是一个学派进行内部认同的特征。"同时，"通见"又呈现为一幅"动态均衡的观念图像"，涵摄不同的甚至是矛盾冲突的解释成分。如果说学派内部保持相对均衡时，"这个学派的形象是：'vision'占据着主导的地位"。当学派发展到一定的阶段开始分裂，则"'problematique'将占据主导的地位"。所以，"problematique"一词，"主要是用来描述一个学派内部面临着剧烈的矛盾冲突、不断产生内部分化过程的学术图像。"译者同时表明不能同意墨子刻先生的看法，即"vision"强调的是共有的假设，而"problematique"强调的是文化内部的辩论（《古代中国的思想世界·译后记》，江苏人民出版社2004年版，第490—492页）。相比较而言，墨子刻与林毓生二位先生的看法可能更接近史华慈思想的实际。

②本杰明·史华慈：《古代中国的思想世界》，江苏人民出版社2004年版，第131页。

③《韩非子·显学》载："自孔子之死也，有子张之儒，有子思之儒，有颜氏之儒，有孟氏之儒，有漆雕氏之儒，有仲良氏之儒，有孙氏之儒，有乐正氏之儒"。

与此同时，这种围绕"通见"展开"多元"对话的思想方式，同样充斥于其他各主要学派内部——譬如道家学派庄子与稷下齐学乃至秦汉新道家围绕老子"通见"各具侧重点的阐释；法家内部在子产为代表的"原—法家"之后形成的商鞅、申不害和慎到"三股各自不同但又可以协调一致的思想潮流"[1]，以及韩非对三家理论的创造性阐释，等等。在学派之外，构建中国思想整体"文化趋向"的各主要学派之间同样存在着由对话、辩论构成的丛生的"问题意识"。在史华慈看来，中国轴心时代各主要学派之间——儒家与墨家、道家、法家、阴阳家，道家与墨家、法家，等——莫不围绕各自不同的思考进路（不同学派的"通见"），对共享的"文化趋向"作出极具对话性的解释并在学派间展开积极的对话与交流。所以在《古代》一书中，史华慈极为细致的描绘了古代中国思想世界内部这幅多元对话、动态平衡的文化图景："作为一种共享的文化假设，中国的整体主义思想——就像其他地区共享的文化假设一样——所创造的并不是完成了的答案，而是范围广阔的问题意识。"[2]

值得注意的一个问题是，尽管史华慈一再强调整体的共享"文化趋向"并不阻止反主控导向的出现，但是我们依然会注意到，"文化趋向"始终会成为各家思考的外在框架（学派内对"通见"的阐释亦如此），而且，它在正反各种不同力量的对话、争论、驳难中不但并不因此被削弱，反而会不断得以丰富和发展。就像墨家所面对的那样：

> 正是在深沉领悟"人类自然感情"的过程中，人们才有机会去领悟某些占主导地位的文化取向（这里指精英文化的层面）的力量。在这里，人们必须再次肯定一般性的、根深蒂固的文化取向的惯性力量。墨家的历史有力地表明，这类取向并不能阻止反文化倾向的兴

---

[1] 本杰明·史华慈：《古代中国的思想世界》，江苏人民出版社2004年版，第344页。

[2] 本杰明·史华慈：《古代中国的思想世界》，江苏人民出版社2004年版，第430页。

起。然而，至少在某些经验领域内，这些取向在长时段上对于反文化倾向的影响表现出了巨大的抵抗力。①

作为一种整体框架，"文化趋向"并不限定某些具体的问题领域，也不刻意扼杀反抗力量的存在，但它自身的"惯性力量"无疑会将所有讨论、争辩的话题最终引导至一些所有人群都不得不面对的某些具有"终极意义"的问题之中。正如史华慈所分析的，尽管孔子的"通见"乃至整个儒家的"问题意识"与老子和道家的不同且充满矛盾，但孔子和老子最终追问的问题无疑又是相通的：即追问为什么人类现实的种种作为会与"规范性的社会政治秩序"或"道"产生割裂？而这一问题不仅明显延续了体现在上古期和周代早期各类文献资料所阐发的"问题意识"之内，同时也潜在的影响着后世思想界基本的思虑方向。就此也可以说，中国的这种"文化趋向"虽然并非某种外在化的显在秩序，但其作为一种导向无疑为母体文化自身提供了某种内在的"秩序感"——抑或直白地说，塑造了中国人的"秩序意识"。

因此，史华慈在《古代》一书的"跋"中，在对"共享的文化假设"作最终回顾时指出，"我仍然将注意力集中于下述内容：以宇宙论为基础的、普世王权为中心的、普遍的、包含一切的社会政治秩序的观念；秩序至上的观念（无论在宇宙领域还是在人类领域）更普遍的得到了认可；以整体主义的'内在论'（immanentist）为特色的秩序观念成为社会的主要趋向"②。可见，一个核心的问题就是，中国思想世界对"秩序"的关注。尽管史华慈在《古代》一书中也就中国古代围绕"礼—法"或官僚制的社会政治秩序之类的"现实秩序"作了较多的论析，并在20世纪50年代末60年代初还与魏特夫就"东方专制主义"问题展开过辩论，但他始终更关

①本杰明·史华慈：《古代中国的思想世界》，江苏人民出版社2004年版，第175页。

②本杰明·史华慈：《古代中国的思想世界》，江苏人民出版社2004年版，第425—426页。

注的是形成中国"现实秩序"并与之紧密联系着的"秩序意识"或"秩序观念"。或者说，他关注的是"中国思想对秩序的关注"，这也正是其思想史研究的一贯做法。正如他在一篇论及中国政治思想的深层结构时指出的，"即使是魏复古（KarlWittfogel，又译魏特夫）也并不认为所谓'东方专制'的最终原因是社会政治因素。我个人常想问，如果社会系统是最后之因，那么什么是这个社会系统的因？"①所谓"社会系统的因"，也可以说就是隐藏在中国一整套现实"社会—政治"秩序背后的、并发挥引导作用的"秩序意识"。这种"秩序意识"一方面推动了中国思想多元开放的发展进程，另一方面无疑又提供着一种"导向"。那么，中国思想中的"秩序意识"是如何产生的，它对当下的文化有怎样的启示，这是史华慈进一步予以说明的问题。

四、"熔炉"还是"色拉拼盘"

正如沃特森在《多元文化主义》一书中所分析的，20世纪尤其是后半叶思想界和不同国家应对文化现代性的策略有两种，即"熔炉"式的文化同化和"色拉拼盘"式的文化整合。但是，这二者都没能为构建真正"多元文化时代"的"社会—政治秩序"提出一套理想的方案。前者无疑会走向文化的种族主义灭绝，而后者正是当下的那种具有潜在一元化模式的美国意义上的"多元文化主义"或"全球化"命题。②那么，中国古代思想世界中的"秩序意识"属于前者，抑或后者？

在史华慈看来，提及中国古代思想中的这种"秩序"意识时，首要一点就是要将其与今天一般所说（或者说西方思想视野）的"秩序"概念区分开，这二者有着根本的差异：

---

① 《中国政治思想的深层结构》，《史华慈论中国》，新星出版社2006年版，第26页。

② C.W.沃特森著，叶兴艺译：《多元文化主义·导言》，吉林人民出版社2005年版。

当人们在这里谈论起高等文化中包含一切的秩序观念兴起的时候，对于某些由"秩序"或"结构"之类的术语所激发的西方概念，必须持极端小心的态度。"秩序"直接意味着"合理性"，而合理性又直接意味着一种将诸神和鬼神从自然中驱逐出去、只和抽象的"理性实体"（enterrationis）打交道的还原主义的理性主义态度。然而，我在这里所暗示的是一种整体性的、包容一切的秩序观念，它被包容并结合进了人类经验的每一个方面，包括超自然的和巫术的方面在内，而不是根据现代西方理性主义的还原主义标准排斥并清除它们。①

所谓"将诸神和鬼神从自然中驱逐出去、只和抽象的'理性实体'（enterrationis）打交道的还原主义的理性主义态度"，正是前面提到的那个很有几分"文化悲观主义"色彩的韦伯式问题所指涉的认识论基础或价值观型模——工具理性主义。这一"现代化"思潮的一个最醒目标志，即高扬人的理性化以"祛除世界的迷魅"。这种工具理性引导下的"秩序"观念，则是一种"有机主义"的——整体即部分的叠加，且整体的属性并不必然的包含在部分之中。因而，这种"有机主义"的"秩序"，表面上看近乎"色拉拼盘"，深层的喻象则无疑还是"熔炉"。在史华慈看来，这种"现代化"思潮中的秩序观念，与中国的那种"整体性的、包容一切的秩序观念"具有很大不同。

对于中国思想中的"整体主义"的秩序观念，史华慈认为可以用中国哲学思维中的"相关性宇宙论"（correlativecosmology）或称"相关性拟人化宇宙论"（correlativeanthropocosmology）来解释：

在包容一切的非还原主义的秩序中，所有种类的现象保持着自身具体的存在。在这个意义上，即使相关性宇宙论产生得比较晚，也确

————————
①本杰明·史华慈：《古代中国的思想世界》，江苏人民出版社2004年版，第31页。

实与我们在其他中国思想模式中发现的"整体主义的"秩序概念协调
一致。它是一种对于经验到的多重现象世界进行包容并予以分类，而
不是将它们"还原"为某种原始"质料"的整体主义。①

史华慈指出，"相关性宇宙论"的一个基本预设就是："大致是在人类
现象与自然现象的类同关系之中，通过使其向着自然界的循环、韵律及格
式"看齐"，以发现控制人类文明以及人类个体生命的手段"②。也就是
说，"相关性宇宙论"强调人类社会的"秩序"与天地自然的节律之间具
有一种"异质同构"的关系。因此，人可以通过对自然节律的关照，获得
"控制人类文明以及人类个体生命"的"秩序感"。尽管"相关性宇宙论"
明确出现在阴阳家的著述中，但史华慈已指出，其实它早已埋藏在中国古
代的"文化趋向"中，这正是使得中国思想避免走向"化约主义"（或
"还原主义"）并形成"秩序意识"的重要原因。这种"相关性宇宙论"，
在中国哲学中又常常被称为"天人一体"，近于海德格尔说的"在之中"
或美国当代哲学家梯利希（Tillich）说的"自我—世界结构"。③这一论说
背后的思维方式即强调，在这种"关系"中，天（自然）、人不是并列的
相互外在的关系，而是相互"融身"或"依寓"的，相互在对方之中揭示
自己、展示自己。因此，按照中国的这种"整体主义"的秩序观念，整体
的每一部分既"保持着自身具体的存在"，相互间又并非是"互异"的；
整体的属性既内在于每一部分之中，又不是每一部分属性的叠加，而整体
与部分以及部分与部分之间的内在"秩序"则是与自然界的"节律"保持
一致的。可以看出，否定相互间的"互异"关系，无疑存在着一种对话沟
通的意向；而强调整体属性并不外在于部分本身，也就自然会避免试图创

---

① 本杰明·史华慈：《古代中国的思想世界》，江苏人民出版社2004年版，第371
页。

② 本杰明·史华慈：《古代中国的思想世界》，江苏人民出版社2004年版，第367
—368页。

③ 关于梯利希和海德格尔的观点，参见张世英：《哲学导论》，北京大学出版社
2002年版，第4—7页。

造某种硬性"同化"或"整合"不同部分的策略的倾向。①

在史华慈强调中国"整体主义"的秩序观念与李约瑟的"有机主义"世界观的区别中②，我们会注意到一个问题，即史华慈比较多地提到前者并没有像后者那样将"超自然的和巫术的方面"内容——某种"神秘主义"的东西清除掉。必须说明，史华慈并非也从来就不是韦伯所指斥的那种"谋划宗教上的新力量"的"先知"。他所说的"神秘主义"并非一般宗教意义上的神秘体验，也不是关于宗教体验技术——迷狂技术和冥思技术的描述③，而是"一种实在或实在的方面：用人类语言来描述的一切决断（determinations）、关系和过程都是无效的。……'神秘性'所指的并不是缺乏'知识'，而是指具有一种更高的直接的知识，它是一种与不可言说的终极本源有关的知识，这种本源为世界上的存在物赋予了意义。因而它指的是充实而不是缺乏，不过这是一种超越于语言掌握能力的充实"④。史华慈指出，这种"神秘性"知识在中国又可以用"道"——或者用"无"（西方神秘主义的代名词）来描述："'无'是一种与任何一种能被命名的、确定而有限的实体、关系和过程都无法对应的实在。然而它显然是'真实的'，并且是一切有限实在的根源。"⑤进而言之，关注"道"并不仅是老子或道家的"通见"，同时也是包括孔子、儒家乃至整个"文化

① 史华慈指出，中国自远古时期的"祖先崇拜"中就已经存在这种"秩序感"——"将注意力较好的集中到大自然较为明显的有序化方面——诸如四季、四种基本方位、天体的有序运行等，而不是集中于这样的自然领域：充满自主性与'自由'（意志）的力量与实体之间展开了不可预测的、偶然的相互作用。"这种"秩序感"也深深融入此后的文化趋向中。《古代中国的思想世界》，第31页。

② 这一点，史华慈在《古代》一书中论述较多，比较集中的是在论述老子和道家"通见"和阴阳家及"相关性宇宙论"的部分。分别见《古代中国的思想世界》，第204页、367页等。

③ 本杰明·史华慈：《古代中国的思想世界》，江苏人民出版社2004年版，第208页。

④ 本杰明·史华慈：《古代中国的思想世界》，江苏人民出版社2004年版，第202页。

⑤ 本杰明·史华慈：《古代中国的思想世界》，江苏人民出版社2004年版，第206页。

导向"的思考方向。

如果我们联系史华慈论及西方笛卡儿以后的"人文主义"思想趋势所说的那些话①，我们就可以明白，史华慈这里所说的是指支撑中国思想中"秩序观念"的一个重要原则即价值理性。作为一种思考人之存在的终极根源的价值观型模，价值理性并不认为人的理性的万能，而是预设了一个理想的、带有某种神秘主义色彩的终极价值之源——就像孔子"通见"中的"天命"或道家"通见"中的"道"那样，以此作为衡定一切人间价值的标竿。因此，所谓某种"神秘主义"的东西，不是一种"不可知论"（尽管会带有某些色彩），而是人对理性自身的反思、对人类自身运用理性之合理性的高度警觉。所以，正是这种带有"神秘主义"色彩的价值理性，引导着中国总体的"文化导向"，始终保持对现存各种秩序的存在合理性予以反思和置疑，从而在现实与理想、存在与质疑的思考张力中形成一个巨大的"问题意识"——现存秩序如何才能趋近理想秩序。这一"问题意识"不仅存在于上古的思想中，也一直延续、潜藏在整个古老中国的思想世界中，成为中国古代思想中的一个内在脉络。

某种程度上来说，就史华慈对理性万能观念的批判以及对带有神秘色彩知识的肯定来看，都与哈耶克的观点不无几分相近。但是，与后者强调

---

①史华慈指出，（西方笛卡儿以后的"人文主义"思想趋势）"存在着两个世界，一个是以人类主体为中心的、并且以人类主体作为意义的惟一来源的人类世界，另一个是冷漠无情的、'价值中立'的甚至是对人含有敌意的宇宙世界，而且认为这两个世界之间存在着尖锐的甚至是敌对的分裂，这样的观念似乎在《论语》中丝毫也没有被暗示过。"《古代中国的思想世界》，118页。其实，史华慈并不是说在《论语》中不存在"价值理性"与"工具理性"的分裂，而是认为后一价值型模在中国思想中并不存在。所以，他在谈到老子思想看似接近后者的同时也明白的指出老子思想深层的价值理性和人文关怀问题。见《古代中国的思想世界》，江苏人民出版社2004年版，第212—213页。

"自发秩序"，认为文明乃是经由不断试错形成的经验的总和不同①，史华慈无疑强调来自中国总体的"文化导向"中，由那种神秘主义知识形成的"秩序意识"对于多元共存的思想架构的规置。②对于这种规置的描述，史华慈又并不赞成李约瑟"有机主义"之类生物学的暗喻，而坚持使用"化合物"的暗喻。正如他在谈及中国文化对以佛教为代表的外来文化的处理时指出的：

> 人们要注意这个显而易见的事实，在许多世纪中，无论是在上层文化还是在民间文化层面上，中国都受到了来自中国文化范围以外的、规模宏大的大乘佛教世界的深刻影响。中国人吸收了佛教，这肯定反映了中国当时存在的某种迫切需要。它所以可能被吸受，乃是因为它似乎能对当时已经提出的问题提供了新的答案。然而，这种现象本身一方面说明了所提出的问题具有跨文化的普遍性，另一方面又说明了它对那些新答案具有开放的心态——这些答案潜含于那些范畴之中，而在继承下来的古代思想那里却找不见它们。人们甚至还必须对这种简便的表达方式如"中国文化最终吸收了佛教"也要保持高度的怀疑心态。在这里，也潜伏着文化的生物学喻象——它潜含有这样的

①哈耶克一方面认为，"勿庸置疑，理性乃是人类所拥有的最为珍贵的禀赋。我们的论辩只是旨在表明理性并非万能，而且那种认为理性能够成为其自身的主宰并能控制其自身的发展的信念，却有可能摧毁理性"；同时指出，"这就要求我们真正的做到明智的运用理性，而且为了做到这一点，我们必须维护那个不受控制的、理性不及的领域；这是一个不可或缺的领域，因为正是这个领域，才是理性据以发展和据以发挥作用的唯一环境"。转引自邓正来《哈耶克的社会理论——〈自由秩序原理〉代译序》，哈耶克著，邓正来译：《自由秩序原理》上册，生活·读书·新知三联书店1997年版，第14—15页。

②就史华慈本人的思想来看，他极为忧虑的正是20世纪90年代以来西方思想界自由放任的"古典主义自由经济"思潮的回响。所以，当论及索罗斯的"世界政府"说时，他指出，我倒不是说有个世界政府，但应该引进一些政治因素来管理经济。我认为政治无需完全服从或决定于经济，因为政治意味着由人来作出决定，不是一切都由一种所谓的"市场的神秘力量"来决定的。《史华慈论中国》，新星出版社2006年版，第212—213、203—204页。

消化吸收过程，在其中，外国的实体被完全吸收到了先验存在的有机体的不变本体之中。我认为，更为恰当的喻象也许应当是简单化合物的喻象——在其中，新元素的增加有可能从根本上改变着整个化合物的性质。在高层文化的层面上，佛教影响了后来的整个高层文化的演化（绝不只是局限于艺术和文学领域），并且还将许多全新的论题引进了普泛的民间宗教。[1]

所谓"生物学"的暗喻，指的是李约瑟"有机主义"的整体主义文化观。在《古代》一书一段篇幅较长的分析中，他指出李约瑟的"有机主义"论深受列维·施特劳斯结构人类学以及其背后的分析理性的影响，将中国文化视为一个具有完整"结构"的有机体，构成这一有机整体的是"大量的单独成分和关系"，这个有机体的各个组成部分能通过某种"特意安排（expressdesign）"走到一起进行合作。这种"合作"看似"藉助于意志间的和谐"，而实质是一种无从捉摸的"统一性原则"决定的[2]。因此，在史华慈看来，尽管李约瑟倾向于对各部分间的关系作"平等主义"的分析，但这种生物学的暗喻本身则"强烈的暗示了等级制的服从性"[3]。这实际正是西方思想界以魏特夫为代表的"东方专制主义"论常常加以引述的。而通过"化合物"的喻象，史华慈一方面说明了中国文化强烈的自主性——依据自身文化的需要（或者说为回应自身内在的"问题意识"）来面对外来文化，另一方面也印证了中国思想多元、开放的固有特征——不回避任何回应"问题意识"的"新答案"。就此而言，史华慈实际上是借"化合物"的暗喻，指明了中国文化思想中的"秩序意识"对于回应当下文化现代性方案的深刻借鉴意义——既不会是一种"熔炉"式的"文化

---

①本杰明·史华慈：《古代中国的思想世界》，江苏人民出版社2004年版，第431页。

②本杰明·史华慈：《古代中国的思想世界》，江苏人民出版社2004年版，第203—204页。

③本杰明·史华慈：《古代中国的思想世界》，江苏人民出版社2004年版，第428页。

同化"，也非"色拉拼盘"式的"文化整合"，而是一种价值理性指导下的"文化化合"——并非某种物理学或化学实验式的，而更接近一种伦理性的"家庭暗喻"。[①]因此，中国思想中的这种"文化化合"模式——一方面是"非化约"的多元架构，有利于自身"分解为各自独立的部分，作跨文化的流动"[②]、促成"文化的全球化"；另一方面，高度的文化自主精神与开放的多元思维相结合，不断在"文化导向"及其内在的"秩序意识"的引导下，围绕"问题意识"探讨自身的发展，这些都可以说构成了当下应对"文化现代性"的另一条道路。

五、结语

林毓生先生指出过，"《古代中国的思想世界》是要研究中国古代思想内容的整个领域，并特别注意，作为'无法获得确解的问题'（problematiques）的、中国各家各派共同具有的主要文化导向中的构成部分。"[③]实际上，上述评断也可以说是就史华慈整个中国思想文化研究而言的，就像林同奇先生所说的，"史认为整部思想史，乃至非物质层面的文化，都可以视为环绕各种问题意识而展开的对话"[④]。因而也可以说，肯定并掘发中国思想内部——围绕"文化趋向"作多元对话以构设推进自身发展的"问题意识"——这样一种"非化约的、多元而有序的思想模式"以回应

---

①就像史华慈在谈及中国"整体主义秩序观念"的伦理基础时指出的："然而，正是在人类领域中，预先确立好的整体主义的秩序观念面临着很大的困难，在这种情况下，极其宽泛的家庭暗喻可能是最有帮助的。家庭应当成为和谐的整体，但不必定成为和谐的整体，那种预先确立的、不受质疑的、整体主义的秩序观念正奠基于这种伦理实在体的磐石之上。"《古代中国的思想世界》，江苏人民出版社2004年版，第430页。

②《史华慈论中国》，新星出版社2006年版，第202页。

③林毓生《史华慈思想史学的意义》，《史华慈论中国》，新星出版社2006年版，第240页。

④《他给我们留下了什么——史华慈史学思想初探》，《史华慈论中国》，新星出版社2006年版，第258—259页。

逐步到来的"全球化时代"课题，是埋藏在史华慈中国古代思想研究中的一个深层的思想脉络。这既可以视为他对"复杂的现代性"（亦即"多元现代性"）方案的一种"另类"思考——不同于多数西方学者的理论演绎，更包含着他对人类文明未来前景所作的预言——并非是作为"先知"而仅仅是一种"智性真诚"的表现。就像他在全书《跋》中所说的：

> 这部书的主要兴趣焦点一直是古代中国思想中的一系列形态多样化（diversity）而又偏离常态（divergence）的现象。的确，正是在这个层面上，我们才发现它与中国境外的思想模式具有十分有趣的可比性。人们在这个层面上所发现的论题决不是仅仅属于中国的，而且，恰恰是在这个层面上，人们似乎大大越过了文化的界限，实现了对于人类思想的更为普遍的比较研究的可能性。[1]

当然，就史华慈对现代思想界的批评、对相对主义价值观的警惕、对终极价值的肯认等方面而言，史华慈与那个被晚近西方思想界视为"保守主义思潮"总代表的政治哲学家施特劳斯不无几分相似之处。特别是强调对文本的关注，尤其是"基本问题仍然存在"、"过去的历史不可避免地始终是当前的历史"[2]之类的字眼，都极容易让人联想到施特劳斯所说的"人类处境的根本相似性和根本问题的永久性"[3]。但是，与施特劳斯将一

①本杰明·史华慈：《古代中国的思想世界》，江苏人民出版社2004年版，第425页。
②本杰明·史华慈：《古代中国的思想世界》，江苏人民出版社2004年版，第1页。
③列奥·施特劳斯著，彭刚译：《自然权利与历史》，生活·读书·新知三联书店2006年版，第25页。

切希望寄托于恢复一种静态的古代自然法思想传统不同①，史华慈更多看到的是"活"的中国思想传统中那种"非化约"的多元而有序的思想架构——一种具有现代启示意义的现代性方案——的实际意义。

由此想到，当史华慈在临终遗文中说——"中国实在没有理由为了当代西方的千禧年主义（millenarianism）而感到兴奋"②，其实既是在提醒当代中国知识分子应该积极考虑如何在"全球化"背景下保持自身的文化自主性，也可以说是要告诉我们——他在中国古代思想传统中发见的那种"非化约"的多元而有序共存的思想脉络，正是今天更准确地认识"全球化"和"多元文化"问题的重要思考缘助。

[本文分两部分，分别为：《史华慈思想史研究中的"非化约"论及其当下意义》，原载《学术探索》2008年第1期；《史华慈论中国思想世界中的"秩序感"及其文化意义》，原载《东方丛刊》2008年第3辑]

---

①施特劳斯在其代表性著作《自然权利与历史》一书中，一个核心目的即在于——由对现代自然权利论无法摆脱的相对主义和历史虚无主义的批评，来高扬西方古典哲学传统中的古代自然法思想。他的《论柯林武德的历史哲学》一文也明确表达了这一观念："人们必须严肃的对待过去的思想，或者说，人们必须准备好认为这乃是可能的：过去的思想在关键性的方面比之当今的思想更为优越。人们必须认为这是可能的：我们生活在一个关键性方面比之过去更加低劣的时代，或者，我们生活在一个衰颓或败落的时代。人们必须衷心的向往着过去。"（转引自彭刚《历史地理解思想——对斯金纳有关思想史研究的理论反思的考察》，《思想史研究〈第一辑〉·什么是思想史》，上海人民出版社2006年版）但是，施特劳斯将"古典""现代"二分，无疑又将古代自然法传统视为一个静止的完整整体。而史华慈则强调在中国"这种文明框架之中"，发现的是一种和"现代西方与'传统'过去之间发生过的全盘的质变性的决裂"（《古代中国的思想世界》，江苏人民出版社2004年版，第2页）迥然不同的文化传统。

②《史华慈论中国》，新星出版社2006年版，第111页。

回归经学视野审视诗学

——刘运好教授《魏晋经学与诗学》读后

在一个远离经学的时代，曾经被奉为经典的"五经"，逐渐褪去了神圣光环，回归其历史、哲学或文学典籍的学术身份，加之现代学科分治，我们已然习惯将《诗经》看作先民歌谣，视《尚书》《春秋》为古史孑遗。然而，一旦还原历史，不免会发现一个无可辩驳的事实："经"以及由传述"经"而形成的"经学"，对汉代以后的学术、文化具有巨大的历史穿透力——文学自然也不例外。刘勰《文心雕龙》提出的"原道""宗经"之说，正是经典的理论概括。所以，读到刘运好教授三大卷新著《魏晋经学与诗学》时，一个尘封许久的学术论题突然又灵性鲜活地呈现在眼前，那就是——回归经学的视野来审视诗学。

一

回归经学的视野，首先必须承认经学而非其他乃是中国两汉以后学术史的主干。

讲论学术史的人常有一个话头，即先秦子学、两汉经学、魏晋玄学、隋唐佛学、宋明理学，加上清代考证学，构成一部中国学术史的基本框架。"一代有一代之学术"，俨然成为学术史发展的一个规律。但是，如果顺着中国学术的"原有脉络"来看，两汉以下，不论儒学以何种面目呈现，道家道教的思想如何发展，佛教禅宗又以怎样的进程影响到中国思想，经学始终还是贯穿中国学术发展史的主体形态。只不过，玄风煽炽、佛法昌明，抑或天理人心之辨、名物训诂与大义微言之争，作为曾经某一个历史时期的"学术新潮"，或多或少会遮蔽经学本应有的地位。

1902年3月，梁启超在《新民丛报》（半月刊）上开始陆续发表《论中国学术思想变迁之大势》。其中就提到，三国、六朝为道家言猖披时代，乃中国数千年学术思想最衰落之时代。稍后，以经学名家而讲学湘垣的皮锡瑞也在《经学历史》中把魏晋六朝视为"经学中衰时代"。尽管后来的学者未必都这么认为，或指出"旧""新"交替之际的复杂（如汤用彤《魏晋思想的发展》），或如宗白华所说，"政治上最混乱、社会上最痛苦"而"精神上极自由、极解放"（《论〈世说新语〉和晋人的美》），但魏晋时期的儒学尤其是经学化儒学，确实被低估了在思想史上的发展地位。所以，《魏晋经学与诗学》开篇即指出："本书开宗明义：魏晋并非'经学中衰时代'，而是经学发展的第二个繁荣期。"（《弁言》）作为直接的证明，就是全书上编以30多万字篇幅钩沉史料而还原出的一部魏晋经学发展史。为了辨析这一积非成是的学术公案，作者的魏晋经学研究，既有宏观上的整体考索，发掘各个历史时段经学成就、发展、特点及其生成动因；又有微观上的个案剖析，通过详细论证产生于魏晋时期几部典型的经学著作，为宏观考索提供范例上的支撑；而且还不吝篇幅，钩沉考索，专列"魏晋经学著作一览表"，将可考的656种魏晋经学著作一目了然地呈现在读者面前。在"魏晋经学的整体考索"中，作者曾不无自负结论道："魏晋经学'中衰'说的终结。"我相信，作者的结论是经得起历史检验的。

二

然而，重写魏晋经学史并非作者的最终目的，其更大的问题视域乃在于阐明魏晋诗学的产生与发展，不仅建基于以经学为体、玄佛为翼的"一体两翼"的学术思想架构之上，而且这一时期的诗学与经学、玄学、佛学存在着一种复杂的或共生或依附的关系。这既是魏晋思想学术的客观存在，也构成《魏晋经学与诗学》"下编"鲜明的问题意识。因此，回归经学的视野且立足于"一体两翼"的思想构架审视诗学，肯定诗学的思想关切，也就意味着要突破单纯地从现代意义上的"文学"的视角，抉发中国诗学传统的思维模式。

在作者看来，"经学之于诗学是一种生生之源的关系"，"'经学化诗学'是中国诗学理论的基本属性"。缘此，作者一方面以王弼《周易注》、杜预《左传》学等经注个案为中心，擘析经学中的"诗性智慧"；另一方面紧扣曹丕的本末文质之思、阮籍乐论中的"以和为美"、陆机"缘情绮靡"说的历史文化生成、《抱朴子》文学思想的内在复杂性等一系列魏晋文学思想的典型论题，确立其基本学术判断：魏晋经学更多是"作为一种普遍性的思想价值体系，渗透、影响到诗学之中"。也就是说，相对前代，魏晋诗学固然有了更多的审美意识的自觉，但功能论性质的儒家诗论仍然作为一种学术底色盘桓于诗学之中。

其实，早在百年之前，冯桂芬即提道："如后世之言诗，止以为吟咏性情之用，圣人何以与《易》《书》《礼》《乐》《春秋》并列为经？谓可被管弦、荐寝庙，而变风、变雅又何为者？尝体味群经而始知，诗者，民风升降之龟鉴，政治张弛之本原也。"（《校邠庐抗议·复陈诗议》）倘若衡之以现代文学理论教科书的界定，冯氏之说不过是陈旧的传统诗教论的延续。然而，经学视野中的诗学，从来就不仅是审美的，更担负有社会生活中价值判定的职责。

《礼记·经解》引孔子曰："入其国，其教可知也。其为人也温柔敦厚，诗教也。"此一"诗教"，实即中国自古以诗为教的说诗传统。《论语·泰伯》曰："兴于诗，立于礼，成于乐。"包咸注："兴，起也，言修身当先学诗。"朱熹《论语集注》曰："兴，起也。诗本性情，有邪有正，其为言既易知，而吟咏之间，抑扬反复，其感人又易入。故学者之初，所以兴起其好善恶恶之心，而不能自已者，必于此而得之。"所谓"好善恶恶之心"，即道德心（仁心），"兴起好善恶恶之心"亦即意味着诗可以让人的道德之心醒豁、兴起。人性本有善质（性相近），但后天成长中可呈露出来，亦可能会被遮蔽（习相远）。故"兴于诗"，实即强调以诗为教，借助诗以感性形态所包含的道德判断，让"人心""人性"复苏，从而生成对真实自我的反思、对一己与天下的关注。缘此，在孔门"兴观群怨"说的思想脉络中，从鸟兽草木之名，到观风俗之盛衰，到事父事君的伦理意识的养成，以及一己本心真性的豁然开启，诗成为教育的载体，诗教构成说诗的精神主旨之所在。然而，这些在现代以抒情想象虚构为关注点的"文学"的视界中是缺乏足够重视的。

<h2 style="text-align:center">三</h2>

当然，回归经学视野审视诗学，并不回避魏晋玄学、佛学与诗学的内在关联。准确地说，作为一种新的思想资源，魏晋时代的玄学与佛学深深影响到中国诗学的理论形态与美学品格。得意忘象的哲学思辨、越名任心的精神追求、象外之谈的审美转换、文外之旨的诗学生成等等，从王弼、嵇康、郭象、陆云、张湛，到支遁、道安、慧远、僧肇、僧叡，一系列思想史个案的诗学观照，构成全书对魏晋诗学新的思想触发点的分析图谱。一如作者所说，"研究魏晋经学与诗学关系，如果忽略了玄学、佛学对诗学的影响，也就冷落了这一时代最富有创新性的诗学理论"（结语"亟待深入的研究视域"）。

作者的学术视野是宽阔的，更重要的是，他不断提醒读者注意思想学术的"复杂"。这既符合学术史、诗学史的基本生态属性，实际上也给学界的进一步研究预留了宽阔的"空间"。这也不免令人想起库恩在谈及科学范式的革命性变化时所提到的，"新理论的同化需要重建先前的理论，重新评价先前的事实，这是一个内在的革命过程，这个过程很少由单独一个人完成，更不能一夜之间实现。"（《科学革命的结构》）思想的发展从来不是一蹴而就的，其内在的复杂性，尤其是其诸要素的相互纠缠往往更能见出思想史的本来面目。应该说，《魏晋经学与诗学》对魏晋儒学与玄学、佛学等思想资源内在纠缠关系的分析，尤其是所提示的问题视域，无疑是值得思考的，也是极其有趣的。

我常常在想，书对于我们而言到底意味着什么，是多识于鸟兽草木之名，还是打开思考之门，获得走出思想蒙昧之地的启示？应该都有，而我更喜欢后者，所以读刘运好教授这部三卷本的著作，关注的也正是这一点。

［原载《光明日报》2019年10月9日，第16版］

细节处发现历史，笔墨中决出性情

——读桑农《花开花落——历史边缘的知识女性》

静看庭前花开花落，这无疑是生命节律中难得的一缕清音。然而这缕生命清音，凭的不仅是一份淡定和超然，更讲究一种悠游不迫的细致眼光，一股子自然而然的真诚趣味。有此眼光，才能见得万千；存此趣味，方可看得长久真切。读书、写文章，自然也一样。

拿到桑农先生这本《花开花落》之前，我原已读过书中先期发表的几篇，特别是那篇《还将遗事辨丁香》。拿到书后，出于对义宁之书的爱好则又迫不及待地翻开了首篇《牵萝补屋思偏逸》。《丁香》一文意在辨顾太清与龚自珍"丁香结"之诬，还西林太清春一个"质本洁来还洁去"。而《牵萝》一文则提醒人们，《柳如是别传》中那位侧立于柳如是身畔却又未被注意的黄媛介原来还是个"中国最早的职业女性"。其实"丁香花"传闻早已是公案，《柳如是别传》亦非希见。但寻常中看出非常，细节处发现历史，可就少不了作者那不同寻常的眼光和识见了。所以，当我在高阳《丁香花》中引发的谜团碰到桑文的解释时，曾经的那份欣喜自是不待多言。而此下黄媛介"职业女性"身份的揭破，又平添了我对陈寅恪先生白首燃脂颂红妆背后那份独特思想关怀的认识。

不过说实话，从黄媛介、顾太清，到民国年间的吕碧城、张若名、毛彦文等，对于《花开花落》所叙写的明清以来这十二位知识女性，我所知道的原本很少，有些甚至还是第一次听闻其名（如张若名、周炼霞）。所以，当读到桑农先生对这些奇女子情感生活、人生遭际的记述——甚至这种记述有些还只是一帧剪影时，扑面而来的是道道地地的一片新鲜。然而接踵而至的，却更有一股深深的感动、感慨。既感慨这些不凡女性的人生，更感慨她们在后此历史书写中或缺席、或边缘的命运。因而，桑书副题中的"历史边缘"四字，我最有共鸣。甚至也猜想，桑农先生当初发现她们时，或也曾有一番感叹歆歔。由此不免想到，倘若真的能存以一种庭前看花的心境来读书，那么所有那些现成的历史书写恐怕都会不由自主地露出它的罅隙，以及遮盖不住的人为的加减法痕迹。毕竟，那些"被细节"的历史，时刻等待的正是桑书中这种看似平常但却有心的发现的目光。

"花落花开自有时"。当然谁也无法真正做得历史的"东君主"。不过，将那些被历史风尘所摇散的花瓣收拾起来，略略回复其曾经的鲜艳或摇落，未必没有意义。注视着书前的目录页，我也曾有过一丝疑惑，怎么《花开花落》不多不少刚好叙写了十二位女性，一如《红楼梦》中的十二钗一般？回过头想想，金陵十二钗原也不过天下三千弱水的一纸速写。桑书虽只写此十二人，但明清以下乃至中国知识女性的某种命运可能大体也就在其中了。

古人常说"文如其人"，其实所有秉着一股生命真诚而写就的文字，莫不含挟著者自己的一份真性情、真趣味。所以在我个人的阅读经历中，书常被分为"读的有味的"和"读的有用的"两种。前者更容易见着著者的性情，而后者则比较能凸显作为读者的我的需要。我无法说清两者谁好谁不好，但往往在记忆中留存较久的是前者。桑农先生的这本书，应该属于前者。

［原题《静看"花开花落"》，载于《文汇读书周报》2010年9月17日，第6版］

重现一代士人生活的美学情韵

——读李修建《风尚——魏晋名士的生活美学》

　　讲魏晋风流，总绕不过宗白华先生的《论〈世说新语〉和晋人的美》。那就像听真正的侠客讲江湖的风雨，在情在意，尽气尽才，拨动人内心无边的歆羡。不过歆羡叹赏之余，不免留有一份好奇：那一代士子的唯美与深情，到底成就的是怎样一份完整的生活影像？

　　应该不仅仅只是山阴道上的妙赏，东市临刑的弹奏，抑或千里命驾的深衷，雪夜访戴的情怀……镶嵌魏晋士人这些生活剪影的，应该还有一幅更加宽阔具体的图景。然而阅读视野的缺憾，使我的这份好奇始终未获满足。直至读到这本《风尚——魏晋名士的生活美学》，宗先生所提示的那种"寄兴趣于生活过程"的"晋人唯美生活的典型"，在眼前刹那间明亮起来。

一

　　从人物品藻、清谈析理，到服饰风尚、饮酒服药、雅趣爱好、文艺才情，书中主体部分的六章涵盖了魏晋名士日常生活的主要方面，构成了一部鲜活实在的魏晋士人文化生活全图。因此，翻阅此书也便犹如被作者带入魏晋士人的生活圈，实实在在地感受那一代士人曾经的"兴趣"与"风尚"。

　　譬如清谈，作为当日士人最为热衷的一种活动，可谓魏晋名士生活至为典型的一个面相。此前学者对之虽也有种种探讨，可总觉得讲玄思玄理的多，缺少一份生活层面的亲切。许是有鉴于此，本书作者在简要点出清谈的定义、起源、形式、历时分期等问题后，花了很大的精力，"以人物为线索"①，从《世说新语》《三国志》《晋书》等典籍中挖掘丰富的史料，将正始、竹林、西晋、东晋四期（即一般所谓玄学四期）清谈之风的内容、特点及历史演进等理论关节，落实于二十余位著名清谈人物之谈玄生活的再现上，并辅以一份数逾百人的《魏晋清谈士人录》，不仅让读者对魏晋清谈有了一个详实具体的认识，更将"魏晋玄谈"这一中国史上最具士人"兴趣"的文化图像活现出来。

书中所涉及的这类文化史"图像"的分析，多用《世说》等典籍中的鲜活事例来点染魏晋士人的文化形象，极让人感兴趣。

然而值得注意的是，作者的目的还不仅仅在于此。他更希望能在前此心态史、精神史、生活史的研究进路之外，循着一份"生活美学"的视角"对魏晋名士形象进行整体研究"②，重现一代名士文化生活中所含藏的美学情韵。因此，全书虽然落笔于名士生活内容（如服饰饮食、言谈举止、兴趣爱好）的勾陈，却始终不脱一个美学的眼光与兴味。

如服药饮酒，自是魏晋名士日常生活中不可或缺的两件事。此前讲晋人服药，多强调强身延寿、增加姿容抑或有助房中之术的目的，给了我们一份名士生活的"真"。而此书则辟专节"药与魏晋名士形象"，考论名士服药行为所裹挟的神仙信仰、山水体验以及贵族心态等，构筑了魏晋士人"诗意人生"的一个审美面相。至于饮酒，作者同样关注的是名士畅饮背后的放达之风、狂悖之态、自我之性，以及一种冷眼旁观、"且趣当生"③式的现实超越。就像作者所说的，"酣畅"，不仅"意味着无拘无束，尽情尽兴，呈显自我的个性胸怀"，更可以"使身体返归本心，成为一种艺术

---

①李修建：《风尚——魏晋名士的生活美学》，人民出版社2010年版，第134页。

②李修建：《风尚——魏晋名士的生活美学》，人民出版社2010年版，第4页。

③李修建：《风尚——魏晋名士的生活美学》，人民出版社2010年版，第185页。

化的存在"①。缘此，作者于魏晋名士的豪饮中凝塑其审美化的生存方式，彰显其纵逸、豪迈、适性、深情的美学情怀。

再如名士的服饰风尚。作者在褒衣博带之外，特别点出傅粉著香与粗服乱头（包括裸裎之风）这不乏对比意味的两种服饰风格。虽取向各异，但恰印证着魏晋士族审美观念的多样乃至身份认同的多元。一如作者所指出的，此一状态下的服饰，不仅具有自我修饰的美学意义，"还成了一种社会性身体的指称"②。

此外，名士们的修竹之好，采菊之想，蓄马寻鹤、蹴鞠弹棋之乐，抚琴长啸、宴游雅集之情，无不透显着一代文化人特有的精神追求和美学歆趣。就此而言，作者虽然没有明确就"生活美学"做一概念的解释工作，但"以之作为美学研究的一个视角"③的思路是极为清晰的。

二

钱穆先生讲过，"学问必先通晓前人之大体，必当知前人所已知，必先对此门类之知识有宽博成系统之认识，然后可以进而为窄而深之研讨，可以继续发现前人所未知。"④

类似的道理，西哲歌德也说过："凡是值得思考的事情，没有不是被人思考过的；我们必须做的只是试图重新加以思考而已。"⑤

这都是就问学的方法而言的。从这个角度来看，作者对现代以来有关魏晋名士形象研究的成果可谓谙熟，且全书所论多是建基于此之后的驳正、拓展。全书末章"现当代学者对魏晋名士形象的阐释"一节可算纲领，而贯穿全书不同章节的"接着说"则是明证。譬如首章论及"魏晋玄

---

① 李修建：《风尚——魏晋名士的生活美学》，人民出版社2010年版，第187—189页。

② 李修建：《风尚——魏晋名士的生活美学》，人民出版社2010年版，第110页。

③ 李修建：《风尚——魏晋名士的生活美学》，人民出版社2010年版，第2页。

④ 钱穆：《学龠·学术与心术》，素书楼文教基金会2000年版，第135页。

⑤ 歌德著，程代熙、张惠民译：《歌德的格言和感想集》，中国社会科学出版社1982年版，第3页。

学"一问题时即明确提道："此处对魏晋玄学的分析只能在广泛阅读前人研究著作的基础上，离析出与本论题最为关键的几个方面。"①从这里，分明可以看到作者问学的实在与自信。尤其是书中随文附录的"魏晋名士表"（长达10页）、"魏晋清谈士人录"（篇幅占9页）、"魏晋服药士人录"等多幅计量分析图表，或采《世说》，或究《晋书》，或旁及道书内典，或间涉六朝集部，实证研究和专题探讨的色彩，也分明透显着作者一份"窄而深之研讨"的学术心情。

不过，此书让我印象最深刻的还不只于此，且看如下三段话：

> 其一："无疑，宗（白华）先生以纯美学的眼光对魏晋士人进行解读，在某种程度上把他们纯洁化、神圣化了，历史上的魏晋士人并非如此纯美……然而这种纯洁化、神圣化，正是接受过程中的一种正常现象，宗白华先生对晋人作如是观，实与他本人对美的理想与追求不无相和之处。"②

这不仅讲出了一份真正的"了解之同情"，更讲明了一个道理：在人类文明史的演进历程中，后代承继前代的文明遗产，实际乃是不断探寻并彰显一种"好的"，而并不一定是保持某种历史原貌的，抑或所谓"新的""进步的"价值凝结形式——就像列奥·施特劳斯（《自然权利与历史》）所强调的。因而，今天的学者为此而作的对人类曾经一切历史文化记忆的"还原"和"重建"，并不应以是否接近全幅原貌为鹄的，而理应最终就其中"好的"价值成果尽可能作出某些提示甚至选择。就此而言，魏晋士人到底给后世留下了什么，可能远比他们曾经怎样更重要。所以，全书末章"流风余韵：魏晋名士形象的历史接受"虽只点出了唐修《晋书》、李翰《蒙求》以及清人涨潮的《幽梦影》等，却极为有效的拓展了一个学术问题的思考空间。

①李修建：《风尚——魏晋名士的生活美学》，人民出版社2010年版，第50页。
②李修建：《风尚——魏晋名士的生活美学》，人民出版社2010年版，第298页。

其二：(释《世说新语·任诞》五三)"'痛饮酒'，对酒，只饮是不够的，还要'痛'饮。凸显一个'痛'字，就是要在饮酒时表达出酣畅淋漓的快感。这一点才是最重要的。"①

冯友兰先生《论风流》同样是解释这段文字，却认为"这话是对于当时的假名士说底，假名士只求常得无事，只能痛饮酒……"。②尽管说冯先生所提炼出的"玄心、洞见、妙赏、深情"八字，确实可谓名士的构成要件，但倘若没有修建所指出的那种"酣畅"，只怕上述八字大半落空。在我看来，能讲出这个"痛饮"的"快感"的人，未必非是豪沽客，但一定是性情中人。这便有如牟宗三所说的，"古人以真实生命来表现，我以真实生命来契合，则一切是活的，是亲切的，是不隔的"。③

其三："大学四年，我就读于中国石油大学，学的是机械电子工程，挺好的一个专业，很实用。只可惜，我兴趣不大，学得吃力……正是《世说新语》，引我进入了一个奇妙的世界。不曾想到，在中国的古代，生活过一群人，他们风神潇洒，任情放达，挥麈清谈，纵酒服药，钟情自然，喜好文艺，宛若天人。这种充满美学情韵的魏晋风度，直令人心怀向往，念念不忘。"(《后记》)

我与作者迄今虽未谋面，但这段话犹如古人作诗所强调的"取其性之所近"，特别打动我。想自己喜欢想的问题，写自己喜欢写的文字，寻找那种心中认为应当如此的生活，这本身就是一种"生活的美学"。

[原载《社会科学论坛》2008年第3辑]

①李修建：《风尚——魏晋名士的生活美学》，人民出版社2010年版，第178页。
②冯友兰：《南渡集·论风流》，生活·读书·新知三联书店2007年版，第92页。
③牟宗三：《关于文化与中国文化》，转引自胡晓明《文化的认同》，安徽教育出版社2008年版，第238页。

后 记

收在这本集子中的一二十篇文章，既有二十年前的"少作"，也有近年种种因缘下写成的文字。拉拉杂杂的编在一起，一是想藉此保存一些永久的感念，那些人，那些事，以及萦绕周遭的那些问题；二来也是稍稍清理一下自己思考的路向。

把《"诗史"说再思》放在首篇，确实出于偏爱。印象中，这是自己写得最畅快的一篇，从开笔到结束，正好一个国庆七天假。随即提交2016年的古代文论年会，会上会后也得到不少师友的鼓励。其实，想说的问题萦绕于心已有数年，一个核心的意思就是，"诗史"不仅是一个文论概念，更是一个思想命题，埋藏在中国文学与文论的心脉中。实际上，多年前也写过类似的话题——关于《饮冰室诗话》"诗史"观问题的讨论，但认识上有很大变化。越来越明确的一点就是，文论研究在概念、命题、理论方法等之外，应该还需要直面那些不容回避的思想话题。一部文论发展史，也应该同时是一部文学思想回应社会思想文化问题的历史。

这其实来自晓明师的启发。2014年五一前夕，我到上海看望先生，第一次听讲"后五四时代建设性的中国文论"。从"略论"到今年的"九论"，正好九年，我感觉追问的声音越来越清晰响亮，中国文论的知识与思想的自主性到底何在，其对当下文化生活与思想需求的支援如何可能，真是一个极大的论题。尽管自己对此并无多少心得，可所受的震动与启发是实实在在的。所以，用"中国文论的思想世界"来给这本集子起名，深知有滥用之嫌，但确是一种祈望！

我的本业在中国古代文论，或称"中国文论"。然而近十来年，个人兴趣与工作方向则较多偏向近现代学人学术，有点不务正业，可游走的好处便在于可以自由的观望别处的风景。

"参伍因革，通变之数也。"（《文心雕龙·通变》）近代学人对此可能感慨尤深，体认更真。身处三千年未有之大变局，这是今人常用的话头，可用来描述1900年代前后的学人最是合适。相比后来者，这代学人所受传统的熏染以及面对变革所遭遇的切肤之痛无疑是极为深刻的。其所思所得，既是走进中国古代思想文化的重要桥梁，对于当下亦可谓一份重要的思考缘助。所以，写梁启超晚年的学术关怀，钱穆、岑仲勉批评陈寅恪背后的思想分歧等，虽出之于散漫阅读的笔记随札，但近人学术的丰富面相、尤其是对文史之学的开掘力度，一如醇酒般让人流连。特别是近几年关注20世纪诗学考据学史，感受更加清晰。

有的读者可能会注意到，集子中的不少文章，其实都更像是读书笔记。这与昔日老师们的教导有关。当年老先生们常说，要多读少写，一辈子能有几篇代表作已然不易，贪多求快往往造的是空中楼阁。但话是这样说，课业检查时该写的读书笔记却是不可少的。我是工作以后在职读研，读书时间少，读的也少，自然也就不敢轻易搦笔成文。好在当时还算老实地写了一些读书笔记，讨论《典论·论文》"齐气"之类的文字，便是当时的读书报告。回过头来看，粗糙自是难免，但却是求学时代永远的回忆！

钱穆先生讲，"一国人，一项学问，必由其自己独特处著眼用心。"（《略论中国艺术》）收在这里的文字，谈不上学问，曾经的一份生命经历而已！感谢一路走来给过我指引、帮助和关怀的所有师友！人们常说，生命的记忆往往会随着时间的更迭而不自觉的做着减法。现在看来，有些记忆却一定会逸出来，真实而永久的停歇在心里的某个地方，日久弥馨。

感谢本书责编李克非先生！编这个集子原本并不在我的计划中，如果不是他，这项工作可能还会拖延很久。而他的认真细致以及对工作的虔敬，更是我以及这本小书的幸运！

感谢研究生金钰、余雷，帮助我校对书稿，并核查相关文献！感谢所有朝夕相伴，并常常给我抛出问题并带来思考契机的学生们！

忙忙碌碌中，这一年快过去了，愿新的一年一切都好！

2022年12月13日